JOHANNISBERGER HÖLLE

AF202736

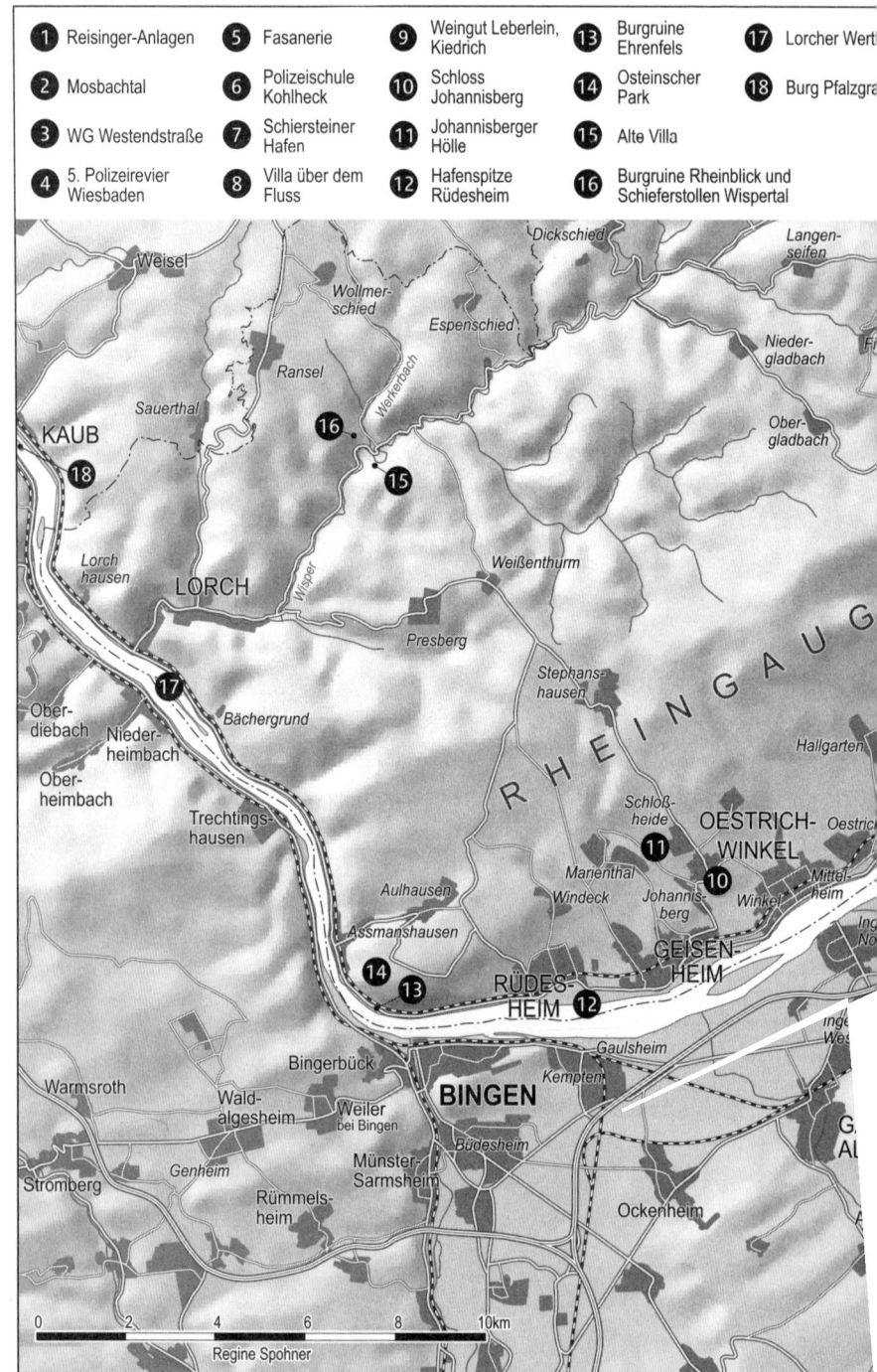

1 Reisinger-Anlagen	**5** Fasanerie	**9** Weingut Leberlein, Kiedrich	**13** Burgruine Ehrenfels	**17** Lorcher Wert
2 Mosbachtal	**6** Polizeischule Kohlheck	**10** Schloss Johannisberg	**14** Osteinscher Park	**18** Burg Pfalzgra
3 WG Westendstraße	**7** Schiersteiner Hafen	**11** Johannisberger Hölle	**15** Alte Villa	
4 5. Polizeirevier Wiesbaden	**8** Villa über dem Fluss	**12** Hafenspitze Rüdesheim	**16** Burgruine Rheinblick und Schieferstollen Wispertal	

Regine Spohner

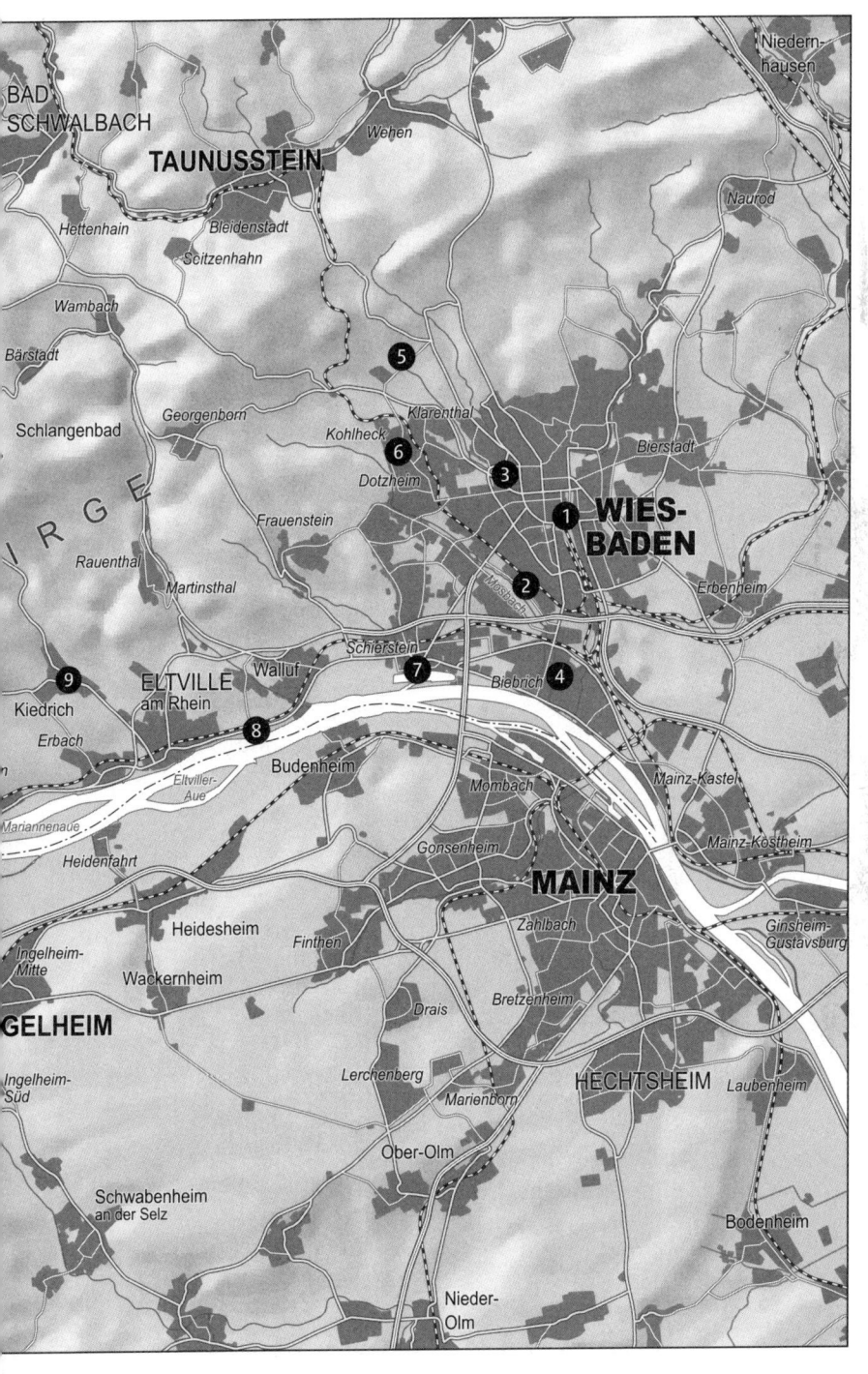

Roland Stark, geboren 1956, ist Arzt und Psychotherapeut. Er ist verheiratet, hat eine Tochter und lebt im Rheingau.

ROLAND STARK

JOHANNISBERGER HÖLLE

Rheingau Krimi

emons:

Bibliografische Information der Deutschen Nationalbibliothek
Die Deutsche Nationalbibliothek verzeichnet diese Publikation
in der Deutschen Nationalbibliografie; detaillierte bibliografische
Daten sind im Internet über http://dnb.d-nb.de abrufbar.

© Emons Verlag GmbH
Alle Rechte vorbehalten
Umschlagmotiv: lookphotos/Hendrik Holler
Umschlaggestaltung: Nina Schäfer, nach einem Konzept
von Leonardo Magrelli und Nina Schäfer
Umsetzung: Tobias Doetsch
Gestaltung Innenteil: DÜDE Satz und Grafik, Odenthal
Lektorat: Dr. Marion Heister
Druck und Bindung: CPI – Clausen & Bosse, Leck
Printed in Germany 2024
ISBN 978-3-7408-2250-7
Rheingau Krimi
Originalausgabe

Unser Newsletter informiert Sie
regelmäßig über Neues von emons:
Kostenlos bestellen unter
www.emons-verlag.de

Für Ingrid

Nie wird man wissen, wie das erzählt werden muss,
ob in der ersten Person oder der zweiten, indem man sich
der dritten Person des Plurals bedient oder fortwährend
Formen erfindet … weil niemand genau weiß,
wer da eigentlich erzählt, ob ich es bin oder das,
was passiert ist … oder ob ich einfach eine Wahrheit erzähle,
die lediglich meine Wahrheit ist …
Das Weitere würde ganz einfach sein … die Getränke,
die erregenden Bilder, die zu späten Tränen,
das Erwachen in der Hölle.

Julio Cortázar, Teufelsgeifer

Das Vergangene ist nicht tot; es ist nicht einmal vergangen.

William Faulkner, Requiem für eine Nonne

Dass wir echt waren, werde ich auch noch erfinden.

Joseph Zoderer, Literarische Ansichtskarten

Qué será, será.

Doris Day in »Der Mann, der zu viel wusste«

Prolog

Alles war getan, fast alles. Das Dämmerlicht wurde schwächer. Die Motoryacht dümpelte am Ufer der Toteninsel, der Drache war kaum noch zu erkennen. Bald würde die Dunkelheit alles verschlucken.

Die Lumpen loderten auf. Licht zerriss die Düsternis, ein Komet mit einem orangeroten Feuerschweif flog auf das Schiff zu, zerschellte an Deck. Es dauerte einige Sekunden, dann brannte es lichterloh. Die Flammen erleuchteten den Strand, bevor Rauch alles verhüllte.

Das war das Ende des Monsters.

EINS

»Meine Freunde nennen mich Maxi. Das können Sie gerne auch tun. Sie sind doch mein Freund? Ich werde versuchen, mich zu erinnern und Ihnen die Geschichte von Anfang an zu erzählen. Mit der Erinnerung ist es bei mir allerdings so eine Sache. Manche Vorfälle brennen sich in mein Gedächtnis ein, noch nach Jahren fühlt es sich an, als wären sie gerade eben geschehen, andere Begebenheiten vergesse ich schon, während sie passieren, und wieder andere Erinnerungen verblassen mit der Zeit. Ob die Geschichte, die dabei entsteht, der Wirklichkeit entspricht oder ihr wenigstens nahekommt? Ob ich mir immer das Wichtige gemerkt habe? Ich weiß es nicht.

Natürlich werde ich mich um Wahrhaftigkeit bemühen, versprochen. Glauben Sie an Karma? Wenn es das gibt, dann möchte ich nicht wissen, was ich in meinen früheren Leben angestellt habe. Ihnen reicht mein gegenwärtiges Leben? Gut, aber wo fängt das an? Wie viele Leben lebt man in einem? Wo soll ich mit dieser Geschichte beginnen?

Sie meinen, solche Gedanken passen nicht zu einer Frau wie mir? Ich finde doch. Das letzte Jahr hat mich verändert. Ich versuche jetzt, einen Sinn in allem zu finden. Für Bücher habe ich mich schon interessiert, als meine Oma mir Märchen vorgelesen hat. Später hatte ich überall eine Bibliothek von E-Books dabei. Wenn ein Mädchen auf sein Handy starrt, fällt das nirgendwo auf der Welt auf.

Ich komme gleich auf Moritz zu sprechen. Moritz fand meine Bücherauswahl fragwürdig. Zu viel Fantasy, zu viele Märchen und Schauergeschichten, zu wenig Tiefgang. Ich würde vor allem lesen, um mich abzulenken, hat er gemeint. Damit hat er vermutlich recht, ich habe mich abgelenkt, wann und wo immer es möglich war. Ich habe in meinen Leben oft auf Autopilot geschaltet. Anders hätte ich es nicht bis hierher geschafft.

Das macht das Erinnern allerdings nicht einfacher. Nach einem Tag, einer Woche, einem Jahr ist man irgendwo gelandet, reibt sich verwundert die Augen und fragt: Was ist passiert?

Im letzten Jahr habe ich den Autopiloten immer öfter ausgeschaltet. Das hat mein Leben nicht einfacher gemacht. Aber wahrscheinlich wäre alles auf jeden Fall so gekommen. Mit den Todesfällen habe ich nichts zu tun. Das müssen Sie mir glauben. Ja, ich komme jetzt zur Sache. Ich habe ein paar Jahre in Ferienclubs in Südfrankreich gearbeitet. Im letzten Sommer musste ich zurück nach Deutschland. Die Clubs hatten wegen der Seuche schon lange geschlossen. Eine Zeit lang habe ich versucht, mich irgendwie durchzuschlagen, aber das ist schwer in einem fremden Land. Kaum war ich hier angekommen, ist mein damaliger Freund verschwunden, ich habe das Handy verloren und hatte kein Geld mehr. Ich war völlig abgebrannt und fertig mit dem Leben. Und dann ist mir Moritz über den Weg gelaufen, auf der Reisinger-Anlage, im Sommer des letzten Jahres. Ich kannte ihn von früher, unser Wiedersehen war für mich ein großes Glück. Oder war es Karma?«

Maxi erinnerte sich: Der Tag war heiß und trocken gewesen. Sie hatte sich bis zum Schlachthof durchgeschlagen, wo ihr ein Typ das Handy geklaut hatte. Nun lag sie auf der Wiese vor dem Bahnhof. Früher hatten sich hier im Sommer jede Menge Leute gesonnt, jetzt trauten sich nur wenige, zusammenzusitzen.

In ihrem Kopf pochten Schmerzen, ein dumpfes Dröhnen übertönte jeglichen Gedanken. Der Mund war trocken, der Körper müde und schwer. Sie stank. Sie fühlte sich taub, und dennoch vibrierten ihre Eingeweide.

Philipp war weg, sie war verloren, Strandgut der Pandemie. Sie wusste kaum noch, wie sie an diesen Platz gekommen, was in den letzten Tagen passiert war, sie wollte es auch nicht wissen. Sie hatte gesoffen, gekifft, gekokst, als gäbe es kein Morgen, und das gab es vielleicht wirklich nicht. Das letzte Dope war geraucht, die letzte Kohle weg.

Sie warf einen Blick auf die Habseligkeiten, die ihr geblieben waren: ein Rucksack mit etwas Wäsche zum Wechseln, Personalausweis, Prepaid-SIM-Karten, ein Lockpickingset: Spanner, Hook, Schlange, Schneemann und ein paar weitere Werkzeuge.

Am einen Ende der Wiese, jenseits des Rings, lag der Bahnhof, gebaut im Stil des Neobarocks, Wiesbadens Geschenk an einen prunksüchtigen deutschen Kaiser. So oder so ähnlich hatte sie es in der Schule gelernt. Warum vergaß sie alles, bloß solch nutzloses Wissen nicht?

Am anderen Ende der Wiese stritten zwei Krähen um die Reste eines Döners. Ein Rabe, der aussah wie der große Bruder der beiden Streitvögel, beobachtete sie, stolzierte umher. Irgendetwas führte er im Schilde.

»Hallo, Maxi!« Über ihr, im Gegenlicht, sah sie einen Mann in weißer Lederjacke, weißer Lederhose, mit schwarzer Haartolle. Er roch nach Maschinenöl und saurer Milch. Der weiße Ritter ging in die Hocke und grinste sie an. »Erkennst du mich?«

Es dauerte eine Weile, bis der Groschen gefallen war. »Na klar. Moritz! Haste was zum Rauchen?« Was Blöderes war ihr nicht eingefallen.

»Hab es mir abgewöhnt.«

Hinter sich hörte sie einen gellenden Schrei, wie von einem Raubvogel oder einer gequälten Seele aus der Hölle. Sie fuhr herum. Die Krähen flatterten erschrocken auseinander, der Rabe hüpfte auf den Kampfplatz und schnappte sich den Döner. Dann flog der Galgenvogel davon.

»Brauchst du einen Platz zum Schlafen?« Der Typ in der weißen Ledermontur sah aus wie ein Klon von Elvis Presley. *Are you lonesome tonight?*

»Wohnst du noch in Geisenheim?«

»Schon lange nicht mehr. Ich habe jetzt ein Haus in Schierstein. Kommst du mit?«

Am Rande der Reisinger-Anlage entdeckte sie schwarze Gestalten auf Motorrädern. Schwarze Ritter. Irgendjemand schien ihr unvermittelt in die Magengrube zu schlagen, so fühlte es sich an. Sie wollte kotzen. Wenn sie nicht schnell verschwand, würde es bald ungemütlich hier, Moritz' Frage war ein Angebot, das sie nicht ablehnen konnte. Sie warf ihrem Ritter einen Blick zu, den Philipp den Rehkitzblick genannt hätte, und hauchte ein »Ja«.

Er half ihr auf, griff ihren Rucksack, den sie sofort wieder an sich nahm, und führte sie zu seinem Motorrad, einer weißen Harley. Er holte einen Helm aus der Gepäckbox, gab ihn ihr. Sie setzte sich hinter ihn, schmiegte sich fest an, und er brauste davon. Erst nach einer ganzen Weile traute sie sich, zurückzuschauen. Niemand folgte ihnen.

* * *

»Moritz war total gastfreundlich. Er hat mir angeboten, bei ihm zu wohnen, solange ich wolle. Als ich aus Deutschland weggegangen bin, habe ich alle Brücken hinter mir abgebrochen. Und nun hatte ich nichts mehr: kein Geld, kein Zuhause, keine Freunde, kein Handy. Da kam dieser Typ, mit dem ich als Teenager ein paar Jahre befreundet gewesen war, und nahm mich bei sich auf. Ich konnte es nicht fassen. Eine Zeit lang glaubte ich, einen sicheren Ort gefunden zu haben. Es war wie im Märchen. Heute, ein Jahr später, ist von diesem Glauben nicht viel übrig geblieben. Sicherheit und Geborgenheit sind nur trügerische Wunschvorstellungen. Aber dieses Gefühl war schön.«

Maxi erinnerte sich an den Schrecken, der sie erfasste, als ihr Moritz noch auf der Fahrt zurief, dass er an der Polizeiakademie studiere. Aber da war es schon zu spät, um abzuspringen. Sie musste das Beste aus der Situation machen, sie hatte keine Wahl.

Moritz fuhr durch die Stadt, durch Vororte und ein Gewerbegebiet, bis er direkt am Wasser haltmachte. Ein paar Spaziergänger flanierten entlang des Kais, die Eisdiele hatte geschlossen. Maxi kannte den Ort. Früher war am Schiersteiner Hafen mehr los gewesen, dachte sie. Woher wusste sie das? Wieso kam ihr alles so bekannt vor? War das eines ihrer Déjàvus? Der Anblick der Boote versetzte ihr einen Stich ins Herz, ein alter Gassenhauer tauchte auf und ging ihr nicht mehr aus dem Sinn: *Nimm mich mit, Kapitän, auf die Reise.*

»Das ist das Haus von Opa Karl«, sagte Moritz voller Stolz und zeigte auf das windschiefe Gebäude, vor dem sie standen. Er öffnete ein wackliges Holztor und schob sein weiß glänzendes Motorrad in den Hof. Hier schien die Zeit schon vor Langem stehen geblieben zu sein, bloß die Videokamera über der Eingangstür erzählte von modernen Verhältnissen. Er bat sie mit einer einladenden Geste, in sein Reich einzutreten. Knarrende Holzdielen im Flur, Holzvertäfelung an allen Wänden, dunkle Möbel, Perserteppiche und ein riesiger Kachelofen im Wohnzimmer luden zu einer Reise in vergangene Jahrhunderte ein.

»Ich mach dir ein paar Butterbrote«, sagte der weiße Ritter. »Du siehst hungrig aus.«

Sie setzte sich an den Tisch aus grob behauenem Holz und musterte die Küche: ein uralter Herd, ein amerikanischer Kühlschrank, in den Regalen Pfannen und Töpfe aus Kupfer, Flaschen mit Ölen und Essig, Gläser mit Eingemachtem, am Fenster Kräuterpflanzen. Eine Tür führte in einen kleinen Garten hinter dem Haus.

Moritz machte sich an der Theke zu schaffen und brachte ihr nach einer Weile ein Tablett mit Leckereien. Er tischte Bergkäse auf, Camembert, Schinken, Salami, Pastete, Labneh, Hummus, Zwiebelkompott, Oliven, getrocknete Tomaten und mit Butter bestrichenes Brot. Jede Zutat des kleinen Büfetts wurde zusammen mit ihrer Herkunft vorgestellt und erläutert, das meiste war bio, das Brot selbst gebacken. Aus dem linkischen Jungen war ein beredter Feinschmecker geworden. Maxi lobte alles gebührend, Moritz strahlte. Kräutertee lehnte sie ab, trank aber gerne eine Pfütze Rotwein aus einem riesigen Glas. Ein Bier aus der Flasche wäre ihr freilich lieber gewesen.

»Oh, ein Chambertin«, bemerkte sie und lobte die samtene Wucht des Weins.

»Du kennst dich aus«, sagte Moritz überrascht und voller Anerkennung, aber sie hatte bloß das Etikett gelesen und drauflosimprovisiert. Mit solchen Improvisationen kannte sie sich aus.

Später führte er sie ins Bad, ließ Wasser in die frei stehende Wanne ein, wies auf die Messingarmaturen irgendeiner Firma hin, deren Name Maxi nichts sagte, und brachte ihr rosafarbene Frotteehandtücher. Danach zog er sich zurück. Das Bad verströmte den Duft reifer Pfirsiche, wie damals bei Oma Hilde. Erinnerungen an die schönste Zeit ihres Lebens lösten regelmäßig Wehmut aus, sie verscheuchte sie deshalb und tauchte in den Schaumberg, der sich in der Wanne auftürmte.

Die Brandnarben am Bauch juckten, wie immer, wenn sie sich besonders wohl oder unwohl fühlte, wenn der Autopilotenmodus aussetzte, sie innehielt und das Leben spürte. Sie kam sich vor wie eine Prinzessin im Schloss oder ein Star im Luxushotel, eine fast kindliche Freude erfüllte sie für kurze Zeit. Sie rief sich zur Ordnung. So viel Vertrauensseligkeit konnte gefährlich werden. Sie musste wachsam bleiben.

Sie war also bei einem angehenden Polizisten gelandet. Vielleicht war das gar nicht so schlecht, vielleicht konnte er sie beschützen. Sie erinnerte sich, Moritz war schon in ihrer Johannisberger Zeit andauernd am Erklären, Belehren, Dozieren gewesen. Ich bin kein Klugscheißer, ich weiß es wirklich besser, hatte er einmal gesagt. Er war verliebt in sie gewesen. Aber sie hatte Fritz lieber gemocht, der hörte die coolere Musik, war lässiger drauf, roch angenehmer. Fritz und Moritz waren damals allerbeste Freunde, also nahm Fritz auf Moritz Rücksicht und fing nichts mit ihr an. Dennoch war es eine tolle Zeit gewesen, die sie zusammen hatten. Wo Fritz wohl steckte?

Nach einer Weile schaute Moritz durch die Tür und fragte, ob sie noch etwas bräuchte. Sie tauchte aus dem Schaumgebirge auf und ließ sich in die Badetücher einwickeln. Später hätte sie sich bereitwillig wieder auswickeln lassen, aber Moritz meinte, das habe Zeit. War er schüchtern oder am Ende rücksichtsvoll?, fragte sich Maxi. Beides war sie nicht gewohnt. Als sie sich ins Bett legte, sank sie erschöpft in tiefen Schlaf, endlich kam die Müdigkeit der letzten Tage, der letzten Wochen, Monate und Jahre zu ihrem Recht.

***

»Anfangs dachte ich, ich bleibe nur ein paar Tage bei Moritz, aber ich blieb länger. Es war kein glücklicher Zeitpunkt, in die Heimat zurückzukehren. Meine Kontakte waren mit dem Handy verloren gegangen, allzu viele waren es nach den Jahren im Ausland sowieso nicht mehr gewesen, und online Kontakte zu pflegen, das war noch nie mein Ding gewesen. Damals war es schwer, neue Leute kennenzulernen. Die Menschen versteckten sich hinter Masken, in ihren Augen sah ich die Angst. Moritz hat mir die Maßnahmen gegen die Pandemie erklärt und darauf bestanden, dass ich sie einhalte. Er war immer sehr ordentlich und hatte meistens recht. Aber für mich hieß das: Ich war allein. Ich hatte nur ihn, wir haben uns nicht mit anderen Leuten getroffen, obwohl das schon wieder erlaubt war. Ihm passte das ganz gut in den Kram, für mich war es nervig. Die Polizeiausbildung fand damals oft online statt, er hatte also viel Zeit für uns. Wir sind mit dem Motorrad herumgefahren, er hat mir die Umgebung gezeigt, Literatur empfohlen, das Kochen beigebracht, versucht, mich für seine Musik zu interessieren, Elvis Presley, Doris Day, lauter Sachen aus den fünfziger Jahren. Er war so klug, er wusste so viel wie ein Professor. Es hat ihm Freude gemacht, mir etwas beizubringen, wie in diesem Musical, das er so gerne hört, natürlich auch aus den Fünfzigern. Ich war seine Eliza und er mein Higgins, hat er immer gesagt.«

Nimm keinen Kontakt zu alten Freunden auf, hatte Philipp sie noch am Tag, bevor er verschwand, gewarnt. Wenn sie gewusst hätte, was er vorgehabt, mit wem er sich angelegt hatte, dann hätte sie ihm das ausgeredet oder wäre sofort verschwunden. Wir müssen einfach eine Weile stillhalten, bis Gras über die Sache gewachsen ist, hatte er gemeint, nachdem alles gelaufen war. Ihr blieb jetzt nichts anderes übrig, als diesem Rat zu folgen.

Die Masken, die damals alle trugen, hatten einen Vorteil: Wenn sie nach draußen ging, konnte sie niemand erkennen. Irgendwann hörte sie auf, sich umzusehen, achtete nicht mehr darauf, ob ihr jemand folgte. Die Devils waren von der Bildfläche verschwunden, irgendwann verschwanden sie auch aus ihrem Kopf.

Moritz erledigte die Besorgungen, kochte mit ihr, umsorgte sie auf rührende Art, aber leider passierte nichts ohne Vorträge und Belehrungen, über die Vorteile der Achtzig-Grad-Methode, über das Sous-Vide-Verfahren, über Konfieren und Poelieren, über den Säuregehalt unterschiedlicher Rebsorten und den Einfluss des Terroirs auf den Wein. Genauso gerne dozierte er über die Alben von Elvis Presley, dessen Zeit in Deutschland, über Filme mit Doris Day und über Broadway-Musicals, »My Fair Lady«, »West Side Story« und so weiter.

Eines Abends saßen sie in der Küche und aßen ein Stück Lachs, das er in einer Mischung aus Olivenöl und Süßwein bei achtzig Grad im Backofen gegart hatte, auf den Punkt bis zu einer Kerntemperatur von fünfundvierzig Grad, begleitet von hauchdünn gehobeltem rohem Fenchel. Es schmeckte wie immer vorzüglich, und genau das wollte Moritz von ihr hören. Sie tat ihm den Gefallen und lobte den delikaten Geschmack, obwohl ihr Fish and Chips genauso lieb gewesen wären. Dann fragte sie nach Fritz.

Er lächelte gequält. »Auf die Frage habe ich gewartet. Weißt du, warum? Du redest im Schlaf. Das nennt man Somniloquie.« Es folgte ein Vortrag: Dass sie zu den Betroffenen gehöre, die verständliche Worte und manchmal sogar Sätze sagten, dass diese Verhaltensauffälligkeit bei Menschen mit einer posttraumatischen Belastungsstörung doppelt so häufig vorkomme wie im Normalfall. Dass sie sich nicht sorgen solle.

Das sah Maxi anders. Das erste Mal seit Langem wieder durchflutete Angst ihren Körper. »Was rede ich denn?«

»Ich krieg ja nicht alles mit. Aber Fritz und Philipp, die beiden Namen kommen immer wieder vor. Mein Name nicht, aber ich bin ja auch bei dir.« Er versuchte, tapfer zu lächeln. »Wenn du nach Philipp rufst, klingst du ziemlich panisch.«

Das Gespräch nahm eine Richtung, die ihr nicht passte. Sie fragte noch einmal nach Fritz und erfuhr, dass er in Geisenheim Weinbau studierte und für ein Jahr ein Praktikum in einem Weingut in Kalifornien machte.

»Was ist mit Philipp?«, hakte Moritz nach.

Die Narbe am Bauch meldete sich. Sie zuckte mit den Schultern. »Hab schon lange nichts mehr von ihm gehört. Ich habe ihn kennengelernt, nachdem Fritz und du aus Johannisberg verschwunden wart, und bin mit ihm später nach Frankreich gegangen.«

Sie strich sich eine Haarsträhne aus der Stirn und fuhr mit der Zungenspitze über die Lippen. »Es ist so wundervoll, dass du bei mir bist. Legst du eine von den alten Elvis-Platten auf?«

Das gefiel Moritz, und er vergaß für jenen Abend seine Fragen nach Philipp.

***

»Wir genossen den Sommer, die lauen Nächte auf der Terrasse hinter dem Haus, die Spritztouren durch das Wispertal, die Wanderungen durch Taunus und Rheingau. Er hat sich um mich gekümmert, hat mir Klamotten geschenkt und sein altes Handy, hat mir erklärt, wie ich Daten in einer Cloud sichere, er ist in solchen Sachen total fit. Und er hat mir geholfen, an die kleine Hinterlassenschaft meiner Mutter zu kommen. An die hatte ich gar nicht gedacht, als ich hier weg bin, sie lag noch im Tresor des Nachlassverwalters.«

Die Kanzlei von Richard Bürger befand sich in der Adolf-
straße, nicht weit von dem Ort entfernt, wo sich Maxi und
Moritz einige Wochen zuvor begegnet waren. Das Büro lag
im Hochparterre eines Altbaus aus der Gründerzeit. Moritz
erläuterte ihr die Bedeutung der Wilhelminischen Epoche für
die Wiesbadener Stadtentwicklung und vermehrte damit das
nutzlose Wissen, das sich in ihrem Kopf ablagerte. Imposant
sahen die alten Häuser allerdings schon aus. Eine Eichentür
öffnete sich auf ihr Klingeln hin automatisch. Sie gelangten in
ein geräumiges Treppenhaus und durch eine weitere Holztür
in einen Vorraum, der in Halbdunkel getaucht war, schwere
Vorhänge vor den Fenstern hielten den Straßenlärm, Wärme
und Licht außen vor. In der Luft hing ein pudriger Duft. An
den Wänden sah Maxi ein Schlachtengemälde mit altertümlichen Gestalten sowie Bilder mit Landschaftsszenen und
Stillleben.

»Eine Reproduktion von Gunkels ›Hermannsschlacht‹«,
bemerkte Moritz. Was der wieder alles wusste. Jedenfalls sah
es hier aus, als ob sich die Einrichtung in den letzten hundert
Jahren nicht verändert hätte.

Nach kurzer Zeit erschien ein kleiner, rundlicher Mann in
der Tür, begleitet von einer unangenehmen Duftwolke aus Vanille und irgendwelchen Blüten. Richard Bürger begrüßte sie
mit leiser Stimme. Er war Maxis gesetzlicher Betreuer und der
Testamentsvollstrecker ihrer Mutter gewesen. Selbst an einem
Sommertag wie diesem trug er einen dunkelgrauen Anzug aus
schwerem Stoff.

Er setzte seine Maske ab und bat sie, es ihm gleichzutun.
»Was für eine schöne Überraschung, Sie wohlbehalten wiederzusehen, Frau Hofmann. Kommen Sie bitte mit.«

Dunkles Holz und Fotografien von den Aufenthalten des
letzten deutschen Kaisers in Wiesbaden dominierten Bürgers
Büro. Er ließ Maxi und Moritz vor einem riesigen Schreibtisch
Platz nehmen.

»Wir haben uns damals alle Sorgen um Sie gemacht«, begann

er das Gespräch. »Ihre Pflegeeltern waren ganz außer sich, als Sie verschwanden. Haben Sie sie schon besucht?«

Maxi schüttelte den Kopf. Auf Gerlinde und Markus hatte sie keinen Bock und auf diese Befragung auch nicht.

»Kurz vor Ihrem achtzehnten Geburtstag und ein Jahr vor dem Abitur war das.« Er seufzte. »Aber ich bin froh, dass Sie sich gemeldet haben, dann kann ich Ihnen zu meiner Entlastung die Hinterlassenschaft Ihrer Mutter übergeben.«

Er öffnete eine grün lackierte Kassette, entnahm einige Dokumente und eine Schmuckschatulle, die er vor Maxi auf die polierte Tischplatte stellte. In dem Kästchen lag eine goldene Halskette, an der eine große stilisierte Blüte hing, die mit hell glitzernden Steinen besetzt war.

»Ist die echt?«, wollte Maxi wissen.

»Ich habe ein Gutachten eingeholt.« Er griff nach einem Dokument und las vor. »585er Rotgold, Diamanten mit insgesamt sechseinhalb Karat. Eine Jugendstilarbeit von 1902. Geschätzter Wert zwischen fünfzehn- und zwanzigtausend Euro.«

»Und so was hat meine Mutter besessen?«

»Das ist erstaunlich, wenn man bedenkt, in welchen Verhältnissen sie zuletzt gelebt hat. Aber die Dinge sind anders, als sie scheinen, sie wusste nichts von dem Collier. Es fand sich erst einige Jahre nach ihrem Tod im Keller ihres Elternhauses, und die Bewohner waren so ehrlich, die Besitzer des Schmucks zu suchen.«

»Sie meinen, das Teil ist von Oma Hilde?«

»Ja, Hilde Hofmann war die letzte Besitzerin, und Sie sind ihre Erbin.«

Maxis Gesicht brannte mit einem Mal, der Mund fühlte sich trocken an, ein leichter Schwindel erfasste sie. Sie dachte an Oma Hilde und ihren Pfirsichduft, an die Zeit, die sie bei ihr leben durfte. An die sanftmütige Großmutter, die ihr immer Kuchen gebacken und aus den Gruselmärchen der Brüder Grimm vorgelesen hatte und die starb, als Maxi in die dritte Klasse kam.

»Die Oma hatte doch auch kein Geld!«

»Aber immerhin dieses Schmuckstück«, widersprach der Anwalt und schob ihr ein Formular zu. »Das gehört jetzt Ihnen, wenn Sie mir den Empfang bitte quittieren würden.«

Maxi konnte das nicht glauben, und Bürger bequemte sich zu einer Erklärung. »Sie kannten Ihren Großvater nicht. Horst Hofmann starb vor Ihrer Geburt. Ich war sein Anwalt. Er hat seinen Anteil am väterlichen Weingut verkauft und hatte so für eine Weile keine finanziellen Sorgen. Entweder hat er das Collier in dieser Zeit gekauft, oder es ist ein Erbstück der Familie Hofmann.«

»Und wie ist er das Geld wieder losgeworden?«, fragte Maxi.

Bürger lächelte bekümmert. »Meines Wissens hat er kein solides Leben geführt, nachdem er zu Geld gekommen war. Alkohol und Spielschulden könnten eine Rolle gespielt haben«, antwortete er etwas gestelzt. Er schob ihr die Kassette entgegen. »Die können Sie mitnehmen. Ich habe eine Betreuungsakte aus der Zeit nach dem Tod Ihrer Mutter. Soll ich Ihnen eine Kopie anfertigen lassen?«

Maxi erinnerte sich nur noch, dass sie das Angebot ablehnte. An den Tod ihrer Mutter wollte sie nicht denken. Sie bemerkte einen beißenden Geruch und fragte sich, woher der kam. Plötzlich war ihr das Büro in der verdunkelten Kanzlei zu eng, zu stickig. Sie packte den Schmuck ein, quittierte den Empfang und verabschiedete sich. Draußen schlug ihnen nachmittägliche Hitze entgegen. Maxi war übel. Sie hakte sich bei Moritz ein. Der fragte aus der Ferne, was mit ihr los sei, sie antwortete, dass die Erinnerungen an ihre Mutter schmerzhaft seien, und hoffte, dass er mit den Fragen aufhörte. Die Farben der Welt wurden blasser, wie von Puder überzogen, die Gerüche verflogen, und der Rest des Tages verschwand in watteartigem Nebel.

Als sie aus dem Nebel wieder auftauchte, bemerkte sie, dass die Welt noch intensiver roch als zuvor. Sie erinnerte sich, dass sie als Kind gerne an allem geschnuppert hatte, nicht nur an den nach Pfirsich duftenden Haaren der Oma. Jetzt registrierte sie Gerüche aus sämtlichen Ecken von Moritz' Haus. Der Geruch von feuchtem Moos stieg aus dem Keller, die Aromen mediterraner Kräuter umwehten sie in der Küche, die Holzdielen dufteten nach Kiefernharz und Orangenöl. Moritz roch nach saurer Milch und Kochkäse, es war schwer auszuhalten. Sie besorgte ihm im Internet ein Rasierwasser, das an Beifuß, Lavendel und Salbei erinnerte, so konnte sie ihn wieder besser ertragen. Er freute sich vor allem über den Namen, »Elvis«. Für sich kaufte sie ein Parfüm mit der Anmutung von Cannabis und Treibholz. Das passte irgendwie.

✵✵✵

»Wir haben in diesem Sommer viel zusammen unternommen, immer nur wir beide. Ich ließ mich durch die Tage treiben. An manche erinnere ich mich ganz genau, andere zogen spurlos an mir vorbei, so ist das mit meinen Erinnerungen. Ach, das sagte ich schon? Wir haben gekocht und gegessen, sind gewandert, haben Musik gehört, miteinander geredet. Also, vor allem hat Moritz gesprochen. Er hat gerne von seiner Familie erzählt. Das hatte etwas Melancholisches, denn tatsächlich waren alle näheren Familienmitglieder tot. In dieser Hinsicht ging es uns beiden ähnlich, auch ich habe niemanden mehr, und doch bin ich das genaue Gegenteil, ich spreche überhaupt nicht gerne von meiner Familie, es schmerzt zu sehr. Ihm hingegen schien das Reden und Erinnern auf eine für mich kaum fassbare Weise Halt zu geben. Es spendete ihm Trost, so als würde er mit ihnen dadurch in Kontakt bleiben. Er hat einmal gesagt, das habe mit der Therapie zu tun, die er nach dem Unfall seiner Eltern gemacht habe, da habe er gelernt, wie wichtig es sei, seine Wurzeln und seine Vergangenheit zu kennen. Und er meinte, wir passten so gut zusammen, weil wir beide Waisen seien. Damals wusste ich mit solchen Aussagen nichts anzufangen, aber vielleicht hatte er recht.«

Auf einem Vertiko im Wohnzimmer standen Bilder von Moritz' Familie, eine große Aufnahme seiner Mutter, einer dunkelhaarigen Frau mit weichen Gesichtszügen und einem klaren und durchdringenden Blick, Fotos der Großeltern, ein kleines Bild von der Hochzeit seiner Eltern. Maxi erinnerte sich, wie Moritz das erste Mal von dem Unfall gesprochen hatte. Er selbst hatte ihn schwer verletzt überlebt, die Eltern starben. Irgendwann zeigte er ihr ein Foto des Unfallwagens, ein Haufen zusammengeknäulten Blechs, und das Urteil, das gegen den Unfallgegner ergangen war. Er hatte sogar ein kleines Dossier über den Mann erstellt.

Am liebsten sprach Moritz über ihre Zeit in Johannisberg, als für ihn noch alles gut war. An manche Begebenheiten erinnerte sich Maxi so präzise, als hätte sie eine Videoaufnahme abgespeichert.

Sie sah genau vor sich, wie sie in der ersten Pause in der neuen Schule auf den Hof trat und Fritz und Moritz erblickte. Der coole, blonde Fritz, groß gewachsen und schlaksig, trug einen lässig weit geschnittenen schwarzen Hoodie über himmelblauen Jeans und weißen Sneakern. Maxi fand sein freches Lachen voll süß. Neben ihm stand Moritz, ein bisschen kleiner, ein bisschen pummelig. Er bemühte sich schon damals, wie Elvis Presley auszuschauen, und trug eine komische Lederjacke. Die dicken Lippen passten ganz gut zu der Haartolle und dem schmachtenden Blick, den er ihr zuwarf. Solche Blicke, mal offen, mal verstohlen, bemerkte Maxi seit einiger Zeit von den Jungs und den Männern, und sie konnte sich nicht entscheiden, ob sie geschmeichelt sein sollte oder genervt oder beides zusammen. An diesen Blicken hatten der Unfall und die Verbrennungen nichts geändert. Die sah nämlich niemand, bloß sie selbst wusste davon, weil sie sie jeden Moment spürte. Sie lief zu den beiden hin, lächelte Fritz an, Moritz lächelte zurück. Sie kam mit den beiden ins Gespräch, und sie waren für eine Weile unzertrennlich gewesen.

Moritz wollte immer wieder wissen, wie sie dies oder jenes aus ihrer Johannisberger Zeit fand, aber an manche Personen erinnerte sie sich nur vage, zum Beispiel an ihren damaligen Betreuer, den Rechtsanwalt Bürger, bei dem sie vor Kurzem gewesen waren, und zu manchen Begebenheiten fiel ihr gar nichts ein. Auch an die Pflegeeltern hatte sie nur wenige und oberflächliche Erinnerungen. Markus war ein wortkarger Choleriker, und Gerlinde sagte alles zwei- oder dreimal. Es war merkwürdig, dass manche Erinnerungen scheinbar aus dem Nichts auftauchten und andere sich hartnäckig dem Auftauchen im Bewusstsein verweigerten. Früher, als sie im Autopilotenmodus funktionierte, hatte sie es leichter gehabt, da musste sie sich solche Gedanken nicht machen. Moritz' Obsession für die Vergangenheit war ihr unheimlich. Unheimlich waren ihr auch ihre Gedächtnislücken. Dass sie anderen etwas verschwieg, dafür konnte es gute Gründe geben. Aber sich selbst etwas verschweigen, was sollte das? Wer entschied, was es wert war, im Gedächtnis zu bleiben?

Merkwürdige Dinge passierten ihr immer noch. Zum Beispiel jener Abend, der sich ihr in vielen Einzelheiten einprägte, ohne dass sie verstand, was so wichtig gewesen sein könnte, bis die Erinnerungen plötzlich abbrachen.

Moritz hatte Zanderfilets gebraten und mit Hummerkraut angerichtet, eines der vielen Rezepte von Opa Karl, der ein leidenschaftlicher Hobbykoch gewesen war. Dazu gab es einen fruchtigen Riesling aus Hattenheim. Er hatte erklärt, warum zu diesem Gericht ein Wein mit weniger Säure überhaupt nicht passen würde, sie hatte sich das geduldig angehört und die Crème Brûlée, die es zum Dessert gab, gebührend gelobt.

Irgendetwas war ihr an diesem Abend von vornherein nicht geheuer gewesen. Vom Hafen her hörte sie das Tuckern der Boote, und vom kleinen Gärtchen wehte Rosenduft auf die Terrasse hinter dem Haus. Eigentlich war alles ganz friedlich.

»Ich hab mir nach dem Unfall der Eltern die Mühe gemacht, mehr über meine Familie zu erfahren, ich habe sogar einen

Stammbaum gezeichnet«, sagte Moritz, nachdem sie den Tisch leer geräumt hatten. »Das Fotoalbum von Opa hat mir dabei geholfen. Ich zeig dir nur die Fotos von den Leuten aus dem Rheingau, damit es für dich nicht zu langweilig wird.«

Moritz holte ein Album aus dem Wohnzimmer. Der grüne Ledereinband war brüchig, auf schwarzem Karton waren vergilbte Schwarz-Weiß-Bilder mit Fotoecken befestigt, unter den meisten Fotografien waren mit einem weißen Stift Anmerkungen notiert, die Seiten waren mit einer Art Zellophanpapier voneinander getrennt.

»Das ist es.«

Auf der ersten Seite stand der Name Karl Meyerhofer. Es folgte eine Aufnahme von der Hochzeit der Eltern von Karl, die ernst und angespannt in die Kamera schauten. Moritz erklärte, dass solche Fotos damals ganz ungewöhnlich waren, die Belichtungszeiten ewig dauerten und die Menschen lange stillhalten mussten, was ihren angestrengten Ausdruck erkläre. Er hatte zu allem etwas Kluges und Lehrreiches zu sagen, das Streberhafte von Moritz ging ihr auf den Wecker. Andererseits spürte sie an diesem Abend, dass sie ihn immer besser leiden konnte. Er meinte es gut, und manchmal half er ihr mit seinen Belehrungen weiter. Die Leute mit dem strengen Blick auf den Fotos wurden sympathischer. Nach dem Hochzeitsfoto kamen Bilder von Karl und seinen drei Geschwistern als Kleinkinder in Matrosenanzügen, als Schulkinder mit Kommunionkerze vor der Kirche. Auch die guckten ziemlich angestrengt.

Eine Fotografie ein paar Seiten später zeigte drei Soldaten, die mit einer Mischung aus Verwegenheit und Angst in die Kamera blickten.

»Opa mit zwei Kameraden, Adolf Bürger und Egon Wächter, in Frankreich«, erklärte Moritz.

Es folgten Bilder der beiden Brüder von Opa Karl, »die im Krieg geblieben waren«, wie Moritz sich ausdrückte. Was für eine fürchterliche Vorstellung, dachte Maxi, dass Menschen im

Krieg bleiben, so als ob sie nach ihrem Tod nie Ruhe finden sollten. Meine Mutter ist im Feuer geblieben, da brennt sie noch heute, flüsterte eine gemeine Stimme, die sie sofort wieder verscheuchte.

Moritz fuhr mit seinen Erläuterungen fort. Als Nächstes war Opa Karl mit einem der beiden Kriegskameraden in Polizeiuniformen des Landes Hessen zu sehen. Es folgten Bilder diverser Familienfeiern, Hochzeiten, Taufen, Beerdigungen. Die Eltern von Karl starben kurz hintereinander. Karls Schwester Liselotte heiratete Wilhelm Hofmann.

»Auf dem Bild siehst du Opa Karl und Wilhelms Schwester Gerda, die waren Trauzeugen. Daneben Gerdas Ehemann Peter Busch, und der schmale Mann mit der verrutschten Krawatte ist Wilhelms Bruder Horst, dein Opa. Alles hängt mit allem zusammen.«

Maxi wurde müde, es waren zu viele Bilder und zu viele Namen in zu kurzer Zeit, aber Moritz setzte seinen Vortrag unerbittlich fort. Hätten sie den Stammbaum und das Album später nicht noch einmal angesehen, wären die Erinnerungen vermutlich wieder verblasst, doch so blieben sie im Gedächtnis. Es folgte die Hochzeit seines Opas mit Oma Martha, einige Jahre später wurden Wilhelms und Liselottes Sohn Wolfgang und Moritz' Mutter Simone geboren, danach Wilhelms und Liselottes Tochter Gerlinde. Ein paarmal wies Moritz auf Maxis Opa hin, auf einem oder zwei Bildern erkannte sie ihre Oma in jungen Jahren.

Später wurden die Fotografien farbig. Moritz' Mutter begann bei der Polizei, ein Foto zeigte sie in Uniform am Tag ihres Dienstantrittes. Gerlindes Tochter Johanna wurde geboren, die Gruppe auf dem Familienfoto war wesentlich kleiner als auf sonstigen Festen, Gerlindes Vater fehlte, worauf Moritz extra hinwies. Opa Karl habe ihm kopfschüttelnd erzählt, dass sein Freund Wilhelm es nicht akzeptieren konnte, dass Gerlinde den Vater ihres Kindes verschwieg, und deswegen nicht zur Taufe gekommen war.

1998 heiratete Simone Meyerhofer Stefan Berghaus. Die Braut war in anderen Umständen, die Hochzeitsgesellschaft überschaubar klein.

»Mein Vater kam aus Russland und hatte hier keine Familie. Mama hat mir später erzählt, dass sie unbedingt ein Kind wollte. Als es endlich klappte, hat sie nicht lange gefragt, ob er der Richtige für sie war.«

Den sehnsuchtsvollen Blick hatte Moritz schon auf den Kinderfotos. Er erzählte, dass der Vater Elektroingenieur war und für seine Firma immer wieder ins Ausland reisen musste, seine Mutter hatte häufig Schichtdienst. Er sei deswegen oft bei Oma und Opa gewesen, manchmal auch bei Tante Gerlinde.

2001 starb Wolfgang Hofmann an Leukämie, sein Vater Wilhelm wenige Wochen später, die Begräbnisse hatte Karl Berghaus gewissenhaft dokumentiert.

»Auf dem Bild bin ich fünf.« Moritz zeigte auf ein Gruppenfoto, auf dem links ein kleiner Bub an der Hand von Karl Meyerhofer stand. »Das war Tante Gerlindes Hochzeit mit Markus. Alle waren da, ihre Mutter Liselotte, ihr Onkel, Opa Karl, ihre Cousine Simone, meine Mutter also, Tante Gerda und deine Mutter, auch eine Cousine von Gerlinde. Das da ist Johanna.« Er deutete auf ein finster in die Kamera blickendes Mädchen, das vielleicht elf oder zwölf war. »Mein Vater war mal wieder nicht dabei, er war auf einer seiner Geschäftsreisen.« Er zeigte auf eine Frau am anderen Rand des Bildes, die Maxi an ihre Mutter erinnerte. Pauline sah aufgedunsen und missmutig aus, so kannte Maxi sie. »Wo hast du damals eigentlich gesteckt? Du warst doch schon auf der Welt.«

Woher sollte sie das wissen? Der Familienrückblick wurde Maxi immer unbehaglicher.

»Dahinten stehen Fritz und seine Eltern.«

»Gehören die auch zum Clan?«

Moritz grinste. »Seine Mutter ist eine Freundin von Gerlinde gewesen, und Oma Helene ist die Schwägerin von Gerlindes Tante Gerda.«

Man brauchte tatsächlich einen Stammbaum, um den Überblick in dieser Familie zu behalten.

Es folgten Bilder, die Moritz mit seinen Großeltern zeigten, am Schiersteiner Hafen in einem Kanu, in der Fasanerie vor dem Wolfsgehege, im Sessellift über Rüdesheim. Er schloss das Album und wischte auf seinem Tablet.

»Magst du noch ein paar neuere Fotos anschauen?«

War das sein Ernst? Offensichtlich schon, er hielt ihr das Tablet hin. Auf dem Display waren Aufnahmen von Moritz und Fritz zu sehen, bei der Einschulung, bei Kindergeburtstagen, im Schwimmbad, auf Fastnachtsumzügen und Feiern.

»Am Fastnachtssonntag ist immer ein Umzug, abwechselnd in Marienthal, Johannisberg und Aulhausen.«

»Ich musste zum Glück nie dabei sein.« Die Bemerkung war ziemlich patzig, aber Moritz bemerkte das gar nicht. Er war nicht zu bremsen.

»Und in der Talmühle gab es an Altweiberfastnacht immer eine Sitzung.« Er zeigte ihr Bilder mit kostümierten Narren: Cowboys, ein Indianerhäuptling, eine Squaw, Piraten, Ballerinas, ein Clown und ein Arzt mit Pestmaske, eine Haremsdame, ein Scheich, Panzerknacker. »Später sind unsere Familien da nicht mehr hingegangen.«

An eine oder zwei dieser Veranstaltungen erinnerte sich Maxi vage, aber nicht an Moritz oder Fritz. »Verständlich«, murmelte sie. »Ist nicht jedermanns Humor.«

»Jetzt kommen die Fotos von unserer Zeit in Johannisberg. Magst du noch?«

Sie nickte, aber obwohl Moritz nun die Bilder zeigte, die sie interessieren sollten, rauschte der Rest des Abends an ihr vorbei und hinterließ keine Spuren in ihrem Gedächtnis.

✳✳✳

»Entschuldigen Sie bitte, ich war in Gedanken. Sie wollen wissen, wie es mit Moritz und mir weiterging? Wir wurden ein

Paar. Moritz zeigte echtes Interesse an meiner Person, versuchte, mich im Leben voranzubringen, war zuverlässig, zärtlich und rücksichtsvoll, etwas Besseres hätte mir nicht passieren können.«

An manchen Abenden las Moritz mit heiligem Ernst etwas vor. Er hatte eine Sammlung von Ansichtskarten, auf denen Gedichte vor dem Hintergrund des Konterfeis ihrer Verfasser gedruckt waren. Er hatte alle Ansichtskarten doppelt. Einmal zum Vorlesen und einmal in seinem Arbeitszimmer an die Wand gepinnt. In der Schule war Lyrik für Maxi eine Qual gewesen, geschraubte Worte aus früheren Zeiten. Aber wenn sie Moritz zuhörte, fühlte es sich anders an.

»Und jedem Anfang wohnt ein Zauber inne, der uns beschützt und der uns hilft zu leben.«

»Der reife Sommer über Nacht will sich zum Feste färben, da alles in Vollendung lacht und willig ist zu sterben.«

Solche Worte gingen ihr nicht mehr aus dem Sinn. Manchmal hoffte Maxi, dass sie ein besserer Mensch werden könnte.

Bisweilen waren die Vorträge von Moritz auch praktischer Natur. Er war ein Technikfreak, der Computer selbst zusammenbaute und Handys reparierte, im ganzen Haus Überwachungskameras installierte und als Nächstes den Kühlschrank in sein »Smarthome« integrieren wollte.

Die Technikaffinität, so nannte er diesen Spleen, habe er vom Vater.

»Heute sind fast alle deine Daten digital«, führte er einmal aus. »Wenn das Gerät weg ist, auf dem sie gespeichert sind, so wie es dir im Sommer mit dem Handy passiert ist, bist du völlig aufgeschmissen. Deswegen ist es ganz elementar, die wichtigen Dateien zu sichern. Du kannst das auf einem NAS oder in einer Cloud machen.« Er erklärte die Vor- und Nachteile der Speicherungsmethoden und wie man Daten am besten vor unbefugtem Zugriff schützte, was ein gutes Passwort ausmache, das Pro und Kontra von Passwortmanagern. Er selbst nahm als Passwörter am liebsten die ersten Zeilen seiner Lieblingsgedichte; wenn sie lang genug waren, konnte keine Software sie knacken, weil sie nicht wusste, wonach sie suchen sollte, und deswegen unendlich viel Zeit brauchte.

»Was mein ist, soll auch dein sein«, sagte Moritz eines Abends in pathetischem Ton und unterstrich dies mit einer weit ausholenden Geste. Zuvor hatte sie eine passable Gemüselasagne auf den Tisch gebracht und er ihre Kochkünste ausgiebig gewürdigt. »Wirklich alles, inklusive Kellergewölbe?«, fragte sie scherzend.

Er eröffnete ihr, dass er ein Testament gemacht habe und sie das Haus erben werde.

»Ist das nicht ein wenig voreilig?«, fragte sie und hätte sich am liebsten gleich auf die Zunge gebissen. Warum ließ sie ihn nicht machen?

»Das passiert ja erst in ferner Zukunft«, entgegnete er grinsend und selbstgewiss, »wenn wir bis dahin zusammenbleiben.«

Sie war gerührt, ein wohliges Gefühl breitete sich in ihrem Bauch aus. Im nächsten Moment begann die Narbe zu jucken, und sie ertappte sich dabei, zu überschlagen, wie viel die Hütte wert war.

»Das habe ich doch gar nicht verdient«, entgegnete sie, und das war leider die Wahrheit. Es passte nicht zu ihrem Karma.

»Apropos Kellergewölbe: Ich muss dir etwas zeigen.«

Er nahm sie an der Hand, zog sie vom Stuhl hoch und stieg mit ihr in den Keller hinunter. Im hintersten Winkel des Gewölbes stand ein alter Tresorschrank. Moritz schloss ihn auf, entnahm ein Ringbuch und einen kleinen Koffer. Wieder oben angekommen, setzten sie sich an den Küchentisch, er klappte das Ringbuch auf und zählte die Namen der Goldmünzen auf, die Opa Karl im Lauf seines Lebens gesammelt hatte. Russische Tscherwonez, tschechische Kronen, amerikanische Double Eagle, australische Känguru, österreichische Dukaten, südafrikanische Krügerrand, kanadische Maple Leaf, ein kleines Vermögen.

Dann öffnete er das Köfferchen. Drinnen lag eine schwarz schimmernde Pistole.

»Das ist die Luger von meinem Opa. Die hat er aus dem Krieg mit nach Hause gebracht. Ein Rückstoßlader Kaliber 9 Parabellum. *Si vis pacem, para bellum*, wenn du Frieden willst, bereite dich auf den Krieg vor. So lautet der lateinische Spruch, von dem sich der Name ableitet.«

»Hat meistens nicht so gut geklappt«, sagte Maxi flapsig, um ihre Faszination für die Waffe zu überspielen. »Kann man mit der richtig schießen?«

»Klar, ich hab Patronen im Tresor«, erwiderte Moritz und lächelte stolz.

»Und die gehört mir jetzt?«

»Erst nachdem du sie geerbt hast«, sagte Moritz und lachte. Dann zeigte er ihr, wie man die Luger entsicherte und wieder sicherte, wie man das Magazin entnahm, es lud und wieder in die Waffe steckte, wie man sie auseinanderbaute, reinigte und wieder zusammensetzte.

Sie beugte sich zu ihm hinüber und gab ihm einen langen, innigen Kuss. Sie musste sich unbedingt merken, wo er die Schlüssel für den Tresor aufbewahrte.

Im Bett war Moritz eifrig und ausdauernd, dabei ungestüm und anfangs ein bisschen einfallslos. Da er es ihr recht machen wollte, konnte sie ihm einiges beibringen. Er lernte schnell, dennoch war Maxi selten richtig bei der Sache. Anschließend wollte er wissen, wie es für sie gewesen sei. Das war niedlich und hätte eine ehrliche Antwort verdient. Aber sie konnte schlecht sagen, es sei ganz okay gewesen, ihr im Grunde jedoch egal. Dann hätte er sich bloß noch mehr Mühe gegeben und noch intensiver nachgefragt. Außerdem wäre es ihr undankbar vorgekommen, sie wollte ihn nicht verletzen. Unklug wäre es überdies gewesen. Also lobte sie ihn, wie bei allem anderen, was er tat, und Moritz war damit zufrieden. Er schaute dann wie ein großer Junge, der es Mama recht gemacht hatte.

Maxi mochte sich nicht leiden, wenn sie so abgebrüht war und derart hässliche Dinge dachte, aber ändern konnte sie es nicht.

Ihr kam in jener Zeit oft eine Geschichte in den Sinn, die ihre Mutter erzählt hatte: Ein Skorpion bat einen Frosch, ihn über einen Fluss zu bringen. Der Frosch lehnte zunächst ab, aus Angst, vom Skorpion gebissen zu werden. Doch der Skorpion überzeugte den Frosch, er werde das nicht tun, weil er, der Skorpion, doch nicht schwimmen könne und dann ertrinken würde. Mitten im Fluss stach der Skorpion zu. Als der Frosch im Sterben fragte, warum er das getan habe, jetzt müsse er doch auch sterben, sagte der Skorpion nur, so sei nun mal sein Charakter.

In den Nächten schlief Maxi immer unruhiger. Morgens berichtete Moritz, sie habe wieder im Schlaf geredet, und Maxi war sehr besorgt, was sie alles von sich preisgegeben hatte. Sie hätte zu gerne gewusst, ob man im Schlaf die Wahrheit aussprach, so wie man es Kindern und Betrunkenen nachsagte. Aber das war bestimmt Bullshit. Erzähl doch mehr von dir, das befreit, forderte Moritz sie immer wieder auf. Das war ebenfalls Bullshit.

✳✳✳

»Jetzt war ich schon wieder einen Augenblick abwesend. Es waren ein paar Minuten? Das tut mir leid. Kennen Sie die Fasanerie? Das ist ein Tierpark, nicht weit entfernt von der Polizeiakademie. Moritz hat mir dort eine Stelle besorgt. Ich war froh, rauszukommen, immer nur zu Hause hocken, Filme gucken oder lesen war auf die Dauer langweilig. So konnte ich wenigstens einen kleinen Teil zum gemeinsamen Lebensunterhalt beitragen. Der Job war gar nicht übel. Ich finde zwar, dass man Lebewesen nicht einsperren soll, jedes hat die Freiheit verdient. Aber man muss Kompromisse machen, und den Tieren dort geht es gut. Für die Familien und Schulklassen, die zu Besuch

kommen, ist der Aufenthalt ein tolles Erlebnis, sehr lehrreich.
Besonders beliebt sind die Raubtierfütterungen.«

Die Fasanerie lag an der Straße zwischen Wiesbaden und Schlangenbad. Maxi erinnerte sich an den gekachelten Kühlraum, in dem das Fleisch lagerte. Dorthin ging sie jeden Vormittag. Der Raum roch nach geronnenem Blut und Tod. Sie griff zum Wetzstein, schärfte das Metzgerbeil und die Messer, warf die Teile der toten Tiere auf das Hackbrett und schlug zu. Nicht allzu oft, die Wölfe sollten noch etwas zu tun haben. Dann packte sie die Fleischbrocken in eine Kiste und fuhr mit einer Karre zum Gehege, wo schon die Meute der Schaulustigen wartete. Die Wölfe verharrten in der Deckung des Waldes, sie hatten Witterung aufgenommen. Von einer Plattform aus warfen Maxi und eine Kollegin das Fleisch über den Zaun. Das Rudel stürmte heran. Der Leitwolf fraß zuerst, die Schwächeren wurden weggebissen.

Maxi war fasziniert. »Was für Bestien«, sagte sie zur Kollegin.

»Du hast dir wohl das Märchen vom bösen Wolf zu sehr zu Herzen genommen«, spottete die. »Wölfe sind sehr soziale Wesen. Der Stärkere kommt zwar zuerst, aber es gibt immer Fressen für alle. Und Menschen tun sie nichts. Wir müssen nicht vor dem bösen Wolf Angst haben, sondern vor bösen Menschen.«

Die Arbeit an der frischen Luft tat ihr gut, zumindest dachte Maxi das eine ganze Weile. Für die Tiere war gesorgt, doch Maxi wurde von Woche zu Woche unsicherer, ob sie glücklich waren. Wölfe waren Raubtiere, sie wollten durch die Gegend streifen, jagen, auf die Pirsch gehen, ihre Beute selbst erlegen. Halb domestiziert waren sie nur noch ein Schatten ihrer selbst, brav, zahnlos, wehrlos, auf den guten Willen derer angewiesen, die sie in Gefangenschaft hielten, ausgestellt zur Belustigung der Zuschauer, die die Gefangennahme und Verköstigung als Ausdruck der Freundlichkeit und Großzügigkeit ihrer Art feierten. Manchmal fühlte Maxi mit den Wölfen und hasste die Menschen.

In dem Haus am Schiersteiner Hafen kümmerte sie sich mittlerweile um den Haushalt. Oft war sie traurig und bedrückt, ein Schatten legte sich auf ihr Leben, die Dinge verloren ihre Farbe, alles wurde zu einem Schwarz-Weiß-Film, den sie mit wechselndem Interesse betrachtete. Dabei war sie in Sicherheit und hatte es gut. Aber irgendetwas stimmte nicht. Sie dachte immer wieder an die Großmutter, an das alte Haus in der Nähe des Mainzer Volksparks. Dort hatte sie die einzig gute Zeit ihres Lebens verbracht. Damals hatte sie ein Zuhause, noch nichts Schlimmes erlebt, Wärme und Geborgenheit bestimmten ihr Leben, die Zukunft stand ihr offen. Nun saß sie oft im Wohnzimmer am Fenster, blickte abwesend auf den Hafen und stemmte sich gegen die dunkel wabernde Flut, die ihr Herz umspülte und zu ertränken drohte.

Vielleicht halfen die Erinnerungen an damals, dachte sie. Der Kuchen duftete nach gebratenen Äpfeln, Karamell und Zimt, die heiße Schokolade schmeckte bittersüß. Sie spürte das wohlige Gruseln, das sie erfasste, wenn Oma das Märchen vom Rotkäppchen vorlas oder von den sieben Geißlein, von Hänsel und Gretel oder Hans im Glück. Oder wenn sie mit ihr den Struwwelpeter betrachtete, der sich aller Konvention und allem guten Betragen widersetzte, oder die Geschichten von Max und Moritz, die alle an der Nase herumführten. Warum endeten die Märchen gut und alle anderen Geschichten schlecht? Egal. Sonntags ging Oma mit ihr in die Kirche, dort roch es nach Weihwasser und Weihrauch, und wenn der Pfarrer streng schaute und Dinge erzählte, die sie nicht verstand, übersetzte Oma das mit »Glaube, Liebe, Hoffnung, so einfach ist das, mein Kind«.

Es gab sie, die guten Erinnerungen. Aber es gab auch die Schatten, die auf sie fielen. Jede gute Zeit hatte ihr Ende, alles war im Fluss, geriet ins Treiben. Kleine, unbedeutende Rinnsale flossen zusammen, bildeten einen dunklen Strom, der anschwoll, bis er alles mit sich fortriss. Nichts blieb an seinem Ort. So hatte es sich angefühlt, als Oma starb und sie zu ihrer Mutter musste.

Gegen diese Erinnerungen stemmte sie sich mit aller Kraft, sie versuchte, sich abzulenken. Sie streamte so viele Filme und Serien, wie sie konnte, verschlang die dazu passenden Bücher. »Zeit der Wölfe«, »Es«, »Star Wars«, »Herr der Ringe«, »Game of Thrones«. Das junge Mädchen, das mit den Wölfen durchbrannte, der Horrorclown, der eine fürchterliche Vergangenheit heraufbeschwor, der Heilsbringer, der zur dunklen Seite der Macht wechselte, Wesen, die gegen die Verführungen der Macht kämpften, die missbrauchte Frau, die die Sklaven befreite und ihre Heimatstadt niederbrennen ließ, all diese Figuren aus Filmen und Büchern wurden ihre ständigen Begleiter.

✻✻✻

»Entschuldigen Sie bitte die langen Pausen. Ich brauche Zeit, in der ich mich sammle und meine Gedanken auswähle und ordne. Also weiter im Text. Im Herbst bin ich das erste Mal nach vielen Jahren wieder in das Johannisberger Mühlental gefahren. Für mich fühlte es sich an wie eine Zeitreise. Nach dem Tod meiner Mutter lebte ich einige Jahre bei ihrer Cousine Gerlinde. Sie besitzt zusammen mit ihrem Mann Markus Wächter ein Weingut und betreibt den Gutsausschank ›Zur Johannisberger Hölle‹. Dass ich Moritz und Fritz aus der Schule kannte, habe ich Ihnen schon erzählt. Fritz lebte mit seiner Familie in der Nachbarschaft der Talmühle, Moritz war sein Freund und um ein paar Ecken mit Tante Gerlinde verwandt, die er öfter besuchte. Helene, die Großmutter von Fritz, hatte im Herbst einen Schlaganfall. Sie hat es überlebt und war bloß noch geschwächt. Fritz machte ein Praktikum in einem kalifornischen Weingut, seine Mutter ist vor ein paar Jahren nach Straßburg gezogen, und die alte Helene wollte unbedingt in ihrem Haus bleiben. Also habe ich es übernommen, mich um sie

*zu kümmern. Moritz hat mir ein Auto gekauft, einen uralten
Opel Kadett Kombi. Dass der noch einmal eine TÜV-Plakette
bekommen hat, war ein Wunder. Ich habe Einkäufe vorbei-
gebracht, die Wäsche gemacht und im Haushalt geholfen.«*

Frische rote Farbe, die nicht ganz den Ton der Lackierung
traf, überdeckte die rostigen Stellen des Autos. Braune Pflaster
fixierten die Hupe am Lenkrad, ein Fleischerhaken hielt das
Fenster der Beifahrertür in Position. Maxi nannte ihn Millennium Falcon, als sie an einem grauen Herbsttag erstmals in den
Kadett einstieg und hoffte, dass sie mit ihm so weit kommen
würde wie Han Solo und Luke Skywalker mit der schnellsten
Schrottmühle der Galaxis.

Sie fuhr den Fluss entlang, Nebelbänke lagen über dem
Rhein und streckten ihre Finger nach den umliegenden Hügeln
aus. Das alte Gefährt schnaufte wie Darth Vader vor seinem
letzten Gefecht. Ich hab da ein ganz mieses Gefühl, dachte sie
und war erstaunt über das innere Vibrieren, das sie während
der Fahrt durch den Nebel begleitete. Bei Winkel nahm sie die
Straße nach Johannisberg hinauf, ließ das Schloss links liegen
und bog ins Mühlental ein. Als die Wolken aufrissen und die
Sonnenstrahlen durchließen, leuchteten die Hänge so unvermittelt in Gelb und Rot, dass ihre Augen schmerzten. Sie fuhr
an der Hölle und dem Anwesen vorbei, wo sie einige Jahre ihres
Lebens verbracht hatte. Direkt danach kam das Haus der alten
Helene.

Als sie das erste Mal klingelte, dauerte es eine Weile, bis
Helene öffnete, bei späteren Besuchen hatte sie einen Haus-
türschlüssel. Helene wirkte blasser und schmaler, als sie sie in
Erinnerung hatte, aber das faltige Gesicht strahlte Lebendigkeit
und Wachheit aus.

»Wie schön, dich nach so langer Zeit wiederzusehen«, sagte
die Alte. Sie deutete auf die Taschen mit den Einkäufen und bat
Maxi, sie in die Küche zu bringen. Dort duftete es nach Apfelkuchen und heißer Schokolade. »Das mochtest du so gerne.«

Apfelkuchen und Schokolade hatten Maxi immer an ihre Mainzer Jahre erinnert, und das taten sie jetzt wieder.

»Du sollst dich doch schonen«, sagte sie mit gespieltem Vorwurf.

»Ausruhen kann ich mich, wenn ich unter der Erde liege«, wischte Helene ihre Ermahnungen beiseite und machte dabei eine wedelnde Handbewegung, als verscheuche sie einen hübschen, aber lästigen Falter. »Lass den Einkauf erst mal stehen. Du kannst das Tablett mit dem Kuchen und der Schokolade nach draußen tragen, das klappt noch nicht so gut bei mir.«

Sie gingen auf die Terrasse hinter dem Haus, die von den letzten Sonnenstrahlen des Tages erwärmt wurde, und setzten sich an den großen Tisch, an dem sie früher mit Moritz und Fritz gesessen hatte. Helene sprach über die verrückten Zeiten, die herrschten, über Angst, Unsicherheit und Einsamkeit. Manche stellten aus Angst ihr ganzes Leben auf den Kopf, besser gesagt, sie stellten es weitgehend ein, andere witterten hinter jeder Mahnung zur Vorsicht ein Komplott dunkler Mächte und einen Angriff auf ihre Freiheit. Sie sprach flüssig und klar, unaufgeregt und abwägend. Falls der Schlaganfall Narben hinterlassen hatte, waren sie für Maxi nicht zu bemerken. Der Apfelkuchen war so köstlich wie damals, ein fast salziger Mürbeteig trug einen saftigen Belag aus süßsauren Äpfeln und karamellisierten Mandeln.

»Bei den Äpfeln bin ich Selbstversorgerin«, sagte Helene lachend und deutete auf die Obstbäume im Garten, der sich bis zum Elsterbach hinunterzog und einer Streuobstwiese ähnelte.

Eine Weile saßen sie schweigend beieinander.

»Warst du schon bei Gerlinde und Markus?«, fragte Helene dann.

»Nein.« Nach einer Pause fügte sie hinzu, als ob das eine Erklärung wäre: »Da zieht mich nichts hin.«

Helene nickte, sie schien nicht überrascht. »Ich habe verstanden, dass dich hier nicht mehr viel hielt, nachdem Moritz und Fritz weg waren, aber alle waren erstaunt, dass du dich so plötzlich aus dem Staub gemacht hast.«

»Das klingt, als ob ich etwas ausgefressen hätte.«

»So war es aber nicht gemeint. Ich fand es nur schade, dass du damit nicht bis nach dem Abi gewartet hast.«

Da sprach die frühere Lehrerin. Aber mit Fritz und Moritz hatte sie recht; wären die beiden geblieben, wäre sie nicht gegangen.

»Es war auch für dich schwer. Alle waren plötzlich weg, und du warst ganz allein«, entgegnete sie.

Helene lachte. »Danke für die Anteilnahme«, antwortete sie mit einem Anflug von Sarkasmus. »Für alle anderen war es schwerer. Fritz musste mit seiner Mutter in ein Land ziehen, in das er nicht wollte, Moritz verlor seine Eltern bei diesem fürchterlichen Unfall und du deine Freunde.«

»Fritz hätte sich aus Straßburg melden können, Moritz war irgendwann wieder aus der Klinik draußen«, sagte Maxi eine Spur zu heftig. Sie wollte cool bleiben und der Alten nicht zeigen, wie verletzt sie damals gewesen war.

»Da kam Philipp zur rechten Zeit.«

An den konnte sich Helene also noch erinnern.

»Bist du mit ihm weggegangen? Warum ausgerechnet mit Philipp?«

Maxi wollte nicht antworten, dass sie damals im Autopilotenmodus funktioniert hatte. Dann hätte sie erklären müssen, was das war, und es wäre kompliziert geworden. Also sagte sie, was sie sich vor einiger Zeit als Antwort auf diese Frage zurechtgelegt hatte. Dass Philipp ein Angebot hatte, in Südfrankreich in einem Club als Animateur zu arbeiten. Dass sie immer mehr das Interesse an der Schule verloren, keine Perspektiven für sich gefunden hatte, dass ihr der Sinn nach Abenteuer stand und dass sie deswegen die Chance ergriff, als er ihr vorschlug mitzukommen. Das war die Wahrheit, wenn auch nicht die ganze. Doch den anderen Teil kannte sie in jenem Herbst, als sie mit Helene auf der Terrasse saß, Apfelkuchen aß und Schokolade trank, selbst nicht so genau.

»Und was ist aus euch geworden?«

Maxi erzählte, dass sie bald beide in Ferienclubs gearbeitet hatten, Philipp hatte ihr den Job, erst in der Kinderbetreuung, später als Surflehrerin und Bootsführerin vermittelt. Dass sie rund ums Mittelmeer gereist waren, immer der Sonne nach, und dass sie in der Saison genug verdienten, um im Winter, wenn die meisten Clubs und Ferienresorts geschlossen hatten, bescheiden leben zu können. Dass das eine wunderbare Zeit gewesen sei, der die Pandemie und der Lockdown, der in Frankreich noch heftiger ausgefallen sei als hierzulande, ein Ende bereitet hätten.

»Und was ist jetzt?«

Die Alte konnte hartnäckig sein.

»Ich hab ihn aus den Augen verloren.«

»Das ist alles?«

Das war alles, was sie sagen wollte. Sie schlug vor, die Einkäufe einzuräumen und die Wäsche zu machen. Danach fuhr sie nach Hause.

Ein paar Tage später besuchte sie Helene erneut. Wieder brachte sie Einkäufe, wieder aßen sie Apfelkuchen und tranken Schokolade, wieder half Maxi im Haushalt.

»Willst du nicht mal Gerlinde besuchen?«, fragte Helene, als die Arbeit getan war.

»Das hast du schon mal gefragt.«

»Ihr könntet in die Pilze gehen. Das habe ich Gerlinde beigebracht, als sie zu mir in die Schule ging. Dieses Jahr ist ein gutes Pilzjahr, doch für mich ist es zu beschwerlich geworden, stundenlang durch den Wald zu laufen«, sagte sie wehmütig.

»Habt ihr das damals nicht auch zusammen gemacht?«

Daran erinnerte sich Maxi. Aber sie wollte nicht schon wieder über die Vergangenheit sprechen. Sie machte Anstalten zu gehen. Doch Helene ließ das nicht zu.

»Ich stelle keine weiteren Fragen. Versprochen!«, beteuerte sie. »Lass uns noch ein wenig plaudern.«

Sie erzählte von ihrer Begeisterung für Pilze, von den langen

Wanderungen durch den herbstlichen Wald und der meditativen Stimmung, in die sie das geduldige und konzentrierte Absuchen des Waldbodens versetzte. Maxi tat interessiert, fragte nach, sie war froh über den Themenwechsel. Helene holte Bestimmungsbücher aus einem Regal und zeigte ihr ein Säckchen mit getrockneten Pilzen. Sie deutete auf ein Gerät auf der Küchenanrichte, das einer Mikrowelle ähnelte, das sei ein Dörrautomat, für den sie keine Verwendung mehr habe, ob Maxi den haben wolle? Damit könne man Pilze trocknen.

Das hatte Maxi nicht vor zu tun, aber Helene ließ nicht locker. Sie müsse ihr etwas zeigen. Sie führte sie eine steile und schlecht beleuchtete Treppe hinab in den Gewölbekeller, der dem von Moritz' Haus ähnelte. Maxi schimpfte, die Treppe sei viel zu gefährlich für sie, was Helene mit der unwirschen Antwort quittierte, das wisse sie selbst. Alleine würde sie nicht in den Keller hinuntersteigen, sie sei schließlich nicht lebensmüde. Maxi hatte da so ihre Zweifel.

In einem Raum des feuchten Gewölbes standen Kisten, die mit einem Granulat gefüllt waren, einige Lampen, eine Sprühflasche. In einer der Kisten keimten ein paar Pilze. Helene erklärte ihr, sie habe in den letzten Jahren begonnen, Pilze zu züchten, ein Gewölbekeller sei dafür ideal. Die Zucht könne sie nicht weiterführen, Maxi habe ja selbst gesagt, die Treppe sei zu gefährlich. Ob das nicht etwas für sie und Moritz sei? Sie könnten das gesamte Equipment haben, Zuchtanleitungen habe sie noch oben in der Küche, und neue Sporen könne man im Internet kaufen.

Maxi versprach, es sich zu überlegen, und als sie mit Moritz darüber redete, meinte der, man müsse alles tun, um Helene davon abzuhalten, diese Treppe zu benutzen. Wenn sie da hinunterstürze, dann sei es aus mit ihr. Einige Tage später holte Maxi die ganze Ausrüstung mit dem Kadett ab.

**

»Im Spätherbst kam die Frau, die ich in der Fasanerie vertreten hatte, zurück, und ich verlor meinen Job. Das war schade, ich habe die Arbeit mit den Tieren sehr gemocht, die Freude in den Augen der Kinder, wenn die Raubtiere gefüttert wurden, das Gespräch mit den Kollegen. Meine sozialen Kontakte reduzierten sich danach auf ein Minimum.*

Ich habe versucht, das Beste aus der Situation zu machen, mich zu arrangieren. Ich habe die Zeit genutzt, um viel zu lesen, zu kochen, habe eine kleine Pilzzucht aufgebaut. Ich habe mich um Moritz und um Helenes Haushalt gekümmert. Mein Leben wurde ein bisschen oldschool.

Dann sollten wir unsere Kontakte wieder stärker einschränken, und Moritz wollte, dass ich nur noch mit Maske zu Helene gehe. Ich fand, dass er es mit seiner Vorsicht übertrieb. Er war ganz besessen davon, wir könnten die alte, geschwächte Frau anstecken und nachher auf dem Gewissen haben.«

Maxi genoss die Treffen mit Schokolade und Apfelkuchen in den verschiedensten Variationen, Apfel-Wein-Torte, Tarte Tatin aux pommes, gestürzte Apfeltorte, gedeckter Apfelkuchen, Apfelstreusel, Apfel-Crumble. Aber je vertrauter sie miteinander wurden, desto neugieriger wurde Helene, desto hartnäckiger wurden ihre Fragen, über ihre Mutter, über Philipp, über die Zeit in Frankreich. Irgendwann begann Maxi, sich hinter Moritz' Vorschriften zu verstecken.

»Tut mir leid, Helene, aber ich glaube, Moritz hat recht. Wir müssen vorsichtig sein.«

Gedanken begannen, durch ihren Kopf zu wirbeln, es fühlte sich an wie eine Flut, die nicht mehr nachließ, wie ein Strudel, der sich immer schneller drehte. Wenn sie sich später an diese Gedanken erinnern wollte, war kaum noch einer greifbar. Bloß dass sie unzufrieden war, das blieb ihr im Gedächtnis. Den Sommer über hatte es ihr nur wenig ausgemacht, Kontakte einzuschränken. Die Beziehung zu Moritz war neu, seine Ansichten, seine Wünsche, sogar seine belehrenden Vorträge kamen ihr interessant und spannend vor. Außerdem gab es gute Gründe für ihre Zurückgezogenheit. Onlinekontakte waren in jener Zeit die einfachste Möglichkeit, Leute kennenzulernen. Doch sie erinnerte sich an die eindringliche Warnung von Philipp, sie solle niemanden auf sich aufmerksam machen, im Netz unsichtbar bleiben.

Sie war davongerannt, ohne zurückzublicken. In jenen Herbsttagen war sie müde geworden, wollte zur Ruhe kommen. Bloß bedeutete das Stillstand, und der machte sie unzufrieden, genervt, ungeduldig, ängstlich. Sie begann zu grübeln. Sie war geflohen, hoffte, sich in Sicherheit gebracht zu haben, aber stimmte das? War sie nicht vielmehr in eine Falle getappt? War es gut, das Heft des Handelns dauerhaft aus der Hand zu geben? Passte das zu ihr, oder büßte sie damit bloß für die Dummheit ihres Ex, ohne dass sie irgendetwas gewann? Wollte sie ihr Leben wirklich mit einem feinsinnigen Bullen bei Gedichten, Rotwein und kompliziertem Essen verbringen?

Eines Tages setzte sie sich in ihren Kadett. Es war trüb und regnerisch, vermutlich waren wenig Leute unterwegs, das konnte hilfreich sein. Sie redete der Schrottmühle gut zu, sie hoffte, dass das dem Anlasser half. War der Transporter von Han Solo nicht ein Schmuggler-Raumschiff gewesen? Ein wenig merkwürdig fand sie es schon, mit ihrem Auto zu sprechen. Aber mit wem sonst hätte sie sich über solche Sachen austauschen können? Mit Moritz bestimmt nicht. Wir schauen mal, was für uns drin ist, Falke. Vielleicht lag das Paket noch dort, wo sie es zuletzt gesehen hatte. Sie versuchte, in den Autopilotenmodus zu schalten.

Der Schuppen stand auf einem Schrebergartengelände in Biebrich, neben der Bonanza des Dicken Hoss. Hoffentlich war es dem im Garten zu ungemütlich und der Nachbar immer noch krank, dachte Maxi. Sie fuhr an Gewächshäusern vorbei ins Tal, folgte einem Weg zwischen Gärten, Wiesen und Bachlauf. Mittlerweile war hier alles braun und grau und nass und kalt. Sie hielt vor der Hütte mit dem albernen Namen. Das

Nachbargrundstück hatte der Kumpel von Philipp im Spaß Shiloh-Ranch genannt, darüber konnte er sich kringelig lachen.

Die Shiloh-Ranch war noch stärker heruntergekommen als damals. Das war ein gutes Zeichen. Der Besitzer war also immer noch krank, hatte das Paket nicht entdeckt und würde keine dummen Fragen stellen. Sie hatte den Tag gut gewählt, niemand war zu sehen. Sie atmete tief ein, zählte bis fünfzig und atmete wieder aus. So hatte sie es früher immer geschafft, sich zu beruhigen. Sie schaute sich noch mal um. Die Luft war rein.

Sie sprang aus dem Auto und huschte in den Garten. Als sie an dem vorderen Häuschen vorbeiging, war ihr mulmig zumute, aber sie musste weiter zu dem Geräteschuppen. Der Schuppen war nicht verschlossen, genau wie damals. Sie ließ die Tür halb offen, so fiel etwas Licht in den dämmrigen Raum. Das Bett in der Ecke stand so da, wie sie es vor Monaten verlassen hatte. Sie leuchtete mit dem Handy über den Boden und fand die Stelle, die sie suchte, holte ein Klappmesser aus dem Rucksack und hebelte das Dielenstück heraus.

Das Paket, ein verschnürter Plastikbeutel, lag immer noch genau dort, wo Philipp es deponiert hatte. Sie steckte es in ihren Rucksack, verschloss die Lücke im Fußboden wieder, ging eilig ins Freie, am vorderen Häuschen vorbei zu ihrem Auto. Erst jetzt entdeckte sie den Dicken Hoss, der sie und das Auto anglotzte. Sie winkte ihm zu, stieg in ihren Wagen, redete dem Falken gut zu und fuhr davon.

Als sie das Mosbachtal verlassen hatte, fuhr sie auf einen Parkplatz und inspizierte das Paket. An einer Stelle war es undicht, die reparierte sie mit Klebeband, das sie im Handschuhfach der Schrottmühle fand. Dann rief sie Helene an und fragte, ob sie etwas brauche. Die Alte gab ihre Einkaufsliste durch.

Zwei Stunden später war Maxi bei ihr, räumte die Einkäufe ein und verstaute das Paket im Gewölbekeller unter dem Haus. Danach ließ sie sich Helenes gestürzte Apfeltorte schmecken.

Die Tage wurden kürzer und trüber. In den letzten Jahren war das für Maxi und Philipp die Zeit gewesen, in der sie weiter nach Süden zogen, immer dem Licht und der Wärme hinterher. Maxi beschränkte die Besuche bei Helene auf das Notwendigste, dann musste sie sich ihre Fragen seltener anhören. Alte Menschen hatten viel Vergangenheit und nur wenig Zukunft, es war daher klar, dass Helene über die Vergangenheit sprechen wollte, die Zukunft war unsicher, und die Gegenwart gab nicht viel her. Maxi tat das nicht gut.

Moritz meinte, sie rede immer mehr im Schlaf. Es kam zu gereizten Wortwechseln. »Ist das wieder Philipp Bader, von dem du nachts sprichst?« – »Bin ich dir jetzt schon über meine Träume Rechenschaft schuldig?« – »Ach, träumst du von Philipp?« – »Das geht dich nichts an!« – »Ich will dir doch nur helfen.« – »Danke, kein Bedarf!« – »Das sehe ich anders, warum redest du denn sonst? Das ist doch ein Hilferuf!« – »Deine Küchenpsychologie geht mir auf den Keks, hör auf, mich zu stalken!«

Nach solchen Streitereien, in deren Verlauf Maxis Ton immer gereizter und der von Moritz immer bekümmerter wurde, zog er oft mit gekränkter Miene davon. Das war gut so, dann hatte sie eine Weile Ruhe, aber spätestens am nächsten Morgen, nachdem sie in der Nacht wieder gequasselt hatte, begann Moritz' Nerverei von vorne.

»Was ist das für ein Verlies?« – »Keine Ahnung, wovon du sprichst.« – »Du hast heute Nacht um Hilfe gerufen.« – »Kann ich mir nicht vorstellen.« – »Soll ich dich mal aufnehmen?« – »Untersteh dich!« – »Warum bist du so gereizt?« – »Scheiß-Stasi-Methoden!«

Danach bemühte sie sich um Versöhnung. Sex war dafür normalerweise ziemlich gut geeignet, aber als die Auseinandersetzungen verbissener wurden, begann sie, dagegen einen Widerwillen zu entwickeln. Das war eine Erfahrung, die sie verwirrte. Warum stellte sie sich so an? Lag es daran, dass Moritz ihr nichts mehr bedeutete? Oder dass er ihr zu viel bedeutete?

Sie bekochte ihn, um eine freundliche und versöhnliche Stimmung zu schaffen, zumindest bei ihm klappte das, bei ihr war Essen weniger wirksam. Sie gab sich Mühe und lernte schnell. Wildschweinschnitzel in Nusspanade mit karamellisiertem Rosenkohl, Schmortopf von Hirsch und Roter Bete, Orangenhühnchen mit Anisschnaps, alle Zutaten kamen aus dem Bioladen, der Biometzgerei oder vom Jäger. Den Wein kaufte Moritz beim Winzer oder Weinhändler seines Vertrauens.

Ihre Gereiztheit und Unruhe wurden immer stärker, sodass sie sich nicht mehr ablenken konnte, obwohl sie alles dafür tat. Sie las die Anleitungen zur Pilzzucht, die sie von Helene erhalten hatte, besorgte sich über das Internet neues Granulat und Starterkulturen, kontrollierte Temperatur und Feuchtigkeit im Keller und freute sich an der ersten Ernte. Aus Kräuterseitlingen, Austernpilzen, Shiitake, Enoki und Goldkappen zauberte sie ein Pilzragout, das Moritz in Verzückung versetzte, den Kubanischen Kahlkopf trocknete sie im Dörrautomaten. Wenigstens ließ Moritz sie bei der Pilzzucht in Ruhe. Sie trank mehr Rotwein, das half beim Einschlafen, hinderte sie aber nicht am Reden in der Nacht und machte sie am nächsten Morgen noch gereizter. Sie besorgte sich Gras und rauchte es, wenn Moritz nicht da war. Sie probierte von den getrockneten Pilzen. Sie las und las, verschlang sämtliche Bände von »Game of Thrones«, streamte alle Folgen sämtlicher Staffeln noch einmal und wurde die Bilder von Daenerys Targaryen nicht mehr los, der »Mutter der Drachen« und »Zerstörerin der Ketten«, die Feuer und Verderben über ihre Heimatstadt brachte. Immer öfter spürte sie die Brandnarben auf ihrem Bauch.

Sie entdeckte eine Website, auf der man seine Lieblingsgeschichte mit Gleichgesinnten weiterschreiben konnte, Fanfiction. Irgendwann musste mit der Vorsicht mal Schluss sein; wenn sie mit Decknamen und ohne eigene Fotos im Netz unterwegs war, konnte schließlich nichts passieren. Die Geschichte von Daenerys, dem Sexobjekt mit dem ungehobelten

Mann, fesselte sie, sie fand großartig, wie diese Frau immer mächtiger und gefährlicher wurde, und es gefiel ihr, sich neue Abenteuer für die »Unverbrannte«, die das Feuer überlebte, auszudenken.

Wenn Moritz aus dem Haus war, ging sie oft in den Keller, und nachdem sie die Pilzkulturen kontrolliert hatte, holte sie die Luger P08 aus dem Tresor. Wenn du Frieden willst, bereite dich auf den Krieg vor. *Para bellum.* Sie hatte das Video auf YouTube oft genug gesehen, die Handgriffe gingen ihr flüssig von der Hand. Überprüfen, dass keine Patrone im Lauf war, das Magazin entnehmen, den Lauf nach hinten drücken und halten, den Verriegelungshebel nach unten drehen, die Verriegelungsplatte entnehmen, den Lauf nach vorne abziehen, den Bolzen am Verschluss herausdrücken, den Verschluss nach hinten wegziehen, dann den Verschluss wieder in den Lauf einführen, den Bolzen hineinstecken, das Griffstück auf den Lauf aufschieben, den Lauf nach hinten schieben und halten, die Verriegelungsplatte einsetzen, den Verriegelungshebel nach hinten drehen, das Magazin wieder einsetzen.

Sie begann, mit Fritz zu schreiben. Sie erinnerte sich, mit welchen Erwartungen sie die erste Nachricht abgeschickt hatte. Er freute sich, dass sie wiederaufgetaucht war, und fragte nicht, wo sie gewesen war. Sie schickte ihm ein Bild von sich, er antwortete mit Bildern von sich, vom Weingut, vom Weingutsbesitzer und von seiner sehr attraktiven Tochter, von den Weinbergen, Videos von Drohnen. Er war auf eine freundliche Art unnahbar, erzählte lieber von den Drohnen als von sich. Wann er wieder zurück nach Deutschland käme, wusste er noch nicht, vielleicht blieb er länger in den Staaten. Das waren keine guten Aussichten. Die Chats mit Fritz wurden kürzer, seltener und am Ende nichtssagend, ihre Stimmung wurde trüber und dunkler, wie die Tage voller Nieselregen und Nebel.

Moritz hörte nicht auf mit seiner Fragerei. Von welchem Verlies sie träume, was für Hilfe sie brauche, wer sie bedrohe, was mit Philipp Bader passiert sei.

»Lass mich in Ruhe«, blaffte sie ihn dann an.

»Du gibst nachts auch keine Ruhe«, blaffte er zurück.

»Warum bist du nicht offen zu mir?«

Es wäre gar nicht so leicht gewesen, offen zu sein, selbst wenn sie das gewollt hätte. Ihre Erinnerungen waren nicht auf einem Videotape gespeichert, das sie einfach abspielen konnte, sie lagerten nicht an einem sicheren Ort im Inneren, wo sie abrufbar waren. Sie lagen eher auf der Lauer, sie schlichen sich an, warteten auf einen Moment der Unachtsamkeit. Oft spürte sie instinktiv, dass sie da waren, sie hatte eine ungefähre Ahnung, wie sie aussahen, aber sie erkannte sie nicht. Sie waren wie Raubtiere, die sie anfielen, wenn sie nicht auf der Hut war.

Sie konnte Moritz zurückweisen, wenn er unerwünschte Fragen stellte, doch sie konnte nicht unterbinden, dass diese Fragen ein Eigenleben entwickelten, sie am Tag überraschten, wenn sie bei den Pilzen war oder mit der Pistole hantierte, sie abends in den Schlaf begleiteten oder nachts aus ihm herausrissen.

»Was ist aus Philipp geworden?« – »Was ist damals geschehen?«

Dann lag sie wieder in dem fensterlosen Schuppen mit den grob gezimmerten Latten und Dielen, lauschte auf die Schreie, die aus dem Nebenhaus zu ihr drangen.

Irgendwann erzählte sie, dass sie mit Philipp zurück nach Deutschland gekommen war, dass sie mit ihm zuletzt in einem Gartenhaus im Mosbachtal übernachtet hatte und dass er am Morgen des Tages, an dem sie Moritz in den Reisinger-Anlagen getroffen hatte, verschwunden war. Das war immerhin ein Teil der Wahrheit.

Je trüber und dunkler die Tage wurden, desto mehr sehnte sie sich nach der Wärme und dem Licht des Mittelmeers. Nach einer Zeit, als sie die Kontrolle über ihr Leben noch hatte.

***

»Der Winter kam. Ich verließ das Haus kaum noch. Helene wurde wieder krank und kam erneut in die Klinik, wo sie lange bleiben musste. Niemand durfte sie besuchen, dabei hieß es doch überall, die Verbote seien nicht mehr so streng wie früher. Die alte Dame hat mir so leidgetan, sie war halb gelähmt und ohne Kontakt zu den Liebsten, das durfte man einem Menschen doch nicht antun! Ist Überleben alles, was zählt? Gibt es nicht so etwas wie Würde, die man respektieren sollte?

Ich schlief schlecht und hatte Alpträume. Ich vermute, dass sie mit dem Eingesperrtsein zu tun hatten. Moritz erklärte mir die Maßnahmen immer wieder, aber das machte sie für mich nicht leichter zu ertragen. Schon wieder ein Winter in Gefangenschaft! Ich sagte ihm oft, ich sei kein Fall für die Käfighaltung. Er gab sich damit nicht zufrieden. Er war überzeugt, dass mich in den Nächten andere Dinge peinigten. Er wollte unbedingt herausfinden, was es damit auf sich habe. Das gehe niemanden etwas an, antwortete ich, aber er fragte immer weiter. Er war der Meinung, dass ich nicht damit klarkam, dass Philipp verschwunden war. Dabei war ich froh, diesen Menschen los zu sein. Ich verstand nicht, warum er wissen wollte, was ich träumte, man sagt doch, Träume sind Schäume. Warum sollte es mich entlasten, darüber zu reden? Manchmal dachte ich, dass es ein Fehler war, zurückzukommen, aber in Frankreich waren die Verhältnisse in dieser Zeit noch schlimmer.«

Maxi erinnerte sich an tief liegende Wolken, die den Horizont verdunkelten. Schnee fiel, taute wieder und hinterließ schmutzigen Matsch. Im fahlen Licht war alles grau. Bleischwere Müdigkeit lastete auf ihrem Körper, lastete auf dem ganzen Land. Die Erinnerung an das Licht des Südens, an das azurblaue Meer verblasste. Im Fernsehen sah man Bilder aus ganz Europa, überall lag Schnee, überall waren die Menschen verängstigt.

Immer wieder träumte sie von einem Gefängnis. Sie lag in einem dunklen Loch auf dem Boden, roch das schimmelige

Holz und ihre eigene Angst. Sie hörte Gollum raunen: mein Schatz, mein Schatz. Sie hörte gellende Schreie aus dem Nachbargebäude, eine kalte Furcht kroch die Beine hoch und wühlte sich in ihre Eingeweide. Dann begann ein teuflisches Gedankenkarussell. Würde Philipp durchhalten oder sie verraten? Kämen sie gleich zu ihr? Sollte sie ihm zu Hilfe eilen? Wäre das selbstmörderisch? Geschah es ihm recht? Schließlich drang Nebel durch die Türritze und verschluckte alles. Maxi wusste nicht, was in diesem Traum Erinnerung und was Ausgeburt ihrer Phantasie war.

Und immer wieder wollte Moritz am nächsten Morgen wissen, was sie so plage.

Sie begann Moritz mit Philipp zu vergleichen. Philipp war viel lustiger, freier und ungezwungener gewesen. Sie sehnte sich nach der Zeit mit ihm. Sie erinnerte sich an die Abende in den Küstenstädten, an die Cafés an den Strandpromenaden, an die Sonnenuntergänge, wie man sie schöner auf Instagram nicht posten konnte.

Oft saß sie mit einem Mann zusammen, der seine besten Jahre bereits hinter sich hatte, das aber nicht wahrhaben wollte. Sie bestärkte ihn in seinem Irrtum, nahm einen Aperitif, fuhr sich mit den Fingern durch die Haare, befeuchtete ihre Lippen mit der Zunge, ließ den Rock etwas hochrutschen. Sie durfte das nicht übertreiben, sonst kam es nicht gut an. Dann war alles eine Frage des Timings, sie musste geduldig auf der Lauer liegen und warten, den Moment erkennen, in dem ihr Gegenüber unaufmerksam und abgelenkt war, in dem sie ihm die Tropfen, die Philipp beschafft hatte, in sein Getränk träufeln konnte. Danach würde sie ihn drängen, sein Glas zu leeren, und hatte fünfzehn Minuten Zeit, um mit ihm in das reservierte Zimmer zu gehen. Vielleicht würde er in einer dunklen Gasse stolpern, das Gleichgewicht und das Bewusstsein verlieren, vielleicht geschah das erst auf dem Zimmer. Wenn sie nur den vereinbarten Lohn oder etwas mehr nahm und ihnen die Kreditkarte und den Ausweis ließ, gingen die Männer nicht zur Polizei. Sie könnte sagen, dass sie sie kaufen wollten. Das war in Frankreich für den Käufer strafbar, nicht für die Verkäuferin.

Vorbei war vorbei, am besten vergaß sie diese Zeit.

Als sie Moritz einmal vorschlug, zusammen ein wenig Shit zu rauchen, rastete er völlig aus. Sie müsse sich von den Drogen fernhalten, sonst hätten sie keine gemeinsame Zukunft. Er benahm sich wie ein durchgedrehter Spießer. Aber schlimmer als seine Spießigkeit war ihre Unterwürfigkeit. Warum fuhr sie nicht zu Helene, holte das Paket und ging einfach weg? Sie war zu schwach, zu feige und zu eingeschüchtert. Sie hasste sich dafür.

Die Alpträume wurden unausstehlich, sie redete im Schlaf immer detaillierter darüber. Jeden Morgen schien Moritz etwas mehr über ihre Zeit mit Philipp zu wissen. Oder bildete sie sich das nur ein? Sie versuchte, möglichst wenig zu schlafen, um nichts unwillentlich auszuplaudern. Geheimniskrämerei und Schlafmangel machten sie mürbe. Schließlich kapitulierte sie und erzählte Moritz von Philipps Geschäften als Drogenkurier, von den Rhine Devils, mit denen er Stress hatte. Philipp hatte sie gewarnt, darüber zu reden, aber sie wollte Moritz diesen Knochen hinwerfen, damit er eine Weile Ruhe gab. Über ihre eigene Rolle schwieg sie, auch von dem Paket erzählte sie nichts. Erst später wurde ihr klar, dass es jetzt viel schwerer werden würde, mit dem Stoff etwas Gewinnbringendes anzufangen. Diese Erkenntnis zog ihre Stimmung weiter in den Keller. So ein Fehler wäre ihr früher nicht unterlaufen. Und ihre dumme und feige Redseligkeit hatte sich nicht einmal gelohnt. Moritz blieb hartnäckig und aufdringlich, die Alpträume verschwanden nicht, sondern kamen jede Nacht wieder, vermutlich redete sie weiter. Genau genommen wusste sie gar nicht, was damals passiert war. Die Wahrheit, nach der Moritz fragte, gab es genauso wenig wie die Gerechtigkeit, von der er predigte.

***

»Im neuen Jahr begann Moritz mit dem Praktikum. Darüber
hatte er schon den ganzen Herbst geredet. Er freute sich auf
die Stelle, die er gefunden hatte, das Polizeirevier in Biebrich.
Der Winter war lang und hart, die Seuche hatte das Land noch
einmal fest im Griff. Im Fernsehen sah man neue Bilder von
überfüllten Intensivstationen, auf den Straßen liefen die Men-
schen dick vermummt herum, hinter den Masken lauerte ihre
Angst. Moritz war lange weg, er machte viele Überstunden und
hat mir gefehlt. Außer gemeinsamen Spaziergängen haben wir
in dieser Zeit nichts unternommen.«

Oberhalb von Kiedrich gab es einen Parkplatz, rund um die
Förster-Bitter-Eiche. Wenn Moritz freihatte, fuhren sie oft dorthin. Eines Tages stapften sie durch den Schnee, der Himmel
leuchtete blau, die Äste der Bäume waren weiß gepudert, Eis-
zapfen glitzerten in der Sonne. Auf der Höhe herrschte eine
Atmosphäre wie im Märchen. Maxi hatte einen ihrer seltenen
guten Tage in dieser Zeit. Sie erinnerte sich an die Geschichte
von der Schneekönigin, die ihr Oma Hilde in einem strengen
Winter vorgelesen hatte. Sie erzählte sie Moritz. Einst hatte der
Teufel einen Spiegel geschaffen, der alles Gute und Schöne
schrumpfen und alles Böse und Hässliche hervortreten ließ. Als
der Spiegel unschädlich gemacht werden sollte, zersplitterte er
und verteilte sich auf der ganzen Welt. Wessen Herz ein Splitter
traf, erkaltete, wessen Auge getroffen wurde, sah nur noch Böses.
　　»Was willst du damit sagen?«, fragte Moritz. Sein Atem
kondensierte in der eisigen Luft.
　　»Es ist mir gerade so eingefallen. So geht es einem Jungen,
der von der Schneekönigin entführt wird.«
　　Er lachte. »Gibt es zu dem Märchen nicht auch einen Dis-
neyfilm, in dem der Junge am Ende durch die Kraft der Liebe
befreit wird? Ziemlich kitschig.«
　　Sein Sarkasmus verletzte sie. Die märchenhafte Stimmung
schlug um in ein Gefühl von Unwirklichkeit, der vor Kälte
klirrende Wald wirkte wie erstarrt.

»Vergiss es!«

Den Rest des Nachmittags liefen sie schweigend nebeneinanderher. Zu Hause gab er ihr ein Buch zum Lesen. Sie schmiss es in die Ecke und versank in Grübelei.

Neue Erinnerungen trieben an die Oberfläche ihres Bewusstseins, mischten sich mit Alpträumen und Phantasien.

Sie sah das gerötete und aufgedunsene Gesicht ihrer Mutter. Sie hatte sich mal wieder die Kante gegeben. Maxi hatte gewagt, nach einem Geschenk zum Geburtstag zu fragen. In ihrer Klasse bekamen alle Geburtstagsgeschenke, und früher, als sie noch bei der Oma lebte, hatte sie auch welche bekommen. Aber Hilde war gestorben. Was sie denn Besonderes geleistet habe, fragte die Mutter höhnisch. Sie habe sie bei der Geburt fast umgebracht. Wenn jemand ein Geschenk verdient hätte, dann sie, als Wiedergutmachung. Maxi wusste noch, dass sie damals die Luft angehalten und bis hundert gezählt hatte. Irgendwann ließ der Schmerz nach.

Mama sperrte sie zum Schlafen in ein kleines Zimmer, eine Abstell- und Rumpelkammer, die sie »das Kabuff« nannte. Es war möbliert mit einem Regal, einer Matratze, einem Putzeimer und einem Wischmob. Es roch nach Putzmittel. In der Deckenlampe fehlte die Glühbirne. Beleuchtet wurde das Zimmer von einem schmalen Fenster aus, das auf die Straße ging, von dort schien eine schmutzig gelbe Laterne in den Raum. Den Fenstergriff hatte die Mutter abgeschraubt, damit sie »nicht auf dumme Gedanken kam«. Sie wäre schon nicht gesprungen, schließlich lag die Wohnung im zweiten Stock. Einmal hatte sich Maxi gewehrt. Die Tracht Prügel, die sie daraufhin einstecken musste, wollte sie nicht noch einmal bekommen. Seither ging sie fügsam in ihr Gefängnis. Irgendwann wäre sie stark genug und würde sich das nicht mehr gefallen lassen.

In der Ecke grinste ein Nachtgespenst. So sehr sie das Kabuff hasste, irgendwie mochte sie es auch. Hier hatte sie ihre Ruhe, konnte sich in den Schlaf träumen. Sie dachte an die Geschichten von Oma Hilde. Oft flog sie mit einem Teppich über das Meer und landete vor einem Lebkuchenhaus, das sie bis auf den letzten Krümel aufaß. Manchmal stibitzte sie Hühnchen durch den Kamin, manchmal stürzte sie in eine Getreidemühle und wurde den Hühnern zum Fraß vorgeworfen. An ihrem Geburtstag konnte sie nichts essen und wurde dünn wie ein Strich, Haare und Nägel wuchsen ins Unermessliche, sie zerschlug alles Porzellan in der Wohnung der Mutter, wurde dafür von ihr in ein Tintenfass getaucht, jemand schnitt ihr beide Daumen ab, mit blutenden Händen legte sie Feuer. Die Flammen breiteten sich aus, fraßen sich durch das Haus, durch die Stadt und das Land, schwarzer Rauch waberte über der Feuersbrunst, biss in Augen, Nase, Lunge, bis ihr Kopf platzte.

Es war heiß im Kabuff, die Luft war stickig. Durch den Türspalt flackerte ein tückisches Licht, draußen knisterte und krachte es. Ihr Herz raste. Sie schrie nach der Mutter, sie warf sich gegen die Tür, sie schlug gegen die Fensterscheibe. Das Glas splitterte und zerschnitt ihren Arm, unter ihr bildete sich eine dunkelrote Pfütze. Es gelang ihr, die Tür zu öffnen, sie sah die Flammen, sah die Mutter in ihrem Bett liegen. Für einen Moment erfasste sie wilde Freude, dann wendete sie sich ab, bahnte sich einen Weg nach draußen, stolperte, fiel hin, verlor das Bewusstsein.

***

»Wenn es einem schlecht geht, wird alles schlimmer, wenn man allein ist. Man hat immer weniger Kraft, etwas gegen das Alleinsein zu unternehmen. Damals musste ich oft an die Zeit, bevor ich zu den Wächters nach Johannisberg kam, denken. Die Wohnung meiner Mutter ist abgebrannt. Die genaue Ursache hat die Polizei nicht rekonstruieren können. Am wahrscheinlichsten ist, dass meine Mutter mit einer brennenden Zigarette in der Hand eingeschlafen ist. Sie ist bei dem Brand gestorben. An den Abend habe ich keine Erinnerung; wie ich aus der Woh-

nung hinauskam, weiß ich nicht. Zehn Tage nach dem Brand
wachte ich im Krankenhaus wieder auf.«

Sie erinnerte sich: Als sie aufwachte, tat alles weh. In ihrem
Kopf hämmerte ein wütender Teufel, der Hals brannte, der
Bauch fühlte sich an, als habe ihm jemand die Haut abgezo-
gen. Später entdeckte sie, dass der Bauch auch so aussah, Verbrennungen zweiten und dritten Grades nannten die Ärzte
das. Zwei Frauen und ein Mann standen um sie herum und
glotzten sie an wie ein seltenes Insekt, das sie gleich aufspießen
würden. Warum hatten sie sie nicht verrecken lassen, konnte
nicht irgendwann Schluss sein mit den Qualen?
　　»Wie schön, dass du aufwachst«, sagte die eine Frau.
　　Was sollte schön daran sein, dass sie wieder wach war?
　　Die Ärztin roch nach Zedernholz und Desinfektionsmittel,
ihre Stimme klang freundlich. Die andere Frau, von der ein süßer
Pfirsichduft ausging, legte ihre warme Hand auf Maxis nackte
Schulter. Sie schreckte zusammen, aber es war ein gutes Gefühl.

»Es dauerte ein Vierteljahr, bis ich äußerlich halbwegs wie-
derhergestellt war. Um meine verbrannte Haut hat man sich
vorbildlich gekümmert, um meine verbrannte Seele nicht. Es
kamen Polizisten und Leute vom Jugendamt vorbei, sie haben
mir Fragen gestellt, aber meine Fragen haben sie lange nicht
beantwortet. Niemand fühlte sich dafür zuständig. Irgendwann
hat eine nette Krankenschwester erzählt, was passiert ist, so gut
sie es eben wusste, und später eine Frau vom Jugendamt.
　　So kam ich zu den Wächters nach Johannisberg, Gerlinde
ist die Cousine meiner Mutter und meine nächste Angehörige.
Seither träume ich immer wieder von der Nacht, in der meine
Mutter verbrannte. Von diesem Traum habe ich Moritz schließ-
lich erzählt.«

✻✻✻

»Irgendwann konnte man sich wieder leichter treffen. Helene,
die entgegen allen Befürchtungen ihren zweiten Schlaganfall
und das Krankenhaus überlebt hatte, wurde nach Hause ent-
lassen. Ich habe mich so gefreut für die alte Dame. Ich habe sie
gerne besucht, für mich war es eine schöne Abwechslung, und
Helene war froh, nach der langen Isolation wieder Kontakt
mit Menschen zu haben.«

Maxi sah vor ihrem inneren Auge, wie der rote Kadett den
Johannisberg hinaufkeuchte und ins Mühlental hinunterrollte.
Die Hänge der Hölle waren erstarrt, das Tal verbarg sich im
Nebel. Alles fühlte sich kalt und feucht und feindselig an, wie
die Reise in eine ferne, böse Zeit.

Es war einer jener Tage, die Maxi in allen Details in Erinnerung blieben. Helene hatte viel zu erzählen. Sie war ohne ihre
geliebten Bücher in die Klinik gebracht worden, dort hielt man
sie lange isoliert, um sie vor allen möglichen Krankheitserregern
zu schützen, und die einzige Kurzweil, die man ihr zubilligte,
als sie langsam wieder zu Kräften kam, war ein Fernseher.

»Ich kann nicht fassen, dass viele Menschen jeden Tag und
jeden Abend freiwillig nichts anderes tun, als in diesen Apparat zu starren«, schimpfte sie. »Das ist doch kein Leben! Sie
sagten, ich solle mir die Zeit damit vertreiben. Dabei habe ich
nur noch wenig Zeit! Und die soll ich vertreiben? Zum Glück
habe ich Erinnerungen, meine gelebte Zeit. Die habe ich nicht
vertrieben, an die habe ich gedacht, das war ein viel besseres
Programm.«

Kaum war Helene wieder zu Hause, hatte sie ihre Lieblings-
bücher aus dem Regal geholt, um sie erneut zu lesen. »Bücher
bekomme ich nicht vorgesetzt, sie sind eine Einladung an meine
Vorstellungskraft. Ich werde von ihnen nicht unterhalten, was
für ein verräterischer Ausdruck das doch ist! Verstehst du, was
ich meine? Ich werde nicht unten gehalten. Stattdessen sind sie
eine Einladung, mich zu erheben, in ihnen zu leben, statt mich
mit einem vorgefertigten Bild abspeisen zu lassen.«

Maxi verstand nicht so recht, worüber die Alte sich aufregte, es war wahrscheinlich so ein Generationending. Leider erzählte sie nicht nur von den Büchern, die sie liebte, von E. T. A. Hoffmann oder E. A. Poe, sondern auch von den Fotoalben, die in den Regalen neben den Büchern standen und die ihre Erinnerungen anregten. Einige Fotografien hatte sie von Moritz und Fritz, auf zweien war Maxi zu sehen, es gab viele Aufnahmen von ihrer Tochter Monika und ihrem Enkel als kleinem Jungen, einige Aufnahmen hatte sie von der Johannisberger Hölle und den Wächters, von Markus, Gerlinde und einer blonden jungen Frau, die verdrießlich in die Kamera blickte.

»Das ist Johanna, Gerlindes Tochter. Die hast du wahrscheinlich nicht kennengelernt, sie ist, ein Jahr bevor du in die Familie gekommen bist, weggezogen. Sie war ein nettes Mädchen, ich habe sehr bedauert, dass sie weg ist. Vermutlich verstand sie sich mit ihrem Stiefvater nicht.«

Maxi hätte den Redefluss der Alten gerne gestoppt. Daran war aber nicht zu denken. Nach der langen Zeit der Isolation hatte Helene viel nachzuholen. Also tat ihr Maxi den Gefallen und hörte zu.

»Ich bin früher oft in die Talmühle gegangen. Das Weingut gehörte den Hofmann-Kindern, Gerda, Wilhelm und Horst. Wilhelm war der Älteste, der Chef vom Ganzen, Gerda die Zweite, sie war mit dem Bruder meines Mannes verheiratet, von daher kommt meine Verbindung zu den Hofmanns, und Horst, der Jüngste, war dein Opa.«

»Den habe ich nie kennengelernt.« Nach den Andeutungen ihrer Oma hatte sie nichts versäumt. Sie hoffte sehr, dass Helene nichts von dem missratenen Kerl zu erzählen hatte.

»Monika und ihre Freundin Simone waren oft in der Talmühle, genauer gesagt im Gutsausschank, den Markus ›Zur Johannisberger Hölle‹ genannt hat, ebenso Fritz und Moritz. Damals verstanden sich noch alle gut mit Gerlinde.«

Sie blätterte weiter in dem Album, zeigte Maxi Bilder von einer Fastnachtsveranstaltung.

»Ich bin keine große Fastnachterin, aber in die Hölle bin ich ein paar Jahre zum Feiern gegangen. Das hier sind Fotos von der letzten Sitzung, auf der ich war.«

Die Fotos zeigten ausgelassene Menschen mit geröteten Gesichtern, soweit sie nicht von Masken bedeckt waren. Es waren Bilder, wie sie sie schon bei Moritz gesehen hatte, an die Masken des Clowns und des Pestarztes erinnerte sie sich besonders eindringlich.

»Im darauffolgenden Jahr hat sich viel in der Talmühle verändert. Gerda ist gestorben, Simone und Monika haben sich mit Gerlinde verkracht, Johanna ist ausgezogen, deine Mutter Pauline kam bei dem Brand in Biebrich ums Leben, du kamst zu den Wächters. Ich bin dort kaum noch gewesen. Mir haben die Freunde von Markus nicht gefallen.«

Maxi wurde wütend, ohne zu wissen warum, sie hatte das Geschwätz gründlich satt, sie hoffte inständig, dass Helene damit aufhörte. Sie stieg aus. *Beam me up, Scotty.*

Nach einer Weile bemerkte die Alte ihre Einsilbigkeit und wechselte das Thema.

Gut so, allmählich begannen Helenes Worte, wieder zu ihr durchzudringen. Sie sprach von den Äpfeln, die sie gelagert hatte, von den alten Sorten, von Boskop, Berlepsch, Gravensteiner und Goldparmäne, sie erörterte, welche für Kompott und fürs Backen geeignet waren, behauptete, dass die neuen Züchtungen meist nichts taugten. Sie redete von Kuchen und Torten, von Mürbeteig, Hefeteig und Rührteig, Streuseln, Krokant und Baiser.

✳✳✳

»Entschuldigen Sie bitte, ich war schon wieder nicht bei der Sache. Meine Erinnerungen schweifen manchmal ab, verirren sich im Labyrinth von Einzelheiten. Es ist so schwer zu entscheiden, was für diese Geschichte wichtig ist und was nebensächlich. Wie ich schon sagte, ging es mir im letzten Winter nicht besonders

gut, aber das war bei vielen Menschen so. Ich hing in den Seilen, war erschöpft und zugleich unausgelastet.«

An den Abenden fürchtete sie sich vor dem Einschlafen. Vor dem Zubettgehen ging sie am Hafen spazieren, damit kommst du runter, hatte Moritz gemeint. Aber das stimmte nicht, oft ging es ihr danach noch elender. Der Wind fegte in dieser Zeit mit schneidender Kälte und ohne Erbarmen über das Wasser, die Takelage schlug gegen die Masten der Segelboote, es klang, als rasselten die Schiffe mit ihren Ketten. Die Motorboote lauerten geduckt im dunklen Wasser. Meist blieb sie nur kurz draußen, auf die andere Seite des Hafenbeckens wollte sie keinesfalls. Jede Nacht erlebte sie neue Qualen, fühlte sich eingesperrt, ausgeliefert. Noch lange Zeit später schnürte es ihr den Hals zu, schlug das Herz wild und unbändig, wenn sie an jenen letzten Winter der Pandemie dachte.

Die Gefängnisse und Bedrohungen in ihren Träumen vervielfältigten sich. Zu dem Bretterverschlag und dem brennenden Kabuff kam eine holzgetäfelte Stube, in der ein Iltis von der Wand glotzte. Ein Horrorclown sabberte sie voll, und ein Monster mit Rabengesicht bohrte seinen Schnabel in ihren Bauch. Der Iltis wieselte davon und kehrte als zischende, züngelnde Schlange zurück. Der Boden unter ihr begann zu schwanken, es gab keinen sicheren Grund mehr. Ein Meeresungeheuer verschlang sie. Dazu erklang immer wieder dasselbe alberne Lied. *Nimm mich mit, Kapitän, auf die Reise.*

Sie weinte und schrie im Schlaf. Sie hatte Angst, den Verstand zu verlieren. Sie aß nichts mehr, und wenn doch, dann kotzte sie es gleich wieder aus. Sie wusch sich nicht mehr, ließ sich verkommen. Moritz ignorierte das eine Weile, dann sprach er von Erpressung und Tyrannei der Schwäche. Das war dummes Gerede, das schlau daherkommen wollte. Sie wollte niemanden erpressen oder tyrannisieren, sie war die Tyrannisierte. Schließlich berichtete sie ihm von ihren Alpträumen, sollte er doch den ganzen Rotz kennen. Moritz sprach von der Psychiatrie, die ihm geholfen habe. Sie sei genauso traumatisiert wie er nach dem Tod seiner Eltern, sie solle sich endlich helfen lassen, es müsse alles aufgeklärt werden. Sie verstand nicht, worauf er hinauswollte, sie verstand bloß, dass eine psychiatrische Klinik das nächste Gefängnis wäre.

**

»Die Beziehung zu Moritz wurde kompliziert. Wir waren beide ziemlich gereizt, wir gerieten uns wegen Kleinigkeiten, an die ich mich heute gar nicht mehr erinnern kann, in die Haare. Wahrscheinlich kam die schlechte Stimmung vor allem von mir, ich konnte Isolation und Aussichtslosigkeit nur schwer ertragen. Einmal stritten wir so heftig, dass ich befürchtete, Moritz würde weggehen. Das war natürlich Unfug. Es ist ja sein Zuhause.«

Maxi erinnerte sich, wie wütend sie gewesen war. Sie würde sich ganz bestimmt nicht in eine psychiatrische Klinik wegsperren lassen. Sie fuhr in die Stadt, in der Nähe des Schlachthofes fand sich immer jemand, der Haschisch vertickte und Tabletten. Wieder zurück, rauchte sie ein paar Joints und probierte von der neuen Ernte des Kubanischen Kahlkopfes. Es war guter, starker Stoff. Die Joints machten sie ruhiger, und die Pilze vermittelten ein unbeschwertes Gefühl, in dem alles möglich erschien. Moritz hatte gesagt, dass er erst in der Nacht nach Hause kommen werde. Sie wollte vergessen, träumen, sich treiben lassen. Sie hörte Musik von den Priests, hartes Schlagzeug, metallische E-Gitarren und die klagend-sehnsüchtige Stimme von Katie Greer. *»Perhaps I will change into something, swing wildly the other way, if I go without for days will I finally hallucinate a real thing? No, it's not for anyone and I can't wait until it's done, I can't wait, I can't wait, I can't wait ... Nothing feels natural.«* Sie träumte von den winterlichen Spaziergängen, von der Eisprinzessin und dem zerbrochenen Spiegel. Sie saß am Kamin und starrte in die Flammen. Sie bemerkte ein Klopfen, es klang anders als sonst. Sie ging zur Tür. Es war Fritz. Er roch nach Cannabis und Leder. *Fucking fabulous.* Sie rauchten, hörten Musik von den Doors, die mochte Fritz besonders gerne. *Come on, baby, light my fire, try to set the night on fire …* Sie konnte ihm alles von sich und Moritz erzählen, von den Alpträumen, den Erinnerungen, nichts war danach noch schlimm. Sie liebten sich. Er ging wieder. Sie schlief endlich ein.

Es war mitten in der Nacht, als Moritz sie weckte. Sein Blick war finster. Ahnte er etwas von dem Besuch? Sie stand auf, versuchte, das Gleichgewicht zu halten, verließ das Schlafzimmer, ging nach unten. Moritz folgte ihr. Was machst du da? Sie ging zum Kamin, er war kalt. Moritz fand das Döschen mit dem Dope, schnappte es, rannte zur Toilette. Sie hörte die Spülung. Als er wieder vor ihr stand, schrie er sie an, Wut hatte sein Gesicht zu einer hässlichen Fratze verzerrt.

»Ich reiß mir den Arsch für dich auf, und du fällst mir in den Rücken? Hast du auch von den Scheiß-Pilzen gefressen?«

Er ging zur Kellertür, öffnete sie. Panik schoss ihr in Eingeweide und Kopf. Sie rannte hinter ihm her, hängte sich an ihn, umschlang ihn, biss ihm in den Nacken. Er drehte sich um, stieß sie von sich, sie schlug zurück, er stolperte, sie stürzte, ihr Schädel prallte gegen etwas Hartes, alles wurde schwarz.

Es war Mittag, als sie wieder aufwachte. Wie sie ins Bett gekommen war, wusste sie nicht mehr. Moritz war weg. Sie suchte ihn im ganzen Haus, nirgends fand sie auch nur eine Spur von ihm. Die Pilzkulturen im Keller waren verwüstet, am unteren Ende der Kellertreppe fand sie einen dunklen Fleck, den sie mit einem Eimer heißer Seifenlauge entfernte. Dann öffnete sie den Tresor und nahm die Pistole mitsamt den Patronen heraus.

In der immer gleichen, konzentrierten Wiederholung des Rituals fand sie schließlich Ruhe und Kraft: das Magazin entnehmen, es mit Patronen befüllen, die Patronen wieder entfernen und in die Munitionsschachtel zurücklegen, den Lauf nach hinten drücken und halten, den Verriegelungshebel nach unten drehen, die Verriegelungsplatte entnehmen, den Lauf nach vorne abziehen, den Bolzen am Verschluss herausdrücken, den Verschluss nach hinten wegziehen, dann den Verschluss wieder in den Lauf einführen, den Bolzen hineinstecken, das Griffstück auf den Lauf aufschieben, den Lauf nach hinten schieben und halten, Verriegelungsplatte einsetzen, Verriegelungshebel nach hinten drehen, Magazin wieder einsetzen. *Si vis pacem, para bellum.* Wenn du Frieden willst, bereite dich auf den Krieg vor.

Am nächsten Tag war Moritz wieder da.

***

»Im Frühjahr kam Fritz aus den USA zurück. Er schreibt seine Bachelorarbeit über den Einsatz von Drohnen im Weinbau und hat dafür viel Anschauungsmaterial in Kalifornien gefunden. Dort werden die Fluggeräte nicht nur für das Ausbringen von Spritzmitteln verwendet, sondern auch mit Infrarotkameras ausgestattet und zur Diagnose von Wachstum und Reife benutzt, so kann man die Reben gezielt bewässern. Er war ganz begeistert von der Arbeit dort und erzählte bei einem Besuch davon. Ich war froh, ihn nach so langer Zeit wiederzusehen, und habe mich ab und zu mit ihm getroffen. Ich glaube, dass Moritz deswegen eifersüchtig war, aber dafür hatte er keinen Grund.«

Nach ihrem Streit schleppte sich Maxi durch die Tage und Wochen. Moritz hatte noch von den Tabletten im Haus, die er genommen hatte, als es ihm nach dem Tod der Eltern schlecht gegangen war. Die schluckte sie eine Zeit lang, der Schlaf wurde dadurch besser. Im Frühjahr schrieb Fritz, dass er zu Beginn des Sommersemesters wieder in Geisenheim sein wolle. Maxi war überrascht, welche Auswirkungen eine kurze Nachricht auf einem Messengerdienst für sie haben konnte. In der letzten Zeit hatten ihr Angst, Schmerz und Alpträume eine Art finsteren

Triumph über sich selbst bereitet, sie hatte sich in einen Taumel aus Selbstmitleid und Selbsthass gestürzt, oder das Leben war ihr grau, öde und betäubt vorgekommen. Nun änderte sich alles. Neue Zuversicht keimte in ihr, ein lange verloren geglaubter Selbstbehauptungswille regte sich. Sie wollte nie mehr fühlen, wie sie zerbrach, nie mehr zusehen, wie sie verrottete. Sie würde das nicht mehr zulassen. Sie begann wieder zu essen, machte Sport, duschte und schminkte sich regelmäßig.

Shaking the blues away.

Sie chattete mit Fritz, freute sich über die Bilder von den Drohnen, vom Weingut, von den Weinbergen. Er schickte ihr Links zu Informationen über Drohnen im Freizeitbereich, in der Landwirtschaft, über Drohnen, die als Flammenwerfer eingesetzt wurden, um Wespennester zu zerstören, sie schickte ihm Bilder von den Essen, die sie für Moritz gekocht hatte. Er betonte immer wieder, wie sehr er sich freue, dass sie beide zusammen seien. Solche Bemerkungen versuchte sie zu ignorieren.

Sie dachte gerne an Fritz, die Zeit in Johannisberg hatte ihre guten Seiten gehabt. Sie erinnerte sich an seinen Musikgeschmack, Songs aus den sechziger und siebziger Jahren, von Janis Joplin oder Jim Morrison. Sie schmeckte die gestohlenen Küsse, die an süßes Holz erinnerten, sie roch den Duft von Mandeln und Tonkabohne. Schon damals hatte der Idiot gemeint, er wolle Moritz nicht in die Quere kommen.

Eines Tages im Frühjahr war es so weit, Fritz war zurück und besuchte sie in Schierstein. Wenn sie ehrlich war, besuchte er vor allem seinen Freund Moritz. Fritz roch jetzt nach Amber, Leder, Tonkabohne und Bittermandel, nach »Fucking Fabulous«, einem schweineteuren Parfum, das ihm die kalifornische Winzertochter geschenkt hatte. Hatte sie davon geträumt? Oder hatte Fritz darüber geschrieben? Sie konnte sich nicht sattsehen an ihm, an seinen zarten und doch kräftigen Händen, seinen blonden Locken, seinem spitzbübischen Lächeln. Er sprach viel an diesem Abend, doch was er sagte, rauschte an ihr vorbei. Erst als er von den Drohnen erzählte, die man als Flammenwerfer nutzen konnte, um Wespennester auszuräuchern, war sie wie elektrisiert. Sie erinnerten sie an die feuerspeienden Flugdrachen, mit denen Daenerys Tod und Verderben über diejenigen brachte, die sie verraten und gedemütigt hatten. Als sich Fritz verabschiedete, lud er sie zu sich nach Hause ein, er wohnte wieder bei Helene. Maxi sagte sofort zu, auch Moritz gab vor, sich zu freuen, aber ihr schien es, als verzehre er sich vor Eifersucht.

***

Sie hatte bei Fritz übernachtet. Es war drei Uhr morgens, als er sie weckte. Der Schlaf steckte ihr in den Knochen, sie wollte nicht aus dem weichen, warmen Bett hinaus, in dem sie sich so geborgen fühlte. Aber er bestand darauf.

»Du hast es versprochen. Danach wird es dir großartig gehen. Außerdem haben wir extra dafür geübt.«

Das stimmte. Also fuhr sie mit ihm durch die Nacht. Noch vor dem Morgengrauen wollten sie sich mit den anderen treffen. Vom Parkplatz aus gingen sie eine Weile durch das vom Morgentau feuchte Gras bis zum Waldrand. Dann sahen sie den Acker vor sich, auf dem in wenigen Stunden das Massaker stattfinden, Körper zerfetzt und das Blut unschuldiger Kinder vergossen würde. Sie machten die Geräte fertig, teilten sich auf, um sich an allen Seiten des Feldes zu postieren. Er überprüfte die Kamera, startete den Motor und drückte ihr das Tablet in die Hand. Die Drohne erhob sich surrend. Über dem Wald färbte sich der Himmel rot.

»Flieg!«

»Wussten Sie, dass in jedem Frühsommer in Deutschland Tausende von Rehkitzen von Mähdreschern zerfetzt werden? Die Kitze bleiben in den ersten vier Wochen ihres Lebens in Deckung, während ihre Mütter, die Ricken, äsen und nur zum Säu-

gen zu den Jungtieren zurückkommen. Beliebte Aufenthaltsorte sind Getreidefelder, die sich in eine tödliche Falle verwandeln, wenn sie gemäht werden. Wenn die Gefahr naht, drücken sich die jungen Rehe möglichst dicht gegen den Boden, sie fliehen nicht. Leider suchen sich die Kitze ihre Deckung jeden Tag neu, eigentlich ein sinnvolles Vorgehen, aber das macht es schwer, Felder, die gemäht werden, von ihnen frei zu halten. Fritz hat sich einer Gruppe angeschlossen, die Kitze rettet. Sie nutzen Drohnen mit Infrarotkameras, um die Tiere aufzuspüren, holen sie aus dem Feld, legen sie im Wald ab. Da die Prägephase in dieser Zeit noch nicht abgeschlossen ist, nimmt die Mutter das Kind auch dann an, wenn es einen fremden menschlichen Geruch trägt. Rehkitze retten, ist das nicht toll?«

✻ ✻ ✻

»Moritz war oft weg, manchmal viel länger, als seine Schicht gedauert hätte. Geredet hat er kaum darüber. Er hat des Öfteren mal nach Philipp Bader gefragt, aber den hatte ich seit fast einem Jahr nicht mehr gesehen, es gab wirklich keinen Grund für Eifersucht. Ich glaube, Moritz war unzufrieden, weil ich keine neue Arbeit gefunden habe, mir hat das selbst leidgetan, da ich mich wieder besser und fit für einen Job gefühlt habe. Nach unserem Urlaub wollte ich mich ernsthaft auf die Suche machen. Aber es kam alles ganz anders. Kurz nach dem Hafenfest ist Moritz verschwunden. Ich weiß nicht, warum, aber ich fühle mich dafür verantwortlich. Wir hatten nach einer längeren ruhigen Phase wieder einmal Streit, vielleicht war er eifersüchtig wegen Philipp, vielleicht wegen Fritz. Ich hatte die Tage zuvor schlecht geschlafen und deswegen eine Tablette genommen. Moritz war unterwegs. Wo, das weiß ich nicht, er hatte sich verspätet, und ich schlief ein, bevor er da war. Irgendwann in der Nacht kam er, versuchte, mich zu wecken. Ich bin nicht richtig wach geworden, habe kaum Erinnerungen, was dann geschah, aber er wurde laut, ich auch. Ich bin danach

wieder eingeschlafen. Am nächsten Morgen war er weg und ist seither nicht mehr aufgetaucht. Ich habe versucht, ihn anzurufen, wollte mich für den Abend entschuldigen, auch wenn ich nicht richtig wusste, wofür, doch er ging nicht ans Telefon. Am Tag darauf erhielt ich eine SMS, er brauche Abstand. Die Nachricht hat mich überrascht. Das Praktikum war zu Ende, er hatte Urlaub, wir wollten wegfahren, und er hatte vorher noch einiges für das Studium zu erledigen. So viel Spontaneität passt nicht zu ihm. Aber das habe ich der Polizei alles schon erzählt.«

Der Tag vor Moritz' Verschwinden war fürchterlich gewesen. In Biebrich hatte es in der Straße, in der Maxi mit ihrer Mutter gewohnt hatte, einen Brand gegeben. Sie hatte Bilder im Netz gesehen, sie war aufgewühlt, weil die Erinnerungen an jenen verhängnisvollen Tag, als die Mutter verbrannte, ihr lebendiger vor Augen standen als je zuvor in den letzten Jahren. Sie fühlte sich wie in den schlimmsten Tagen des letzten Winters. Sie hatte etwas Dope vor Moritz' Wüten retten können, das rauchte sie nun, um runterzukommen, ein paar Krümelchen getrockneter *magic mushrooms* fanden sich auch noch. Eigentlich hatte sie sich vorgenommen, die Finger von dem Zeug zu lassen, aber sie war sicher, dass sie die Kontrolle nicht verlieren würde. Vielleicht hätte sie bei ihren Vorsätzen bleiben sollen, dachte sie später, vielleicht hätte sie nicht die gleichen Songs hören sollen, von den Priests, von den Doors, vielleicht wäre dann alles ganz anders gekommen. *Nothing feels natural, try to set the night on fire.*

Aber es kam, wie es kam. *Qué será, será.*

Sie träumte von dem Gefängnis im Mosbachtal, von dem miesen kleinen Zimmer in Biebrich, von der Jägerstube und der Bootskajüte, vom Iltis und dem Seeungeheuer, von Horrorclowns und Pestärzten. *Nimm mich mit, Kapitän, auf die Reise.* Fritz stöberte sie mit einer Drohne auf und befreite sie aus dem Getreidefeld, in dem sie reglos lag. Er trug sie nach Hause, brachte sie ins Bett und liebte sie. Es fühlte sich so echt an.

Schließlich kam Moritz nach Hause. Er weckte sie und machte Theater, oder träumte sie immer noch? Er brüllte sie an, ob sie schon wieder Shit geraucht habe? Verdammter Mist, sie hätte besser lüften sollen. Aber was ging ihn das überhaupt an? Es ist mein Leben, schrie sie. Es ist mein Haus, schrie er zurück. Er behauptete, ihre Alpträume kämen von den Drogen. Er schlug sie, sie fiel gegen die Bettkante. Mit letzter Kraft griff sie nach der Pistole und schoss auf ihn, auf den Freund, den Gerechtigkeitsfanatiker, den selbstgerechten Spießer. An den Rest der Nacht erinnerte sie sich nicht. Als sie am nächsten Tag aufwachte, schmerzten alle Glieder. Moritz war verschwunden. Sie ging in den Keller. Die Luger lag im Tresor.

***

»Ich habe mich in Moritz' Haus nicht mehr wohlgefühlt, nachdem er weg war. Ich bin noch ein paar Tage geblieben, habe auf ihn gewartet, habe immer wieder angerufen, SMS geschrieben, WhatsApp-Nachrichten geschickt, ihn aber nicht erreicht. Mit Fritz ging es mir erst einmal nicht anders. Doch irgendwann hat wenigstens er sich gemeldet.«

Zunächst wartete Maxi voller Zuversicht auf ein Lebenszeichen von Moritz. Sie hatte schon einmal befürchtet, dass er sie verlassen wollte, und er war nach kurzer Zeit zurückgekommen. Sie sollte abwarten und Tee trinken, sagte sie sich. Das tat sie dann auch. Sie trank weißen Tee, grünen Tee, Oolong oder schwarzen Tee, aus China, Taiwan, Darjeeling oder Ceylon, alle hatte Moritz in seiner Küche vorrätig. Sie schrieb ein paar Nachrichten, wählte vergeblich einige Telefonnummern und brühte sich Tee auf, setzte sich mit der Kanne und einem Becher auf die Terrasse und dachte nach. Es war mit Sicherheit keine Katastrophe, wenn Moritz und sie auseinandergingen, wahrscheinlich war es das Beste, was passieren konnte, redete sie sich ein. Dennoch stellte sich keine Erleichterung ein. Sie fühlte keine Verärgerung oder Wut, weil er ohne ein Wort der Erklärung gegangen war. Sie spürte noch nicht einmal Wehmut oder Bedauern darüber.

Moritz' Verschwinden erschien ihr rätselhaft, und ein Schuldgefühl, für das sie keine Gründe finden konnte, begann, ihr Gemüt zu verdunkeln. Zu allem Überfluss verdüsterte sich der Himmel, die Sonne traute sich nicht mehr hinter den Wolken hervor. Überall machten sich schwüle Dämmerung und Halbschatten breit. Zweifel fraßen sich in ihre Seele. Hatte Fritz sie wieder besucht? Was genau war in der Nacht passiert, nachdem Moritz aufgetaucht war? War er überhaupt im Haus gewesen? Hatten sie sich gestritten? Warum? Wegen Fritz? Wegen des Dopes und der Pilze? Hatte sie geschossen? Aber wieso lag dann die Luger im Tresor?

Auf ihre Erinnerungen konnte sie sich oft nicht verlassen, daran war Maxi gewöhnt, am besten beachtete sie sie nicht, wenn es ihr schlecht ging. Wenn sie sich bemerkbar machten, dann als Störenfriede. Aber gerade verlor sie den Zugriff auf ihr Leben. Alles war plötzlich möglich, nichts war sicher. Auf Erinnerungen an die letzten Jahre konnte sie gut verzichten, nicht aber auf Erinnerungen an die letzten Stunden. Die Welt fühlte sich ohne sie leblos an, wie aus einer Plastikmasse geformt, bonbonfarben bemalt und unendlich weit entfernt.

Sie könnte einen großen Schluck von einem der superteuren Rotweine aus Moritz' Keller nehmen, den Lauf der Luger in den Mund stecken und abdrücken. Die Druckwelle, die sich in Flüssigkeit besser ausbreitete als in Luft, würde ihren Schädel zerreißen, die Kugel sich in den Hirnstamm bohren und die Lebenszentren sofort zerstören. Das hatte sie im Netz gelesen. Die Erde mit einer großen Sauerei verlassen, das war eine Option. Ihr Kopf wäre blutiger Brei, es bliebe von ihm nicht mehr übrig als von einem Rehkitz, das unter den Mähdrescher geraten war.

Die Erinnerung an das Kitz, das sie mit der Drohne geortet, das sie aufgespürt, auf den Arm genommen und an den Waldrand getragen hatte, ließ sie zögern. Sie spürte den warmen Körper, das schnell pochende Herz, sie sah die Augen voller Panik und, vielleicht, etwas Hoffnung. Das fühlte sich real an. Es waren Bilder voller Leben, die sich vor den Nebel der Vergangenheit und die Alpträume der letzten Nacht schoben.

Seit sie dem Feuer, in dem ihre Mutter verbrannte, entkommen war, seit es sie in die Johannisberger Hölle verschlagen hatte, rannte sie vor etwas davon. Wer sie verfolgte, das wusste sie nicht, es gab genug Ungeheuer, die ihre Seele bevölkerten. Sie hatte versucht, diese Monster zu vergessen oder zu betäuben, aber sie waren wilder und blutrünstiger denn je.

Sie dachte an die Rettung der Kitze, immer wieder *daran*. Die düsteren Grübeleien, in denen sie sich verheddert hatte wie in einem monströsen Spinnennetz, verloren ihre Kraft, die Fäden des Netzes gaben nach, wichen zurück. Sie hoffte auf ein Zeichen, das ihr eine Richtung wies.

Sie ging ins Haus und versuchte, das Buch zu lesen, das ihr Moritz gegeben hatte. Sie überflog die Überschriften: Einen sicheren Ort finden, innere Helfer treffen, das innere Kind beschützen, den Täter unschädlich machen, das Drehbuch umschreiben. Sie konnte nichts damit anfangen.

Dann kamen endlich die erhofften Zeichen. Moritz schickte eine SMS, dass er Abstand brauche. Er war also am Leben, sie hatte ihm nichts angetan. Für den Moment wollte Maxi das glauben. Und Fritz rief an. Sie erklärte ihm, dass Moritz weg sei, dass sie sich Sorgen mache, dass es ihr nicht gut gehe. Nein, er müsse nicht vorbeikommen. Ja, sie würde ihn gerne besuchen, gleich am nächsten Tag.

In der darauffolgenden Nacht schlief sie ohne Erinnerungen und ohne Alpträume. Als sie am nächsten Morgen aufwachte, hatte sie das Gefühl, dass ein Schalter umgelegt worden war. Dope und Pilze waren aufgebraucht, sie sollte die Vorräte nicht mehr auffüllen. Sie brühte Kaffee auf, aß ein Porridge. Vielleicht würde alles gut werden. Sie ging ins Wohnzimmer und warf einen arglosen Blick durch das Fenster auf die Straße.

Ihr Atem setzte aus. Vor dem Haus lungerte ein bärtiger Typ auf einer Harley herum. Der feiste Schläger versuchte noch nicht einmal, seine Anwesenheit zu verbergen, er gaffte gelangweilt zu Moritz' Haus. Wahrscheinlich gehörte er zu den Rhine Devils. Wie hatten die sie gefunden? Die Erstarrung löste sich, das Blut in ihren Adern begann zu kochen. Dennoch fühlte sie eine neue Ruhe und Entschlossenheit. Von denen würde sie sich nicht unterkriegen lassen und auch von niemandem sonst.

Gleich würde sie das Haus durch den Hinterausgang verlassen, der Millennium Falke stand in einer Seitenstraße, ein kleiner Trampelpfad führte zwischen den Gärten zum Auto, so konnte sie unbemerkt abhauen. Sie packte ihren Rucksack, steckte ein paar Klamotten hinein, ihr Handy, die Prepaidkarten und das Lockpicking-Tool. Es war nicht viel mehr als das, was sie vor einem Jahr mitgebracht hatte. Sie legte den Schmuck von Oma Hilde dazu. Zuletzt ging sie in den Keller, holte die Münzen von Opa Karl, die Luger Parabellum und Munition aus dem Tresor.

Wenn du Frieden willst, bereite dich auf den Krieg vor.

***

»Ich bin zu Helene und Fritz gezogen, Fritz hat mich eingeladen. Er meinte, dass ich so lange bei ihm bleiben könne, bis Moritz wiederauftaucht, und ich habe sofort Ja gesagt. Fritz ist mir in den letzten Wochen eine große Stütze gewesen, und Helene freute sich, mich wieder bei sich zu haben. Damals dachte ich, dass Moritz nach unserem Streit einfach weggefahren sei, warum sollte er nicht auch mal was Spontanes machen? Ich hoffte, dass ich bloß ein paar Tage bei den beiden bleiben würde.«

Maxi erinnerte sich an ihre Ankunft im Mühlental. Helene hatte gerade einen Kuchen aus dem Backofen geholt. Die Aromen von süßem Teig und fruchtigen Sauerkirschen schwebten in der Küche. In dieser Kombination konnte sie sogar den Duft von Vanille ertragen. Helene hatte sich völlig von den beiden Schlaganfällen erholt, Maxi hätte das nicht für möglich gehalten. »Ich zeig dir dein Zimmer«, sagte Helene. Sie stieg langsam die Holztreppe ins Obergeschoss hinauf. »Treppen steige ich nur, wenn jemand dabei ist, der darauf achtet, dass ich es richtig mache«, sagte sie und lachte etwas gequält.

Es war beruhigend zu hören, dass sie nicht alleine in den Keller hinunterstieg, aber Maxi hatte nicht daran gedacht, dass Fritz wieder im Haus war. Was war, wenn er das Paket fand, wenn er es schon gefunden hatte? Ihr Herz schlug schneller.

»Fritz muss bald kommen, dann ist der Kuchen so weit abgekühlt, dass wir ihn anschneiden können«, sagte die Alte.

In diesem Moment hörte sie, wie die Haustür geöffnet wurde. Maxi warf ihren Rucksack aufs Bett.

»Den kann ich nachher ausräumen, ist eh nicht viel«, meinte sie. Sie rannte ins Erdgeschoss und lief Fritz entgegen.

Er gab ihr zur Begrüßung einen Kuss, der sich anfühlte wie immer, kameradschaftlich. Maxi war enttäuscht, ihr Herz verkrampfte sich. Helene kam in die Küche. Sie durfte nichts tun, musste sich auf die Terrasse setzen und protestierte nur halbherzig. Maxi und Fritz trugen Geschirr, den Kuchen und eine Kanne Kaffee nach draußen.

»Bringt ruhig auch den Eierlikör mit«, wies Helene sie an.

Als sie bei den Wächters gelebt hatte, waren die Nachmittage bei Helene seltene Lichtblicke gewesen. Maxi, Fritz und Moritz saßen dann zu dritt auf der Terrasse, waren etwas verlegen, weil sie sich von einer alten Oma versorgen ließen, aber sie genossen es auch. Manchmal kam Monika dazu, dann wurde es richtig uncool, doch meistens war nur Helene da, das ging gerade so. Je nach Jahreszeit duftete es nach Kirsch-, Zwetschgen- oder Apfelkuchen. Auch Gerlinde hatte die drei immer wieder zu sich eingeladen, aber mit den Freunden bei der Pflegemama rumzuhängen, das ging gar nicht. Außerdem waren Helenes Kuchen viel besser. Es war aufregend, dort zu sein, wo Fritz zu

Hause war. So wie jetzt. Die Stunden bei Helene waren kleine Fluchten gewesen, bis Fritz und Moritz aus ihrem Leben verschwanden.

Helene erzählte von den alten Zeiten und erinnerte sie an ihre Treffen hier im Garten. »Was ist jetzt mit Moritz?«, fragte sie schließlich. »Er ist verschwunden? Geht man in solchen Fällen nicht zur Polizei?«

Diese Frage hatte Maxi befürchtet. Mit der Polizei wollte sie nichts zu tun haben.

»Wir hatten Streit«, sagte sie. »Er hat mir eine SMS geschrieben, dass er Abstand braucht. Er ist vermutlich in Urlaub gefahren und meldet sich bald. In ein paar Tagen ist er wieder zurück. Dann falle ich euch nicht mehr zur Last.«

»Das ist Quatsch«, entgegnete Fritz heftig, und Helene schüttelte den Kopf.

»Er meint, dass du hier niemandem zur Last fällst.«

Es gab Gründe, warum es unwahrscheinlich war, dass Moritz bloß für ein paar Tage abgehauen war, wie sich in der Diskussion auf der Terrasse schnell herausstellte. Er hatte sich Sachen ausgeliehen, die er Helene und Fritz zurückbringen wollte. Maxi wollte von alledem nichts wissen, wollte sich keine Sorgen machen. Wenn der Mähdrescher näher kommt, drücken sich die Kitze einfach auf den Boden, in der Hoffnung, unerkannt zu bleiben. Aber das Verhängnis nähert sich unerbittlich, die Maschine spart keine Ecken aus, am Ende ist das Tier zerfetzt, und das Feld liegt offen vor aller Augen. Sie erschrak bei dem Gedanken. Sollte sie davonrennen? Doch sie war des Fliehens müde. Hatte sie sich nicht vorgenommen zu kämpfen?

»Was wollte Moritz eigentlich bei den Wächters?«, fragte Helene.

Davon hatte er Maxi gar nichts erzählt. In ihrem Inneren brannte es lichterloh.

***

»Natürlich haben wir Moritz' Verschwinden bei der Polizei gemeldet, aber die Beamten haben das auf die leichte Schulter genommen. Seine SMS an mich war für sie so etwas wie der Beweis, dass der Grund für Moritz' Verschwinden ein Beziehungsstreit war und sie nicht nur keinen Grund, sondern auch kein Recht hatten, nach dem Kollegen zu suchen.«

Sie war mit Fritz auf die Wache nach Biebrich gefahren. Der Diensthabende war ein älterer Polizist. Sie brachte ihr Anliegen vor, sie erwähnte den Streit zwischen sich und Moritz.

»Haben Sie ihm dabei etwas angetan?«, wollte der Polizist wissen.

»Natürlich nicht«, antwortete sie heftig.

Wie kam der Bulle auf diese Idee? Sie erwähnte die SMS, die er geschickt hatte, zeigte sie ihm. Das ließ seine Zurückhaltung, etwas in dem Fall zu unternehmen, weiter wachsen.

»Er hat meiner Großmutter das Handy, das er reparieren wollte, nicht zurückgebracht«, meinte Fritz.

»Möchten Sie deswegen Anzeige erstatten?«, fragte der Beamte in sarkastischem Ton.

»Er hat sich eine Drohne von mir geliehen und nicht zurückgegeben«, ergänzte Fritz. »Er hat mir gesagt, er sei einer Sache auf der Spur.«

»Und was soll das für eine Sache sein?«

»Hat er nicht gesagt.«

Der Beamte wurde zunehmend schlechter gelaunt. Wenn der Kollege etwas auf der Spur gewesen sei, dann hätte er es als Erstes hier im Revier besprochen. Normalerweise würden sie nicht mit Drohnen arbeiten, und wenn doch, dann bestimmt nicht mit irgendwelchen Spielzeugdrohnen. Es war zwecklos, der Diensthabende nahm erst gar keine Anzeige auf. Sie sollten sich melden, wenn Moritz nicht aus dem Urlaub zurückkomme.

Sie waren auf dem Rückweg nach Johannisberg und fuhren am Rheinufer entlang. Maxi war schon wieder schwindelig, die Frage des Bullen ging ihr nicht aus dem Sinn. »Haben Sie ihm etwas angetan?« Zum Glück saß Fritz am Steuer des alten Kadetts. Sie passierten den Oestricher Kran.

»Moritz hat gesagt, dass er einer Sache auf der Spur sei, in ein paar Tagen wisse er Genaueres und würde mich einweihen«, berichtete Fritz. »Weißt du, worum es da geht?«

Sie hatte keine Ahnung. Der Schwindel nahm zu, sie bekam kaum noch Luft. Sie ließen die Sportboote, die bei Winkel am Rheinufer festgemacht hatten, hinter sich.

Maxi wollte wissen, wann Fritz das letzte Mal bei ihnen in Schierstein gewesen war. Die Frage verwunderte ihn, aber er nannte ein Datum vor einigen Wochen. Sie atmete auf. Ihre Ängste und Schuldgefühle beruhten möglicherweise doch bloß auf einem schlechten Traum.

»Du musst hier nach Johannisberg abbiegen«, sagte sie zu Fritz. Glaube nicht alles, was du denkst, sagte sie zu sich.

»Maxi? Was ist mit Ihnen?«, fragte Dr. Reichenbach.

»Nichts, ich war mal wieder in Gedanken. Es ist so viel Schlimmes passiert.«

»Wir machen eine Pause«, schlug der Anwalt vor.

»Sie holen mich hier doch raus?«

»Sie sollten ehrlich sein und mir alles erzählen.«

ZWEI

Die »Blow up« lag im Stillwasser vor der Mariannenaue. Sie waren zur Loreley gefahren und hatten die Burgen an den Steilhängen des Rheins bewundert. Hinter St. Goarshausen hatten sie kehrtgemacht. Bevor sie in den Heimathafen einliefen, wollten sie noch ein, zwei Stunden in der Sonne liegen, Entenfamilien beobachten und den Picknickkorb leeren, den Jo mit auf das Boot gebracht hatte. Für die nächsten Tage waren Regen und Gewitter angesagt.

Ginger Havemann beobachtete ihren Mitbewohner, wie er auf dem kleinen Tischchen in der Plicht das Büfett aufbaute, und lächelte ihm zu. Jo Kribben war der beste Koch, den sie kannte, und dafür, dass er ein Mann war, war er ein ganz passabler Liebhaber.

Die Dritte an Bord war Yasemin Zilan, Kampfsportlerin, begnadete Hackerin und Gingers temperamentvolle Geliebte und Freundin. Ihr Temperament äußerte sich immer wieder in Eifersuchtsanfällen, die das Leben in der WG kompliziert machten. Absprachen über eine offene Beziehung waren dann völlig vergessen. Eine solche Phase in ihrem Liebesleben hatten sie gerade hinter sich gebracht, und der Ausflug mit Gingers Boot sollte deren Ende feiern.

Hummus, eingelegte Meeresfrüchte, Taboulé und ein lachsfarbener Sekt erinnerten an Nachmittage am Mittelmeer, die Temperaturen taten das auch. Yasemin und Ginger lobten Jos Kochkünste, Yasemin murmelte etwas von Drachenfutter, das alle besänftigen solle, dann herrschte Ruhe an Deck. Wellen plätscherten leise gegen den Schiffsrumpf, eine Entenfamilie umkreiste das Boot, ein Schwarm Lachmöwen störte die Stille mit hungrigem Kreischen. Yasemin drohte den Räubern mit ihren Fäusten, ohne dass das die Tiere beeindruckte.

Die letzten Jahre waren schwierig gewesen. Die Seuche und

die Maßnahmen gegen sie hatten Ginger und Yasemin an den Rand des finanziellen Ruins gebracht. Selbstverteidigungskurse waren eine Zeit lang untersagt, und später hielten Vorsicht oder Angst viele Kunden davon ab. Ginger und Jo waren lange Zeit die einzigen Teilnehmer von Yasemins Kursen. Auch die Aufträge für Gingers Detektei versiegten. Wo niemand nach draußen durfte, gab es weniger zu überwachen und zu recherchieren.

Ginger hatte es in dieser Zeit oft bedauert, dass sie das Angebot, ihre Polizeikarriere beim LKA wieder aufzunehmen, ausgeschlagen hatte. Der Beamtenstatus brachte gerade viele Vorteile mit sich. Bloß das Geschäft von Jo florierte die ganze Zeit, er verkaufte so viel Wein wie nie zuvor. Jo war zum Hauptverdiener der WG geworden, Besitzer des Hauses in der Wiesbadener Westendstraße war er außerdem. Er erließ seinen beiden Mitbewohnerinnen die Miete, erhöhte seinen Anteil am Haushaltsbudget, und auch wenn er über seine Großzügigkeit nie ein Wort verlor, hatte das neu entstandene Ungleichgewicht in der Wohngemeinschaft zu einer gereizten Stimmung geführt. Unterschiedliche Einstellungen zu den Einschränkungen, die der Staat seinen Bürgern während der Pandemie auferlegte, führten zu weiteren Spannungen. Jo unterstützte die Maßnahmen und definierte Freiheit in seiner gelegentlich professoralen Art als Einsicht in die Notwendigkeit, Yasemin warf ihm Besserwisserei und anpasserisches Verhalten vor, das sie sich nicht leisten könne. Als Ginger sich vorsichtig auf Jos Seite schlug, war das für Yasemin ein Verrat, den sie lange nicht verzeihen konnte. Lediglich die Tatsache, dass sie die meisten Menschen, die ihre Meinung zur Pandemie teilten, unsympathisch fand, ließ sie an ihrer Position zweifeln.

Doch diese Zeit war vorbei, und die Plagen, die die Aufmerksamkeit der Menschen nun auf sich zogen, Klimakrise und Krieg, waren für die Welt bedrohlicher, beeinträchtigten die Atmosphäre in der Wohngemeinschaft jedoch weniger.

»Was für ein geiler Sommer«, seufzte Yasemin, die sich auf das Deck der »Blow up« gefläzt hatte und sich in der Sonne rekelte. Sie schnurrte wie eine Katze an einer warmen Hauswand.

»Bislang leider zu heiß und zu trocken«, bemerkte Jo. »Aber das soll sich ab morgen ändern.«

Yasemin zerknüllte eine Serviette und warf die Papierkugel nach Jo. »Musst du alles besser wissen?«, rief sie lachend.

»Sorry, du hast recht. Es ist wirklich ein geiler Sommer«, antwortete Jo mit verschwörerischem Blick.

Ginger schwieg. Eine weitere Beziehungsdiskussion konnte sie nicht gebrauchen.

»Warum heißt das Boot eigentlich ›Blow up‹?«, fragte Yasemin schließlich.

Ginger war für den Themenwechsel dankbar und legte sich ins Zeug.

»Den Namen hat ihm mein Vater gegeben. ›Blow up‹ von Antonioni ist sein Lieblingsfilm, er spielt im London der sechziger Jahre. Der Film handelt von einem Fotografen, der Schnappschüsse von einem Liebespaar macht und dabei zufällig einen Mord fotografiert, doch dann verschwinden die Leiche und die Fotografien bis auf eine. Er vergrößert dieses Negativ immer stärker, aber je mehr er das tut, desto undeutlicher werden die Einzelheiten. Wenn man zu nah an die Dinge herangeht, wenn man ein Geschehen nicht aus einer gewissen Distanz betrachtet, kann man gar nichts mehr erkennen, das will der Film seinen Zuschauern sagen. Im Zuge seiner Recherchen wird der Fotograf immer unsicherer, ob er seinen Wahrnehmungen trauen kann. ›Blow up‹ kann man mit ›vergrößern‹ übersetzen, aber auch mit ›aufbauschen‹, ›in die Luft jagen‹ oder ›explodieren‹. Mein Vater mag London, und er hat früher gerne fotografiert, daher die Wahl des Namens. Die Kriminalgeschichte hat übrigens keine Auflösung.«

»Das geht ja gar nicht«, protestierte Yasemin.

»Du hast ja so recht!« Ginger warf ihr einen Luftkuss zu.

»Wenigstens in der Kunst sollten das Gute und die Wahrheit am Ende siegen.«

»Was anderes wollen die Leute weder sehen noch hören oder lesen«, meinte Jo in sarkastischem Ton.

»Googelchen, weißt du mehr über die Geschichte?«, fragte Yasemin. Sie wusste, dass Jo diesen Spitznamen hasste, mit der Datenkrake wollte er nicht in Verbindung gebracht werden.

Natürlich wusste Jo mehr. Er wischte auf seinem Handy herum und begann aus Wikipedia vorzulesen. Antonioni, der Regisseur des Films, habe sich von einer Kurzgeschichte von Julio Cortázar inspirieren lassen, deren Name sei »Teufelsgeifer«, »*Las babas del diablo.*« Auch sie beginne mit dem Schnappschuss zweier Liebender, aber dem Fotografen kämen, je länger er die Aufnahmen betrachtete, immer stärkere Zweifel, ob es sich um eine Verführungsszene handele oder eher um eine Überwältigung. »›Teufelsgeifer‹ ist eine Reflexion über die Wirklichkeit an sich, über subjektive Wirklichkeiten, über die Spannung zwischen Wahrnehmung, Beschreibung und Verstehen. Antonioni hat aus der der philosophischen Kurzgeschichte einen Kriminalfall gemacht.«

»Philosophisch und ohne Auflösung!« Yasemins Skepsis war nicht zu überhören.

Gingers Handy klingelte. Die Frau am anderen Ende der Verbindung stellte sich als Helene Busch vor. Sie habe einen Auftrag, Ginger sei ihr von einer Freundin empfohlen worden, deren verschwundenen Liebhaber sie gefunden und aus größter Not gerettet habe. Nein, bei dem aktuell Verschwundenen handle es sich nicht um ihren Liebhaber, sondern um einen Freund ihres Enkels, meinte Helene Busch in belustigtem Ton. Ginger mochte die Stimme, auch wenn die Erinnerungen an den Fall, auf den sie Bezug nahm, zwiespältig waren, er hätte sie fast das Leben gekostet. Ob sie sich schon an die Polizei gewendet habe, fragte Ginger, aber das wollte die Frau lieber persönlich mit ihr besprechen. Sie solle schnellstmöglich bei ihr vorbeikommen, den Termin werde sie bezahlen, auch wenn sie den Fall nicht übernehmen werde. Ginger nannte eine Summe, die umstandslos akzeptiert wurde. Dazu konnte sie nicht mehr Nein sagen.

✳✳✳

Am nächsten Morgen fuhr Ginger mit ihrer Carducci in den Rheingau. In der Nacht hatte es gewittert, an den Bergkuppen hingen die letzten Regenwolken, und am Grund des Johannisberger Mühlentals stand Wasserdunst über den Wiesen. Das Haus von Helene Busch, ein weiß verputztes Gebäude mit uralten dicken Mauern, lag idyllisch inmitten eines parkähnlichen Gartengrundstücks, das sich vom Höllenweg zum Elsterbach hinabzog.

Auf ihr Klingeln öffnete ein hübscher junger Kerl mit blonden Locken die Tür.

»Sind Sie die Detektivin? Ich bin Fritz Busch.«

Er streckte ihr seine Hand entgegen. Nachdem er die ihre ausgiebig geschüttelt hatte, eine für Ginger mittlerweile fast fremd gewordene Begrüßungsgeste, führte er sie ins Wohnzimmer, einen großzügig geschnittenen Raum mit hellen Holzdielen und mit grünem Samt bezogenen Sesseln.

Dort saßen zwei Personen, eine alte, zerbrechlich wirkende Dame mit verschmitztem Lächeln und wirrem weißem Haar sowie eine junge, schlanke Frau, deren ebenmäßiges und rundes Gesicht von blonden Locken umspielt wurde. Ein missmutiger Zug um den Mund beeinträchtigte den engelsgleichen Eindruck, den sie ansonsten machte. Fritz stellte seine Großmutter Helene Busch und Maxi Hofmann, die Freundin des Verschwundenen, vor. Die Alte ergriff den silbernen Knauf ihres Gehstocks, wollte zur Begrüßung aufstehen, aber Maxi legte ihre Hand auf deren Arm.

»Das musst du doch nicht, Helene!«, sagte sie und blieb ebenfalls sitzen.

Helene schüttelte unwirsch den Kopf und lächelte. Es schien, dass sie sich nicht entscheiden konnte zwischen Rührung über die Fürsorge und Ärger über die Bevormundung.

Sie bat Ginger mit fester, klarer Stimme, Platz zu nehmen, und gab Maxi den Auftrag, ein Glas Wasser für den Gast zu holen, was diese mit der Andeutung eines Schmollmundes quittierte.

Als alle um den Wohnzimmertisch versammelt waren, ergriff Helene Busch das Wort.

»Ein junger Mann ist verschwunden, Moritz Berghaus. Er ist ein guter Freund meines Enkels und der Freund der jungen Dame hier. Die beiden finden, dass ich es übertreibe mit meiner Sorge, aber ich bin da anderer Meinung.«

Moritz sei seit drei Tagen nicht mehr zu erreichen. Er sei ein sehr zuverlässiger Mensch, der nicht einfach verschwinde. Sie sei nicht mit ihm verwandt, aber das müsse man ihrer Meinung nach auch nicht sein, um sich um jemanden zu sorgen. Er habe sich schließlich das ganze letzte Jahr, als sie krank gewesen sei, um sie gekümmert, außerdem kenne sie ihn seit seiner Kindheit. Und er habe keine Familie mehr, wenn man von Gerlinde Hofmann absehe, der Cousine seiner verstorbenen Mutter und Helenes Nachbarin.

»Er muss sich doch nicht bei Ihnen abmelden«, warf Ginger ein.

Helenes Gesicht wurde ein wenig finsterer. »Stimmt, das muss er nicht. Aber er hat sich auch sonst bei niemandem abgemeldet«, widersprach sie.

»Das muss er auch nicht.«

Helene Busch hob eine Augenbraue. Widerspruch mochte sie offensichtlich nicht. »Er wollte mein Handy reparieren und es vorgestern zurückbringen. Das hätte er bestimmt nicht vergessen, das ist nicht seine Art.«

Ginger wurde ungeduldig. Jemanden zu suchen, weil er ein geliehenes Handy nicht zurückgebracht hatte, ging zu weit, trotz Auftragsflaute und Aussicht auf ein großzügiges Honorar.

»Jetzt sagt ihr doch mal was, Kinder!«, rief Helene. Sie war verärgert und fühlte sich nicht ernst genommen.

»Stimmt schon, das ist nicht seine Art«, pflichtete Fritz ihr bei. »Ich mach mir auch Sorgen. Er hat sich bei mir eine Drohne ausgeliehen, die wollte er ebenfalls vorgestern zurückbringen und hat es nicht getan. Auf Moritz kann man sich normalerweise verlassen; was er verspricht, das hält er, und pünktlich ist er obendrein.« Er erklärte Ginger, um welche Art Drohne es sich handelte, ein professionelles Modell mit hochauflösender Kamera und Infrarotsensor.

Noch jemand, dessen Leihgabe Moritz nicht zurückgebracht hatte. Ein wenig merkwürdig fand Ginger das schon bei einem als besonders zuverlässig beschriebenen Menschen. »Wissen Sie, was er mit der Drohne vorhatte?«

Fritz schüttelte den Kopf. »Er sei einer Sache auf der Spur, hat er gemeint. Er wollte mir das noch genauer erzählen. Er studiert an der Polizeiakademie und macht ein Praktikum auf dem Polizeirevier in Biebrich.«

Ginger holte tief Luft. »Die Polizei nutzt bei ihren Ermittlungen keine privaten Drohnen.«

Jetzt verfinsterte sich auch das Gesicht von Fritz. »Was weiß denn ich! Er hat es genau so gesagt, und jetzt ist er mitsamt der Drohne verschwunden.«

Das war in der Tat seltsam. Ginger wendete sich an Maxi. »Wann haben Sie ihn zuletzt gesehen?«

Der blonde Engel bemühte sich um einen besorgten und bekümmerten Eindruck. »In der Nacht vor seinem Verschwinden. Wir wollten jetzt in Urlaub fahren, aufs Geratewohl. Vorher musste Moritz noch ein paar Sachen erledigen, was genau, das weiß ich nicht, Sachen für seine Bachelorarbeit. Das Studium ist ihm total wichtig, ich kann mir nicht vorstellen, dass er da Termine sausen lässt.«

Aber welcher Art diese Termine sein sollten und ob er sie überhaupt versäumt habe, konnte Maxi nicht sagen. Sie berichtete, dass sie in der Nacht mit ihm aneinandergeraten sei, und zeigte Ginger eine Nachricht, die Moritz Berghaus danach geschickt hatte. »BIN MAL WEG. BRAUCHE ABSTAND. MELDE MICH WIEDER.«

»Darf ich hochscrollen?«, fragte Ginger, die neugierig auf den Chatverlauf geworden war.

»Nein!« Maxi nahm ihr das Handy aus der Hand. »Das ist privat. Wir hatten Krach, das muss reichen.«

Wahrscheinlich hatte es keinen Zweck, nach dem Streit zu fragen, war ja schließlich privat, dachte Ginger, doch Maxi besann sich eines Besseren.

»Er war eifersüchtig wegen eines früheren Freundes, den ich schon seit einem Jahr nicht mehr gesehen habe. Er war außerdem eifersüchtig wegen Fritz, und ich schwöre, dass es dafür keinen Grund gab. Ich habe mal ein wenig gekifft, und er hat sich aufgeführt wie ein Oberspießer.« Sie hielt inne und versuchte, begütigend zu lächeln. »Obwohl er das sonst gar nicht ist. Bitte verstehen Sie mich nicht falsch, wir mögen uns sehr, normalerweise. Streitereien kommen in den besten Beziehungen vor. Wir haben beide einen starken Willen, und ich kann ziemlich temperamentvoll sein.«

Das glaubte Ginger sofort. Aber Temperament war nicht alles, was sie spürte. Sie spürte auch das Bemühen Maxis, ihre Worte zu kontrollieren. Sie berichtete von dem Versuch, Moritz' Verschwinden zur Anzeige zu bringen. Dass die Polizei darauf nicht eingegangen war, wunderte Ginger nicht. Die Beamten hatten viel zu tun und durften das Geld der Steuerzahler nicht zum Fenster hinauswerfen. Dass ein junger Mann nach einem Streit mit der Freundin ein paar Tage verschwand, gehörte in keinen Polizeibericht, auch wenn alle, die ihn kannten, beteuerten, dass der Junge sonst nicht so sei.

Aber Ginger war nicht die Polizei. Sie hatte gerade wenig zu tun, und Helene Busch wollte ihr Geld unbedingt bei ihr loswerden. Außerdem fühlte sich die Geschichte nicht an wie die hochgekochte Hysterie gelangweilter oder überdrehter Mitmenschen. Maxi hätte sie am ehesten zugetraut, etwas zu erfinden, aber sie schien kein sonderliches Interesse an Aufmerksamkeit für sich und ihre Beziehung zu Moritz zu haben. Fritz war kein Aufschneider oder Wichtigtuer, und ihre Auftraggeberin kam ihr nicht wie eine ängstliche Alte vor, die überall Katastrophen und den Weltuntergang witterte. Zumindest Fritz und Helene machten sich Sorgen, und ein wenig merkwürdig war es schon, was Fritz Busch von der Drohne und Berghaus' Recherchen berichtete. Solange sich die Polizei nicht für sein Verschwinden interessierte, könnte sie ein paar Nachforschungen anstellen.

»Haben Sie ein aktuelles Foto von Moritz?«, fragte sie.

Maxi schickte ihr eines auf das Handy. Es zeigte einen jungen Mann mit schwarzer Haartolle und weichem Gesicht. Es kam Ginger so vor, als habe sie ihn schon einmal gesehen, aber sie hatte keine Ahnung, wo und wann.

»Ich werde mich mal umsehen«, sagte sie und nannte Helene Busch ihre Konditionen.

Mittlerweile hatte sich die Sonne Bahn gebrochen und schien auf die Terrasse des alten Steinhauses. Helene dirigierte sie alle nach draußen und gab Anweisungen, Kaffee und den Pflaumenkuchen herbeizuschaffen, den sie gebacken hatte. Erst als alle mit Kaffee und Kuchen versorgt waren, setzten sie die Unterhaltung fort, und Ginger durfte ihre Fragen stellen.

Welcher Art Moritz' Recherchen waren, darauf konnte sich keiner von den dreien einen Reim machen.

»Er wollte alte Fotos sehen«, fiel Helene ein. »Familienforschung war eines seiner Hobbys, und ich kenne seine Tante schon seit ihrer Geburt. Aber um mir vorzustellen, wozu man in diesem Zusammenhang Drohnen braucht, dafür fehlt mir die Phantasie. Vielleicht hat Gerlinde ja eine Idee. Sie weiß allerdings auch nicht, wo Moritz steckt, ich habe sie gestern angerufen und danach gefragt.«

Ginger wollte die Fotos sehen, die Moritz sich angeschaut hatte. Helene stand auf, bevor ihr einer der jungen Leute zur

Seite springen konnte, ging ins Haus und kam mit einem Fotoalbum zurück. Sie drückte es Ginger in die Hand.

»Er wusste, dass ich früher oft in der Talmühle war, und wollte Fotos aus dieser Zeit sehen. Das sind die Aufnahmen in der zweiten Hälfte des Albums. Ich habe ihn gefragt, was ihn daran interessiere, darauf hat er nichts geantwortet.«

Ginger nahm die Bilder mit ihrem Handy auf.

»Sie können gerne fotografieren. Das hat er auch ungefragt gemacht«, kommentierte die Alte.

Es waren Urlaubsfotos und Aufnahmen von Familienfeiern und Fastnachtsfeiern im Gutsausschank. Danach kamen Fotos von Fritz, Moritz und Maxi in Helenes Garten, auf der Terrasse ihres Hauses.

»Das war es vermutlich nicht, was er gesucht hat, er fragte ein paarmal, ob ich noch weitere Fotografien hätte. Hab ich aber nicht. Und er hat nach Philipp Bader gefragt, doch von dem besitze ich überhaupt keine Bilder.«

Ginger reichte das Album an Maxi und Fritz weiter. Fritz erinnerte sich an die Feiern an Altweiberfastnacht, die in der Talmühle stattfanden.

»Später sind wir da nicht mehr hingegangen« war alles, was ihm dazu einfiel.

Maxi behauptete, dass ihr die Bilder ebenfalls nichts sagten. Sie erwähnte noch, dass Moritz ähnliche Fotografien bei sich zu Hause hatte.

»Und wer ist Philipp Bader?«, fragte Ginger in die Runde.

Die Blicke von Helene und Fritz richteten sich auf Maxi.

»Mein Ex«, sagte sie kurz angebunden. Nach einer Pause bequemte sie sich zu ein paar weiteren Auskünften. »Der Typ, auf den Moritz eifersüchtig ist, obwohl ich ihn seit einem Jahr nicht mehr gesehen habe. Ich habe ihn aus den Augen verloren, bevor ich Moritz getroffen habe. Vor ein paar Jahren bin ich mit ihm nach Frankreich gegangen; als wir zurück nach Deutschland kamen, war er eines Morgens weg, ist einfach abgehauen.«

Das war schon der zweite verschwundene Mann rund um Maxi Hofmann, dachte Ginger, sagte aber nichts dergleichen.

»Und auf Sie war er auch eifersüchtig?«, fragte sie stattdessen Fritz.

Der gab das zu, beteuerte allerdings, dass es dafür keinen Grund gegeben habe.

In der Vergangenheit mochte das zugetroffen haben, ergänzte Ginger für sich. Dreierbeziehungen konnten anstrengend sein, das wusste sie, Ehrlichkeit genauso wie Lügen, Offenheit genauso wie Heimlichtuerei.

»Deswegen war Moritz in letzter Zeit distanzierter. Sonst hätte er mir wahrscheinlich erzählt, was ihn bewegt.«

»Manchmal denke ich, er kommt gleich hier hereinspaziert, und wir haben in der Zwischenzeit unser gesamtes Seelenleben ausgepackt. Das könnte ziemlich peinlich werden. Was ist eigentlich das Ziel der Befragung?« Maxi klang genervt, so als wollte sie das Gespräch am liebsten beenden.

Ginger erklärte es ihr geduldig. »Ich muss wissen, was Moritz zuletzt getan, womit er sich beschäftigt hat, in welchen Beziehungen er steht. Nur so habe ich eine Chance herauszufinden, wo er steckt.«

»Und wenn er gar nicht gefunden werden will?«, hakte Maxi nach. Sie war aufgestanden und ging auf der Terrasse wie ein gefangenes Raubtier hin und her. »Dann ist es falsch, nach ihm zu suchen. Wenn etwas Schlimmes passiert ist, erfahren wir es früh genug.«

Vor irgendetwas hatte Maxi Angst. Hatte sie Angst vor Entdeckung, vor der Wahrheit? Was könnte sie getan haben? Was sollte nicht herauskommen? Wusste sie etwas und wollte nicht, dass es andere erfuhren? Oder wollte sie selbst etwas nicht wissen? War sie nur nervös, weil ihr Freund verschwunden war? All das war möglich und noch viel mehr. Menschen verhielten sich in Stresssituationen selten logisch oder folgerichtig. Aber vielleicht hatte sie einfach nur recht.

»Möglicherweise steckt er in Schwierigkeiten und braucht

Hilfe. Deswegen soll ihn Frau Havemann suchen«, stellte Helene klar. »Machen Sie bitte weiter. Und du setz dich wieder.« Maxi gehorchte ohne Widerspruch.

Wenn Moritz seinen vermeintlichen Konkurrenten suchte, wie würde er das anstellen? Wie würde sie eine solche Suche angehen?, überlegte Ginger. Sie würde dort beginnen, wo der Gesuchte zum letzten Mal nachweislich beobachtet worden war.

»Wo haben Sie Ihren Ex zuletzt gesehen?«, fragte sie Maxi.

»Sie meinen Philipp? Warum ist das wichtig?« Maxi warf einen hilfesuchenden Blick zu Fritz. Der nickte ihr aufmunternd zu. Nach einer Pause antwortete sie: »Wir haben im letzten Sommer in einem Gartenhaus in der Gibb übernachtet. Am nächsten Morgen war er weg. Bringt Sie das jetzt weiter?«

»Ob es mich weiterbringt, weiß ich noch nicht. Ich sammle Informationen, auswerten werde ich sie später. Auf jeden Fall danke ich Ihnen für die Offenheit.«

Sie tat vermutlich gut daran, eine wichtige Zeugin wie Maxi bei Laune zu halten. Ginger bat um eine Wegbeschreibung zu dem Gartenhaus, aber da versagte Maxis Erinnerungsvermögen plötzlich. Vielleicht war es auch besser, sich nicht zu schnell auf eine einzige Spur zu konzentrieren. Das konnte den Blick verengen und in die Irre führen.

»Was ist Moritz für ein Mensch?«

Für Fritz war Moritz der beste und älteste Freund, sie kannten sich aus Kindergartentagen, waren gemeinsam in die Grundschule und aufs Gymnasium in Geisenheim gegangen, wo Moritz und Fritz mit ihren Eltern in derselben Straße gewohnt hatten.

»Er ist ein absolut zuverlässiger Typ. Er ist belesen, liebt Gedichte, interessiert sich für alles Mögliche, von IT über Musik bis zu Wein und Kochen. Sein großes Vorbild ist Großvater Karl, der war genauso wie die Mutter bei der Polizei.«

»Moritz' Vater war oft weg, deswegen war der Opa so wichtig«, ergänzte Maxi.

»Manche in der Klasse hielten Moritz für einen Streber«, fuhr Fritz fort, »aber ich glaube, er wollte nur, dass seine Mutter auf ihn stolz war und sich keine Sorgen machte. Sie habe es im Leben schwer genug, meinte er oft. Ich weiß, dass er mit seinem Vater nicht gut klargekommen ist. Der Typ war beruflich viel unterwegs, und wenn er nach Hause kam, verlangte er, dass alle nach seiner Pfeife tanzten.«

»Seine Eltern sind bei einem Verkehrsunfall gestorben«, sagte Maxi.

Fritz nickte. »Moritz saß mit im Auto. Irgendein besoffener und zugekokster Idiot kam ihnen entgegen, Moritz überlebte den Zusammenprall schwer verletzt, Mutter und Vater starben.«

»Er hat mir erzählt, dass er für ein halbes Jahr in der Kinder- und Jugendpsychiatrie gewesen ist«, sagte Maxi.

»Fünf Monate waren es«, präzisierte Fritz. »Moritz ist nicht der Typ mit den ganz vielen Freunden. Nach dem Unfall hat er sich zurückgezogen. Ich hatte in der Zeit bloß online Kontakt zu ihm, weil ich mit meiner Mutter nach Straßburg umziehen musste.« Fritz unterstrich seinen Ärger mit einer Geste, als wünschte er die Mutter ans Ende der Welt.

Helene verteidigte ihre Tochter. »Du kannst es Monika nicht verdenken, dass sie nach der Trennung von deinem Vater etwas Neues beginnen wollte. Du hättest bei ihm bleiben können.«

»Bei dem?« Fritz schaute seine Oma an, als hätte sie den Verstand verloren.

»Hätte ich an deiner Stelle auch nicht gemacht.« Helene lächelte, Fritz schnaubte empört.

Moritz Berghaus schien in seinem bisherigen Leben viel Unglück erfahren zu haben. Ginger fragte sich, ob sein Verschwinden damit zu tun hatte. Der Unfall hatte sich 2016 ereignet, die Familie war gerade nach Schierstein in das Haus der Großeltern gezogen, die im selben Jahr gestorben waren. Er hatte in kurzer Zeit seine gesamte Familie verloren.

»Wissen Sie Näheres über den Unfall?«

»Nur, was ich Ihnen schon gesagt habe. Darüber hat er nicht gerne gesprochen«, antwortete Fritz, und Maxi bestätigte das. Es habe einen Prozess gegeben, und Moritz habe einige Unterlagen dazu zu Hause.

»Moritz hat sich verändert«, meinte Fritz. »Als wir uns wiedergetroffen haben, ist mir aufgefallen, dass er noch stärker in sich gekehrt war als früher. Er ist ernsthafter und irgendwie verbissen geworden, ein Gerechtigkeitsfanatiker. Ist für einen Polizisten vielleicht nicht das Schlechteste.«

Maxi und Fritz berichteten von dem Studium in der Polizeiakademie und von dem Praktikum auf dem Revier in Biebrich.

»Wie haben Sie sich kennengelernt?«, fragte Ginger.

Maxi erzählte von einem Treffen vor einem Jahr in den Reisinger-Anlagen, war dabei aber kurz angebunden. Immerhin erwähnte sie, dass sie sich von früher kannten.

»Nachdem deine Mutter gestorben war, kamst du zu Gerlinde in die Familie«, ergänzte Helene, die genauso ungeduldig wie Ginger zu sein schien, dass sich Maxi alles aus der Nase ziehen ließ. Nach der Trennung von Fritz' Eltern waren Monika und Fritz bei der Oma eingezogen, Moritz besuchte seinen Freund, und in der Nachbarschaft lebte Maxi bei Gerlinde, seit dem Tod ihrer Mutter deren nächste Verwandte.

»Und woher wissen Sie das alles so genau?«

Die Lachfalten in Helenes Gesicht kamen in Bewegung. »Im Rheingau sind, um ein paar Ecken, alle mit allen verwandt. Also mit Ausnahme der Zugezogenen. Die Talmühle gehörte einmal drei Geschwistern, Gerda, Wilhelm und Horst Hofmann. Der Bruder meines verstorbenen Mannes war mit Gerda verheiratet, Gerlindes Tante. Die Schwester von Moritz' Opa, Liselotte, hat Wilhelm geheiratet, Karl war also ein Onkel von Gerlinde, und Maxis Mutter, die Tochter von Horst, war die Cousine von Gerlinde.«

Ginger kam recht unübersichtlich vor, was sie da hörte. Vielleicht sollte sie sich die verwandtschaftlichen Zusammenhänge aufzeichnen lassen, aber möglicherweise führten diese

Informationen in die Irre, banden ihre Aufmerksamkeit und lenkten vom Wesentlichen ab. Oder sie waren doch wichtig. Sie seufzte.

»Opa Horst und meine Mutter waren die schwarzen Schafe der Familie«, ergänzte Maxi missmutig. »Aber was soll das mit Moritz' Verschwinden zu tun haben?«

Wenn sie im Vorhinein wüsste, welche Fragen und Antworten sie weiterbrachten, wäre ihre Arbeit um einiges einfacher, sagte Ginger. »Was können Sie mir noch über Moritz sagen? Worüber hat er gesprochen, was hat ihn interessiert, mit wem hat er sich getroffen?«

Helene erinnerte sich, dass Moritz Gerlinde Wächter besuchen wollte, Fritz kam noch einmal darauf zu sprechen, dass er irgendetwas recherchierte, wofür er eine Drohne brauchte, und Maxi meinte, sie hätten zuletzt gar nicht mehr viel miteinander gesprochen. Dann fiel ihr noch ein, dass er sich mit jemandem von der Polizeischule treffen wollte, an einen Namen konnte sie sich jedoch nicht erinnern.

∗∗∗

In der Talmühle traf Ginger weder Gerlinde noch Markus Wächter an, sie hinterließ Nachrichten mit der Bitte um ein Gespräch. Sie fuhren nach Schierstein, Maxi nahm ihren klapprigen alten Opel, Ginger folgte auf dem Motorrad. Moritz' Haus lag in der Hafenstraße direkt am Wasser, nicht weit vom Liegeplatz der »Blow up« entfernt. Das Haus hatte Ginger schon hundertmal gesehen, ein schnuckeliges kleines Fachwerkhaus. Wahrscheinlich war ihr auch Moritz schon über den Weg gelaufen, deswegen war ihr das Gesicht auf dem Foto bekannt vorgekommen, nicht weil er versuchte, wie Elvis auszusehen.

Sie folgte Maxi, die das Hoftor und die Haustür aufschloss. Über dem Hauseingang war eine Überwachungskamera montiert. Sie betraten einen Hausflur mit offenem schwarzem Gebälk, niedrigen Decken und knarrenden Holzdielen.

»Schauen Sie sich um«, sagte Maxi mit einer einladenden Handbewegung. Ihre Bedenken, dem Freund hinterherzuschnüffeln, schienen verflogen. »Hier unten liegen Wohnzimmer und Küche, von der Küche aus geht es in das Gärtchen hinter dem Haus. Im ersten Stock sind Bad, Schlafzimmer und Moritz' Arbeitszimmer.« Sie wies auf eine steile Holztreppe.

Ginger stieg die Holztreppe nach oben und ließ sich das Arbeitszimmer zeigen. In einer Gaube stand ein großer Schreibtisch aus Buchenholz, an den seitlichen Wänden Regale, an den Wänden der Gaube hingen Ansichtskarten, auf denen Gedichte, Verse und Aphorismen vor den Porträts ihrer Verfasser zu lesen waren.

Das Zimmer machte einen unaufgeräumten Eindruck. In den Regalen standen Bücher, Ordner, Holzkisten und Kartons in bunter Reihenfolge. Ginger hätte mehr Ordnung und System vermutet, nach allem, was sie von Moritz Berghaus erfahren hatte. Auf dem Schreibtisch lag eine Tasche mit Werkzeugen für Feinmechaniker, Schraubenzieher und Flachzangen waren auf der Schreibtischplatte verstreut. In einem Pappkarton fand Ginger ein verpacktes Display für ein iPhone und ein Reparaturset, aber nirgendwo ein entsprechendes Telefon. Neben einer Lampe im Fünfziger-Jahre-Stil standen zwei gerahmte Fotos, die junge Polizisten in Uniform zeigten, auf der Schwarz-Weiß-Aufnahme war vermutlich Moritz' Großvater zu sehen, auf dem Farbfoto seine Mutter. In einer Steckdosenleiste war ein Netzteil angeschlossen, das zu einem Notebook zu gehören schien, das Notebook selbst fehlte. Ein Kabel führte zum Drucker neben dem Schreibtisch. Ginger fischte ein paar Handschuhe aus ihrer Jacke und streifte sie über.

Maxi war in der Tür stehen geblieben. Ginger fragte sie nach Moritz' Computer. Sie deutete auf den Tisch. »Normalerweise steht er da. Er hat ihn wohl mitgenommen.«

»Und was ist mit dem Netzteil? Hat er ein zweites?«

Das wusste Maxi nicht. Ginger fand zwei weitere Ladegeräte in den Schubfächern des Schreibtisches, aber kein dazugehöriges Handy, jede Menge Kabel mit den verschiedensten Anschlüssen, ein Richtmikrofon und einen GPS-Tracker. Nirgendwo jedoch lagen Speichermedien, keine SD-Karten, keine USB-Sticks, keine externen Festplatten, auch in den Regalen fand sich nichts dergleichen. Das war ungewöhnlich für einen Technikfreak. Es war ein Hinweis darauf, dass etwas mit Moritz' Verschwinden nicht stimmen könnte. Es war also legitim, in sein Privatleben einzudringen und nach ihm zu forschen, sagte sich Ginger.

»Hatte Ihr Freund einen Terminkalender?«

»Im Handy.«

Natürlich. »Wie hat er seine Daten gesichert?«

Maxi kam ins Zimmer herein und setzte sich auf die Schreibtischplatte. »Interessant, dass Sie das fragen. Das war ihm besonders wichtig, er konnte zu diesem Thema lange Vorträge halten. Er hat alles in einem Kasten draußen im Flur gespeichert, da steckt eine Festplatte drin. Und in einer Cloud auch noch. Mir kam das vor, wie Gürtel und Hosenträger gleichzeitig zu tragen.«

Ginger bat Maxi, ihr den Kasten zu zeigen. Das NAS stand im Flur und war mit dem darüberhängenden Router verbunden. Sie betrachtete das Speichergerät eingehend. Die Gehäuseverkleidung ließ sich von der Hinterwand leicht abziehen, was daran lag, dass sie nicht mit den dafür vorgesehenen Schrauben befestigt war. Das konnte natürlich Nachlässigkeit sein. Doch im Inneren des Geräts wartete die nächste Überraschung: Die Festplatte fehlte. Maxi kannte sich nicht aus, hatte »den Kasten« noch nie von innen angesehen, war aber davon überzeugt, dass er funktionsfähig gewesen war, als Moritz noch zu Hause war. Ginger machte ein paar Fotos.

»Das heißt jetzt was?«, fragte Maxi.

Ginger schwieg. Das hieß, dass jemand sämtliche Datenträger hatte verschwinden lassen, entweder Moritz oder Maxi oder die Person, die in das Haus eingebrochen war.

»War die Tür verschlossen, als wir vorhin hereinkamen?«

Maxi nickte.

»Sie sagten, dass es einen Hintereingang gibt?«

Sie nickte noch einmal.

Den wollte Ginger als Nächstes sehen. Sie stiegen die Treppe wieder hinunter und gingen in die Küche. Die Küchentür war unbeschädigt und nicht verschlossen. Das dahinterliegende Gärtchen grenzte an andere Grundstücke, ein Durchgang führte auf eine Parallelstraße. Sie musste später die Nachbarn und Anrainer befragen. Maxi konnte nicht ausschließen, dass sie vergessen hatte, die Tür abzuschließen, als sie das Haus verließ. Dafür sprach, dass der dazugehörige Schlüssel an einem Brett neben dem Kühlschrank hing.

Über der Tür zum Garten hing eine Überwachungskamera vom selben Typ wie an der Vordertür. Es war eine Kamera, die ihre Aufnahmen wahlweise auf einer SD-Karte speicherte oder an einen Netzspeicher sendete. Das Gehäuse ließ sich leicht öffnen, der Kartenslot war leer. Ginger ging zur Haustür, auch hier war das Kameragehäuse unbeschädigt und ließ sich leicht öffnen, so als ob das vor Kurzem schon jemand getan hätte. Auch hier war keine Speicherkarte eingesteckt.

Sie gingen wieder nach oben. Ginger setzte sich an den Schreibtisch, schaute sich erneut im Zimmer um, machte einige Fotos.

»Sah es hier immer so aus?«, fragte sie Maxi. Die schien die Frage nicht zu verstehen, Ginger erklärte es ihr. »Ich hätte mehr Ordnung erwartet. Ich finde weder Festplatten noch USB-Sticks. Hat hier vielleicht jemand herumgewühlt, etwas gesucht, dabei Unordnung geschaffen?«

Das konnte sich Maxi vorstellen. Jetzt, wo Ginger gefragt hatte, kam es ihr so vor, als ob es sonst aufgeräumter in Moritz' Zimmer gewesen sei. »Sie meinen, jemand ist eingebrochen und hat Datenträger geklaut?«

Genau das konnte es bedeuten, und Maxi hatte die Tür für die Einbrecher offen stehen lassen. Ohne Spuren an den Türen gab es keinen Anfangsverdacht auf einen Einbruch, die

Polizei würde nicht aktiv werden. Wenn Moritz' Recherchen mit seinem Verschwinden zu tun hatten, dann waren deren Ergebnisse nun gründlich getilgt. Es blieb die Cloud, in der Ginger mit ihrer Suche beginnen konnte, irgendwo auf der Welt lagen Moritz' Dateien auf einem Server.

Maxi kannte die Namen der Clouddienste, die Moritz benutzte, die hatte er während seiner vielen Vorträge immer wieder genannt. Dass sie Ginger darüber berichtete, sprach nicht dafür, dass sie die Nachforschungen hintertreiben wollte. Andererseits nutzte der Name der Dienste nichts, solange sie weder den Benutzernamen noch das Passwort kannte.

Als Benutzernamen verwendeten viele User ihre Mailadresse. Ginger fragte Maxi danach. Klar kannte sie die, ihres Wissens hatte er nur eine. Und zu den Passwörtern hatte sie zumindest eine Idee.

»Mir hat er geraten, die ersten beiden Zeilen meiner Lieblingsgedichte oder Songs zu benutzen. Man könne sich die leicht merken, zur Not nachschlagen, und sie seien so lang, dass kein Programm in vertretbarer Zeit dahinterkäme.«

»Kennen Sie seine Lieblingsgedichte oder Lieblingssongs?«

Maxi wusste, dass Moritz Fan von Elvis Presley und Doris Day war und eine Vielzahl von Gedichten liebte. Das würde die Suche nicht einfach machen, aber sie kannte immerhin die Gedichtsammlung, in der er gerne las. Ginger fand sie zwischen einer Abhandlung über Kriminaltaktik und dem Lehrbuch der Tatortsicherung in einem der Regale. Sie blätterte durch den Band, keines der Gedichte war angestrichen, nirgendwo fand sie ein Post-it oder ein Eselsohr.

Schließlich fiel Maxi noch etwas ein. »Oft hat er von den literarischen Ansichtskarten vorgelesen, die hat er alle in doppelter Ausführung. Ein Stapel liegt unten im Wohnzimmer, die anderen hängen hier über dem Schreibtisch an den Wänden.«

Das waren die einzigen Hinweise, denen Ginger folgen konnte. Maxi war einverstanden, dass sie das Buch mitnahm und die Karten einzeln fotografierte.

Im Obergeschoss fand Ginger ansonsten nichts, was sie weitergebracht hätte. Sie gingen zurück ins Erdgeschoss. Die Küche war die eines Feinschmeckers, die Vielfalt an Gewürzen und Kräutern, das Kupfergeschirr und die Küchenmesser aus Damaszenerstahl sprachen eine klare Sprache. Jo würde sich hier sofort wohlfühlen. Doch Hinweise auf Moritz' Aufenthaltsort fand Ginger keine. Zur Sicherheit fotografierte sie die Weinkarten verschiedener Rheingauer Winzer, die am Küchenbrett unter den Schlüsseln angepinnt waren, und die Karte eines Ingelheimer Biometzgers.

»Zeigen Sie mir jetzt den Keller?«

Sie folgte Maxi und stieg eine steile Treppe in das Untergeschoss hinab, ein aus Ziegelsteinen gemauertes Gewölbe mit Lehmboden. Hier war es kühl und feucht, die Steine waren von einem weiß-grauen Pilz bedeckt. Auf der einen Seite des Treppenaufgangs lagerten unzählige Weinflaschen in Regalen aus Ton, manche noch frisch und blank, andere von Firnis überzogen, in Maxis Worten »Moritz' Schatz«.

In einer dunklen Ecke, in die das gelbe Licht der Kellerbeleuchtung kaum reichte, stand ein mannshoher Schranktresor auf einem Podest von Backsteinen, der Schlüssel steckte im Schloss, die Tür war geöffnet. Das Innere des Tresors war bis auf eine alte Pappschachtel leer. Auf dem vergilbten Etikett stand in Frakturschrift etwas weitgehend Unleserliches: »Pat... 9...«.

»Wissen Sie, was dadrin war?«, fragte Ginger, nachdem sie das Etikett mit dem Handy aufgenommen hatte.

»Keine Ahnung!«, versicherte Maxi in sehr bestimmtem Ton.

Die Regalböden des Tresors waren glatt und sauber, Ginger spürte weder Staub noch den Film aus Pilzsporen, der hier überall vorkam, als sie darüberstrich. »Stand die Tür immer offen?«

»Ich glaube nicht. Wollen wir wieder hochgehen?« Maxi schien sich hier unten nicht wohlzufühlen.

Ginger wollte erst noch den Teil des Kellers auf der anderen Seite der Treppe begutachten. Dort fand sie niedrige Pflanztische, gefüllt mit Granulat, an einigen Stellen kämpften Pilze ums Überleben.

»Ich habe hier Kräuterseitlinge, Enoki und Goldkappen gezüchtet«, erklärte Maxi. »Gerade mache ich damit eine Pause.«

Auch von den Pilzen machte Ginger Fotos, bevor sie wieder nach oben stiegen.

Blieb noch das Wohnzimmer, das sich Ginger ansehen wollte.

Wenn man die fünfziger Jahre mochte, dann war dieses Wohnzimmer ein Traum. Eine Stehlampe mit bunten Tütenschirmchen, Cocktailsessel in Orange und Grün sowie ein Nierentisch verströmten ein nostalgisches Flair. An der Wand huldigte ein großes Poster dem jungen Elvis, ein Filmplakat warb mit den Porträts von James Stewart und Doris Day für Hitchcocks »Der Mann, der zu viel wusste«. Sogar eine alte Musiktruhe zierte den Raum, in einem Wandregal reihten sich Vinyl-Langspielplatten, vorzugsweise mit Aufnahmen von Doris Day, Elvis Presley und weiteren Rock-'n'-Roll-Größen.

»Sie erwähnten in Johannisberg ein Fotoalbum und eine Gerichtsakte. Können Sie mir die zeigen?«

Maxi ging zum Bücherregal, zog einen Aktenordner und ein Buch mit grünem Einband heraus und reichte sie Ginger.

Ginger warf erst einen Blick in den Ordner, der ein Urteil und Schriftverkehr mit dem Gericht enthielt. Ein dreißigjähriger Mann aus Geisenheim war betrunken und voller Kokain auf der B 42 frontal in das Auto der Familie Berghaus gerast. Moritz' Eltern waren sofort tot, Moritz und der Unfallgegner schwer verletzt. Wegen des langsamen Genesungsprozesses wurde der Prozess gegen den Mann erst viel später eröffnet, und das nur auf Betreiben von Moritz, der als Nebenkläger auftrat. Der Angeklagte gab vor, an einer kompletten Amnesie zu leiden. Das Gericht sprach eine Freiheitsstrafe von zwei Jahren aus, die es zur Bewährung aussetzte. Eine Berufung gegen das Urteil war erst vor Kurzem abgelehnt worden. Hinten im Aktenordner hatte Moritz eine Adresse notiert, vermutlich die aktuelle Adresse des Mannes, und zwei Fotos, eines schien die Außenansicht des Hochhauses zu zeigen, in dem er wohnte, das zweite zeigte einen schwarzen Sportwagen.

Danach schlug Ginger das Fotoalbum auf. Eine Vielzahl schwarz-weißer Fotografien zeigte Vorfahren und Verwandte von Moritz beziehungsweise seines Großvaters. Gegen Ende waren Farbfotografien von Moritz und seiner Familie in das Album eingeklebt. Maxi reichte ihr ein Papier.

»Der Familienstammbaum, den Moritz rekonstruiert hat, ist eine Art Ergänzung zu den Fotos seines Opas.«

Ginger fotografierte alles. Alles konnte wichtig sein für ihren Fall oder auch völlig bedeutungslos, auf jeden Fall sah es nach Arbeit aus.

Immer noch waren Gingers einzige Ansatzpunkte, die Nachbarn zu befragen und sich in Moritz' Cloud zu hacken. Das zweite Vorhaben bewegte sich am Rande der Legalität. Reichten die Gründe für ein solches Vorgehen, gab es genug Indizien, die darauf hinwiesen, dass Moritz Berghaus sich in Not befand? Die Frage tauchte immer wieder auf, weil Ginger noch keine überzeugende Antwort gefunden hatte.

Auf der Anrichte standen ein altes Bakelit-Telefon und ein großer rundlicher Apparat mit der Aufschrift »Alibiphon«. Was für ein lustiger Name. Die Beschriftung der Hebelchen und Knöpfe ließ vermuten, dass es sich um einen altertümlichen Anrufbeantworter handelte.

»Das Ding funktioniert wie ein ganz normaler AB«, meinte Maxi. »Moritz hat es mit neuer Technik ausgestattet, genauso wie das Telefon und die Musiktruhe. Auf solchen Kram steht er total.«

Ginger drückte den Kippschalter mit dem Telefonsymbol.

»Hier spricht der Anrufbeantworter von Moritz Berghaus«, erklang dessen Stimme. »Bitte sprechen Sie nach dem Signal.«

Nach dem Piep hörte Ginger eine ungeduldige Stimme, die ihr wohlbekannt war. »Hallo, Berghaus, hier Mayfeld. Wo stecken Sie denn? Wir hatten heute um sechzehn Uhr einen Termin! Um den haben Sie mich extra gebeten. Ich bin dafür raus nach Kohlheck gefahren, und jetzt sind Sie nicht da. Auf dem Handy sind Sie auch nicht zu erreichen. Bitte melden Sie sich, sonst fange ich an, mir Sorgen zu machen.«

Noch einer, der sich Sorgen machte: ihr Freund Robert Mayfeld, ehemaliger Leiter des Wiesbadener Kommissariats für Tötungsdelikte und seit ein paar Jahren Dozent an der Polizeiakademie.

✻✻✻

Die Befragung der Nachbarn ergab nichts. Die Hälfte der Leute traf sie nicht an, von der anderen Hälfte hatte niemand Moritz vermisst, alle waren der Meinung, dass er in Urlaub sei, zumal auch seine Freundin weg war. Obwohl einige Moritz schon seit Kindesbeinen kannten, schien niemand etwas Tiefgehendes über ihn zu wissen.

»Mir ist nix aufgefallen.«

»Als kleiner Bub hat er immer Oma und Opa besucht, da war die Welt noch in Ordnung.«

»Netter Typ, der Moritz, ein bisschen schüchtern.«

»Schlimme Sache mit dem Unfall seiner Eltern, wahrscheinlich ist der Dreckskerl, der sie totgefahren hat, mit einer Bewährungsstrafe davongekommen, so ist das ja heutzutage.«

»Elvis lebt.«

»Der arme Kerl war ja lange in der Klapse, der hat einen ganz schönen Schlag abbekommen. Dass sie den bei der Polizei genommen haben, wundert mich, aber ich gönne es ihm von Herzen.«

»Wegen dem Lockdown von der Regierung hat man ja kaum noch Kontakt zu anderen, genau das ist doch die Absicht von denen da oben.«

»Einen ganz schön heißen Feger hat er da aufgelesen, hätte ich dem Typen gar nicht zugetraut.«

Und so weiter. Niemand ahnte, wo Moritz sein könnte, oder hatte in den letzten Tagen Fremde in sein Haus gehen sehen.

Nachmittags erreichte sie Mayfeld. Seit er nicht mehr bei der Kriminalpolizei arbeite, gönne er sich den Luxus, das Handy öfter mal abzuschalten, erklärte er lachend, als sie ihn endlich am Apparat hatte. Der Gutsausschank der Leberleins habe wieder geöffnet, sie könnten sich jederzeit in Kiedrich treffen. Sie fuhr sofort dorthin.

Das Weingut von Mayfelds Schwiegereltern befand sich in einem der historischen Gasthäuser, die rund um die Valentinuskirche erbaut worden waren. Wer mit Robert Mayfeld befreundet war, kannte nach einiger Zeit die wichtigen Daten der Rheingauer Geschichte und auch die weniger wichtigen Anekdoten. Als die Mönche des Klosters Eberbach im späten Mittelalter in den Besitz der Reliquien des heiligen Valentinus gekommen waren, so hatte Robert ihr einmal erzählt, fühlten sie sich von dem Heer der Wallfahrer – Valentinus war nicht nur der Patron der Verliebten, sondern auch der der Fallsüchtigen – in ihrer Ruhe und Kontemplation bald derart gestört, dass sie beschlossen, die Reliquien der Kirchengemeinde des benachbarten Dorfes zu schenken. In Kiedrich hatten sich bereits einige Adlige im Dienste des Mainzer Erzbischofs niedergelassen, die die Grenzen des Rheingaus gegen den Taunus sicherten und die Händler, die die vorbeiführende Handelsstraße bereisten, mit Zoll belegten. Die fromme und selbstlose Schenkung der Mönche führte zu einem Ansturm von Heil und Heilung Suchenden in dem Dorf und schuf ein neues Geschäftsfeld, nämlich die Beherbergung der Wallfahrer und Kranken, was eine wirtschaftliche Blüte nach sich zog, deren Folgen man in der prächtig ausgestatteten Kirche und dem schmucken gotischen Dorfbild noch heute bewundern konnte.

»Halleluja et vinum Kideraci«, begrüßte das Weingut Leberlein seine Gäste mit dem Leitspruch des Kiedricher Wappens.

Ehre sei Gott und dem Kiedricher Wein. Die Mischung aus Frömmigkeit und Geschäftstüchtigkeit passte ganz gut zur Familie und zum Ort, fand Ginger.

Der Garten des Gutsausschanks war mit schwatzenden, schmausenden und zechenden Menschen gefüllt. Robert Mayfeld saß in vertrauter Runde am Stammtisch, wo eine lebhafte Diskussion im Gange war. Das sogenannte Straußwirtschaftliche Quartett war eine Art Rentnergang von vier alten Freunden, ergänzt um Roberts Vater Herbert. Ginger kannte die Truppe von gelegentlichen Besuchen und wurde mit lebhaften Gesten herbeigerufen.

»Gut, dass diese Corona-Hysterie endlich vorbei ist«, meinte Batschkapp, nachdem alle Ginger mit großem Hallo begrüßt hatten. »Viel Wind um nichts wegen einer Art Grippe! Unsere Kinder wurden traumatisiert und haben in der Schule noch weniger gelernt als sonst. Und das im Land der Dichter und Denker!«

Seine Frau Trude rollte mit den Augen. »Seit wann interessierst du dich für Kinder?«

»Oder für Dichter und Denker? Und seit wann sind hundertsiebzigtausend Tote nichts?«, fragte die Rote Zora.

»Die sind mit Corona gestorben, nicht an Corona.«

»Behauptet Batschkapp, der bekannte Virologe«, konterte Zora sarkastisch.

»Der aufs Präventionsparadox hereingefallen ist«, ergänzte Gucki.

»Kannst du auch deutsch reden?«, wollte Trude wissen. »Was ist dieses Präventionsdingens?«

Herbert Mayfeld meldete sich zu Wort. »Das kannst du dir folgendermaßen vorstellen: Wenn man nichts zur Vorbeugung macht, und es passiert was Schlimmes, reden alle Schlaumeier von Katastrophe und sträflicher Fahrlässigkeit; wenn man was zur Vorbeugung unternimmt und deswegen nichts Schlimmes passiert, reden dieselben Schlaumeier von Panikmache und Hysterie.«

Trude schien das nicht verstanden zu haben, Batschkapp wollte es nicht verstehen und grummelte etwas von Systemmedien, denen man nicht alles nachquatschen sollte. Das ließ Zora nicht auf sich sitzen und warf Batschkapp vor, er lasse sich von Verschwörungserzählungen, die im Netz kursierten, das Hirn vernebeln und verwechsle diese hanebüchenen sogenannten Theorien mit Kritikfähigkeit und organisiertes Querulantentum mit einer Widerstandsbewegung. Worauf Trude meinte, Zora solle nicht so garstig sein, und Gucki seiner Frau Zora zur Seite sprang, indem er Batschkapp einen Biedermann und Brandstifter zugleich nannte, was sich Batschkapp als Mitglied der freiwilligen Feuerwehr empört verbat.

»Wisst ihr, was das Gute an diesem Sommer ist?«, schaltete sich Ginger in das Gespräch ein. »Wir sind über dem Berg und können wieder über andere Dinge reden.«

»Über das Klima«, schlug Zora vor. »Wenn wir das nicht in den Griff bekommen, können wir einpacken.«

»Über die Klimakleber«, meinte Trude. »Die nehmen die Erderwärmung zum Vorwand, uns unser Leben madigzumachen.«

»Die haben selbst keinen Spaß, deswegen soll ihn auch niemand anders haben«, wusste Batschkapp.

»Die sind verzweifelt, und denen gehen vor allem Leute wie du auf den Sack«, holzte Zora zurück.

»Über den Krieg sollten wir mal reden«, meinte Gucki. »Wenn die Russen den gewinnen, können wir uns die Freiheit und den Luxus unserer Streitereien bald nicht mehr leisten.«

»Also, ich könnt auf den Streit verzichten«, widersprach Trude.

»Wir sollten mal über den Genderwahnsinn diskutieren«, wünschte sich Batschkapp.

»Das sind ja schöne Aussichten«, bemerkte Herbert mit nur halb gespieltem Entsetzen. »Ich brauche einen Schoppen, damit ich das ertrage.«

Robert erinnerte seinen Vater an die Ermahnungen des Kardiologen, aber der winkte unwirsch ab. Er rief die Bedienung, und alle bestellten noch ein Glas. Es herrschte eine gereizte Stimmung, hier in Kiedrich war das nicht anders als sonst wo in Deutschland, an Stammtischen, in Wohngemeinschaften oder Familien.

»Du wolltest mich wegen etwas Beruflichem sprechen«, sagte Robert Mayfeld und stand auf. Die Ablenkung schien ihm gerade recht zu kommen.

Es folgte ein bisschen Gezeter seitens der Freunde – er sei doch nur noch Ausbilder und nicht mehr im aktiven Polizeidienst, was es denn Geheimnisvolles zu besprechen gebe, es sei schon Abend, gleich wollten sie alle Essen bestellen, er habe noch gar nicht berichtet, wie der neue Weinjahrgang werde –, bis Ginger und Robert sich loseisen konnten und ins Haus gingen.

Dort begrüßte sie schwanzwedelnd ein schwarz-braun-weiß gescheckter Hund mit langem Fell, Schlappohren und wachem Blick.

»Das ist Meister Yoda«, stellte Robert seinen neuen Freund vor.

»Aha.«

»Yoda reicht als Name. Die Mutter, ein Border-Collie im Polizeidienst, hat sich mit einem Beagle eingelassen. Yoda ist beharrlich, scharfsinnig und ausgeglichen wie seine Mutter, aber auch verfressen und dickköpfig wie sein Vater. Als Polizeihund ist er leider völlig ungeeignet, trotz bester Anlagen. Er kann scharf und aggressiv sein, ist das aber nur, wenn es ihm einleuchtet, sonst ist er die Liebenswürdigkeit in Person. Als Schutzhund ist er also nicht zu gebrauchen. Außerdem arbeitet er nur mit Leuten zusammen, die er mag, und er entscheidet selbst, nach wem er sucht und bei wem es der Mühe nicht wert ist. So was geht in einer Behörde natürlich gar nicht.«

Natürlich nicht. Wahrscheinlich war sie aus ähnlichen Gründen nicht mehr im Polizeidienst. Aber legte ihr Freund nicht zu viel Bedeutung in die Verhaltensweisen eines Hundes?

»War es dir im Lockdown langweilig?«, fragte Ginger.

»Ich habe ihn vor dem Tierheim gerettet.«

Yoda schnüffelte interessiert an Gingers Hosenbeinen.

»Dich kann er gut riechen. Gehen wir ein Stück?«

Gassi gehen gehörte offensichtlich zu Roberts neuen Beschäftigungen. Sie verließen das Weingut und überquerten den Marktplatz. Das schmiedeeiserne Tor vor der Kirche St. Valentinus war geöffnet. Meister Yoda war nicht angeleint und bestimmte wie selbstverständlich den Weg. Sie betraten den Pfarrhof.

»Der Lieblingsweg von Yoda beginnt am Kreuzweg rund um St. Valentinus«, erklärte Robert.

Der Hund ging voran, schnüffelte ausgiebig an der ersten, lief weiter zur zweiten und dritten Station. Dort hob er das Bein. Ginger ahnte, dass ein neuer heimatkundlicher Vortrag unausweichlich war, und so kam es auch.

»Der Kreuzweg wurde im späten 19. Jahrhundert erbaut, zur Zeit des Kulturkampfes zwischen Preußen und der katholischen Kirche. Nach dem Deutschen Krieg fiel der katholische Rheingau, der Jahrhunderte zum Erzbistum Mainz und wenige Jahrzehnte zu Hessen-Nassau gehört hatte, an die evangelischen Preußen, die nach der Reichsgründung den Einfluss des Vatikans zurückdrängen wollten. Es war eine völlig verrückte Zeit, in der zwei autoritäre Denkrichtungen, die preußische Staatsdoktrin und der Katholizismus als religiöse Doktrin, um die kulturelle Vorherrschaft stritten.«

»Auch nicht verrückter als die heutigen Zeiten«, meinte Ginger. »Religiöse Fanatiker und Nationalisten bekriegen sich, der Normalbürger steht daneben, schaut zu und reibt sich verwundert die Augen.«

»Die Rheingauer ergriffen Partei«, fuhr Mayfeld mit seinem Vortrag fort. »Schau dir die dritte Station an: Jesus fällt zum ersten Mal. Die Schurken, die den Sohn Gottes schikanieren, verhöhnen und schlagen, die Büttel der römischen Besatzungsmacht, haben die Gesichter damals bekannter Politiker, des preußischen Innenministers und des Reichskanzlers Bismarck.«

Yoda schien das Interesse am Vortrag seines Herrchens zu verlieren und trottete weiter in Richtung Kircheneingang, Ginger und Robert folgten. Das große Holztor war geöffnet, und Yoda trat ohne Zögern ein.

»Darf er das?«, wollte Ginger wissen.

»Der Pfarrer meint, ihm seien alle Geschöpfe Gottes willkommen.«

»Der Mitgliederschwund macht es möglich.«

»Er geht jeden Tag in die Kirche!«

»Hebt er da auch das Bein?«

»Im Innenraum nie!«

Yoda blieb vor einer mit Holzschnitzereien verzierten alten Kirchenbank stehen und schaute Ginger an. Es schien ihr, als liege etwas Vorwurfsvolles in seinem Blick. »OH MENSCH DU SOLLST VOR ALLEM LASSEN DAS DUMM GESCHWAETZ IM KIRCHHOF UND AUF DEN GASSEN«, war auf der Rückenlehne der Bank zu lesen. Mochte Yoda keine Witze über die Kirche? Er setzte seine Runde fort, an der Kanzel blieb er erneut stehen und nahm eine spiralförmige Schnitzerei in den Blick. Dort stand: »DIE GERECHTIKEIT LIT IN GROSER NOT DIE WARHEIT IST GESCHLAGEN DOT DER GLAUBEN HAT DEN STRIT VERLORN DIE FALSCHEIT DIE IST HOCH GEBORN.« In mancher Hinsicht hatte sich nicht allzu viel verändert in den letzten fünfhundert Jahren, dachte Ginger. Yoda knurrte, dann setzte er seine Runde fort. Er verließ das Gotteshaus und schlug einen Weg in die Weinberge ein, die kurz hinter der Kirche begannen.

Ginger berichtete von ihrem Auftrag, der Suche nach Moritz Berghaus, und informierte ihren Freund über den Stand der Recherchen. »Ich habe deine Nachricht auf Moritz' Anrufbeantworter abgehört. Du klangst sehr überrascht, dass er den Termin mit dir nicht wahrgenommen hat.«

»Allerdings. Das ist nicht seine Art, er ist ein extrem zuverlässiger Mensch. Ich betreue ihn bei seiner Abschlussarbeit und wollte wissen, ob es darum gehe und ob das nicht Zeit bis zum Semesterbeginn habe.«

»Du hast mit ihm telefoniert?«

»Vor ein paar Tagen. Aber er mochte am Telefon nicht reden. Ich weiß nicht, was diese Geheimnistuerei soll. Ein Gespräch mit mir schien ihm sehr wichtig zu sein, und er klang angespannt, deswegen habe ich in ein Treffen eingewilligt. Er hat außerdem nach einem Ansprechpartner beim LKA gefragt, ich habe ihm die Nummer von Eva gegeben.«

Ginger hatte Eva Bischoff vor ein paar Jahren bei der Arbeit an einem gemeinsamen Fall kennengelernt, Roberts Freundin hatte danach vorgeschlagen, dass sie ihre Arbeit bei der Polizei wieder aufnehmen solle, und versprochen, sie zu sich ins LKA zu holen. Aber Ginger war nicht sicher gewesen, ob eine Beamtenstelle in einer Behörde das war, was sie wollte, was zu ihr passte. Sie schaute zu Yoda, der den Wegesrand beschnüffelte und den Weg, den er ging, lieber selbst bestimmte, und dachte, dass sie sich ähnlich waren: Auch ihr fiel es schwer, sich an Regeln, Hierarchien und den Dienstweg zu halten.

»Wovon handelt seine Arbeit?«

»Vom organisierten Verbrechen. Ich war überrascht, dass er sich für so ein Thema interessiert hat, ich hätte eher damit gerechnet, dass er etwas Technisches wählt, Computerkriminalität oder Überwachungsmethoden. Aber ich bin nicht sicher, ob es bei dem Treffen darum gehen sollte. Es klang für mich eher danach, dass er ein Problem auf seinem Revier hatte. Wofür er da einen Kontakt ins LKA braucht, ist mir allerdings schleierhaft.«

Mayfeld erklärte, dass Moritz Berghaus wie alle Polizeistudenten ein sechsmonatiges Praktikum an einer Polizeidienststelle absolvierte. »Das ist jetzt zu Ende, und nach dem Urlaub geht es in der Polizeischule weiter. Deswegen habe ich nicht verstanden, was so eilig ist. Aber das wollte er mir lieber persönlich sagen. Und dann erscheint er nicht.«

»Was ist Moritz Berghaus für ein Typ?«

»Der hat das Zeug zu einem tollen Polizisten, wenn er es schafft, sich zusammenzureißen. Er ist scharfsinnig, engagiert, hat ein ausgeprägtes Gerechtigkeitsempfinden ...« Robert Mayfeld machte eine Pause.

»Was meinst du mit Zusammenreißen?«

»Der schießt auch mal über das Ziel hinaus. Ich erinnere mich an Diskussionen im Seminar, da hat er sich über zu viele einengende Regeln in der Polizeiarbeit ereifert. Ich meine, wir sind die Polizei und wachen darüber, dass alle die Regeln einhalten. Da müssen wir sie doch selbst respektieren, oder?«

»Da hast du vollkommen recht. Sympathischer ist dir allerdings, es damit nicht zu übertreiben«, stellte Ginger fest.

»Touché!« Robert lachte. »Und er muss noch lernen, dass Polizeiarbeit nur im Team funktioniert. Berghaus ist ein Einzelkämpfer. Doch er kann sich weiterentwickeln, er hatte es schwer, man darf nicht vergessen, dass er erst vor ein paar Jahren seine Eltern verloren hat.«

»Kanntest du sie?«

Mayfeld hatte die Mutter bloß als Kollegin gekannt. Er wusste, dass sie und ihr Mann bei einem Verkehrsunfall gestorben waren, den nur der Sohn und der Unfallgegner überlebt hatten. Einmal habe er mit Berghaus darüber gesprochen und gefragt, ob er sich die seelische Belastung der Polizeiarbeit zutraue, aber der habe sehr reserviert reagiert. Er habe darauf hingewiesen, dass er vor seinem achtzehnten Geburtstag in der Psychiatrie gewesen sei und dass das deswegen bei der Beurteilung seiner Dienstfähigkeit keine Rolle spielen dürfe. Das sei formal korrekt, räumte Mayfeld ein, aber so habe er die Frage nicht gemeint.

Mittlerweile hatte Yoda den Rückweg angetreten, und die beiden folgten ihm.

»Ich finde es richtig, dass du nach ihm suchst«, sagte Mayfeld. »Es gibt zu viele Ungereimtheiten in der Geschichte, da kann man die Hände nicht in den Schoß legen. Berghaus' Verschwinden passt nicht zu ihm. Wenn die Schwierigkeiten, in denen er steckt, mit seiner Tätigkeit als Polizist zusammenhängen, hast du allerdings kaum eine Chance, irgendetwas zu erfahren. Für die Kollegen in Biebrich ist er ein Polizeischüler, der sein Praktikum bei ihnen auf der Wache absolviert hat und jetzt in Urlaub ist. Und du bist eine Privatdetektivin, die sich aufgrund der Ahnungen von ein paar Freunden in Berghaus' Leben einmischt und, schlimmer noch, ihre Arbeit unter die Lupe nehmen will. Die werden sich bedanken. Wenn du den Auftrag wenigstens von nahen Verwandten bekommen hättest, aber von der Großmutter seines besten Freundes, das wird sie erst recht nicht überzeugen.«

Da hatte Mayfeld recht. Ginger erinnerte sich an eine Filmszene mit Herbert Achternbusch, die sie in einem Mainzer Programmkino gesehen hatte, bevor es schloss. Herbert und Heinz stehen am Meeresstrand und wollen den Atlantik überqueren. Es fehlt ein Schiff. »Du hast keine Chance, aber nutze sie«, sagt Herbert, steigt mit seinen Klamotten ins Wasser und schwimmt drauflos.

»Ich könnte dich unterstützen«, meinte Robert. »Wenn ich mich als Berghaus' Betreuer und Mentor für seine Arbeit interessiere, sind die Kollegen womöglich eher geneigt, etwas zu erzählen.«

Yoda stupste seine Schnauze gegen ihr Bein. Ihre Chancen waren gerade ein wenig gestiegen.

***

Zurück am Kiedricher Marktplatz stieg Ginger auf ihre Carducci und startete die Maschine. Für den Abend war sie mit Jo und Yasemin in der Westendstraße verabredet. Yoda stellte sich dem Motorrad in den Weg und bellte. Hast du nicht etwas vergessen?, fragte sich Ginger. Dann fiel es ihr ein. Klar, sie wollte bei Julia vorbeischauen. Sie stellte den Motor wieder ab und folgte Robert und dem Hund. Robert ging wieder in den

Garten des Weinguts, wo er beim Ausschank helfen wollte, Yoda ging in das Gebäude.

»Komm rein, hier tanzt der Bär!«, rief Julia, als Ginger die Tür zur Küche öffnete. Der Raum war erfüllt von Röstaromen. Julia briet Fleischstücke in einer schweren gusseisernen Pfanne, ihre Schwiegermutter rührte abwechselnd in einem Erbsenpüree und wendete Bratkartoffeln. »Die Räucherfischcreme ist aus, kannst du mal helfen? Ist ganz einfach, ich erklär es dir Schritt für Schritt.«

Ginger setzte sich an den grob behauenen Tisch in der Mitte des Raums und begann mit der Arbeit. Sie filetierte die geräucherten Forellen, die dort lagen, hackte die Filets mit einem schweren Küchenmesser klein, zupfte Dillnadeln, riss Zesten von Zitronen, presste die Früchte aus, fügte Schmand, Olivenöl und ein paar Kapern hinzu und mixte alles zusammen.

»Die Saltimboccas sind fertig«, rief Julia und reichte die angerichteten Teller der Bedienung, die auf ihren Zuruf im Türrahmen erschienen war. Danach machte sie ein paar weitere Bestellungen fertig.

Schließlich gab es eine Pause im Dauerstress der Gutsküche. Sie setzte sie sich zu Ginger an den Tisch, probierte die Creme, schmeckte sie mit etwas Olivenöl, Zitronensaft und Pfeffer ab. »Schön, dich mal wieder zu sehen.« Sie gab Ginger einen Kuss. »Wie läuft es denn so? Hast du Sehnsucht nach uns oder einen neuen Fall?«

»Beides.«

»Erzähl! Seit Robert nicht mehr im operativen Geschäft der Polizei ist, mache ich mir weniger Sorgen, wir haben mehr gemeinsame Zeit, aber ganz ehrlich: Es fehlt mir was, es war richtig spannend, wenn er von seinen Fällen sprach.«

Ginger berichtete von ihrem neuen Auftrag, ließ kein Detail aus, zeigte die Fotografien, die sie im Laufe des Tages gemacht hatte.

Es war beeindruckend, wie schnell sich Julia vom Küchenwirbelwind zu einer geduldigen Zuhörerin verwandeln konnte.

»Schon der zweite Mann aus dem Umfeld dieser jungen Frau ist verschwunden, das ist erstaunlich«, meinte sie nach Gingers Vortrag. »Ich würde nicht von einem Zufall ausgehen, sondern einen Zusammenhang vermuten. Aber das bringt dich nicht viel weiter, die spannende Frage ist ja, welcher Art der Zusammenhang ist. Es gibt übrigens noch eine Doppelung in der Geschichte: Mit Maxi und Moritz haben sich zwei arme Seelen getroffen, zwei Traumatisierte.«

»Auch kein Zufall?«

»Seelische Verletzungen sind sehr häufig. Man sagt doch: Unter jedem Dach ein Ach. Dass zwei traumatisierte Menschen zusammenkommen, ist daher gar nicht so unwahrscheinlich. Wenn sie aufeinandertreffen, gibt es oft Konflikte um Nähe und Kontrolle.«

»Na ja, wo gibt es die nicht?«

»Sie können heftig und destruktiv werden. Aber das ist jetzt pure Spekulation.«

»Okay. Was fällt dir sonst noch auf?«

»Die Familien Berghaus und Hofmann sind miteinander verflochten; wenn ich mir den Stammbaum ansehe, den Moritz Berghaus erstellt hat, dann lag der Schwerpunkt seiner Familienforschung auf den Hofmanns.«

»Warum ist das so?«

»Da kann ich wieder nur spekulieren: Im anderen Familienzweig gibt es wenig Interessantes, er hat mit ihnen weniger zu tun, sie wohnen zu weit weg, die Informationen sind schwieriger zu beschaffen, es muss gar nichts bedeuten. Du bist die Detektivin. Wie willst du vorgehen?«

»Ich rede mit den Leuten, die er in der letzten Zeit getroffen hat. Ich versuche, mich in seinen E-Mail-Account und seine Cloud zu hacken, ich will seine digitale Spur aufnehmen.«

»Du traust dich was«, meinte Julia.

»Was soll ich sonst tun?«, fragte Ginger. »Die Polizei will nicht nach ihrem Kollegen suchen, es gibt aber starke Hinweise, dass etwas faul ist an seinem Verschwinden. Wenn er in Schwierigkeiten steckt, zählt jeder Tag, wenn ihm etwas zugestoßen ist, auch.«

Die Küchentür wurde aufgerissen. Die Bedienung gab neue Bestellungen durch.

»Jetzt haben wir gar nicht über uns gesprochen«, stellte Julia mit Bedauern fest, »über meine Kinder, deine WG.«

Sie vereinbarten ein Treffen zu einem Zeitpunkt, an dem der Gutsausschank geschlossen war. Ginger ging in den Garten und verabschiedete sich von Mayfeld und der Stammtischtruppe, die gerade erbittert um die Vor- und Nachteile eines Tempolimits auf Autobahnen stritt. Robert und Yoda begleiteten sie nach draußen.

∗∗∗

Während der Fahrt zurück nach Wiesbaden begann es zu regnen. Ginger bemerkte, dass sie ihre Regenjacke in Julias Küche hatte liegen lassen. Sie fluchte leise und schickte sich in das Unabänderliche. Als sie das Motorrad durch den Durchgang in den Hinterhof der Westendstraße schob, war sie bis auf die Haut nass geworden.

Die WG wohnte im ersten Stock des Vorderhauses. Jo winkte ihr zu, als sie den Kopf durch die Küchentür steckte, und warf ihr einen mitfühlenden Blick zu. Auf dem Herd blubberte es in einer großen runden Pfanne. »Ich schlage ein paar Eier in die Shakshuka. Bis du trocken bist, sind sie gestockt.«

Eine Viertelstunde später saßen Ginger, Yasemin und Jo am Küchentisch. Der Duft von reifen Tomaten, von Knoblauch und Kreuzkümmel, Koriander und Zimt schwebte in der Küche. Sie ließen sich den Eintopf mit einem israelischen Rotwein schmecken. Eine Zeit lang herrschte gefräßige Stille, das beste Kompliment für den Koch.

»Eigentlich kann man nicht von einem israelischen Rotwein sprechen«, bemerkte Yasemin, als sie ihren Teller ausgelöffelt und die Reste der Tomatensoße mit einem Stück Fladenbrot aufgetunkt hatte. »Die Golanhöhen gehören zu Syrien und nicht zu Israel.«

»Er darf in der EU tatsächlich nicht als israelischer Wein vermarktet werden, obwohl das Weingut von Israelis betrieben wird. Dabei glaube ich nicht, dass die Bewohner Sehnsucht nach der alten Heimat haben«, widersprach Jo.

»Die wenigen, die nicht vertrieben wurden, vielleicht doch«, versetzte Yasemin.

Ginger wollte kein Streitgespräch. Nicht schon wieder. Das hatte weniger mit ihrer Sehnsucht nach Harmonie zu tun oder ihrem Unwillen, zu allem und jedem auf der Welt eine Meinung zu haben. Es war eher Erschöpfung und die Sorge, dass sie sich in der Wohngemeinschaft nur noch auf das Trennende, nicht mehr auf das Gemeinsame besannen.

»Der Merlot ist jedenfalls großartig.«

Man konnte es ja mal versuchen. Das Ablenkungsmanöver gelang. Sie redeten eine Weile über mediterrane Rotweine im Allgemeinen, über den Merlot, den sie im Glas hatten, im Besonderen, die Aromen von schwarzen Beeren und Kirsche, von Kräutern und Lorbeer, bis Yasemin fragte, ob sie einen neuen Fall habe.

Bei komplexen Aufträgen griff Ginger gerne auf die Fähigkeiten ihrer Freunde zurück. Jo war bestens vernetzt, er war der König der Internetrecherche und verfügte auch offline über ein unglaubliches enzyklopädisches Wissen. Yasemin war eine begnadete Hackerin. Sie kam online überall hin, wo sie nicht hinkommen sollte, über Firewalls konnte sie nur lächeln. Durch ihre beiden Brüder verfügte sie über Verbindungen zur Unterwelt des Rhein-Main-Gebiets, zum Glück für alle hielt sie sich von den Brüdern meistens fern.

Ginger berichtete über Moritz Berghaus, seine Freunde Maxi und Fritz, über Helene Busch und über ihr Wiedersehen mit Robert Mayfeld. Als sie Julia erwähnte und deren Kommentar zu ihren bisherigen Recherchen, verfinsterte sich Yasemins Gesicht. War sie wirklich schon wieder eifersüchtig?

»Warum suchst du diesen Typen?«, wollte die Freundin wissen. »Es gibt dafür wenig Gründe, wenn man von dem Honorar absieht, das dir die alte Lehrerin zahlt.«

»Er wird von allen, die ihn kennen, als extrem zuverlässig beschrieben. Er hat mit seinem Verschwinden etliche Leute vor den Kopf gestoßen. Er wollte Kontakt zum LKA aufnehmen, Robert etwas Wichtiges mitteilen. Ich bin sicher, dass in sein Haus eingebrochen wurde. Deswegen bin ich überzeugt, dass mit seinem Verschwinden etwas nicht stimmt.«

»Es gibt bloß verdammt wenig Punkte, wo du ansetzen kannst«, meinte Jo.

Ginger gab ihm recht. »Ich werde mit allen reden, mit denen er in letzter Zeit Kontakt hatte. Aber das sind nicht viele, ich weiß zumindest bloß von wenigen. Ich sehe nur eine Chance, ihm näherzukommen: Wir müssen seine digitale Spur aufnehmen. Moritz Berghaus ist ein technikaffiner Mensch, er führt seinen Terminkalender online, er dokumentiert seine Aktivitäten mit Fotos auf dem Handy, er speichert seine Daten in einem NAS und mehreren Clouds. Da die Festplatten des NAS verschwunden sind, müssen wir an seine Daten im Netz, also in den E-Mail-Account und die Cloudspeicher, kommen. Was wir haben, sind seine E-Mail-Adresse und die Namen der Plattformen, die er nutzt.« Sie warf Yasemin ein gewinnendes Lächeln zu.

»Du schlägst also vor, dass wir uns in die digitale Identität eines Mitbürgers hacken«, sagte Yasemin. Sie schien Zweifel zu haben. »Ich meine, ihr redet doch immer von Datenschutz, nicht ich.«

»Nicht nur seine Angehörigen sind besorgt, auch Robert ist es, und der neigt nicht zu Übertreibungen. Moritz hat ein Geheimnis um irgendeine Recherche gemacht, er wollte Kontakt zum LKA, in sein Haus wurde eingebrochen, ich finde, das reicht, um mal von den eigenen Prinzipien abzuweichen.«

»Und vom Pfad der Legalität«, ergänzte Jo.

»Okay, okay, ich hab damit sowieso kein Problem«, beschwichtigte Yasemin. »Als Benutzername können wir es mit seinen E-Mail-Adressen versuchen, wie viele sind uns bekannt?«

»Seine Freundin meint, dass er nur eine genutzt hat.«

»Das ist erstaunlich, würde die Arbeit aber erleichtern. Doch wie kommen wir an die Passwörter?«

»Hast du dafür nicht ein Programm?«, fragte Jo.

Yasemin lächelte. »Dass du noch was von mir lernen kannst, Googelchen, freut mich sehr. Natürlich habe ich so ein Programm, aber wenn das Passwort nicht nur aus Zahlen besteht, kann es ewig dauern, bis die Software es gefunden hat. Bei Clouddiensten kommt als Problem hinzu, dass die meisten nur ein paar Eingabeversuche zulassen, danach gibt es Wartezeiten bis zum nächsten Versuch, und irgendwann sperrt ein Algorithmus den Account.«

»Kannst du nicht einfach das Passwort zurücksetzen lassen, wenn du seine Mailadresse geknackt hast?«, fragte Jo.

»Wenn Moritz Berghaus sich auskennt, lässt er sich den Link dazu an eine andere E-Mail-Adresse schicken, aber das prüfe ich natürlich. Ich werde auf jeden Fall als Erstes versuchen, Zugang zu seinem E-Mail-Account zu bekommen. Bei Passwörtern bringt informiertes Raten oft am meisten, trotz aller Technik. Hast du eine Idee, was uns beim Raten helfen könnte?«

Ginger berichtete, was ihr Maxi über Moritz Berghaus' Methode zur Generierung von Passwörtern erzählt hatte. Sie erwähnte seine Liebe zu Gedichten, die Gedichtsammlung in seinem Arbeitszimmer, die literarischen Ansichtskarten und seine Bewunderung für Elvis Presley und Doris Day und deren Songs. Sie schob Yasemin das Buch mit den Gedichten hin und schickte ihr die Fotos der Karten.

»Der Conrady«, sagte Yasemin und schnaubte voller Verachtung. »Damit hat mich meine Deutschlehrerin gequält. Soll ich jetzt alle Gedichte als Passwort ausprobieren, vom frühen Mittelalter bis in die Gegenwart, und noch dazu sämtliche

Songs von Elvis oder dieser Doris Day? Die erste Zeile, die ersten zwei Zeilen, die Anfangsbuchstaben der Wörter, das Ganze mit und ohne Groß- und Kleinschreibung, mit und ohne Interpunktion und Leerzeichen? Und am Ende war das Passwort doch bloß das Geburtsdatum der Oma?«

»Oder du beginnst mit den Karten«, meinte Ginger. »Die hingen direkt über seinem Schreibtisch und lagen als Kopie im Wohnzimmer.«

»Ich helfe dir«, sagte Jo.

»Nicht nötig«, antwortete Yasemin. »Nach jedem Fehlversuch habe ich eine Pause.«

Beide schauten Ginger erwartungsvoll an.

Ginger war müde. Der Regenguss auf der Heimfahrt hatte ihr den Rest gegeben. Sie spürte ein Kratzen im Hals, das ihr ganz gelegen kam.

»Ich geh jetzt schlafen«, sagte sie. »Ich muss mal allein sein.«

DREI

» Wir haben diese Detektivin mit Nachforschungen beauftragt. Ich fand es toll von Helene, dass sie sich dafür finanziell engagiert hat. Schlimm, was Frau Havemann widerfahren ist. Weiß man denn inzwischen Genaueres? Ich muss gestehen, ich war anfangs skeptisch, ob sich die Geldausgabe für sie lohnt. Man konnte ja nicht ausschließen, dass Moritz lediglich eine Auszeit brauchte. Es ist schon sehr unangenehm, zu erleben, wie eine Fremde in die Privatsphäre des Freundes und damit ja auch in die eigene Privatsphäre eindringt. Was geht so eine Person unsere Beziehung an? Und hat das, was sie unternommen hat, Moritz geholfen? Na ja, umsonst scheinen ihre Nachforschungen nicht gewesen zu sein. Wissen Sie, was sie herausgefunden hat? Einverstanden, ich erzähle erst meine Geschichte zu Ende, aber Sie müssen mir das später verraten.«

Maxi traute sich selbst nicht über den Weg. Fritz hatte ihr versichert, dass er am Abend vor Moritz' Verschwinden nicht bei ihr gewesen war. Das hatte sie ihm geglaubt und sich erleichtert gefühlt, aber warum eigentlich? Weil es zu bedeuten schien, dass die Erinnerungen an die Auseinandersetzung in der Nacht, an den Schuss, den sie auf Moritz abgefeuert hatte, nur eine Ausgeburt ihrer Phantasie waren, das Produkt von schlechtem Schlaf und einer ungünstigen Mischung aus Dope und *magic mushrooms*. Aber seit sie *clean* blieb, fiel sie nicht mehr so leicht auf Selbsttäuschungen herein. Glaube nicht immer, was du denkst. Es konnte gut sein, dass sie sich zwar den Besuch von Fritz eingebildet hatte, alles andere aber genau so passiert war. Sie konnte sich nicht sicher sein. Sie hatte jede Menge Probleme an der Backe.

Dass Ginger Havemann von einem Einbruch in Moritz' Haus ausging, hatte sie beruhigt. Die offene Hintertür, die fehlenden Datenträger sprachen dafür. Aber ein Beweis für ihre Unschuld waren diese Hinweise nicht. Oder doch? Es war lediglich sicher, dass jemand im Haus etwas gesucht hatte, etwas, was Moritz oder ihr gehörte. Aber was? War sie in Gefahr? Die Detektivin war schlau. Sie hatte die Pilze bemerkt. Und dass in dem Tresor etwas Wichtiges gelegen hatte, hatte sie zumindest geahnt. Wie konnte sie nur die leere Patronenschachtel liegen lassen?

Sie versuchte herunterzukommen, sich von der eigenen Unschuld zu überzeugen. Sie war damals völlig durch den Wind gewesen. Einen Einbruch hätte sie in dem Zustand gar nicht inszenieren können, redete sie sich ein. Und wie hätte sie Moritz' Leiche unbemerkt verschwinden lassen sollen? Wieso ging sie überhaupt davon aus, dass Moritz tot war? Wer war in sein Haus eingedrungen? Was hatten die Eindringlinge gesucht? Hatten Sie es gefunden? Oder würden sie weitersuchen? Steckten die Rhine Devils hinter allem? Solche Gedanken plagten sie, wenn sie morgens neben Fritz aufwachte, darüber grübelte sie, wenn sie nachmittags mit Helene einen Kakao schlürfte, und diese Gedanken hielten sie abends vom Schlafen ab.

Sie musste dringend überlegen, was sie mit dem Paket in Helenes Keller anfangen sollte. Es war jede Menge Kohle wert. Aber Maxi hatte keine Ahnung, an wen sie es verkaufen sollte, ohne dass die Devils davon Wind bekämen. Ob es Moritz wie Philipp ergangen war, ob er wegen der Devils in die Bredouille geraten war? Sie wollte das Paket auf jeden Fall loswerden, aber wie sollte sie das anstellen? Sie wusste noch nicht einmal, mit wem sie darüber reden konnte. Mit der Polizei keinesfalls, mit der Detektivin besser auch nicht, und bei Fritz war sie sich nicht sicher.

Eines Tages fragte Helene beim Frühstück, wann sie endlich bei Gerlinde und Markus vorbeischauen wolle.

»Du bist dort auch nicht besonders oft. Als du krank warst, wolltest du von denen keine Hilfe, sondern von Moritz und mir«, antwortete sie. Vermutlich klang sie gereizt und patzig.

»Die beiden waren deine Pflegeeltern.«

»Na und?«

»Gerlinde ist nicht verkehrt. Und Markus sucht Personal für den Gutsausschank.«

»Du meinst, ich soll euch nicht weiter auf der Tasche liegen?«

»Du könntest einfach mal guten Tag sagen. Schmeckt dir die Aprikosentarte?«

Natürlich schmeckte sie vorzüglich, wie alle Kuchen von Helene.

***

»Wussten Sie, dass Drohnen im Weinbau vielfältige Aufgaben übernehmen können? Ich habe keine Ahnung, ob das etwas mit dem Fall zu tun hat, aber Sie wollten doch, dass ich alles erzähle, was passiert ist. Wir waren über Moritz' Verschwinden beunruhigt, weil er sich bei Fritz eine ziemlich teure Drohne ausgeliehen und nicht wieder zurückgebracht hat, was nun wirklich gar nicht zu ihm passt. Ich wollte wissen, was so eine Drohne alles kann, und Fritz hat es mir erklärt. Die professionellen Drohnen sind nicht nur in der Lage, sparsam und zielgenau Spritzmittel auszubringen. Wenn man sie mit Sensoren bestückt, die Wärme oder Feuchtigkeit messen und abbilden, können sie in trockenen Steillagen bei der Steuerung der Bewässerung helfen. Solche Bewässerungssysteme gibt es schon. Wenn Sie den Panoramaweg zwischen Rüdesheim und Assmannshausen entlangwandern, können Sie sie sehen. Dort hat mir Fritz gezeigt, wie das mit den Messungen funktioniert. Er hat zum Glück noch eine zweite Drohne.«

Sie musste sich eine Strategie zurechtlegen, Dr. Reichenbach hatte ihr zwar versichert, dass er auf ihrer Seite stehe, aber warum sollte sie ihm glauben? In genau so einer Lage hatte sie sich auch damals im Rüdesheimer Berg befunden. Sie war unsicher gewesen, wer auf ihrer Seite stand, sie wusste nicht, wie es weitergehen sollte, mit ihr, mit Fritz, der Hölle, den Devils. Sie hatte keine Ahnung, was sie getan hatte, was sie tun sollte, woher sie kam oder wohin sie wollte. Sie musste Zeit gewinnen.

Fritz ließ den Multikopter in die Höhe steigen und drückte ihr die Fernsteuerung in die Hand.

»Es kann nichts passieren«, beruhigte er sie. »Die Drohne ist mit einer Vielzahl von Sensoren ausgestattet und die Steuerung mit einem Algorithmus, der Kollisionen vorhersieht und vermeidet.« Omnidirektionale Hindernisvermeidung mit Advanced Pilot Assistant System nannte er das.

Die Drohne hat es besser als ich, dachte Maxi bitter. Ihr fehlten sowohl die Sensoren als auch die Steuerung.

Es war ein wunderschöner Tag mit klarer Sicht. Sie umflog das alte Gemäuer der Burg Ehrenfels, rauschte dicht über den Rebzeilen den Hang des Schlossbergs nach unten. Als sie das Binger Loch und den Mäuseturm erreicht hatte, legte sie eine steile Kehre hin und flog wieder Richtung Ruine. Es war ein wilder Ritt. Sie spürte die Nervosität von Fritz, offensichtlich traute er weder ihr noch dem Algorithmus.

»Nimm etwas Geschwindigkeit raus«, rief er ihr zu. »Dann siehst du mehr.«

Sie verlangsamte den Flug. Das sollte sie öfter tun. Sie sah nicht nur mehr, sie konnte auch besser entspannen.

Fritz betätigte einen Schalter an der Fernbedienung und wechselte damit das Bild.

»Die Drohne hat sechs Kameras«, erklärte er. »Eine funktioniert mit normalem Licht, die anderen mit unterschiedlichen Spektren einschließlich Infrarot. Je nachdem, welches Licht man benutzt und wie man die Bilder verrechnet, kommt man zu unterschiedlichen Ergebnissen. Hier kannst du zum Beispiel den Trockenstress der Pflanzen beurteilen. Der ist in Steillagen oft ein Problem.«

Sie blickte auf eine rot-gelb-grün gefärbte Luftaufnahme. Er wechselte wieder auf Normalsicht.

»Das Gerät hat eine hoch entwickelte Bilderkennungssoftware, die eine genaue Beurteilung des Reifegrades der Pflanzen ermöglicht. So viele Informationen kannst du als Mensch gar nicht analysieren, die Bilder überfluten dich. Die KI hingegen schafft das locker.«

Mit der Überflutung durch Bilder kannte sich Maxi aus. Schon wieder hatte es die Drohne besser, die KI bewältigte die Flut automatisch. Sie drehte noch eine Runde um die Burg, dann gab sie dem Algorithmus den Befehl, die Drohne zu landen. Sie war genervt. Alles brachte sie innerhalb kürzester Zeit mit ihren Problemen in Verbindung. Wer hatte bloß *diesen* beschissenen Algorithmus programmiert?

Sie wollten zurück zum Auto. Auf dem Weg durch den Niederwald redete Fritz in einem fort vom Verschwinden von Moritz, von den Sorgen, die er sich mache. Sie bat ihn, damit aufzuhören. Eine Weile liefen sie schweigend nebeneinanderher. Sie kamen an einen Ort namens Zauberhöhle, gingen durch einen dunklen Gang bis zu einem Raum mit einer überraschenden und überwältigenden Fernsicht. Dort sagte ihr Fritz, dass sie im Schlaf rede. Schon wieder! Sie fühlte sich, als ob er ihr einen Schlag in die Magengrube versetzt hätte. Am besten sollte sie mit keinem Mann mehr ins Bett gehen.

»Rede doch bei Tag mit mir«, bat Fritz.

War sie an den nächsten Klugscheißer geraten? Oder sollte sie einfach tun, was er vorschlug? Sie wusste es nicht. Sie verließen die Zauberhöhle. Fritz wollte ihr einen weiteren Aussichtspunkt zeigen, der sich von einer künstlich angelegten Ruine namens Rossel aus eröffnete. Sie lief brav hinterher. Die Aussicht war wirklich atemberaubend, aber der Sinn stand ihr nicht nach den Schönheiten des Rheintals.

»Du machst dir mindestens so viele Sorgen wie ich«, setzte Fritz die Quälerei fort. »Warum schreist du ›Ich nicht‹ im Schlaf? Will dir jemand etwas tun? Hast du Angst, dass du etwas getan hast? Warum fragst du, wann ich das letzte Mal bei euch in Schierstein war? Hast du das vergessen? Bei dir geht zurzeit einiges durcheinander.«

Der Himmel über dem Rhein wurde blass und fahl, die Vögel des Waldes verstummten, stattdessen war der Ohrwurm wieder da. *Nimm mich mit, Kapitän, auf die Reise.*

»Sei still!«, rief sie, und Fritz schaute sie verdattert an.

Er fasste sie an den Armen, hielt sie fest. Sie spürte den Impuls, sich loszureißen, ihm den Sack mit der schweineteuren Drohne um die Ohren zu hauen und wegzurennen. Sie blickte ihm in die Augen, wie man es bei einem Feind tat, aber sie sah keinen Feind. Sie sah den spitzbübischen Fritz, besorgt und ein wenig ängstlich. Hatte er Angst vor ihr? Sie war doch diejenige, die Angst haben musste! Oder?

»Rede mit mir!«, schrie Fritz.

»Was?«

Die Starre löste sich, stattdessen begann sie, in ihrem Inneren zu zittern. Draußen war es warm, und sie schlotterte, als stünde sie nackt im Schloss der Eiskönigin. Sie atmete ein, hielt die Luft an, zählte bis fünfzig, atmete aus.

Die Spannung ließ nach. »Gehen wir weiter, ich höre dir zu«, sagte sie und lehnte sich an ihn.

»Ein paar Tage bevor er verschwunden ist, habe ich mit Moritz geredet«, sagte Fritz, als sie wieder auf dem Weg waren. »Über uns. Er hat gemerkt, dass du oft abwesend bist, wenn ihr zusammen seid. Er glaubt, dass du ihn nicht mehr liebst. Und er vermutet, dass es mit uns beiden zu tun hat. Er will uns nicht im Weg stehen, auch wenn es schwer für ihn ist. Er würde die Freundschaft mit mir nicht beenden, falls wir zusammenkämen, hat er gesagt. Er würde auch die Freundschaft mit dir nicht beenden wollen.«

Moritz, der tolle Typ, wollte sie antworten, verkniff es sich aber.

»Vielleicht hat das mit uns eine Chance. Also, wenn du willst. Aber ich muss wissen, was mit Moritz los ist. Du darfst mir nichts verschweigen.«

Sie kamen am Parkplatz vor dem Jagdschloss an. Früher kannte sie Männer, die sich einen Dreck um sie scherten. Das war nicht schön gewesen. Ob es mit fürsorglichen Typen besser auszuhalten war, musste sich erst noch herausstellen.

✳✳✳

»Ein paar Tage lang habe ich nicht viel gemacht. Ich war ziemlich angespannt nach Moritz' Verschwinden und habe versucht, zur Ruhe zu kommen. Ich habe ein paar Ratgeber gelesen, es mit Meditation probiert. Unter dem Strich hat das geholfen.«

Sie kam sich vor wie ein Pulverfass, wie eine Zeitbombe. Sie hörte das Ticken in ihren Ohren, roch die brennende Lunte. Hatten die beiden Typen tatsächlich über ihren Kopf hinweg beratschlagt, wie man das Problem Maxi beziehungstechnisch lösen sollte, natürlich in aller Liebe und voller Fürsorglichkeit, Achtsamkeit und dem ganzen Scheiß? Hatten sie die Übergabe der Beute miteinander verhandelt? Es wird dich nicht unsere Freundschaft kosten, eine Frau kann uns nicht auseinanderbringen, ich schenke sie dir, mein Lieber … Das Ticken der Uhr wurde lauter.

Irgendwann sprach sie das an. Natürlich war Fritz zutiefst betroffen, so hätten Moritz und er das nicht gemeint, sie wollten eine Lösung voller Respekt und Wertschätzung finden.

»Blabla« war ihre Antwort.

»Du machst es dir zu einfach.«

»Nein, ihr macht es euch zu einfach.«

»Moritz wollte mit dir reden.«

»Warum hat er es nicht getan?«

»Das hat er doch andauernd versucht. Du warst völlig verschlossen, gereizt und wütend, du wolltest deine Ruhe. Mit dir war nicht zu reden!«

Sie wollte fragen, ob er meine, dass sie selbst daran schuld sei, dass sie beide von oben herab über sie verhandelt hätten? Ob sie dafür auch noch dankbar sein solle? Ob sie sich dann noch großartiger fühlen würden? Aber sie sagte nichts. Konnte es sein, dass Fritz recht hatte? Sie war im letzten Winter in einer entsetzlichen Verfassung gewesen, das wurde ihr mit jedem Tag ohne Cannabis und Psilocybin immer deutlicher. Sie hatte es Moritz, gelinde gesagt, nicht leicht gemacht. Sie hatte unter einem wahnsinnigen Druck, dessen Ursache sie nicht kannte, gestanden, sie hatte auch jetzt allenfalls vage Ahnungen, woher dieser Druck kam. Und sie war gerade dabei, die nächste Beziehung zu zerstören, diesmal zu einem Typen, der es nicht nur gut mit ihr meinte, sondern den sie schon immer haben wollte.

Vielleicht sollte sie mit der Scheiße einfach aufhören, den Autopiloten ausstellen und auf Sicht fliegen?

An diesem Abend sagte sie nichts mehr. Sie begann, über Psilocybin und Cannabis zu lesen, über Wirkungen und Nebenwirkungen. Die Pilze konnten Depressionen heilen, aber auch verrückt machen, vor allem in Kombination mit anderen Substanzen wie zum Beispiel Cannabis. Sie informierte sich über Gedächtnislücken: Opfer eines Unfalls oder einer seelischen Verletzung konnten eine Amnesie entwickeln, aber auch Täter. Und sie griff nach dem Buch, das ihr Moritz vor ein paar Monaten auf den Nachttisch geknallt und das sie in die hinterste Ecke des Schlafzimmers geschleudert hatte. Nach einer Weile hatte sie sich an den betulich-sanften Tonfall gewöhnt und fand die Lektüre immer spannender.

Viele verletzte Menschen würden Schuldgefühle entwickeln, weil Schuld manchmal leichter zu ertragen sei als die Scham angesichts des Erlittenen und der eigenen Hilflosigkeit. Das kapierte sie nicht. Verstärkt würde das dadurch, dass Täter und manchmal auch die Umgebung den Opfern vorwarfen, an ihrem Unglück selbst schuld zu sein, es herbeigeführt oder sogar erfunden zu haben. Maxi leuchtete das schon eher ein. Verletzte Menschen sollten sich einen sicheren Ort suchen, in der Realität genauso wie in ihrer Phantasie, sie sollten ihn sich bildlich vorstellen, als Rückzugsort in Zeiten der Not. Eine schöne Idee, aber wie sollte das funktionieren? Es gab keine sicheren Orte, es gab nur Gefängnisse. Menschen sollten sich Helfer suchen, in der realen und in der inneren Welt, in der inneren Welt konnten es auch Krafttiere oder Phantasiegestalten sein, Charaktere aus Romanen, Märchen, Filmen. Damit konnte sie schon eher etwas anfangen. Fritz war vielleicht so ein Mensch in der Wirklichkeit, und Daenerys Targaryen die perfekte Figur in ihrer Phantasie, die Sturmtochter, Sklavenbefreierin und Rächerin, die Frau mit den Feuerdrachen. Betroffene sollten einen eigenen Standpunkt finden und ihn sich selbst und anderen klarmachen, sie sollten Grenzen ziehen, hieß es in dem Buch. Das war leichter gesagt als getan. Aber sie konnte es probieren. Traumatisierte Menschen sollten versuchen, eigene Stärken zu entdecken und zu entwickeln, und dann den Täter entmachten, das Drehbuch ihres Unglücks umschreiben, in irgendeinem übertragenen Sinn. Diese Vorstellung gefiel ihr umso besser, je konkreter sie sich das ausmalte. Es gab bloß ein Problem: Wer sollte der Täter sein? Je länger sie darüber nachdachte, desto klarer wurde ihr, dass sie ihn finden musste.

»Entschuldigen Sie, ich war wieder in Gedanken. Ich komme gleich darauf zu sprechen, was ich die letzten Tage gemacht habe, ganz bestimmt. Es sind so viele Erinnerungen, die mich bedrängen, ich will versuchen, Ihnen das verständlich zu machen.«

VIER

In der Nacht war sie aufgewacht. Yasemin war in ihr Zimmer gekommen und unter die Bettdecke geschlüpft. Ihre weiche Haut und das widerborstige Haar wiegten Ginger schnell wieder in den Schlaf. Als das Handy sie am Morgen weckte, fühlte sie sich frisch, Yasemin protestierte über die frühe Störung.

Am Frühstückstisch besprachen sie das weitere Vorgehen. Ginger würde die Kontakte von Moritz Berghaus aufsuchen, Yasemin versuchen, Zutritt zu dessen E-Mail-Account und Cloudspeicher zu bekommen. Sie verabschiedete sich von Yasemin mit einem zurückhaltenden Kuss, Jo, der in seinem Zimmer laut vor sich hin schnarchte, ließ sie weiterschlafen.

Die Luft fühlte sich schon frühmorgens an wie in einem Treibhaus, der Fahrtwind brachte kaum Linderung. Nach einer halben Stunde hatte sie das Weingut der Wächters erreicht.

Gerlinde Wächter öffnete die Tür. Sie war Anfang fünfzig, hatte mit Henna gefärbtes Haar und trug eine Halskette aus Rosenquarz über dem geblümten Sommerkleid. In der Linken hielt sie einen lilafarbenen Fächer, mit dem sie sich Luft zuwedelte.

»Diese Hitze ist kaum auszuhalten, fürchterlich, finden Sie nicht auch?«, begrüßte sie Ginger. »Kommen Sie rein, kommen Sie rein, im Haus ist es ein wenig kühler.«

Ginger folgte ihr in das abgedunkelte Wohnzimmer und nahm in einem der tiefen Polstersessel Platz.

»Sie sind also die Detektivin? Ich habe noch nie eine leibhaftige Detektivin kennengelernt, wie interessant ist das denn«, begann Gerlinde das Gespräch und schaute sie erwartungsvoll an. »Sie suchen Moritz Berghaus, sagten Sie am Telefon? Ist ihm denn etwas passiert, etwas Schlimmes?«

Ginger erklärte, worum es ging.

»Es könnte doch tatsächlich um einen Streit zwischen jungen Leuten gehen, finden Sie nicht auch? Maxi ist ein ziemlich schwieriges Mädchen gewesen, also zumindest früher, vielleicht braucht Moritz nur eine Auszeit, ein wenig Abstand, eine Pause. Aber ich will nicht spekulieren und herumraten, Sie machen ja nur Ihre Arbeit, Ihren Job sozusagen. Wie kann ich Ihnen helfen?«

»Ich habe gehört, dass Moritz Sie in der letzten Zeit einige Male besucht hat. Können Sie mir sagen, worum es da ging?«

»Von wem haben Sie das gehört? Wer hat Ihnen das gesagt? Helene? Die hat mich schon angerufen und nach Moritz gefragt. Maxi ist bei ihr, stimmt das, wohnt sie bei ihr?«

Ginger nickte.

»Schade, dass sie nicht bei uns vorbeischaut. Wir haben uns vier Jahre um sie gekümmert. Aber man kann heutzutage wohl keine Dankbarkeit von den jungen Leuten erwarten, nicht von der heutigen Jugend. Sehr bedauerlich, finden Sie nicht auch?«

»Soll ich ihr einen Gruß von Ihnen ausrichten?«

Gerlinde Wächter bedachte diesen Vorschlag eine Weile, fächelte sich Luft zu, dann willigte sie ein. »Was war noch mal Ihre Frage gewesen?«

Ginger atmete tief ein und versuchte, ruhig und gelassen zu bleiben. Gerlinde wiederholte sich nicht nur ständig, sie zwang auch andere dazu. »Moritz war ein paarmal bei Ihnen. Können Sie mir sagen, worum es ihm ging?«

»Das geht eigentlich nur Moritz und mich etwas an. Es ist Privatsache, finden Sie nicht auch?«

»Ja, das finde ich auch. Aber falls er in Schwierigkeiten steckt, kann jeder Hinweis wichtig sein.«

»Finden Sie?«

»Ja, das finde ich. Sie müssen nicht mit mir reden, aber Sie könnten es tun, wenn Sie wollten.«

Damit schien Ginger den richtigen Ton gefunden zu haben. Gerlinde strahlte. »Na gut, dann will ich mal nicht so sein, ich kann ja mal …« Sie fächelte sich weiter Luft zu und blickte Ginger ratlos an.

»Moritz war ein paarmal …«

»Ach so, ja, also, er war tatsächlich zwei oder drei Mal in der letzten Zeit bei mir, er hat uns besucht. Worum ging es da noch mal? Was hat er mich gefragt? Lassen Sie mich überlegen!« Sie dachte eine Weile nach, dann fiel ihr etwas ein. »Er wollte wissen, ob ich ihm etwas über Philipp Bader erzählen könnte.«

»Und, konnten Sie?«

»Philipp, das ist der junge Mann, mit dem Maxi durchgebrannt ist, also einfach abgehauen ist sie, hat sich aus dem Staub gemacht. Wie konnte sie uns das nur antun? Was hat sie sich dabei gedacht? Aber gut, es ist ihr Leben, ihre Angelegenheit. Wissen Sie, sie ist ein schwieriges Mädchen, ich glaube, sie hatte ein Drogenproblem. Ihre Mutter war auch eine schwierige Person, ich glaube, die hat auch Drogen genommen. Also, dass das bei Pauline nur der Alkohol gewesen sein soll, der ihr Probleme gemacht hat, das kann ich mir nicht vorstellen, das glaube ich nicht. Ein Glas Wein hat doch noch niemandem geschadet, finden Sie nicht auch? Mein Gott, da fällt mir ein, was bin ich bloß für eine schlechte Gastgeberin, ganz unmöglich. Darf ich Ihnen etwas anbieten? Möchten Sie etwas trinken? Für Wein ist es ja noch zu früh, wie wäre es mit einem Yogi-Tee?«

Ginger bedankte sich und lehnte ab. »Was haben Sie Moritz über Philipp Bader erzählt?«

»Ach so, ja, also was habe ich erzählt? Philipp ist ein Junge aus Marienthal, was heißt ein Junge, mittlerweile ist er ein Mann, aus Kindern werden Leute, sagt man doch, stimmt ja auch. Der Philipp also, der hatte keinen guten Einfluss auf Maxi, aber genau genommen gab es schon vorher schlechte Einflüsse auf sie, bloß von wem, also außer von ihrer Mutter, das weiß ich leider nicht. Auf jeden Fall war aber der Philipp jetzt nicht gerade das, was sie gebraucht, was man ihr gewünscht hätte. Ein Tunichtgut war das, ein Taugenichts, also kein guter Mensch. Mit dem ist sie ein Jahr vor dem Abi abgehauen, aber das sagte ich, glaube ich, bereits.«

Gerlindes geschraubte Ausdrucksweise ging Ginger auf den Wecker.

»Worüber haben Sie sonst noch gesprochen?«, fragte sie ungeduldig.

»Ich bin ja noch nicht fertig!« Gerlinde schien es nicht zu mögen, wenn man sie unterbrach. »Ich habe ihm gesagt, er soll doch dessen Mutter fragen, wenn er was über Philipp erfahren will, am ehesten wissen seine Eltern etwas über ihn, also Mutter und Vater. Die haben sich getrennt, also die beiden sind geschieden, und der Bernie ist weggezogen, der wohnt jetzt woanders, und ich weiß nicht, wo. Aber die Bianca, also die Mutter von Philipp, die ist hiergeblieben, die Adresse von der Bianca habe ich, die habe ich Moritz gegeben, die hat er auch gerne genommen. Wollen Sie die auch, also die Adresse von Bianca, soll ich Ihnen die auch geben?«

Ginger nickte stumm. Gerlinde schrieb eine Adresse auf einen Zettel und gab ihn ihr ohne weiteren Kommentar.

»Worüber haben Sie noch gesprochen?«

»Ja, das haben Sie bereits gefragt. Er wollte wissen, ob wir eine Jugendamtsakte haben. Also, das sagt mein Mann, mit dem hat er auch geredet, der Moritz. Akten und so was hat mein Mann.«

»Was steht dadrin?«

»Das wollte Moritz auch wissen. Mein Mann hat ihm gesagt, dass das nur Maxi was angeht, Sie wissen schon, Datenschutz und so weiter. Soll Maxi doch selber kommen, wenn sie die Akte sehen will, habe ich Moritz gesagt. Das Gleiche sage ich jetzt Ihnen. Das geht nur Maxi was an, was in der Akte steht, soll sie doch selber kommen. Sie wissen schon, Datenschutz und so weiter.«

»Das verstehe ich. Wollte Moritz sonst noch was?«

»Er wollte alte Bilder sehen, also Fotoalben. Wollen Sie die auch sehen, soll ich Ihnen die bringen?«

»Mhm.«

Gerlinde stand auf, holte einige Alben aus einem Regal und legte sie vor Ginger auf den Tisch.

»Ich weiß nicht, was ihn daran so interessiert hat, er konnte gar nicht genug davon bekommen und hat mehrmals gefragt, ob es noch mehr Bilder gibt.« Sie öffnete eines der Alben. »Dieses hier hat ihn besonders interessiert, mit Aufnahmen von Fritz, Maxi und Moritz. Und natürlich noch anderen Menschen.« Sie deutete auf eines der Bilder. »Ein schönes Foto von Maxi als Rotkäppchen, finden Sie nicht auch?«

Ginger blätterte in dem Buch. Gerlinde erklärte, wer darauf zu sehen war. Gerlinde, Markus, ihr Sohn Ben, ihre Tochter Johanna, Maxi. Es gab Bilder von Fastnachtsfeiern im Gutsausschank, die denen ähnelten, die Ginger bei Moritz gesehen hatte. Indianer, Cowboys, Clowns, ein Arzt mit Pestmaske, Scheichs, Panzerknacker, Ballerinas.

»Eines fehlt«, meinte Gerlinde, »Moritz hat sich noch eines angeschaut, ich will mal sehen, ob ich das auch noch finde.« Sie stand auf und ging zum Regal.

»Kann ich fotografieren?«, fragte Ginger.

»Das ist mir nicht so recht, also nein, das ist jetzt doch ziemlich privat.«

Ginger machte ein paar Aufnahmen, bis Gerlinde zurückkam.

»Das hat Moritz auch gemacht, Fotos von den Fotos, aber der gehört ja zur Familie, da ist es etwas anderes, finden Sie nicht auch? Tut mir leid, aber das letzte Album, das ich ihm gezeigt habe, das ist verschwunden, also ich habe es verlegt, ich weiß nicht, wo es steckt. Keine Ahnung, was er mit alldem wollte.«

»Diese Feiern finden jedes Jahr statt?«, wollte Ginger wissen und deutete auf eines der Fotos mit kostümierten Menschen.

»Ja, wir machen jedes Jahr an Altweiberfastnacht ein Kostümfest. Also ich meine Markus und seine Freunde. Ich bin ja nicht so der Fastnachtertyp, ehrlich gesagt kann ich das Getue nicht leiden. Einmal im Jahr wollen die Leute komisch sein, das ist nichts für mich, ich bin es lieber das ganze Jahr über, das ist lustiger, finden Sie nicht auch? In der Fastnachtszeit fliege ich deswegen für eine Woche nach Teneriffa, zu einem Yoga-Retreat. Das ist ganz toll, das sollten Sie unbedingt auch mal machen, da ist alles mit dabei, Yin-Yoga, Chakren-Arbeit, Basenfasten, Detox, Channeling. Also, mir tut das gut.«

»Sie haben einen Sohn …«

»Ben ist in der Zeit immer bei einem Freund, also in dessen Familie. Das macht ihm gar nichts aus, es ist für ihn in Ordnung. Maxi wollte erst bei den Fastnachtern bleiben, aber später, im zweiten Jahr, hat sie es sich anders überlegt und wollte unbedingt mit zum Yoga. Ich habe ihr eine Entschuldigung für die Schule geschrieben, doch Yoga ist nicht ihre Bestimmung, sie kann damit nichts anfangen. Trotzdem wollte sie immer wieder mit. Ich glaube, sie zog es nur in die Sonne, an den Strand.«

»… und eine Tochter.«

»Johanna ist schon groß, sie lebt in der Pfalz, arbeitet dort in einem Weingut. Sie hat es nicht so mit Yoga, sie ist eher handfest veranlagt. Da muss jeder und jede seinen oder ihren Weg finden, finden Sie nicht auch?«

Es folgte eine Pause, Gerlinde dachte angestrengt nach, sie schien bekümmert, nicht weiterhelfen zu können. Plötzlich nahm ihr Gesicht einen zufriedenen und wissenden Ausdruck an.

»Ich befrage die Karten!«

Ginger versuchte, das zu verhindern, hatte aber keine Chance. Gerlinde Wächter legte ihren Fächer beiseite und holte einen Stapel Karten aus einem Holzkistchen, das vor ihr stand, breitete sie auf dem Tisch aus und mischte sie.

»Das ist ein Rider Waite Tarot, das Original, das beste, das es gibt. Ich befrage es immer, wenn ich nicht mehr weiterweiß, wenn ich mental oder emotional feststecke oder einfach auch nur so, also ohne Grund. Aber jetzt habe ich ja einen!«

Sie fischte eine Karte aus dem Haufen und drehte sie um. Ginger schien es, als ob sie um die Nasenspitze etwas blass wurde.

»Die zwölfte Karte der Großen Arkana. Der Gehängte.«
Sie lächelte Ginger aufmunternd zu. »Das sieht jetzt negativer
aus, als es sein muss. Sie sehen ja, dass der Mann an den Füßen
aufgehängt ist und lebt, er hat einen Heiligenschein um den
Kopf. Das kann bedeuten, dass er irgendwo feststeckt und an
seiner Situation nichts ändern kann, dass er sie also akzeptieren
muss. Das kann bedeuten, dass große Veränderungen auf ihn
zukommen oder bereits eingetreten sind. In Beziehungsdingen
spricht es dafür, dass der Haussegen schief hängt, was natürlich eine Chance sein kann. Man soll ja immer positiv denken.
Also, es kann schon auch heißen, dass er Hilfe braucht. Es
kann auch einfach nur bedeuten, dass etwas in der Schwebe
ist …«

»Ja, danke, das ermutigt mich bei meiner Arbeit. Wo finde
ich Ihren Mann?«

»Halt, so lasse ich Sie jetzt nicht fortgehen. Bitte ziehen Sie
auch eine Karte!«

Wahrscheinlich kam sie am schnellsten aus der Nummer
raus, wenn sie gehorchte, dachte Ginger. Also tat sie wie ihr
geheißen.

»Ah, die dreizehnte Karte der Großen Arkana. Der Tod.
Bitte verstehen Sie das jetzt nicht falsch, das sieht jetzt negativer
aus, als es sein muss. Es kann etwas ganz anderes bedeuten als
das, woran man erst denkt. Vielleicht geht es um einen neuen
Lebensabschnitt, den Bruch mit alten Gewohnheiten. Einen
König hat der Tod schon zur Strecke gebracht, das sehen Sie
da auf dem Bild. Vielleicht müssen Sie das auch tun. Etwas zu
Ende bringen, meine ich, nicht jemanden zur Strecke bringen.
Vielleicht aber auch das, also jemanden zur Strecke bringen, wer
weiß das schon? Ob der Hinweis, den uns die Karten geben,
beruflich gemeint ist oder eine Beziehung betrifft, können nur
Sie selbst entscheiden.«

»Das ist bestimmt ein wichtiger Hinweis.« Heucheln war
das Gebot der Stunde. »Wo finde ich Ihren Mann?«

»Den wollte er auch sprechen, damals. Also Moritz wollte

das, genau wie Sie jetzt. Mein Mann ist entweder im Festsaal oder in der Weinprobierstube, also auf jeden Fall im Gutsausschank.«

Sie erklärte Ginger mit vielen Worten, wie sie dorthin kam.

***

Ginger fand Markus Wächter in der Weinstube, wo er Probiergläser polierte. Die Hitze setzte dem korpulenten Mann sichtlich zu, aber der herrische Blick verbat sich jedes Mitgefühl. Seine Begrüßung fiel deutlich knapper als die seiner Frau aus. Er musterte Ginger mit reserviertem Blick.

»Hat sie Ihnen die Karten gelesen?«

Ginger lächelte und hob die Schultern, als ob sie sich entschuldigen wollte.

»Gleich kommt Kundschaft.« Wächter ließ sie im Eingang der Stube stehen.

Ginger erklärte ihm, warum sie gekommen war.

»Und?« Er prüfte die Gläser, indem er sie gegen das Licht hielt.

»Können Sie mir sagen, worüber Moritz mit Ihnen gesprochen hat, was er vorhatte, ist Ihnen bei seinen letzten Besuchen etwas aufgefallen, was Aufschluss geben könnte, wo er gerade steckt?«

»Geht Sie das was an? Warum sucht die Polizei nicht nach ihm?« Er stellte die Gläser zurück in das Regal. »Kommen Sie in drei Wochen wieder, wenn er bis dahin nicht wieder aufgetaucht ist. Aber dann sucht auch die Polizei.«

»Ihre Frau meinte, Moritz wollte eine Jugendamtsakte von Maxi einsehen, die in Ihrem Besitz ist?«

»Blödsinn. Ich hab bloß einen Briefwechsel mit dem Amt, völlig belanglos.« Wächter entkorkte eine Flasche Rotwein, schnüffelte am Korken und stellte die Flasche beiseite.

»Ihnen ist gar nichts aufgefallen? Moritz Berghaus war in der letzten Zeit ein paarmal hier.«

»Stimmt. Er hat Gerlinde besucht. Meine Frau ist seine Tante zweiten Grades.«

Es hatte keinen Zweck, Wächter wollte nicht helfen. Sie drehte sich zur Tür.

»Warten Sie«, sagte er, einen Tick freundlicher. »Nehmen Sie Platz.« Er deutete auf einen Stuhl und räumte eine Schale mit Crackern auf den Tisch. »Er hat mir erzählt, dass er Stress mit Maxi hat. Wundert mich nicht. Wollte für ein paar Tage weg. Hat mich gefragt, wo man den Bootsführerschein machen kann, ich hab ihm Adressen gegeben.«

»Welche?«

Wächter schrieb ein paar Namen auf einen Zettel. Es klingelte.

»Die Kundschaft.«

Ginger gab ihm ihre Karte. »Falls Ihnen noch etwas einfällt.«

***

Der Tag steuerte auf einen neuen Hitzerekord zu, die Sonne hatte die dunklen Wolken endgültig vertrieben. Ginger fuhr durch das Elsterbachtal zum Kloster Marienthal. Dort machte der Höllenweg eine Kehre und mündete in die Marienthaler Straße, von der aus man in eine Reihenhaussiedlung kam. Hier wohnte Bianca Bader.

»Ich habe nicht viel Zeit, in einer Stunde muss ich bei der Arbeit sein«, begrüßte sie eine resolute, korpulente Frau mit strengem Blick. Immerhin ließ sie Ginger eintreten und führte sie in die kleine Küche.

»Mich würde es in so einer Motorradmontur ja umhauen«, bemerkte sie und bot Ginger ein Glas Wasser an.

Ginger erklärte ihr, was sie wissen wollte.

»Sie suchen also diesen Moritz Berghaus und hoffen, ihn über meinen Sohn zu finden, hab ich das richtig verstanden?«

»So kann man das sehen.«

»Mein Sohn interessiert Sie also gar nicht, stimmt's?« Bianca Bader ließ offen, ob sie das für eine gute oder schlechte Nachricht hielt.

»Vor allem will ich Moritz Berghaus finden, das ist zutreffend. War der in letzter Zeit bei Ihnen?«

Bianca wischte sich mit einem Küchentuch das schweißtriefende Gesicht trocken. »Es ist schon eine Weile her, im letzten Winter war das. Er hat nach meinem Sohn gefragt. Er meinte, er sei Polizist, aber sein Interesse an Philipp sei privater Natur. Es gehe um seine Freundin, die früher mal mit meinem Sohn zusammen war.« Biancas gerötetes Gesicht nahm einen finsteren Ausdruck an. »Maxi Hofmann, das blonde Gift aus der Johannisberger Hölle.«

»Sie mögen sie nicht.«

Bianca lachte bitter. »Das ist das mindeste, was man sagen kann. Und glauben Sie mir, ich habe meine Gründe. Die ruiniert alle Männer, mit denen sie zusammen ist. Sagten Sie nicht, Moritz Berghaus sei verschwunden? Sehen Sie, genau das ist mit meinem Sohn auch passiert. Vor ein paar Jahren ist er mit diesem Flittchen abgehauen, nach Frankreich, von wo aus er einmal in den ganzen Jahren eine Ansichtskarte geschrieben hat. Auf meine Telefonate hat er nicht reagiert, irgendwann stimmte die Handynummer nicht mehr, seine neue hat er mir nicht mitgeteilt, und das war es mit der Mutter-Sohn-Beziehung gewesen. Ich weiß, es klingt ein bisschen billig, daran allein diesem Miststück die Schuld zu geben, aber in diesem speziellen Fall ist es völlig richtig. Das können Sie ihr ausrichten. Maxi ist doch Ihre Auftraggeberin?«

»Das ist Helene Busch.«

Bianca hielt einen Moment inne, ihr Gesichtsausdruck wurde ein Quäntchen freundlicher. »Die alte Lehrerin? Die lebt noch? Respekt. Das ist etwas anderes. Wo war ich stehen geblieben? Richtig, bei dieser Person. Vor einem Jahr ist mein Herr Sohn wiederaufgetaucht und wollte sich Geld bei mir ausleihen und außerdem einen Schlafplatz für sich und dieses

Luder haben.« Jetzt funkelte die pure Mordlust in den Augen der Mutter. »Ich bin bestimmt kein Unmensch, aber das war mir dann doch zu viel.« Bianca Bader drückte die Hände auf ihren Busen und blickte beschwörend nach oben, als ob sie von einer höheren Macht die Bestätigung ihres guten Charakters erwartete. »Das kann er mir doch nicht zumuten!«

»Das ist natürlich Ihre Entscheidung gewesen.«

»Natürlich war es das!«, rief sie mit donnernder Stimme.

Ginger nahm sich vor, nichts mehr zu kommentieren.

»Ich habe ihn zu seinem Vater geschickt. Der ist genauso ein Loser wie der Sohn.«

»Sie leben getrennt.«

»Was denn sonst! Wir machen jetzt aber keine Familientherapie?«

»Um Gottes willen! Ich wollte nur fragen, ob Sie mir die Adresse geben könnten? Und ob Sie wissen, ob sich Moritz Berghaus bei Ihrem Ex gemeldet hat?«

»Sie meinen doch nicht ernsthaft, dass ich mich mit dem über irgendetwas austausche? Der kennt nur sich und seine Lokomotiven! Ich bin froh, den los zu sein! Aber seine Adresse habe ich. Ich schreibe sie Ihnen auf.«

Sie drückte Ginger einen Zettel in die Hand und komplimentierte sie nach draußen.

＊＊＊

Bernie Bader ging nicht ans Telefon, in seiner Wohnung in Kostheim traf Ginger ihn nicht an. Sie hinterließ Nachrichten auf der Mailbox und an der Wohnungstür. Später war sie mit Mayfeld verabredet.

Das fünfte Wiesbadener Polizeirevier lag in der Nähe des Biebricher Schlossparks. Es war im alten Rathaus untergebracht, einem Sandsteingebäude im neoklassizistischen Stil. Robert traf wenige Minuten nach ihr auf dem Parkplatz hinter dem Revier ein, wo er mit seinem Volvo den letzten freien Platz ergatterte. Er hatte Yoda mitgebracht, der Ginger freudig begrüßte.

»Wird dein Wagen nicht bald Oldtimer?«

»Ist er bereits«, antwortete Robert stolz und tätschelte das Dach des weißen Autos, das manche einen schwedischen Backstein nannten. »So wie ich. Schöne Grüße von Julia. Du hast bei deinem letzten Besuch Klamotten bei uns liegen lassen, die soll ich dir geben.«

»Sorry, die Gepäckbox ist voll.«

Mayfeld lachte. »Ich nehme sie mit zurück. Yoda freut es, er hat die ganze Zeit daran geschnüffelt. Ich glaube, er hat sich in dich verliebt.«

Yoda wedelte mit dem Schwanz, hielt den Kopf schief und warf ihr einen freundlichen Hundeblick zu.

»Gehen wir?«

Im Eingang wurden sie von einer jungen Polizistin begrüßt. »Herr Mayfeld, wie schön, Sie mal wieder zu sehen. Was führt Sie zu uns?«

»Wir haben mit dem Chef einen Termin. Es geht um Moritz Berghaus.«

Mayfeld machte Ginger mit Stefanie Thurau bekannt, einer Kollegin aus dem ersten Abschlussjahrgang in Mayfelds Zeit an der Polizeiakademie.

»Waren wir nach der Prüfung nicht beim Du angelangt?«, fragte er.

»Ja, was bist du denn für ein Süßer?« Stefanie Thurau hatte die Tonlage gewechselt, Mayfeld schaute irritiert. Sie neigte sich nach vorne, klopfte auf ihren Oberschenkel. »Ja, komm, mein Lieber!«

Yoda wedelte mit dem Schwanz, hielt den Kopf schief und schaute erst zu Mayfeld, dann zu dessen junger Kollegin. Ginger musste vor Lachen losprusten.

Die Polizistin schaute verlegen. »Äh, ja, natürlich, beim Du angelangt. Macht die Akademie jetzt Dienststellenbesuche bei den Praktikanten? Gar keine schlechte Idee.«

Mayfeld winkte ab. »Berghaus ist seit ein paar Tagen spurlos verschwunden, ich mache mir Sorgen.«

Thurau runzelte die Stirn. »Er ist mit dem Praktikum fertig und hat jetzt ein paar Wochen Urlaub …«

»… und hat sämtliche Termine verpasst, die er ausgemacht hat«, fiel ihr Mayfeld ins Wort.

»Das passt nicht zu Moritz, da hast du recht«, räumte sie ein.

»Hattest du mit ihm zu tun?«

»Wir sind oft zusammen Streife gefahren, ich habe ihn unter meine Fittiche genommen.« Thurau lächelte, sie schien sich gerne daran zu erinnern.

Das Telefon am Tresen klingelte. Der Dienststellenleiter fragte nach, ob seine Gäste schon da seien, und bestellte sie zu sich. Thurau erklärte ihnen den Weg.

»Ich bin noch bis heute Abend hier an der Pforte.«

Das Büro von Lukas Fröbe befand sich am Ende des Flurs im ersten Stock. Fröbe war ein großer, korpulenter Mann Mitte fünfzig. Er stand vom Schreibtisch auf und kam den Besuchern langsam entgegen. Sein wachsamer Blick stand im Gegensatz zu dem behäbigen Eindruck seiner Bewegungen.

»Hallo, Robert!« Er schüttelte Mayfeld die Hand. »Ist das die Privatdetektivin?«, fragte er und machte eine Kopfbewegung zu Ginger. Yoda gab einen gedämpften Laut von sich.

Sie sprach lieber für sich selbst, ließ aber Mayfeld antworten. Der stellte sie und Yoda vor.

»Setzt euch.«

Er wies Mayfeld und Ginger ihre Plätze auf den Besucherstühlen zu und verschanzte sich hinter seinem Schreibtisch.

»Ihr sucht also einen Kollegen, weil der sich seit drei Tagen aus seinem Urlaub bei niemandem gemeldet hat?«

»Mittlerweile ist es fast eine Woche«, stellte Mayfeld richtig. »Aber das ist nicht das Entscheidende. Ich habe Berghaus immer als sehr zuverlässigen Studenten erlebt, und er hat einen Termin, den er erst vor Kurzem mit mir ausgemacht hat, verpasst, ohne abzusagen.«

Fröbe grinste. »Die deutschen Tugenden sind auch nicht mehr das, was sie einmal waren. Leider. Pünktlichkeit, Zuverlässigkeit, Pflichtbewusstsein nimmt kaum noch jemand ernst, sie wurden schließlich lange genug kaputtgeredet. Das ist mittlerweile nicht nur ein Problem der Bahn, das kann man in allen Behörden erleben. Und mit der Generation Z wird es nicht besser. Hauptsache, die sogenannte Work-Life-Balance stimmt.«

»Aber genau so war Berghaus nicht«, widersprach Mayfeld.

»Stimmt schon«, räumte Fröbe ein. »Aber dass er dich sitzen lassen, passt ins Bild.«

»Ich kann ihn nicht erreichen, er hat das Handy ausgeschaltet, für die Generation Z ist das eher unüblich.«

Jetzt musste Fröbe lachen. »Der Punkt geht an dich. Aber das heißt doch bloß, dass er wirklich seine Ruhe will, die Handys werden von manchen Leuten heutzutage ja wie ein Babyfon eingesetzt.«

»Ist dir noch irgendetwas aufgefallen, was uns weiterhelfen könnte?«

Fröbe schüttelte den Kopf. »Das ist eine reichlich allgemeine Frage. Der Junge hat seine Arbeit gemacht, du hast schon recht, er ist eher ein ordentlicher, fast übereifriger Typ. Was kann man sonst sagen? Persönlich hab ich nicht allzu viel von ihm mitbekommen, ich hatte manchmal den Eindruck, dass er zu Hause Stress hat. Die Freundin scheint schwierig zu sein. Hilft das weiter?«

»Mal sehen.«

Mayfeld stellte noch ein paar Fragen, die alle ins Leere liefen. »Können wir Kollegen befragen?«, wollte er zum Schluss wissen.

»Nicht über dienstliche Sachen, tut mir leid.«

»Mit wem ist er Streife gegangen?«

Fröbe überlegte eine Weile. »Mit verschiedenen Kollegen, jeder war mal dran.«

»Hatte er hier Freunde?«, fragte Ginger, um in diesem Gespräch nicht nur Zuhörerin zu sein.

Fröbe betrachtete sie lange und abschätzig. »Keine Ahnung.« Er zuckte mit den Schultern und wünschte den beiden mit knappen Worten viel Glück bei ihren Nachforschungen.

Was für ein arroganter Idiot, dachte Ginger im Hinausgehen.

»Ist das ein Freund von dir?«, fragte sie Mayfeld, als sie auf dem Flur waren.

Mayfeld lachte leise. »Keine Sorge, bloß ein Kollege, den ich schon lange kenne. Seit sich seine Frau von ihm getrennt hat, ist er schlecht drauf.«

»Sie wird ihre Gründe gehabt haben«, meinte Ginger.

Im Eingangsbereich des Erdgeschosses trafen sie Stefanie Thurau. Sie bat Mayfeld und Ginger hinter die Glasscheibe.

»Seid ihr weitergekommen?«

»Nicht wirklich«, meinte Mayfeld.

Ginger versuchte, sich den Ärger über Fröbe nicht anmerken zu lassen.

»Der Chef kann etwas eigen sein«, meinte Thurau, der Gingers Verstimmung nicht entgangen war.

»Frauen gegenüber?«, fragte Ginger.

»Man sollte nicht zu empfindlich sein«, wich Thurau aus.

»Ist Ihnen an Berghaus in der letzten Zeit etwas aufgefallen?«

Thurau nickte. »Moritz wirkte in letzter Zeit ziemlich angespannt.«

»Hat er Ihnen erzählt, was ihn bedrückt?«

»Nein.«

»Hat er dir vom Stress mit der Freundin berichtet?«, wollte Mayfeld wissen.

»Schon, aber das war es nicht. Wir sind von Anfang an offen miteinander umgegangen. Stress mit Maxi hatte er die ganze Zeit. Das war sozusagen der Normalzustand. Ich kann mich täuschen, aber mir kam es so vor, als sei in der letzten Zeit noch etwas anderes los gewesen.«

»Warum vermuten Sie das?«

»Weil er nach dem Dienst in den letzten Wochen keine Zeit

mehr für ein Feierabendbier hatte. Also, bei mir war es ein Feierabendbier und bei ihm ein Piffchen Wein. Zuletzt hatte er es immer ziemlich eilig und musste sofort weg. Einmal wollte ich ihn nach Dienstschluss nach der Nummer eines Kollegen fragen und habe versucht, ihn auf dem Handy anzurufen, er ging nicht ran.«

»Was ist daran so besonders?«, hakte Ginger nach.

»Ich habe ihn am nächsten Tag nach der Nummer gefragt, kein Problem. Aber als ich wissen wollte, wo er am Tag zuvor gesteckt habe, hat er ziemlich unwirsch reagiert. Geht mich zwar nichts an, da hat er schon recht gehabt, aber früher hätte er es mir einfach trotzdem gesagt oder einen Scherz gemacht, wenn er keinen Bock gehabt hätte, auf so eine Frage zu antworten.«

»Dein Chef will nicht, dass wir die Kollegen über Dienstliches befragen«, sagte Mayfeld. »Ich frage trotzdem: Gab es im Dienst etwas, was dir aufgefallen ist?«

»Hat er davon nichts erzählt?« Thurau klang verwundert. »Moritz hatte mal Stress mit Fröbe. Na ja, vielleicht wollte der Chef ihn bei dir nicht anschwärzen.«

Mayfeld runzelte die Stirn. »Das glaube ich nicht. Entweder gibt es eine offizielle Beschwerde, dann ist es kein Anschwärzen, wenn er darüber spricht. Oder es gibt keine. Dann kann er mir erzählen, was er will. Worum ging es?«

Thurau schaute sie bekümmert an. Mayfelds Fragen schienen sie in einen Konflikt zu stürzen.

Er winkte ab. »Lass es! Es sind dienstliche Belange.«

Aber Thurau hatte es sich anders überlegt. »Vielleicht hat es ja gar nichts zu bedeuten. Wir haben auf einer Streife bei einem Motorradhändler, Zweirad Yildiz, eine eingeschlagene Fensterscheibe bemerkt. Moritz hat den Händler ziemlich bedrängt, Anzeige zu erstatten, der hatte nämlich Mitglieder einer Motorradgang hier aus der Umgebung erkannt. Tags darauf hat der Händler die Anzeige zurückgezogen. Moritz war ziemlich sauer, hat dem Verein einen Besuch abgestattet, deren Bikes kontrolliert, ein paar verbotene Veränderungen an den Maschinen festgestellt und sie vorübergehend stillgelegt. Wenig später kam der Präsident des Vereins mit seinem Anwalt auf das Revier und hat sich beschwert, Moritz bekam einen Anschiss.«

Jetzt war Mayfeld verwundert. »Weil er ein paar Motorräder kontrolliert und stillgelegt hat?«

»Er wollte mir nicht sagen, warum er eins auf den Deckel bekommen hat.«

»Aber du warst bei dem Vorgang doch dabei, solltest du nicht Stellung zu den Vorwürfen nehmen?«

»Nein, sollte ich nicht. Das fand ich auch komisch.«

Das war es in der Tat. Ginger fragte nach weiteren Merkwürdigkeiten. Thurau erinnerte sich tatsächlich noch an etwas.

»Irgendwie hat es Moritz die Schrebergartensiedlung im Mosbachtal angetan. Er hat mich ein paarmal gefragt, ob es dort in der Vergangenheit irgendwelche Vorkommnisse gab.«

»Und, gab es die?«

»Nicht dass ich wüsste.«

Yoda begann zu knurren.

»Dahinten kommt der Chef«, meinte Thurau.

»Wie heißt der Motorradclub, bei dem sich Berghaus unbeliebt gemacht hat?«, fragte Mayfeld im Hinausgehen.

»Rhine Devils. Sie sind in Wiesbaden und dem Rheingau unterwegs und haben ihr Chapter in unserem Revier. Eine üble Bande.«

»Da hast du recht«, brummte Mayfeld und gab ihr seine Karte. »Ruf mich an, wenn dir noch etwas einfällt.«

Auch Ginger hatte keine guten Erinnerungen an den Verein. Sie war schon einmal an sie geraten, als sie nach einem Verschwundenen suchte. Die Devils scherten sich nicht um Recht und Gesetz, verfolgten dreist ihre Geschäfte rund um Drogen und Waffen und hielten sich für unantastbar. Bislang hatten sie damit immer richtiggelegen.

***

Am späten Nachmittag hatte sich Ginger mit ihrer Auftraggeberin verabredet. Sie traf sie zusammen mit Maxi und Fritz in
der Küche ihres Hauses. Nachmittägliches Kuchenessen schien
hier zum Pflichtprogramm zu gehören. An diesem Tag gab es
Aprikosenstreuselecken. Sie musste eine probieren, Widerstand
wäre unhöflich und zwecklos gewesen. Allzu viele konkrete
Ermittlungsergebnisse konnte Ginger nicht präsentieren. Als
Erstes berichtete sie, dass alle von Streitereien zwischen Maxi
und Moritz gesprochen hatten.

Eine Zornesfalte schob sich zwischen Maxis Augenbrauen
und verfinsterte ihr hübsches Gesicht. »Das kann doch nicht
wahr sein. Sie fahren den ganzen Tag durch die Gegend, und
alles, was Sie herausbekommen, sind Gerüchte über einen an-
geblichen Streit zwischen Moritz und mir? Bin ich jetzt verdächtig? Wie kommen diese Vollpfosten dazu, solche Dinge
zu behaupten?«

»Ihr Freund könnte es ihnen erzählt haben«, meinte Ginger.

Maxis Zornesfalte wurde tiefer. »Das kann ich mir nicht
vorstellen«, entgegnete sie.

»Haben Sie eine andere Erklärung?«

Maxi schnaubte empört.

»Gerlinde Wächter sprach davon, dass Moritz nach Philipp
Bader gesucht hat. Waren Sie im letzten Jahr mit Bader bei
seiner Mutter?«

Maxi stellte ihre Tasse mit einer heftigen Bewegung auf den
Küchentisch, die Tasse überlebte es erstaunlicherweise. »Die
kann mich nicht leiden, die kann niemanden leiden. Wir waren
abgebrannt, doch sie hat nicht einmal einen Hunderter heraus-
gerückt, nicht eine Nacht durften wir bei ihr pennen …«

»Sie hat Sie zu Philipps Papa geschickt …«

»… der auch keinen Platz für uns hatte. War es das für
heute?«

Da stand jemand unter Druck.

»Nicht ganz. Ihre Tante sprach von einer Jugendamtsakte,
nach der Moritz gefragt hat und die sich im Besitz von Markus

Wächter befinden soll. Der meinte, es seien nur ein paar Briefe, mir hat er sie jedoch nicht gegeben.«

»Zu Recht.«

»Das sehe ich auch so. Aber Ihnen würde er sie herausgeben. Könnten Sie ihn darum bitten? Ich soll Ihnen übrigens von Gerlinde Wächter schöne Grüße ausrichten, sie würde sich über einen Besuch von Ihnen freuen. Moritz hat sich bei Gerlinde alte Fotos angeschaut. Vielleicht sagen die Ihnen etwas, vielleicht erzählt Gerlinde Ihnen mehr als mir. Würden Sie Ihre Tante besuchen, sich mit ihr unterhalten und die Fotos anschauen?«

Maxi hatte sich wieder beruhigt, das konnte offensichtlich schnell gehen. Ohne Begeisterung versprach sie, Gingers Bitte nachzukommen.

Eine Frage hatte Ginger noch. »Kann jemand von Ihnen mit den Rhine Devils etwas anfangen?«

Alle drei verneinten das, aber Ginger sah, wie in Maxis Augen für einen kurzen Moment Angst aufflackerte.

✳✳✳

Als Ginger in der Westendstraße ankam, war Jo auf dem Sprung.

»Ich muss zu einer Weinpräsentation nach Mainz, eine Schüssel Gazpacho steht im Kühlschrank, Croûtons sind in der Pfanne auf dem Herd.«

Er gab ihr einen flüchtigen Kuss und wollte weiter, sie packte ihn an den Schultern, zog ihn zu sich und küsste ihn innig. Immer wenn sie mit Yasemin zusammen gewesen war, spürte sie eine unbändige Sehnsucht nach Jo.

»Ich weiß nicht, woran ich bei dir bin.« Jo klang kläglich. Wenn sie mit ihm zusammen gewesen war, hatte sie Sehnsucht nach Yasemin. Sie wusste, das war für alle anstrengend.

Sie strich ihm über die Wange. »Ich liebe euch beide und gehöre keinem von euch.«

Er schob sie sanft von sich weg. »Ich muss jetzt wirklich gehen. Ich glaube, Yasemin hat was für dich.«

Yasemin saß in ihrem Zimmer vor einem Notebook und zwei Monitoren und hackte Befehle in die Tastatur. Als sie Ginger hörte, reckte sie Zeige- und Mittelfinger beider Hände in die Höhe und drehte sich zu ihr um.

»Ich bin in seinem E-Mail-Account und habe seine Kalenderdaten auslesen können«, rief sie und strahlte. »So viel deutsche Lyrik wie heute habe ich noch nie gelesen: ›Über allen Gipfeln ist Ruh‹, ›und in der Ferne die Glocken tönen‹ und so weiter, alles Nieten. Ich wollte schon aufgeben und die Karten in die Ecke pfeffern, aber dann habe ich noch eine von den lustigen ausprobiert.« Sie kramte in dem Stapel neben der Tastatur, fischte eine Karte heraus und hielt sie Ginger vor die Nase. Ein Mann in den Sechzigern, mit kurzem Bart, runder Brille und breitkrempigem Hut schaute nachdenklich in die Kamera.

»›Dass wir echt waren, werde ich auch noch erfinden‹«, las Ginger den Vers von Joseph Zoderer.

»Bingo! Das Passwort für den E-Mail-Account. Die letzten Mails hat Berghaus am Abend verschickt, bevor er verschwand. Eine davon an deinen Freund Mayfeld, in der er den Termin zwei Tage später bestätigte. Ansonsten gibt es aus meiner Sicht nichts Spannendes. Willst du sehen?«

Natürlich wollte Ginger die Mails sehen. »Angeblich wollte er den Bootsführerschein machen, haben wir darauf einen Hinweis in den Mails?«

»Dazu habe ich nichts gefunden. Das Angebot eines Wanderhotels aus der Umgebung von Meran gibt es. Kann man dort den Bootsführerschein machen?«

»In den Dolomiten? Liegt jetzt nicht so nahe.«

Ginger scrollte durch die Mails. Sie fand nichts, was sie weitergebracht hätte. Weinpreislisten, die Rechnung eines Feinkostversands, eine Anfrage von Helene, ob er ihr Handy reparieren könne. Allzu Privates schien Moritz nicht per Mail auszutauschen. Entweder hatte er noch weitere Mailadressen, oder er nutzte für Persönliches andere Kanäle.

»Bei Instagram, TikTok, WhatsApp und Facebook bin ich noch nicht weitergekommen«, sagte Yasemin, die ihre Gedanken wohl erraten hatte.

»Was ist mit dem Kalender?«

Yasemin suchte eine Weile im Chaos auf ihrem Schreibtisch, dann reichte sie Ginger ein Blatt Papier. »Dir zuliebe habe ich die Agenda der letzten sechs Monate ausgedruckt.«

Ginger fand einige ihr bekannte Termine in dem Ausdruck, mit Gerlinde und Markus Wächter, mit Helene, mit Fritz, mit Bianca Bader. Einen Termin mit Mayfeld nach seinem Verschwinden, einen Termin mit einem Rechtsanwalt namens Bürger. Insgesamt war die Ausbeute mager.

»Begeisterung sieht anders aus«, konstatierte Yasemin.

Ginger küsste sie, ähnlich flüchtig, wie es vorhin Jo mit ihr gemacht hatte. »Vielen Dank. Ich werde alles ganz genau durchgehen. Aber du hast recht, die große Erleuchtung hatte ich noch nicht. Mach trotzdem weiter!«

Yasemin zog einen Schmollmund und signalisierte, dass sie ihren Wunsch erfüllen würde, dass sie aber gerade ganz andere Wünsche hatte.

»Erst essen wir die Suppe von Jo«, sagte Ginger.

FÜNF

»*Die Detektivin hat eine Spur verfolgt, von der ich von vornherein nicht überzeugt war. Sie ist davon ausgegangen, dass Moritz vor seinem Verschwinden nach Philipp gesucht hat. Mir hat das nicht eingeleuchtet, ich habe meinen Ex vor einem Jahr das letzte Mal gesehen, ich wüsste nicht, was daran für Moritz interessant gewesen sein sollte. Aber sie hatte sonst keine Anhaltspunkte.*

Doch, das hat sehr wohl etwas mit den Vorwürfen zu tun, die gegen mich erhoben werden. Ich lenke nicht ab, ich muss wirklich so weit ausholen. Wir haben damals alle im Nebel herumgestochert. Niemand hatte einen schlüssigen Plan. Warum sollte ausgerechnet ich einen haben? Ginger Havemann bat mich, den Kontakt zu meinen ehemaligen Pflegeeltern wieder aufzunehmen, sie hoffte, dass ich von ihnen mehr über Moritz erfahren würde. Die Kontaktaufnahme war nicht meine Idee, ich habe es lediglich auf Wunsch von Frau Havemann gemacht, ich wollte etwas für meinen vermissten Freund tun.

Warum ich nicht von mir aus den Wunsch hatte, die Wächters zu sehen? Das ist privat. Wieso wird alles gegen mich ausgelegt? Sie meinen, in Mordermittlungen gibt es nichts Privates? Natürlich vertraue ich Ihnen ... Es ist schwer zu sagen, warum ich mit den Wächters keinen Kontakt wollte. Lassen Sie mich einen Augenblick überlegen ... Ich glaube, ich wollte sie nicht besuchen, weil ich mich geschämt habe. Ich bin damals einfach abgehauen. Ich wollte meine Freiheit, das waren pubertäre Flausen. Es ist ziemlich undankbar gewesen, und ich hätte mich dafür entschuldigen müssen. Aber das kann ich ganz schlecht.«

Maxi erinnerte sich an die Not, in der sie damals gesteckt hatte. Sie hörte die Bombe immer lauter ticken und hatte keine Idee, wie sie zu entschärfen war. Sie wusste nicht einmal, wo genau die Bombe versteckt war. Dass alle Welt über ihren Streit mit Moritz zu reden schien, beunruhigte sie zutiefst. Widerstreitende Gefühle und Gedanken zerrissen sie. Alles sprach dafür, dass sie etwas mit Moritz' Verschwinden zu tun hatte. Gleichzeitig wuchs mit jedem Tag ihre Gewissheit, dass er nicht wiederkommen würde. Sie war in einer ausweglosen Situation, manchmal kam es ihr so vor, als sei der richtige Moment gekommen, um Schluss zu machen. Aber das durfte nicht sein, ausgerechnet jetzt, wo sich ihr Leben aufhellte und neben der Verzweiflung auch die Zuversicht wuchs. Es musste eine andere Lösung geben. Bestimmt übersah sie irgendetwas. Sie alle übersahen etwas Wesentliches, das hoffte sie inständig. Ihre einzige Chance, heil aus der Sache herauszukommen, bestand darin, es zu entdecken.

Die Detektivin ging davon aus, dass Moritz auf der Suche nach Philipp in Schwierigkeiten geraten war. War er den Rhine Devils zu nahe gekommen? Drogendealer, denen man Ware klaute, waren unleidliche Zeitgenossen. Irgendeinen Zusammenhang zwischen der Gang und Moritz hatte die Detektivin ausgemacht. Sie wollte nachfragen, welche Informationen sie hatte, aber das hätte sie verdächtig gemacht. Mit den Devils sollte sie keinesfalls in Verbindung gebracht werden, es brachte Probleme mit den Bullen, verdarb das Geschäft und war am Ende lebensgefährlich.

Als sie allein im Haus war, ging sie hinunter in den Keller, in den hintersten Raum des Gewölbes. Im Sommer war es hier kühl und feucht. Das Paket lag noch dort, wo sie es abgelegt hatte, in einem Regal hinter verrosteten Werkzeugen, neben dem Koffer mit der Luger. Vielleicht sollte sie mit Fritz darüber reden, was sie mit dem Paket anstellen solle, überlegte sie, um dem sofort zu widersprechen. Nein, das war keine gute Idee. Entweder hatte sie danach Probleme mit den Bullen, die sie keinesfalls haben wollte, oder sie hatte Fritz in die Sache mit hineingezogen, und dann befanden sie sich beide in Lebensgefahr. Warum war sie überhaupt in den Keller gegangen? Sie wusste es nicht. Sie öffnete den Koffer, warf einen Blick auf die Parabellum, schloss den Koffer wieder. Ohne irgendeinen Plan ging sie wieder nach oben, gerade noch rechtzeitig, bevor Helene aus dem Garten zurückkam.

Es war verrückt, dass sie in einem Moment mit dem Gedanken spielte, ihrem Leben ein Ende zu setzen, im nächsten Moment darüber nachdachte, wie sie zwei Kilo Koks verticken konnte, und sich danach Sorgen um die Beziehung zu einem Mann machte, mit dem sie gerade ein paar Tage zusammen war. Es musste sich etwas ändern. Sie musste etwas ändern. Sie musste dringend Ordnung in ihrem Kopf und ihrem Herzen schaffen.

Alle wunderten sich, dass sie noch nicht drüben in der Hölle gewesen war. Sie hatte sich immer herausgeredet. Es war völlig in Ordnung, dass andere nicht wussten, was sie an einem Besuch hinderte, es ging niemanden etwas an. Aber dass sie es selbst nicht wusste, das war überhaupt nicht in Ordnung. Sie wollte das ändern, auch wenn ihr die Vorstellung Übelkeit bereitete, dass sie dafür mit der Detektivin zusammenarbeiten, Gerlinde besuchen und sich in der Hölle umsehen musste. Sie war entschlossen, das Heft in die Hand zu nehmen und ihre Geschichte selbst weiterzuschreiben.

***

»Ich bin bald nach dem Gespräch mit der Detektivin zu den Wächters in das Weingut gegangen. Es heißt ›Talmühle‹ und der Gutsausschank ›Zur Johannisberger Hölle‹. Als Kinder haben wir früher einfach ›die Hölle‹ gesagt, das klang so schön gruselig. Heute denke ich, dass der Besuch eine gute Idee war, Gerlinde und ich haben an unsere persönliche Beziehung von früher wieder anknüpfen können. Meine Angst vor Vorwürfen war nicht ganz unbegründet, aber die Peinlichkeit hielt sich in Grenzen, Gerlinde freute sich über das Wiedersehen. Natürlich wollte sie wissen, warum ich damals abgehauen bin, aber

mehr noch, wie es mir in der Zwischenzeit ergangen war. Sie hatte selbst viel zu erzählen, zum Beispiel von Ben, der ihr gerade ziemlich viele Sorgen macht. Ich habe natürlich auch nach Moritz' Besuchen in der Hölle gefragt, habe jedoch nichts erfahren, was der Detektivin weitergeholfen hat. Aber einen Versuch war es wert.«

Maxi erinnerte sich an einen heftigen Wortwechsel zwischen Gerlinde und Ben, den sie mithörte, als sie zum Wohnhaus der Wächters kam.

»Diese Ego-Shooter-Spiele sind das Letzte, widerwärtig, kulturlos, sie sind böse, völlig unakzeptabel.«

»Ich mag aber nicht immer nur meinen Namen tanzen, Namen tanzen ...«

»Wie redest du mit mir, so redet man nicht mit seiner Mutter, das ist respektlos, unverschämt!«

»Böser Sohn, schlechter Sohn ...«

»Ich sperre dein Handy, was bildest du dir ein, wie kommst du dazu, mich nachzuäffen, nachzumachen!«

»Mama, du bist so peinlich!« Eine Tür knallte.

»Ben, komm sofort zurück!« Noch eine Tür knallte.

Ginger klingelte. Es dauerte nicht lange, und Gerlinde öffnete die Haustür.

»Maxi! Dass du dich auch mal wieder meldest! Wo hast du denn so lange gesteckt? Weißt du denn, was du uns mit deinem Verschwinden angetan hast?«, rief Gerlinde.

Genau so hatte Maxi sich das Wiedersehen vorgestellt.

»Ich freue mich auch, dich zu sehen«, log sie munter drauflos.

Gerlinde umarmte sie mit einer ungestümen Geste und drückte ihr einen Kuss auf den Mund. »Egal! Ganz egal!«, rief sie. »Hauptsache, du bist wieder da! Komm rein!«

Gerlinde zog sie in die Eingangsdiele, von dort ins Wohnzimmer. »Die verlorene Tochter ist wieder da!« Es war, als ob sie einen Bühnentext deklamierte. Sie griff nach dem Fächer, der auf dem Couchtisch lag, und begann, sich Luft zuzufächeln. »Findest du diese Hitze nicht auch unerträglich? Sie ist so bedrückend!«

Maxi wäre am liebsten wieder bei Helene gewesen oder sonst wo auf der Welt, Hauptsache weit weg von Gerlinde. Gerlindes Auftritt hatte etwas Künstliches und Unaufrichtiges. Genau so war es schon immer gewesen: Sie redete maniert, bauschte Gefühle auf, sagte alles doppelt, als ob sie Angst hätte, dass man sie ansonsten überhörte. Duplo-Drama-Queen hatten sie sie früher genannt.

»Schön, dass du da bist, ich freue mich wirklich!«

»Hallo!«

Einen Moment herrschte betretenes Schweigen. Danach brach aus Gerlinde ein Schwall von Fragen und Vorwürfen heraus: Warum Maxi weggelaufen sei, sie habe hier doch alles gehabt, was man sich wünschen könne, ob sie wisse, was sie ihnen damit angetan habe, Gerlinde und Markus hätten sich so schlecht gefühlt, warum sie denn nicht gesagt habe, was ihr auf dem Herzen gelegen habe, man hätte doch über alles reden können und so weiter und so fort.

Maxi war empört und überwältigt, sie hatte keine Antworten parat. Sie wusste selbst nicht, warum sie abgehauen war.

»Es gibt viel zu bereden«, meinte sie schließlich. »Aber wenn du meinst, dass du mir Vorwürfe machen kannst und ich mich entschuldigen muss, dann sind wir mit dem Gespräch am Ende, bevor wir richtig angefangen haben.«

Gerlinde, die die Aufzählung von Maxis Sünden fortsetzen wollte, legte den Fächer weg, riss die Augen und den Mund auf, schloss den Mund wieder, schluckte und verstummte. Grenzen setzen, wie es in Moritz' Buch stand, war manchmal gar nicht so schwer.

»Schön, dass du da bist, ich freue mich wirklich!«

»Das sagtest du bereits. Wir fangen einfach noch mal von vorne an.«

»Ja, das ist eine gute Idee, wirklich eine gute Idee! Schön, dass du da bist, ich freue mich wirklich! Magst du was trinken? Vielleicht einen Yogi-Tee?«

Maxi lehnte ab, Gerlinde goss sich ein Glas Tee ein und griff wieder nach dem Fächer. Sie erzählte, was in den letzten Jahren aus ihrer Sicht Wichtiges im Weingut passiert war. Den größten Raum nahm die Pubertät ihres Sohnes ein, der seit einem Jahr Schwierigkeiten machte, sich mehr für Computerspiele als für die Schule interessierte, Alkohol trank, freche Widerworte gab und jüngst verkündet hatte, dass er nicht im Traum daran denke, Winzer zu werden, also bei jedem Wetter im Weinberg zu stehen und den Rest der Zeit in einem feuchten Keller zu verbringen.

»Markus ist am Boden zerstört, er will seinen Betrieb doch der nächsten Generation übergeben!«

Schon wieder so eine hochgestochene Formulierung, die sich irgendwie falsch anhörte.

»Was ist denn mit Johanna?«, fragte Maxi.

»Mit Johanna? Ja, was ist mit Johanna? Sie ist immer noch in der Pfalz, bislang will sie nicht zurück.«

Maxi hatte Gerlindes Tochter nur wenige Male gesehen, sie war, ein Jahr bevor Maxi bei den Wächters aufgenommen wurde, ausgezogen, um eine Winzerlehre in einem auswärtigen Betrieb zu machen. Maxi hatte sich gewundert, dass sie kaum nach Hause kam, weder an den Wochenenden noch in den Ferien oder an Feiertagen, obwohl man mit dem Auto kaum mehr als eine Stunde bis in die Pfalz fuhr.

»Arbeitet sie immer noch in Wachenheim?«

Maxi erfuhr, dass Gerlinde ihre Tochter dort ab und zu besuchte. Johanna arbeitete in einem renommierten Weingut und hatte eine Betriebswohnung. Sie weigerte sich, in den Rheingau zu kommen, sie wollte ihren Stiefvater nicht sehen.

»Johanna hatte eine schwierige Pubertät, das scheint bei allen meinen Kindern so zu sein, ich war da früher nicht anders, es war wirklich nicht einfach mit mir. Mit Ben ist es nicht einfach, mit ihr ist es das auch nicht. Mir kommt es so vor, als ob sie diese Phase nie überwunden hätte, sie steckt da immer noch drin.«

»Will sie die Hölle nicht übernehmen?«

Gerlinde zuckte nur mit den Schultern. So ausführlich sie sich sonst äußerte, hier wurde sie ausgesprochen wortkarg. Immerhin nannte sie Maxi noch den Namen des Weinguts und schrieb ihr Johannas Telefonnummer auf.

Dann begann der unangenehme Teil der Unterhaltung. Gerlinde wollte wissen, wie es ihr in den letzten Jahren ergangen sei, und Maxi erzählte die Version mit Ferienclubs, Sonne, Strand und unbeschwertem Leben, in der Hoffnung, dass sich Gerlinde damit zufriedengab. Erfreulicherweise tat sie das. Schließlich kam Maxi auf ihr eigentliches Anliegen zu sprechen.

»Du weißt, dass ich mit Moritz zusammen bin und dass er verschwunden ist?«

»Das weiß ich von Helene und von der Detektivin, die ihr engagiert habt, um ihn zu suchen.« Die Fächerbewegungen wurden heftiger. Der unausgesprochene Vorwurf, dass sie es nicht von ihr erfahren hatte, stand deutlich sichtbar im Raum.

Maxi ging nicht darauf ein. »Er hat dich einige Male besucht. Verrätst du mir, was er von dir wollte?«

»Das hat doch schon die Detektivin gefragt, die wollte das auch wissen.«

»Sag es mir bitte einfach noch einmal«, bat Maxi. Das fällt dir bestimmt nicht schwer, fügte sie still hinzu.

Gerlinde wiederholte, was Maxi schon wusste, dass er nach Philipp Bader gefragt und sich Fotoalben angeschaut hatte. Ob Maxi die Fotos auch sehen wolle?

Maxi hatte dazu keine Lust, sie spürte sogar einen ausgesprochenen Widerwillen dagegen, dennoch sagte sie Ja. Später dachte sie, dass so alles ins Rollen gekommen war.

Gerlinde brachte einige Fotoalben. Sie bedauerte, dass sie eines immer noch nicht gefunden hatte, das habe schon gefehlt, als die Detektivin danach fragte, aber das sei nicht schlimm, weil darin Bilder aus der Zeit zu sehen seien, als sie bereits in Frankreich war. Was Moritz daran interessiert habe, das sei ihr völlig schleierhaft.

Maxi sah viele Bilder, die ihr aus Moritz' Fotobüchern bekannt waren, Fotos der Familienmitglieder, Fotos von Maxi, Fritz und Moritz, Aufnahmen der Fastnachtsumzüge und der Kostümfeste im Gutsausschank. Gerlinde wies auf ein Bild von Maxi im Rotkäppchen-Kostüm hin.

»Ist das nicht süß? Das habe ich für dich genäht, weißt du noch? Und dann wolltest du das Jahr darauf gar nicht mehr auf die Fastnacht. Na ja, das kann ich verstehen, ich bin in der Zeit auch lieber im Süden, du weißt schon – Sonne und Strand, Meer und Yoga.«

Neben Rotkäppchen standen ein Clown und eine Gestalt mit schwarzem Schnabel, einem Raben nicht unähnlich, rechts und links davon ein Indianerhäuptling, eine Squaw, ein Scheich und zwei Panzerknacker. Von dieser Art Bilder wurde sie regelrecht verfolgt.

»Ich weiß nicht, was die Leute an solchen Veranstaltungen finden, was daran so toll sein soll. Die Verkleidungen sind ganz hübsch, nett anzusehen, sie zu schneidern macht noch am meisten Spaß. Aber die laute Musik, das Schunkeln, die müden Witze, die drögen Büttenreden, die Sauferei, das ist alles ganz fürchterlich, richtig widerlich. Da bist du meiner Meinung, stimmt's? Oder wolltest du nur des tollen Strandes wegen nach Teneriffa mitkommen?« Gerlinde plapperte weiter, über Yin und Yang, Channeling und Chakren, Strand und Sonnenbrand, ihre Stimme kam von weit her. »Hallo! Hallöchen!« Gerlinde stupste sie an. »Wo bist du denn gerade?«

Maxi schreckte zusammen. »Ich war in Gedanken.« Sie mochte es nicht, wenn man sie auf ihre Abwesenheiten ansprach.

»So warst du schon immer«, behauptete Gerlinde. »Nimmst du noch Drogen?«

»Quatsch«, erwiderte Maxi heftig.

»Dann ist ja gut, aber wo genau bist du denn, wenn du in Gedanken bist? Das hat mir schon damals Sorgen gemacht. Nicht nur mir, auch den Lehrern ist es aufgefallen. Du warst ein Träumerchen. Wir haben wirklich alles getan, damit es dir gut geht. Ich bin mit dir Pilze suchen gegangen, erinnerst du dich? Markus hat dich auf die Jagd mitgenommen. Einmal haben wir dich zum Psychologen gebracht, aber mit dem wolltest du nicht reden. Sogar dein Betreuer ist aktiv geworden und hat Markus und dich zu Bootspartien eingeladen. Wir wussten ja, dass du eine harte Zeit hinter dir hattest und Ablenkung gut gebrauchen konntest.«

Maxi spürte, wie sie in immer dichter werdenden Nebel geriet und Kälte in ihre Eingeweide eindrang. Gerlinde redete noch eine Weile weiter, sprach von dem Engagement, das man gezeigt, den Wohltaten, die man ihr erwiesen habe, lauter Dinge, die Maxi nicht interessierten. Schließlich gab Gerlinde auf.

»Du hörst ja gar nicht richtig zu. Soll ich dir die Karten legen?«

Maxi hatte nicht mehr die Kraft, Gerlinde zu widersprechen, zog eine Karte aus dem Stapel, den ihre Tante gemischt hatte, und ließ den Vortrag, der folgte, über sich ergehen. Die Karte zeigte einen Teufel, an den zwei nackte Menschen, ein Mann und eine Frau, gekettet waren. Den beiden sprossen Hörner aus dem Schädel und Schwänze aus dem Hinterteil. Gerlinde sprach von den Abgründen der Seele, von der Macht der Verführung, an die man sich nicht ketten dürfe, vom Diabolischen des Liebeslebens. *Nimm mich mit, Kapitän, auf die Reise.* Der Ohrwurm war wieder da.

***

»Markus Wächter hat mir einen Job in seinem Gutsausschank angeboten. Arbeiten in der Hölle, warum nicht, sagte ich mir. Ich hab das Angebot gerne angenommen. Ich habe es als Frie-

densangebot gesehen, als Chance für einen Neuanfang, weil ich in meiner Jugendzeit zu Markus kein gutes Verhältnis hatte. Außerdem kann ich das Geld gut gebrauchen, ich will Fritz und Helene keinesfalls auf der Tasche liegen. Ich bin gespannt, wie es in der Hölle nach den Ereignissen der letzten Tage weitergeht, hoffentlich kann ich dort bald weitermachen.«

Maxi brauchte eine Weile, bis sie sich von dem Gespräch mit Gerlinde erholt hatte. Schließlich hatte sich der Eisnebel um sie herum verzogen, war die Sicht wieder klar, die Kälte aus dem Körper gewichen und der Ohrwurm verstummt. Sie nahm sich vor, später noch einmal über das Treffen nachzudenken. Auch wenn es schmerzhaft und verängstigend war, diesen Zuständen auf den Grund zu gehen, hatte sie den Vorsatz gefasst, sie nicht mehr einfach hinzunehmen. Aber alles zu seiner Zeit.

Sie traf Markus im Festsaal des Gutsausschanks, dort, wo die großen Weinproben und die Fastnachtssitzungen, die Hochzeiten und Betriebsfeiern stattfanden. Er stand vor der großen Bilderwand, die die Events der letzten siebzig Jahre zeigte, schwarz-weiß beginnend, ab den Siebzigern farbig. Hatte sie bei Gerlinde alles diffus und vage wahrgenommen, so trat ihr die Welt nun in aller Schärfe entgegen, alle Einzelheiten brannten sich in ihr Gedächtnis. Sie ging die Bilderwand entlang und nahm Fotos von Weinproben, von Festen und von Fastnachtssitzungen mit bunten Kostümen und Büttenrednern wahr, einzelne Porträts und Gruppenaufnahmen. Es hingen Fotos von Familienmitgliedern, Kunden und Gästen an der Wand, zwischendurch gab es ein paar Lücken. Sie sah Bilder von Markus in den Weinbergen, auf der Jagd, auf einem Hochsitz, in einer Jagdhütte, mit Trophäen, vor ausgestopften Tieren, auf dem Rhein, auf einem großen Ausflugsdampfer, in einer kleinen Motoryacht. Von ihr waren zum Glück keine Bilder dabei.

»Welch seltener Gast«, brummte Markus, als sie vor ihm stand.

»Ich freue mich auch.« Das war noch krasser gelogen als bei Gerlinde.

»Und?«

»Moritz ist weg.«

»Schon gehört.«

»Er war bei dir und wollte eine Jugendamtsakte haben.«

»Blödsinn. Ich habe bloß einen Schriftwechsel mit dem Amt. In dem steht, dass wir die Pflegeeltern sind, dass wir einmal im Jahr einen Bericht schreiben sollen und wie viel Geld wir bekommen. Das war übrigens nicht der Rede wert, weil du zur Familie gehörst. In den Berichten steht nichts Großartiges drin.«

»Kann ich die mal sehen?«

»Ich such sie dir raus.«

»Wir machen uns Sorgen, weil Moritz verschwunden ist. Hast du eine Idee, wo wir nach ihm suchen könnten? Worüber habt ihr gesprochen?«

Markus starrte sie verwundert an. »Woher soll ausgerechnet ich wissen, wo Moritz steckt? Das ist dein zweiter Mann, der verschwunden ist. Moritz hat mir von Philipp erzählt und von dem Ärger, den er mit dir hat. Sag du, was du mit ihm gemacht hast.«

Früher hätten sie solche Äußerungen in Panik versetzt. Jetzt wurde Maxi wütend. Sie erinnerte sich an den lateinischen Spruch: *Si vis pacem, para bellum.* »Du meinst tatsächlich, ich sei daran schuld, dass er verschwunden ist?«

»Ich frag ja bloß.«

»Dann bin ich ja beruhigt. Im ersten Moment habe ich da doch tatsächlich einen Vorwurf herausgehört.« Sie schenkte Markus ein vergiftetes Lächeln. »Natürlich weißt du nicht, wo Moritz steckt, aber du könntest so nett sein und mir erzählen, worüber ihr euch unterhalten habt, vielleicht ergibt sich ja ein Anhaltspunkt.«

Markus schaute verblüfft aus der Wäsche, er hatte wohl mit einer anderen Reaktion gerechnet.

»Das hab ich dieser Detektivin schon erzählt. Er wollte ein paar Tage weg, Abstand bekommen. Er hat erwogen, den Bootsführerschein zu machen, ich habe ihm ein paar Adressen gegeben. Ich wollte die Havemann noch anrufen, mir ist im Nachhinein nämlich eingefallen, dass wir auch über den Jagdschein geredet haben. Auch dafür gibt es Intensivkurse, die bloß ein paar Wochen dauern. Ich habe Moritz eine Adresse im Wispertal gegeben.«

Er kramte in seiner Hosentasche und gab ihr einen Zettel. »Kannst du den bitte weitergeben? Dann spare ich mir den Anruf.«

Sie steckte den Zettel ein und wandte sich zum Gehen.

»Suchst du vielleicht einen Job?«, rief er ihr hinterher. »In der Gastronomie will kaum noch jemand arbeiten. Ich glaube, du könntest das gut.«

Ekel Markus konnte sogar nett sein, wenn man die richtigen Ansagen machte, stellte Maxi überrascht fest. Sie einigten sich schnell auf einen Lohn, Markus war großzügiger, als sie vermutet hatte. In den nächsten Tagen würde ihr Gerlinde alles zeigen, der Gutsausschank sollte in drei Tagen öffnen.

Nach dem Gespräch fühlte sich Maxi leer und erschöpft, wie nach einer großen Anstrengung. Es war, als ob sie zu einer beschwerlichen Reise aufgebrochen wäre, ohne dass sie hätte sagen können, wohin diese ging. Die Erinnerungen an die wenigen Male, als Johanna in die Hölle gekommen war, gingen ihr nicht aus dem Kopf, obwohl sie damals kaum miteinander gesprochen, geschweige denn etwas zusammen unternommen hatten. Am Abend rief sie Johanna an. Sie hatte nichts gegen ein Treffen einzuwenden, also verabredeten sie sich für den nächsten Tag in der Pfalz.

In der Nacht suchten sie die alten Alpträume heim. Ein Hirsch glotzte sie mit schreckensweiten Augen an, ein Iltis wieselte um ihre Beine, der Boden unter ihren Füßen schwankte, und eine Schlange züngelte und zischte. Sie wollte wegrennen, kam jedoch nicht voran, ein Clown hielt sie fest, und ein Wesen, halb Mensch und halb Krähenvogel, hackte mit seinem Schnabel in ihren Bauch. Der Ohrwurm war schon wieder da.

**

»Nachdem ich so gute Erfahrungen damit gemacht hatte, alte Kontakte wieder aufleben zu lassen, statt mich zurückzuziehen, habe ich Gerlindes Tochter Johanna in der Pfalz besucht. Es war ebenfalls eine gute Erfahrung, Johanna ist eine sympathische Person. Wir haben verabredet, dass wir in Kontakt bleiben.«

Die Alpträume waren fürchterlich gewesen, aber Maxi wachte nicht so gerädert auf wie früher nach einer solchen Nacht. Sie spürte eine Art wütende Entschlossenheit, auch wenn sie kein Ziel für die Wut ausmachen konnte. Das würde sich bestimmt noch ändern. Sie fuhr nach Wachenheim zu der Adresse, die ihr Johanna genannt hatte. Ihre Wohnung befand sich in einer Villa, die eher an ein südfranzösisches Schloss denken ließ als an ein Pfälzer Weingut. Maxi erinnerte das Ambiente an bessere Zeiten. Johanna begrüßte sie im Hof des Anwesens und bat sie in einen kleinen Gartenpavillon hinter dem Haus. In ihre Wohnung ließ sie sie schon einmal nicht, konstatierte Maxi. Ihre Cousine war eine große, athletisch gebaute Person mit breitem Gesicht, streng nach hinten gekämmten blonden Haaren, einer schwarzen, nerdigen Brille und praktisch-sportlicher Freizeitkleidung. Moritz hatte ihr einmal die genauen familiären Verhältnisse erklärt, die Tochter der Cousine deiner Mutter ist deine Cousine zweiten Grades, sagte er damals. Alles an der Cousine zweiten Grades war quadratisch, praktisch, gut. Ihr skeptischer Blick ließ Maxi vermuten, dass Johanna mit ihr nicht viel anfangen konnte. Danke ebenfalls.

»Du bist wieder zurück in Deutschland«, begann Johanna die Konversation.

Großartige Beobachtung, wollte Maxi antworten.

»Schon seit einem Jahr«, sagte sie stattdessen.

Sie verstand gar nicht, warum sie so gereizt war. Wahrscheinlich sollte sie Menschen, die ihr nichts angetan hatten, mit weniger Vorbehalten begegnen, sie sollte ausprobieren, wie es war, jemandem einen Vertrauensvorschuss zu geben. Sie zwang sich zu einer Art heiterer Gelassenheit. Tatsächlich wich Johannas Skepsis im Laufe des Gesprächs einer freundlichen Zugewandtheit. Maxi erzählte ein wenig von der Zeit in Frankreich, zumindest vom harmlosen Teil der Geschichte, von sich und Moritz, von ihrem Jahr in Schierstein, von Moritz' Verschwinden und dass sie jetzt bei Helene und Fritz wohnte.

»In der Nachbarschaft der Hölle«, meinte Johanna. »Warum nicht bei Gerlinde und Markus?«

»Fritz ist ein guter Freund.« Das war nicht gelogen, lediglich der Frage ausgewichen. »Dich zieht es auch nicht zurück in die Hölle.«

Johannas Gesicht wurde sofort verschlossener. »Schickt dich Gerlinde?«

»Warum sollte sie das?«

»Sie sähe es gerne, wenn ich zurück nach Johannisberg käme, vor allem seit mein Halbbruder keinen Bock mehr auf ein Leben als Winzer hat. Aber mir gefällt es hier gut. Ich habe eine tolle Wohnung, einen tollen Chef, das Weingut gehört zu den besten Deutschlands, ich lerne immer noch enorm viel, vor allem was die Arbeit im Keller betrifft. Das könnte mir Markus gar nicht beibringen; so ein toller Winzer, wie er meint, ist er nämlich gar nicht.«

»Du hältst nicht viel von deinem Stiefvater.« Das machte ihr Johanna sympathisch.

Johanna schnaubte verächtlich. »Es gibt auch im Rheingau jede Menge innovative Winzer, aber Markus gehört definitiv nicht zu ihnen. Er zehrt vom Renommee des Gebiets und der berühmten Lage, tut aber nichts, um an der Spitze zu bleiben oder wieder dorthin zurückzukommen. Wieso interessiert dich das?«

Das wusste Maxi selbst nicht, sie musste es erst noch herausfinden. »Ich verstehe ehrlich gesagt nichts vom Weinbau. Aber das Weingut wird dir irgendwann doch gehören, zumindest ein Teil davon?«

Johannas Blick verfinsterte sich. »Das wird sich weisen. Markus ist ein ziemlich sturer Typ; solange der im Weingut das Sagen hat, bekommt niemand eine Chance, etwas zu gestalten. Wenn du Glück hast, darfst du ihm zuarbeiten. Wahrscheinlich spürt das sein Sohn. Meine Mutter hätte diesen Typen nie heiraten dürfen. Aber als Onkel Wolfgang starb und mein Opa ihm bald folgte, gab es in der Familie niemanden mehr, der etwas vom Weinmachen verstand. Da kam Markus als Retter in der Not gerade recht. Die Weinberge von deinem Opa hatte Markus' Vater bereits aufgekauft, Markus heiratete den Rest.«

»Was war das mit meinem Opa?«

»Der war das schwarze Schaf der Geschwister Hofmann, hat seinen Anteil am Weingut versoffen und verzockt. Als Markus Gerlinde heiratete, war das der letzte Akt in der feindlichen Übernahme des Betriebs. Das wusste ich als Zwölfjährige natürlich noch nicht, ich fand Markus einfach nur eklig, den feisten Stiernacken, die spießigen Klamotten, den ekelhaften Geruch.«

Gar keine so schlechte Beschreibung, fand Maxi. Warum wurde ihr schon wieder schwindelig?

»Ich konnte weder ihn noch seine Freunde, die er angeschleppt hat, leiden. Gerlinde meinte zunächst, das sei die Pubertät, aber meine Meinung hat sich nicht geändert, und ich bin mittlerweile dreißig! Die Hofmanns sind ein reaktionäres Pack, aber Wächter und Konsorten erst!«

»Wie meinst du das?«

»Gerlinde hatte in dieser tollen Familie nie auch nur den Hauch einer Chance. Sie hat mich nicht nur ohne Trauschein bekommen, sie hat auch den Namen des Vaters nie preisgegeben. Ihr feiner Herr Papa, der große Wilhelm Hofmann, hat deswegen ein ganzes Jahr lang nicht mit ihr geredet! Mich hat er als kleines Mädchen, so gut es ging, ignoriert! Als ob ich für die Beziehungen meiner Mutter verantwortlich wäre! Ein Kind der Schande hat mich der alte Sack genannt! Erst in den allerletzten Jahren wurde er milder. Ich glaube, das hatte mit Oma Lise und Tante Gerda zu tun, die waren nicht so verbohrt.«

»Also kein reaktionäres Pack?«

Johanna atmete heftig, dann nahm sie die pauschalen Anschuldigungen zurück. Sie betrafen vor allem Wilhelm, Markus und dessen Freunde. Unvermittelt fragte sie, ob Maxi jetzt mit Fritz zusammen sei. Maxi räumte das ein, blieb dabei aber vage, fragte, warum Johanna das interessiere, wie sie auf Fritz komme.

»Den hat die Sippschaft doch auch ausgebootet.«

Maxi wollte wissen, wie Johanna das meine. Aber jetzt war es Johanna, die vage blieb.

Maxi erinnerte sich, dass das Gespräch für eine Weile ins Stocken geriet. Sie hatte sich keinen Plan zurechtgelegt, wusste nicht, worauf sie mit dem Besuch hinauswollte. Sie hatte die Hoffnung gehabt, besser zu verstehen, was sie aus der Johannisberger Hölle weggetrieben hatte, wenn sie es erst bei Johanna verstanden hätte. Doch mit den Geschichten vom autoritären Vater und Chef, mit den angedeuteten Erbstreitigkeiten konnte sie nichts anfangen.

Sie kam noch einmal auf Johannas Abneigung gegen Markus zu sprechen.

»Der ist schon ein ekliger Typ«, meinte sie.

Johanna nickte bloß, ließ sich aber zu keinen weiteren Bemerkungen hinreißen. »Warum bist du gekommen?«, fragte sie schließlich.

Vielleicht sollte sie versuchen, ehrlich zu sein, das wäre mal etwas Neues. »Seit ich wieder in Deutschland bin, leide ich unter Alpträumen. Je näher ich Johannisberg und der Hölle komme, desto schlimmer wird es. Ich will herausbekommen, was mit mir los ist, was mit der Hölle los ist. Du willst auch nicht mehr dahin zurück, deswegen dachte ich, dass mir ein Gespräch mit dir vielleicht weiterhilft.«

Johanna lächelte, aber es war ein kontrolliertes Lächeln.
»Und, verstehst du dich jetzt besser?«
Das konnte Maxi nicht sagen.
»Bleibst du zum Essen?«, fragte Johanna schließlich. »Meine
Freundin kommt vorbei, wir wollen zusammen kochen.«
Maxi wollte zurück in den Rheingau.

***

»Fritz ist in diesen Tagen zu meinem engsten Vertrauten ge-
worden, das vermuten Sie zu Recht. Wir haben viel Zeit mit-
einander verbracht. Ich erinnere mich an einen Spaziergang
rund um das Kloster und den Johannisberg, der dem Ort seinen
Namen gegeben hat. Wussten Sie, dass hier die Spätlese er-
funden wurde, weil ein Bote des Bischofs sich verspätete und
die Mönche nicht ohne die Erlaubnis des Bischofs mit der Lese
beginnen durften? Der Bote wurde auf dem Weg abgelenkt. Ja,
das geht mir manchmal auch so, da haben Sie recht, ich werde
abgelenkt und komme vom Weg ab. Aber Sie wollten doch
wissen, was ich mit Fritz alles geredet habe, und die Geschichte
von der Spätlese hat er mir erzählt. Und noch etwas hat er ge-
sagt: Wenn ich doch so viel Glauben in mir hätte, dass ich Berge
versetzen könnte – der Johannisberg wäre derjenige Berg, den
ich mir überall nachkommen ließe. Das ist aber nicht von ihm,
sondern ein Zitat von Heinrich Heine, der auch das Gedicht
von der Loreley verfasst hat. Nein, das wollte ich jetzt nicht
vortragen. Spotten Sie nicht über mich! Ich beantworte nur
Ihre Fragen! Klar, wir haben auch noch über andere Themen
gesprochen, über die Nachforschungen der Detektivin zum Bei-
spiel, wir sprachen auch über die Zeit, die wir als Jugendliche
zusammen in Johannisberg verbracht hatten, über uns beide,
unsere Gefühle füreinander. Aber es ist noch viel zu früh, um für
eine gemeinsame Zukunft Pläne zu schmieden, das muss sich in
aller Ruhe entwickeln, wir sind ja noch nicht lange zusammen.
Das haben Sie mit Ihrer Frage nicht gemeint? Das tut mir leid.

*Auf jeden Fall habe ich die Ereignisse, die dann kamen, nicht
geplant, sie sind einfach geschehen, deswegen gab es da nichts
abzusprechen. Das müssen Sie mir glauben!*«

Am Abend nach dem Besuch in der Pfalz machte sie mit Fritz
einen Spaziergang rund um das Kloster und den Johannisberg,
sie genossen den Blick auf Weinberge und Fluss und erfreuten
sich an der frischen Brise, die nach einem drückend heißen Tag
aufgekommen war.

Fritz wollte wissen, wie es bei Johanna gewesen war. Sie
berichtete von ihrer Unterhaltung. »Johanna hält von ihrer
Familie nicht viel. Sie sagte, du seist von ihnen ausgebootet
worden. Was hat sie damit gemeint?«

Fritz kickte einen Stein vom Weg in den Weinberg. »Warum
hast du sie nicht gefragt?«

»Hab ich, aber sie hatte genauso wenig Lust, darüber zu
reden, wie du.«

Sie gingen eine Weile schweigend nebeneinanderher, dann
rückte Fritz mit der Sprache heraus.

»Es geht um meine Großtante Gerda, eines der drei Hof-
mann-Geschwister. Ihr gehörte ein Drittel des Weinguts. Sie
hatte keine Kinder, meine Mutter hat sich gut mit ihr vertragen,
und sie hat mich ins Herz geschlossen. Sie sagte immer, dass
ich mal ihren Anteil an der Johannisberger Hölle erben werde.
Kurz vor ihrem Tod behauptete sie, sie habe ein entsprechendes
Testament gemacht. Aber als sie starb, das war in dem Jahr,
bevor du in die Hölle kamst, gab es nur ein altes Schriftstück,
in dem ihr ganzer Besitz Gerlinde zugesprochen wurde. Das
war eine riesige Enttäuschung für mich und meine Mutter, aber
Gerda konnte mit ihrem Besitz machen, was sie wollte.«

»Wieso hat Johanna gesagt, man habe dich ausgebootet?«

»Das weiß ich nicht. Meine Mutter vermutete, dass irgend-
wer das neue Testament beiseitegeschafft hatte, aber das war
nicht zu beweisen. Der Rechtsanwalt der Familie meinte, ihm
liege nicht einmal ein entsprechender Entwurf vor. Das Miss-

trauen blieb jedoch. Das ist der Grund, warum meine Mutter mit Gerlinde gebrochen hat. Ihre Freundin Simone, also Moritz' Mutter, hat es aus Solidarität auch so gemacht.«

Maxi traute Gerlinde eine solche Hinterhältigkeit nicht zu, sie war dazu viel zu wenig berechnend und an Geld komplett desinteressiert. Andererseits musste man sich ein solches Desinteresse erst einmal leisten können.

»Und was hat das mit Moritz' Verschwinden zu tun?«, fragte Fritz.

»Wahrscheinlich gar nichts«, sagte Maxi. Der Wind frischte auf. In der Nacht würde es gewittern.

SECHS

Bürger war selbst an den Apparat gegangen, als Ginger in seinem Büro anrief. Er behauptete, sehr beschäftigt zu sein, hatte aber noch am selben Vormittag für sie Zeit. Ein kleiner, dicker Mann empfing Ginger im Vorraum der Kanzlei. An den Wänden hingen Schlachten- und Landschaftsgemälde aus dem 19. Jahrhundert, die den Eindruck vermittelten, hier sei die Zeit seit Langem stehen geblieben. Immerhin hatte der Inhaber der Kanzlei einen Dreiteiler an und keinen Gehrock, dachte Ginger, als der Anwalt sie förmlich begrüßte und in sein Büro bat.

»Was kann ich für Sie tun?«, fragte er leise.

Ginger brachte ihr Anliegen vor, sie suche den verschwundenen Moritz Berghaus im Auftrag von Freunden und Angehörigen. Der Verschwundene habe ihn mehrfach aufgesucht, vielleicht könne er ihr Hinweise auf seinen Aufenthaltsort geben.

Der Anzug des kleinen, dicken Anwalts war aus teurem englischem Stoff, die Armbanduhr hatte einen fünfstelligen Betrag gekostet, alles signalisierte Wohlhabenheit. Warum in aller Welt benutzte einer wie er ein derart widerliches Parfüm, überlegte Ginger. Dann rief sie sich zur Ordnung. Sie sollte sich nicht von Nebensächlichkeiten ablenken lassen.

Bürger beantwortete Gingers Bitte mit der Frage, ob es denn überhaupt ein berechtigtes Interesse seitens ihrer Klienten am Aufspüren des Moritz Berghaus gebe? Und, falls man das bejahe, ob dem in Abwägung verschiedener Rechtsgüter nicht das Recht des Moritz Berghaus auf Privatheit entgegenstehe?

Ginger antwortete, sie befürchte, dass Moritz in Not sei. Es spreche viel dafür, dass es bei seinem Verschwinden nicht mit rechten Dingen zugegangen sei. Das veranlasste Bürger zu der Frage, warum denn die Polizei nicht nach ihrem Kollegen suche. Es folgte eine langatmige und ermüdende Ausführung über das Anwaltsgeheimnis und über Mandantenschutz. War dieser Anwalt immer so umstandskrämerisch, oder wollte er sie einschläfern?

»Ist Moritz Berghaus Ihr Mandant?«

Jetzt lachte Bürger. »Noch nicht einmal darauf muss ich Ihnen antworten, verehrte Frau Havemann, solange Sie nicht mit Rechtsgeschäften befasst sind, in denen ich ihn vertrete. Aber ich will sehen, inwieweit ich helfen kann. Also, nein, er ist nicht mein Mandant, deswegen ist es mir überhaupt erlaubt, mit Ihnen zu sprechen, ohne seine Einwilligung einzuholen.«

Was verzapfte Bürger da für einen Bullshit? Ein Mensch verschwindet, und er redet nur von Rechtsvorschriften?

»Es freut mich, das zu hören«, sagte sie mit zuckersüßer Stimme. »Was können Sie mir über Berghaus sagen?«

Bürger blätterte in seinem in Leder gebundenen Kalender. »Woher wissen Sie überhaupt, dass er bei mir war?«

»Berufsgeheimnis«, antwortete Ginger knapp.

Der Anwalt wandte seinen Blick vom Kalender ab, hob eine Augenbraue und schaute sie verärgert an. Gleich würde er sich ebenfalls auf sein Berufsgeheimnis berufen.

»Seine Freundin hat einen Kalender von ihm gefunden«, bog Ginger die Wirklichkeit ein wenig zurecht. »Da sind zwei Termine mit Ihnen notiert.«

»Ist die Freundin Maxi Hofmann?«

»Sie kennen sie?«

Bürger nickte. »Mit ihr war er hier. Hat sie Ihnen das nicht erzählt?«

»Doch, doch.«

»Dann werden Sie ja wissen, dass es um den Nachlass von Maxis Mutter ging, den ich ihr ausgehändigt habe. Herr Berghaus hat sie zu dem Termin begleitet.«

Wieso hatte Maxi davon nichts erzählt? Konnte man so etwas vergessen?

»Das ist schon eine Weile her, Moritz Berghaus hat Sie vor Kurzem noch einmal aufgesucht. Können Sie mir einen Hinweis geben, worum es da ging?«

»Es ist wirklich günstig für Sie und Ihr Anliegen, dass Moritz Berghaus nicht mein Mandant ist. Ja, er war tatsächlich noch einmal bei mir und bat um die Herausgabe einer Betreuungsakte, Maxi Hofmann betreffend. Das habe ich natürlich abgelehnt, Frau Hofmann selbst kann die Akte gerne bei mir einsehen, aber bestimmt nicht eine dritte Person. Ich hatte allerdings nicht den Eindruck, dass sie sich dafür interessiert, schon beim ersten Treffen wollte sie die nicht sehen. Es kam mir übrigens so vor, als ob es Spannungen zwischen den beiden gibt.«

Ginger wollte genauer wissen, warum er das glaubte, aber Bürger konnte oder wollte nur vage Hinweise liefern, Gesichtsausdruck, Tonfall, Gestik, die ganze Kommunikation zwischen den beiden.

»Wie wirkte Moritz Berghaus bei seinem zweiten Besuch auf Sie?«, hakte Ginger nach.

»Als Herr Berghaus meine Kanzlei zum zweiten Mal aufsuchte, hat sich der Eindruck von Spannungen zwischen ihm und seiner Freundin bei mir verfestigt. Ich habe ihn gefragt, warum er nicht mit Frau Hofmann gekommen sei, dann wäre die Einsichtnahme in die Akte gar kein Problem gewesen, doch darauf hat er keine befriedigende Antwort gegeben, sondern mit Ausflüchten und gereizt reagiert. Ich habe ihm vorgeschlagen, seine Freundin solle die Akte anfordern, sie kann sie zeigen, wem immer sie will, aber er ist auf diesen Vorschlag nicht eingegangen, und von ihr habe ich später nichts mehr gehört. Finden Sie das nicht merkwürdig?«

Ginger war beunruhigt. Schon wieder sprach ein Zeuge von Streit zwischen Maxi und Moritz. Weitere Hinweise, die sie in irgendeiner Weise weitergebracht hätten, konnte Richard Bürger nicht geben. Ginger war verwirrt, als sie sich von dem Anwalt verabschiedete. Was hatte Moritz mit diesem Besuch bezweckt? War er wirklich so naiv, sich für einen derart plumpen Vorstoß Erfolgsaussichten auszurechnen?

✳✳✳

Die Gleisanlage des Dampfbahnclubs Rhein-Main lag in einer Baumgruppe auf der Mainspitze versteckt, zwischen zwei Sportplätzen, einer Rollschuhbahn und einem Biergarten. Bernie Bader hatte Ginger eine SMS geschickt, dass er dort den ganzen Tag über zu finden sei. Ginger stellte ihre Carducci neben dem Kiosk ab, der gerade öffnete. Ein Plakat warb für den bald anstehenden Kuscheltierfahrtag, an dem die liebsten Gefährten der kleinen und großen Gäste das Gleisoval auf Zügen befahren durften, die von Dampflokomotiven unter der fachkundigen Leitung der Lokomotivführer des Clubs gezogen wurden.

Ginger ging auf die Gleise zu. Ein schnaufendes Geräusch näherte sich von der Seite. Hinter einem Busch kam eine Lokomotive in der Größe eines Gokarts herangedampft, auf dem angehängten Transportwaggon saß ein Mann mit Blaumann und Schiebermütze, eine Pfeife und ein breites Grinsen im Gesicht. Er betätigte einen Hebel, brachte die Lokomotive zum Stehen und stieg ab. Der Rauch der Lokomotive verzog sich, nun dampfte nur noch der Mann mit der Pfeife. Er stellte sich als Bernie Bader vor.

»Fährt die tatsächlich mit Dampf?«, fragte Ginger perplex.

»Na klar! Das ist ein Echtdampfmodell! Nenn mich Bernie! Willst du mal mitfahren?«, antwortete er lachend.

Ginger bedankte sich für das verlockende Angebot, lehnte aber ab. »Ich bin auf der Suche nach Moritz Berghaus.« Sie zeigte dem Lokomotivführer ein Foto. »Die Mutter deines Sohnes meinte, sie habe Herrn Berghaus zu dir geschickt.«

Bernies Miene nahm einen bekümmerten Ausdruck an. »Die Bianca! Ist sie immer noch so schlecht gelaunt? Das ist doch ein schönes Hobby hier, was meinst du?«

»Unbedingt.«

»Nie wollte sie mitkommen oder mal mitfahren. Immer hat sie gemeckert, dass ich kaum noch zu Hause bin. Früher hatten die Rheingauer Eisenbahnfreunde eine Gleisanlage in Rüdesheim, aber seit die dichtgemacht hat, gibt es im Rhein-Main-Gebiet nur noch diese hier. Die Lokomotiven brauchen viel Wartung, da ist immer was zu schrauben, und das hat der Bianca nicht gefallen. Ich hab ihr vorgeschlagen, wir könnten zusammen nach Ginsheim oder Gustavsburg ziehen, dann hab ich es nicht so weit, aber das kam für sie gar nicht in Frage, der Vorschlag hat sie noch wütender auf mich gemacht ...« Er hielt inne. »Interessiert dich das überhaupt? Du bist ja nicht unsere Paartherapeutin. Dass wir so eine Therapie mal ausprobieren, habe ich der Bianca auch angeboten, aber das hat sie erst recht gegen mich aufgebracht.«

»Das tut mir wirklich sehr leid. Aber, wie gesagt, ich suche Moritz Berghaus. War der mal bei dir?«

Bader zog an seiner Pfeife und ließ ein paar Rauchwolken gen Himmel steigen. »Irgendwann im Frühjahr war das. Noch vor dem Andampfen.«

»Dem Andampfen?«

»So nennen wir den Beginn des Fahrbetriebs. Vorher ist immer viel Arbeit für mich zu erledigen. Als gelernter Maschinenbauer mit Schweißerschein brauchen mich die Leute vom Club, da hab ich neben der Arbeit nicht viel Zeit. Das Andampfen war Ende April, also ich denke, dass der im März bei mir war.«

Also wenige Tage nachdem er bei Bernies Ex gewesen war. »Kannst du mir sagen, was er wollte?«

»Er war auf der Suche nach Philipp. Aber den habe ich seit über einem Jahr nicht mehr zu Gesicht bekommen.«

»Hast du Berghaus das gesagt?«

»Na klar, er wollte es ganz genau wissen. Wann Philipp bei mir war, was er wollte, mit wem er da war, wo er hinwollte. Hab ich ihm alles haarklein erzählt.«

»Erzählst du es mir auch?«

»Logo, auch wenn du nicht mit mir Eisenbahn fahren willst«, meinte Bernie. Sein Grinsen war zurückgekehrt. »Philipp war mit seiner Maxi bei mir, also das ist eine scharfe Braut, sag ich dir, so ein Feger, aber holla! Er wollte Geld von mir, das hat mich ein bisschen geärgert. Verschwindet von heute auf morgen, taucht drei Jahre ab, oder waren es vier? Und als Erstes will er Geld, wenn er zurückkommt. Ich hab ihm einen Hunderter gegeben. Wiedersehen macht Freude, sage ich noch, aber wen sehe ich danach nicht mehr? Richtig, meinen Sohn und den Hunderter. Außerdem wollte er bei mir pennen, aber bei mir ist es eng, und außerdem mochte das Peggy nicht, das ist meine Neue. Sie ist ziemlich eifersüchtig, meine Peggy, und diese Maxi, also die hat bei ihr den Stresslevel derart nach oben gepusht, aber holla! Ich will nicht schon wieder Knatsch, mir hat der Ärger mit Bianca gereicht … da kommt sie ja, meine Perle. Peggy betreibt den Kiosk und den Biergarten nebenan, da kriegt sie immer mit, was hier so läuft.«

Eine resolut wirkende Frau in den Fünfzigern, mit Stirnband und geblümter Kittelschürze, kam auf sie zu. Sie musterte Ginger und warf einen misstrauischen Blick auf Bernie.

»Willst du mir deine Bekannte nicht vorstellen, Bernie?« Die hohe, quietschende Stimme und das angespannte Lächeln verhießen nichts Gutes.

»Das ist die Ginger«, antwortete Bernie, »Ginger Havemann, die Privatdetektivin, von der ich dir erzählt habe.«

»Seid ihr schon beim Du? Wie schön für euch.« Peggys Augen blitzten. »Wie können wir helfen?«

Ginger brachte ihr Anliegen noch einmal vor. Peggy überlegte einen Moment, bevor sie antwortete.

»Die beiden sahen gar nicht gut aus, irgendwie gehetzt. Gell, Bernie?«

Bernie nickte.

»Mir wäre es ja egal gewesen, ob die bei uns übernachten, aber Bernie meinte, es sei zu eng bei uns, und immerhin ist es ja meine Wohnung. Ich fand es richtig, dass er die beiden weitergeschickt hat.«

»Weitergeschickt?«

»Na ja, wir haben zusammen überlegt, wo er hinkönnte«, erinnerte sich Bernie. »Uns ist ein Freund von Philipp eingefallen, Maik Schmitt. Der hat eine Gartenlaube im Mosbachtal hinter der Gibb, da wollte er hin.«

»Wissen Sie, wo genau die Gartenlaube liegt?«

»Na klar, direkt in der Nachbarschaft hat ein Kumpel von mir sein Gartenhäuschen. Früher hab ich den oft besucht, deswegen weiß ich, wo der Garten ist. Mein Freund ist schon lange krank, hat sein Leben lang zu viel geraucht, deswegen steht sein Häuschen jetzt leer. Er will die Pacht aufgeben, hat das aber noch nicht getan. Die Schlüssel für das Haus hat Maik. Ich habe dem Sohnemann vorgeschlagen, dass er den fragt, ob er sie dort pennen lässt, da wären sie ungestört.«

»Meinst du, das interessiert die Detektivin? Gib ihr die Adresse, und dann ist gut«, ordnete Bernies Perle an.

»Vielleicht hat die Ginger, also ich meine die Detektivin, noch weitere Fragen ...«

Ginger bat um eine Wegbeschreibung zu dem Gartenhaus, Bernie holte einen zerknitterten Zettel aus seinem Blaumann und kritzelte etwas mit dem Bleistift darauf.

»Haben Sie Schmitt später gefragt, ob Ihr Sohn bei ihm war?«

»Klar, als sich Philipp nicht mehr meldete. Aber Maik konnte sich nicht erinnern. Er hatte an dem Abend ganz schön einen im Tee. Das habe ich dem Berghaus gesagt.«

»Und Sie glauben dennoch, dass er zu Schmitt gefahren ist?«

»Darüber habe ich mit dem Maik nicht mehr gesprochen.«

»Okay, das mache ich jetzt. Falls ich weitere Fragen habe, melde ich mich noch mal.«

»Aber holla! Im Herbst machen wir hier ein schönes Grillfest, zum Abdampfen.«

Peggy warf ihm einen vernichtenden Blick zu, Bernie verstummte, und Ginger machte sich auf den Weg zu ihrem Motorrad.

✳✳✳

Sie hatte sich mit Mayfeld vor dem Geschäft von Yildiz verabredet. Mayfeld hatte Yoda mitgebracht, der Ginger bellend und schwanzwedelnd begrüßte. Der Betrieb lag in Amöneburg zwischen der Autobahn, Eisenbahngleisen und einem Zementwerk. »Yildiz Motosiklet« stand auf dem Metallschild über dem Tor der Halle, und darunter, auf laminiertem Pappkarton: »Alpays Laden«. Ein Pfeil wies zu einem kleinen Häuschen, in dem sich das »Ofis« befand. Ginger klingelte, eine Minute später wurde das Rolltor der Halle zur Seite geschoben, und ein kleiner Mann in öligem Blaumann kam auf sie zu.

Der Mann versuchte, mit einem Lappen das Schmierfett von seinen Händen zu wischen, und fragte, wie er helfen könne. Als sich Ginger und Mayfeld vorstellten, schaute er besorgt in die Umgebung. Als Alpay Yildiz niemanden bemerkte, bat er seine Besucher freundlich und auffallend eilig, ins »Ofis« zu kommen, da könne man ungestört reden.

Er führte sie in einen Raum, der mit Möbeln aus dem Trödelladen eingerichtet war, bat sie, in zwei Plüschsesseln Platz zu nehmen, und bot ihnen Tee an. Heißer Pfefferminztee sei das beste Getränk bei dieser Hitze, behauptete er. Bevor er sich zu ihnen setzte, holte er noch einen Wassernapf für Yoda.

»Meine Landsleute sagen, in ein Haus, in dem ein Hund gehalten wird, kehren keine Engel ein. Aber ich mag ihn.«

»Er will hier ja nicht einziehen«, beruhigte ihn Mayfeld.

Yildiz war nervös. Bevor er weiter belanglose Themen aus dem Hut zauberte, kam Ginger zur Sache.

»Wir suchen Moritz Berghaus, er ist seit ein paar Tagen verschwunden.« Sie zeigte Yildiz eine Fotografie auf ihrem Handy. »Sie hatten mit ihm zu tun, können Sie uns sagen, worum es da ging?«

Yildiz zögerte mit einer Antwort. »Das waren Polizeisachen«, sagte er dann. »Sie sind von der Polizei, richtig?« Er schaute Mayfeld unsicher an.

»Ich bin sein Lehrer bei der Polizei«, antwortete Mayfeld.

»Ah, Lehrer, sehr gut. Er muss noch viel lernen, Moritz Berghaus, sehr viel lernen.« Yildiz nickte, wie um seine Aussage zu bekräftigen, und schlürfte heißen Tee. »Er hat eine kaputte Fensterscheibe gesehen, hier im Haus, und eine kaputte Scheibe an der Seite von der Garage. Ist engagierter Polizist, hat mich gefragt, wer das gemacht hat. Ich antworte, dass ich glaube, der und der. Und er macht gleich eine Anzeige daraus, geht zu den Leuten und macht Stress. Aber glauben ist nicht wissen. Ich will keinen Ärger haben und keine vorschnellen Verdächtigungen machen. Ich habe die Anzeige deswegen zurückgenommen. Gibt es ein deutsches Sprichwort, das heißt, das Gegenteil von gut ist gut gemeint?«

»Wurden Sie unter Druck gesetzt?«

Yildiz hob abwehrend die Arme. »*Allah korusun!* Ich will nur keinen Ärger!«

»Wen hatten Sie in Verdacht?«, hakte Mayfeld nach.

Yildiz lächelte nachsichtig. »Netter Versuch. Ich werde Verdächtigungen nicht wiederholen ohne Beweis.«

Mit Beweis auch nicht, vermutete Ginger im Stillen. »Waren es die Rhine Devils?«

Yildiz erschrak, seine Augen hasteten unruhig zwischen Ginger und Mayfeld hin und her. »Bei uns heißt es: *Vakitsiz öten horozun başı kesilir.* Dem Hahn, der zur falschen Zeit kräht, schlägt man den Kopf ab. Sie verstehen doch?«

Das war nicht misszuverstehen. Yildiz stand auf und verbeugte sich vor den beiden.

»Es war schön, Ihre Bekanntschaft gemacht zu haben. Viel Glück!« Er wies ihnen den Weg zur Tür.

***

Danach fuhren sie ins Mosbachtal, eine kleine Idylle mitten in der Stadt. Dort folgten sie den Anweisungen von Bernie Bader. »An der SoLaWie vorbei auf dem Grundweg das Mosbachtal entlang. Beim Lohmühlweg in der Haltebucht parken. Bonanza.«

Sie fuhren im Schritttempo über den schmalen asphaltierten Weg, an Gewächshäusern einer Kooperative vorbei, an blühenden Wiesen und Kleingärten entlang auf ein kleines Waldstück zu.

Das Holzhaus von Maik Schmitt war nicht zu verkennen. Das Gartengrundstück war von einer Art Holzgatter begrenzt, am Eingangstor prangte auf einem geschwungenen Torbogen der leuchtend rote Schriftzug »Bonanza«. Sie parkten am Wegesrand und gingen zum Eingang. Yoda lief voraus und blieb unentschlossen stehen.

Ein Mann um die dreißig, in Ledergamaschen, Feinripp-Unterhemd und breitem Cowboyhut kam ihnen entgegen, in der Hand schlenkerte er lässig eine Bierflasche.

»Suchen Sie was Bestimmtes?«, rief er ihnen mürrisch zu. Der Mann war unrasiert, hatte Ringe unter den Augen und eine fahle Hautfarbe.

»Wir suchen Sie, wenn Sie Herr Schmitt sind«, antwortete Ginger, was dieser mit einem Grunzen und misstrauischen Blicken quittierte.

Maik Schmitt kam ans Gartentor. »Und wer sind Sie?«

Die beiden stellten sich vor, Mayfeld zeigte seinen Polizeiausweis, Ginger ihre Visitenkarte.

»Können wir reinkommen?«, fragte Mayfeld, und Schmitt machte widerwillig das Gartentürchen auf. Ginger erklärte, warum sie mit ihm sprechen wollten, während Yoda die Umgebung inspizierte.

Sie gingen an zwei hölzernen Wagenrädern vorbei auf das Häuschen zu, über dessen Veranda ein Schild mit der Aufschrift »Ponderosa Ranch« hing. Schmitt setzte sich auf eine Holzbank, bot Ginger und Mayfeld Platz auf zwei Holzklötzen an und nahm einen Schluck aus der Pulle. Ginger zeigte Schmitt ein Foto auf ihrem Handy, das er lange betrachtete.

»Moritz Berghaus heißt er, sagen Sie? Der war im Frühjahr da. Hat in einer alten Geschichte herumgestochert. Das bringt doch nichts.«

»Was ist das für eine alte Geschichte?«, fragte Mayfeld.

Schmitt musterte ihn mit einer Mischung aus Trotz und Angst. »Sie sind von der Polizei, richtig?«

Mayfeld nickte.

»Denen kann man auch nicht immer trauen.« Der Dicke bekam einen Hustenanfall und spuckte auf den Rasen. »Ich muss mit dem Rauchen aufhören«, schimpfte er.

»Was wollte Berghaus?«, hakte Ginger nach.

»Der Junge ist in Ordnung«, sagte Schmitt und deutete auf Gingers Handy. »Das ist ein korrekter Bulle.« Er schnitt eine Grimasse. »Soll es ja auch noch geben.«

»Das will ich hoffen«, antwortete Mayfeld. »In welcher alten Geschichte hat der korrekte Bulle denn herumgestochert?«

Der Cowboy hob die Hände hoch. »Das bringt doch nichts. Ich will keinen Ärger.«

»Dann antworten Sie am besten«, meinte Mayfeld.

»Sehr witzig«, antwortete Schmitt patzig. »Mit irgendjemandem kriegst du immer Ärger, egal was du machst. Ich kann mich nicht mehr erinnern, ich hatte ein Glas zu viel getrunken.«

Das kam vermutlich öfters vor, dachte Ginger. »Haben Sie Angst? Setzt Sie jemand unter Druck?«

»Lassen Sie mich in Frieden!«

»Antworten Sie, und Sie bekommen Ihren Frieden!«, insistierte Mayfeld.

Schmitt spuckte noch einmal aus, nicht direkt vor Mayfelds Füße, aber doch fast. »Er hat nach einem Kumpel von mir gesucht.«

»Philipp Bader?«

»Warum fragen Sie, wenn Sie es schon wissen? Der hat mal

hier übernachtet, ungefähr vor einem Jahr war das, zusammen mit seiner Frau.«

»In Ihrem Haus?«

»Nee, da drüben.« Er deutete auf das Nachbargrundstück, das einen verwilderten Eindruck machte. »Der Nachbar ist jetzt schon seit über einem Jahr krank. Ich schau nach dem Rechten und hab die Schlüssel. Ich habe die beiden im Schuppen pennen lassen.«

»Was ist das für eine alte Geschichte? Ich hab noch nichts gefunden, in dem es sich lohnen würde herumzustochern«, hakte Mayfeld nach.

Der Dicke winkte ab. »Ich habe in der Nacht die Bullen angerufen, weil ich mir eingebildet habe, dass es da drüben irgendwie Stress gab. Die Bullerei kam, sie meinten aber, es wäre alles ruhig.«

»Warum haben Sie nicht einfach selber nachgeschaut?«

Maik Schmitt setzte den Hut ab und kratzte sich am kahlen Kopf. »Ich kann mich wirklich nicht so genau erinnern, ich hatte ein paar Bierchen intus. Der Chef meinte auf jeden Fall, ich hätte mir das eingebildet und sollte meinen Rausch ausschlafen.«

»Haben Sie Genaueres von dem Streit mitbekommen?«, wollte Mayfeld wissen.

»Ich sag es gerne noch mal: Ich war betrunken.«

Der Dicke war ein schlechter Lügner, dachte Ginger, die Angst war ihm ins Gesicht geschrieben und ließ ihn noch jämmerlicher erscheinen.

»Haben Sie irgendwen erkannt?«

Seine Augen begannen zu flackern, in seinem Gesicht mischten sich Wut und Angst. Als er bemerkte, was Ginger in seinem Gesicht las, blickte er zu Boden und mied jeden weiteren Blickkontakt.

»Hören Sie, ich will keinen Ärger. Ich hab alles gesagt, ich hab schon zu viel gesagt«, brummte er. »Das hier ist übrigens Privatgelände. Tschüss.«

Er stand auf und ging zur Tür der Ponderosa Ranch.

»Wie ging es am nächsten Morgen weiter?«, rief Mayfeld ihm hinterher.

Schmitt blieb stehen und drehte sich widerwillig wieder zu ihnen. »Am Morgen? Weiß nicht. Am nächsten Mittag, als ich aufgewacht bin, waren die beiden Hübschen weg.«

»Können wir uns mal beim Nachbarn umschauen?«, fragte Mayfeld.

»Haben Sie einen Beschluss? So was braucht die Polizei doch für eine Durchsuchung, oder?«

Mayfeld blieb hartnäckig und pokerte weiter. »Ich dachte, Sie wollen keinen Ärger?«

»Da gibt es nichts zu sehen!«

»Dann sind wir schnell wieder weg!«, versprach Ginger.

Schmitt grunzte etwas Unverständliches, ging zu seinem Haus und kam kurze Zeit später wütend zurück, einen Schlüssel in der Hand.

»Folgt mir!«

Auf dem Nachbargrundstück standen zwei Holzhäuser, im vorderen fanden sie eine einfache Küche, einen Vorratsraum mit ein paar vergammelten Essensresten, einen Tisch mit ein paar Stühlen und eine Pritsche vor, nichts Besonderes.

Das hintere Häuschen war ein größerer Geräteschuppen. »Wären Sie so freundlich und würden die Tür aufmachen?«, fragte Mayfeld. »War hier vielleicht die Auseinandersetzung, die Sie nicht mitbekommen haben?«

Schmitt brummte vor sich hin, dass jetzt alle durchgeknallt seien. Zu Mayfeld gewandt sagte er, das sei ein Jahr her, er sei betrunken gewesen und könne sich an nichts erinnern, von Minute zu Minute werde seine Erinnerung schlechter.

»Die Tür steht offen.«

Yoda lief voran und schnüffelte. Ginger betätigte einen Lichtschalter. Der Schuppen war fensterlos und roch muffig. Im vorderen Teil standen Gartengeräte, leere Bierkästen und ein Grill. In einer Ecke stand ein Bett, das schon lange nicht mehr gemacht worden war. Die Wände waren aus Holzlatten, der Boden aus groben Dielen gezimmert. Yoda ging erst zum Bett, dann zur gegenüberliegenden Wand, wo er sich hinsetzte und bellte.

Mayfeld inspizierte die Wand und den Boden. Eine Diele war gestückelt, der kleinere Teil lose. Er holte Handschuhe und ein Taschenmesser aus dem Jackett, klappte das Messer auf und hebelte das Stück Holz aus dem Boden. Mit dem Handy leuchtete er in den neu entdeckten Hohlraum. Dann fingerte er ein Plastiksäckchen aus der anderen Jackentasche.

»Die Basisausrüstung habe ich immer dabei«, meinte er zu Ginger und schippte ein weißes Pulver in das Tütchen, ließ Yoda daran schnuppern. Der Hund hob die Pfote, deutete auf die Tüte und bellte erneut.

»Finden wir hier im Schuppen mehr von dem weißen Pulver?«

»Woher soll ich das wissen?«, polterte Schmitt aufgeregt. »Die Tür steht meistens offen, hier kann jeder rein und raus. Ich nehme so einen Scheiß nicht, ich bin Biertrinker!«

Er wollte nichts davon wissen, dass sich hier Dealer zur Übergabe von Ware treffen oder das Haus als Versteck nutzen könnten. Als sie gehen wollten, fiel ihm noch etwas ein.

»Vor ein paar Monaten war eine junge Frau hier, mit einem roten Kombi, einer echten Schrottmühle. Die habe ich gesehen, wie sie aus dem Haus kam, sie hat gegrüßt und ist davongefahren. Erkannt hab ich sie nicht.«

***

Das Chapter der Rhine Devils war im Schiersteiner Gewerbegebiet hinter einem Baustoffgroßhandel untergebracht. Eine bröckelnde Backsteinmauer umgab die Baracke und einen Parkplatz, auf dem einige Bikes abgestellt waren. Die beiden gingen durch das offene Gittertor, Yoda trottete unwillig hinterher.

Sie näherten sich der Baracke. Eine Tür öffnete sich, ein Dobermann stürmte wütend bellend auf sie los. Yoda stand aufrecht, er fixierte den sich nähernden Feind, seine Nackenhaare sträubten sich, die Rute war nach oben gerichtet und zuckte nervös. Ein Pfiff ertönte, der fremde Hund erstarrte mitten in der Bewegung und schaute in Richtung seines Herrchens. Thorsten Messer schlenderte breitbeinig auf sie zu.

»Was habt ihr hier mit einem frei laufenden Köter zu suchen?«, schnauzte er die Besucher an. Dann erkannte er sie. »Mayfeld! Immer noch im Dienst? Du bist grau geworden.«

»Sie haben zugelegt«, revanchierte sich Mayfeld.

Messer war fett geworden, seit Ginger das letzte Mal mit ihm zu tun gehabt hatte. Aus dem athletischen Schlägertyp war ein aufgeschwemmter Koloss mit feistem Gesicht und ballonartigem Bierbauch geworden. Bloß der Blick war derselbe geblieben, unruhig und böse.

»Und die junge Schnüfflerin. Frau Hafenmeister, stimmt's?« Er imitierte einen schnüffelnden Hund und grinste anzüglich. »Was verschafft mir die Ehre?«

Ginger zeigte Messer ein Foto von Berghaus. »Kennen Sie den?«

Messer betrachtete das Bild auf Gingers Handy lange. Schweiß rann ihm über das gerötete Gesicht und versickerte im grauen Gestrüpp seines Vollbartes. »Ist das nicht der Jungbulle vom hiesigen Revier?«

»Jepp. Er ist verschwunden.«

»Oh!«, rief Messer und zog die Mundwinkel wie ein Schmierenkomödiant nach unten. »Und da kommt ihr zu mir?« Seine Augen verengten sich zu Schlitzen. »Ich habe keine Ahnung, wo er sich befindet. Interessiert mich nicht. Seine Kollegen scheint es auch nicht zu interessieren, sonst wären die jetzt hier und nicht eine Privatschnüfflerin. Bist du nicht an die Polizeischule gewechselt, Mayfeld?«

Mayfeld ging darauf nicht ein. »Hatten Sie mit ihm zu tun?«

»Ich muss dir gar nichts antworten«, sagte er zu Mayfeld,

bevor er sich Ginger näherte und ihr aus nächster Nähe ins Gesicht starrte. »Und dir erst recht nicht.«

Sein Atem roch nach kaltem Zigarrenrauch und Bier. Mittlerweile waren drei weitere Gestalten in Jeans, T-Shirts und schwarzen Lederwesten aus der Baracke gekommen und hatten sich hinter ihrem Chef aufgebaut.

»Ist Berghaus dein Schüler?«, fragte Messer Mayfeld. »Der muss noch viel lernen. Ich hatte tatsächlich mit ihm zu tun. Er kam mit einer Kollegin, die fast genauso grün hinter den Ohren ist wie er, hier auf den Hof und hat den Mufti raushängen lassen. Wir mögen aber keine Muftis. Stimmt doch, Männer?«

Auf den hinteren Rängen ertönte zustimmendes Gemurmel.

»Die suchen den Spacko, der unsere Mopeds stilllegen wollte«, erklärte er seinen Leuten.

Gelächter, Feixen und Johlen lösten das Gemurmel ab.

»Wir haben hier nur Flüstermaschinen«, sagte Messer kaum hörbar. »Er behauptete, sie wären aufgebohrt, um Krach zu machen. Alles gelogen. Und dann hat er auch noch versucht, einen GPS-Tracker an meiner Harley zu platzieren.«

Empörte Rufe kamen aus dem Hintergrund.

Das war eine überraschende Wendung. »Ach, das wusstet ihr nicht? Hat euch das der Oberbulle nicht erzählt? Dein Schützling hat einen Mega-Anschiss bekommen, weil das so ja nun mal gar nicht geht. Wir einfachen Bürger haben schließlich auch unsere Rechte.«

Von hinten kamen zustimmende Rufe.

»Nicht zu fassen, was man da zu hören bekommt.« Mayfeld schüttelte verständnislos den Kopf. Seine Fassungslosigkeit war nicht komplett gespielt.

»Kennen Sie den?«

Ginger zeigte Messer ein Bild von Philipp Bader. Wenn Berghaus hinter Bader her war und sich deswegen mit den Devils angelegt hatte, dann könnte es eine Verbindung zwischen Bader und den Devils geben.

»Na klar. Das ist Philipp. Ist bekannt, dass der ein paar Jahre bei uns war.«

»Kann man bei Ihnen einfach kündigen?«

»Was glaubst du denn? Natürlich. Oder, Männer?«

Die Männer bestätigten das.

»Wenn jemand nicht zu einem Motorradclub in der Nachbarschaft geht, sehen wir das ganz entspannt. Philipp ist mit seiner Braut komplett abgehauen, du weißt schon, Sonne, Strand, Meer, Leben wie Gott in Frankreich und so weiter, da kann das Rhein-Main-Gebiet nicht gegen anstinken. Das ist uns dann egal. Was ist mit Philipp?«

»Der ist auch verschwunden.«

»Na, dann viel Erfolg bei der Suche. War es das? Wenn ihr euch jetzt umdreht und den Weg zurückgeht, den ihr gekommen seid, dann seid ihr in einer Minute von unserem Grundstück runter. So lange kann ich Hermann noch zurückhalten. Hermann! Bei Fuß!«

Der Dobermann kam angerannt und erwartete die Befehle seines Herrchens.

Ginger, Mayfeld und Yoda traten den Rückzug an.

∗∗

Es wurde Abend. Ginger und Mayfeld trafen sich zu einer Nachbesprechung am Schiersteiner Weinprobierstand, wo sie den letzten freien Tisch ergatterten.

»Messer hat sich nicht geändert«, meinte Mayfeld. »Nicht die hellste Kerze auf der Torte, aber sehr von sich eingenommen, sehr dreist und sehr brutal.«

»Er ist fetter geworden«, stellte Ginger fest. »Aber ansonsten hast du recht.«

»Yildiz und Schmitt haben Angst vor ihm und seinen Leuten, aber was wollte Berghaus von den Devils?«

»Ich glaube immer noch, dass er nach Philipp Bader gesucht hat. Vielleicht hat ihm Schmitt mehr erzählt als uns. Messer hat eingeräumt, dass Bader ein Mitglied der Devils gewesen ist. Weißt du, ob es so leicht ist, bei denen auszusteigen, wie Messer es uns weismachen wollte?«

Dazu konnte Mayfeld nichts sagen. »Es ist eine merkwürdige Geschichte, die Schmitt uns aufgetischt hat«, überlegte er. »Er ist ziemlich betrunken, ruft dennoch die Polizei, weil er einen Streit beobachtet, und als die Polizei auftaucht, löst sich alles in Wohlgefallen auf. Er selbst interessiert sich für nichts mehr, und wir finden bei einer flüchtigen Untersuchung des Ortes Kokain.«

»Er hat Angst vor den Devils, die, wenn die Zeiten sich nicht geändert haben, damit einen profitablen Handel betreiben.«

»Die Zeiten haben sich nicht geändert. Das wissen die Kollegen vom fünften Revier natürlich auch. Warum hat Moritz bloß versucht, auf eigene Faust zu ermitteln? Er hätte richtig Ärger bekommen können, wenn Fröbe die Sache nicht unter den Tisch gekehrt hätte.«

»Glaubst du die Geschichte mit dem GPS-Tracker?«, fragte Ginger.

»Keine Ahnung, aber sie ist eh schwer zu beweisen, wenn Moritz keine Fingerabdrücke auf dem Tracker hinterlassen hat. Das hätte auch Messers Anwalt wissen müssen. Berghaus hätte sich aber mit seinem Chef absprechen müssen, so einen Auftritt wie bei den Devils sollte man nicht ohne Rückendeckung machen, Druck ausüben wie bei Yildiz auch nicht. Er ist ein Einzelgänger, aber er ist nicht blöd. Ich verstehe es nicht.«

Genauso ging es Ginger. Vielleicht hatte Moritz' Verschwinden etwas mit den Rhine Devils zu tun. Aber sie verstand die Motive für sein Vorgehen nicht und hatte nicht die geringste Idee, warum er untergetaucht sein könnte oder wer einen Grund haben könnte, ihn aus dem Weg zu räumen.

»Er hat offensichtlich niemandem getraut.«

»Er wollte einen Kontakt zum LKA, ich habe ihm die Nummer von Eva Bischoff gegeben. Ich hätte fragen müssen, warum er den braucht.«

Mayfeld klang bekümmert.

»Ihr habt einen Termin ausgemacht, zu dem er nicht erschienen ist. Mach dir keine Vorwürfe, du bist sein Lehrer, nicht sein Kindermädchen.«

Mayfeld schien das nicht zu überzeugen.

»Kennst du Fröbe eigentlich näher?«

Er schüttelte den Kopf. »Das hast du mich gestern schon gefragt. Wir haben früher ein paar Lehrgänge gemeinsam gemacht. Ich dachte damals, das ist ein harter Knochen und ehrgeizig noch dazu, der wird es mal weit bringen. Aber jetzt ist er schon lange auf dem fünften Polizeirevier und scheint sich dort eingerichtet zu haben.«

»Berghaus hat ihm nicht vertraut«, stellte Ginger fest.

»Das überlege ich mir auch schon die ganze Zeit. Ich kann Eva nicht erreichen. Sie segelt auf der Ostsee und hat ihr Handy ausgeschaltet. Aber in drei Tagen ist sie zurück. Ich denke nicht, dass wir diesen Fall noch allzu lange als Privatleute verfolgen sollten. Du hast gar nicht mehr nachgehakt, als Schmitt von der jungen Frau sprach, die er auf dem Nachbargrundstück gesehen haben will. Hast du einen Verdacht?«

»Das schrottigste Auto, das ich kenne, ist der rote Kombi, den Maxi Hofmann fährt.«

»Da wird dir die junge Dame einiges erklären müssen.«

⁂

Es duftete nach Tomaten, nach Gemüse, Knoblauch und mediterranen Kräutern. Als Ginger die Küche der Wohngemeinschaft in der Westendstraße betrat, war Jo gerade dabei, eine sämige Soße mit Rotwein abzuschmecken. Yasemin stand daneben und schaute skeptisch.

»Vegane Bolognese, warum denn das? Ich bin ein Tier und will keine Pflanze werden!«

»Es schmeckt, es ist gesund, preiswert und ökologisch, deswegen gibt es heute ein veganes Gericht.«

Yasemin schien nicht überzeugt. Sie grüßte Ginger mit hochgestrecktem Daumen und einem triumphierenden Grinsen. »Ich bin weitergekommen. Aber davon später. Ich komme um vor Hunger. Essen wir diese vegane Tomatensoße, oder soll ich uns Döner holen?«

Sie gaben Jos Gericht eine Chance, Tagliatelle mit Sonnenblumenbolognese. Es schmeckte sehr gut, das gab sogar Yasemin zu. Hätte Jo es nicht als veganes Gericht angekündigt, wäre das möglicherweise gar nicht aufgefallen.

»Für den Geschmack einer Bolognese sind die geschmorten Gemüse entscheidend, nicht das Fleisch«, erklärte Jo. »Und die Kräuter. Das Umami kommt von den Röstaromen, die beim wiederholten Anbraten des Tomatenmarkes entstehen. Für den Eiweißgehalt gebe ich Sonnenblumenhack dazu.«

»Gehackte Sonnenblumen?« Yasemin starrte auf ihren Teller.

Jo lachte. »Wenn Sonnenblumenkerne gepresst werden, um Öl zu gewinnen, bleibt ein Presskuchen übrig, voller Ballaststoffe und Protein. Daraus wird das Sonnenblumenhack hergestellt.«

»Lecker«, kommentierte Ginger.

Yasemin griff nach dem Parmesankäse und rieb sich eine kräftige Portion darüber. »Jetzt ist es wenigstens nur noch vegetarisch«, meinte sie.

Eine Weile war es still in der Küche. Der Merlot kam an diesem Abend aus dem Rheingau und bot keinen Anlass für politische Diskussionen.

»Ich mache den Abwasch«, sagte Jo schließlich.

»Ich hole das Notebook aus meinem Zimmer, dann kannst du mithören, was ich herausgefunden habe«, schlug Yasemin vor. Das klang deutlich entspannter als noch am Tag zuvor.

Ginger berichtete Yasemin und Jo zunächst von den Recherchen des Tages, von Richard Bürger, Bernie Bader, Mark Schmitt, Alpay Yildiz und Thorsten Messer. Dann öffnete Yasemin ihr Laptop und stellte die Ergebnisse ihrer Arbeit vor.

»Ich bin in eine Cloud von Moritz Berghaus hineingekommen«, sagte sie voller Stolz. »Wie ich vermutet habe, meldet man sich in der Cloud mit der E-Mail-Adresse an. Das Passwort ist wirklich lustig: ›Der_Kragenbär,_der_holt_sich_munter_einen_nach_dem_andern_runter‹.«

Ginger wusste nicht, ob sie belustigt oder genervt sein sollte. »Das ist ein Gedicht?«

Yasemin grinste und zeigte Ginger eine Ansichtskarte, auf der die gezeichnete Rückenansicht eines Kragenbären mit hochrotem Kopf und die zitierten Textzeilen zu bewundern waren.

»Das ist von Robert Gernhardt, Neue Frankfurter Schule«, rief Jo vom Spülbecken aus. »In Göttingen, wo Gernhardt nach Krieg und Flucht lange Zeit gelebt hat, tobt seit Jahren ein Denkmalstreit. Eine Künstlerinitiative – ich glaube, sie nennen sich die Göttinger Elche – will die Skulptur eines Kragenbären auf dem dortigen Robert-Gernhardt-Platz aufstellen, das Stadtparlament ist parteiübergreifend dagegen.«

»Geht es um Kunstfreiheit oder um Sinnfreiheit?«, rief Ginger lachend.

»Wer kann das schon so genau sagen!«

Yasemin fuhr fort. »In der Cloud gibt es verschiedene Ordner, die wiederum passwortgeschützt sind. Ich habe erst einmal die lustigen Gedichte auf den Karten ausprobiert. Zweimal wurde ich fündig. Zum Ordner ›Bilder‹ lautet das Passwort: ›Die_schärfsten_Kritiker_der_Elche_waren_früher_selber_welche‹.« Yasemin präsentierte die dazu passende Karte mit einer Zeichnung von Hans Traxler, man sah Elche in Lodenmänteln.

»Der Text ist von F. W. Bernstein«, ergänzte Jo.

»Und ein weiterer Ordner enthält ein Bewegungsprofil, zu dem man mit dem schönen Passwort kommt: ›Vor_mir_gähnte_der_Abgrund_und_hinter_mir_der_grimmige_Bär‹.« Auch hierfür hatte Yasemin eine Karte gefunden, die eine Zeichnung von Wilhelm Busch aus »Die wunderbare Bärenjagd« zeigte.

»Super, vielen Dank!« Ginger gab Yasemin einen Kuss. »Hast du dir die Daten schon angeschaut?«

»Ich habe hier ein paar Dutzend Karten mit Aphorismen, Gedichtzeilen, Zitaten, durch die ich mich kämpfen muss, nach jeder Fehleingabe gibt es eine Wartezeit, bis ich einen neuen Versuch starten kann, das dauert! Und es bleiben weitere Clouddienste, zu denen wir keinen Zugang haben. Zum Glück scheint Berghaus immer Groß- und Kleinschreibung der Zitate zu übernehmen, die Interpunktion und einen Unterstrich für Leerstellen, sonst wäre ich noch nicht so weit. Du siehst, ich habe jede Menge Arbeit.«

Ginger öffnete die Ordner. In dem Bilderordner waren mehr als tausend Fotos abgelegt. Es versprach ein langer Abend zu werden.

»Ich fange vielleicht mit dem Bewegungsprofil an.«

»Es sieht ganz danach aus, dass Moritz Berghaus ein Handy getrackt hat, alle paar Minuten gab es seinen GPS-Standpunkt an die Cloud weiter«, erklärte Yasemin. »Solche Apps nutzt man normalerweise, um ein Smartphone zu orten, wenn man es verloren hat. Man kann solche Apps auch nutzen, um seine Liebsten auszuspionieren.«

»Seine Liebsten?«

»Du weißt schon, wie ich das meine. Oder man erstellt auf diese Weise ein Protokoll der eigenen Aktivitäten.«

Im Bewegungsprofil waren alle fünfzehn Minuten Positionen gespeichert. Ginger öffnete eine Karte auf dem Computer und gab einige sich wiederholende Standorte in die Suchmaske ein. Die Bewegung pendelte zwischen dem Schiersteiner Hafen und dem Biebricher Polizeirevier, wo sie jeweils längere Zeit verharrte.

»Das könnte Moritz' Handy sein. Es liegt zu Hause oder auf seiner Dienststelle. Ich muss Robert fragen, ob sie auf dem Revier schon Diensthandys haben.«

»Die Aufzeichnungen beginnen Anfang des letzten Jahres«, bemerkte Yasemin. »Und sie enden an dem Tag, an dem seine Abschieds-SMS verschickt wurde. Da war es am Frankfurter Hauptbahnhof.«

»Das heißt?«

»Am Frankfurter Hauptbahnhof wurde entweder die App gestoppt oder das Telefon ausgeschaltet.«

Ginger ließ sich weitere Positionen auf der Karte anzeigen. »Kannst du mir alle Positionen in die Karten-App übertragen, um die Bewegungsabläufe zu visualisieren?«, fragte sie ihre Freundin.

»Ich habe es befürchtet. Ich versuche, das automatisiert hinzukriegen, sonst bin ich damit wochenlang beschäftigt.«

»Fang mit den letzten Tagen an.«

Bevor das Telefon in Frankfurt verschwand, hatte es in Rüsselsheim und in Wiesbaden am Bahnhof seine Standortdaten versandt. Davor war es auf der B 42 bei Oestrich-Winkel gewesen, in Lorch und dann längere Zeit an zwei Stellen im Wispertal, wovon die eine auf Google Maps als Parkplatz eingezeichnet war, die andere sich in der Nähe einer Burgruine befand.

»Was soll das? Er fährt am Morgen von seinem Haus am Schiersteiner Hafen ins Wispertal auf einen Parkplatz, macht dort eine Rast, fährt einen Kilometer weiter, macht noch eine Rast, dann geht es zurück nach Wiesbaden, wo er den Zug nimmt und nach Frankfurt fährt, bevor er dort sein Telefon ausschaltet oder die Aufzeichnungen stoppt.«

»Er oder wer auch immer das Telefon in Händen hatte«, präzisierte Yasemin. »Ich versuche, das Bewegungsprofil auf die Karte zu bringen, dann haben wir morgen oder übermorgen hübsche Grafiken.«

Ginger schickte ihr eine Liste aufs Handy. »Das sind die Namen und Adressen, auf die ich im Zuge der Recherchen bislang gestoßen bin. Kannst du überprüfen, ob die Adressen im Bewegungsprofil auftauchen?«

»Das mache ich als Erstes.«

»Und ich schau in den Ordner mit den Bildern.«

In analogen Zeiten hielte sie jetzt ein Fotoalbum in Händen, dessen Besitzer eine Vorauswahl der wichtigen Bilder getroffen hatte. Aber die Zeiten waren digital, und das bedeutete, dass sie mit einer ungebremsten Bilderflut konfrontiert war. Moritz hatte alle Bilder gespeichert, vermutlich in der Hoffnung, sie später einmal zu sortieren, und so war es den Betrachtern überlassen auszuwählen. Alles, was er gesehen und fotografiert hatte, lag völlig transparent vor Gingers Augen, und dennoch war es in der Fülle der Bilder versteckt. Je mehr sie zu sehen bekam, desto weniger erkannte sie.

»Wahrscheinlich braucht es für solche Datenmengen KI«, meinte Jo, der von der Spüle zu seinen beiden Mitbewohnerinnen an den Küchentisch gekommen war. »Künstliche Intelligenz wird durch so eine Datenflut schlauer, wir Menschen hingegen dümmer.«

»Super Erkenntnis«, frotzelte Yasemin. »Was bringt uns die?«

»Vielleicht hilft uns Intuition beim Einordnen weiter«, meinte Jo. »Auch wenn damit der Subjektivität und der Projektion Tür und Tor geöffnet werden.«

»Aha.«

»Die Wahrheit kann in den erwartbaren Bildern liegen, im Alltag, in dem, was uns nicht mehr auffällt, weil es so selbstverständlich ist«, fuhr Jo mit seinen philosophischen Ausführungen fort. »Die Wahrheit kann sich aber auch in dem zeigen, was von der Routine, vom Gewohnten abweicht.«

»Noch so eine super Erkenntnis.«

»Man sollte für beides offen sein«, meinte Jo. »Wenn ich mir die Fotos anschaue, sehe ich ein anfangs verliebtes Paar, das umso unfreundlicher in die Handykamera schaut, je mehr wir uns der Gegenwart nähern.«

Da hatte Jo recht. Ginger ließ die Bilder auf sich wirken. Maxi und Moritz im frühlingsgrünen Wald, Maxi maximal schlecht gelaunt. Moritz und Fritz gezwungen fröhlich in die Kamera zwinkernd, Maxi wie unbeteiligt. Maxi und Moritz im Schneematsch des späten Winters, beide schlecht gelaunt. Maxi und Moritz im tiefen, vor Kälte klirrenden Winter, in die

Kamera strahlend, die beiden in der Herbstsonne, gut gelaunt und verliebt. Das war der Alltag, das Erwartbare.

Doch dann gab es noch einen Ordner im Ordner, zum Glück nicht durch ein weiteres Passwort geschützt, mit Fotos von Kfz-Kennzeichen. Das war die Abweichung. Worauf war Moritz Berghaus da gestoßen?

»Sind die Metadaten der Aufnahmen gespeichert?«, fragte sie.

»Einen Moment.« Yasemins Antwort dauerte nur einige Klicks. »Jepp. Das Datum ist gespeichert, die Geodaten ebenfalls.« Sie gab die Koordinaten in die Karten-App ein. »Die Fotos wurden in Johannisberg aufgenommen, im Höllenweg.«

»Vielen Dank, ihr Lieben. Ich werde mich jetzt in die Bilder vertiefen.«

SIEBEN

Kaum ein Spaziergänger verirrte sich noch auf den Treidelpfad. Auch den Vögeln war es zu schwül an diesem Tag. Nur ganz vereinzelt war ein klägliches Piepsen zu hören, die meisten Tiere schonten ihre Kräfte. Flirrende Hitze lastete über dem Rhein, kein Hauch regte sich, nirgendwo.

Ginger saß bei Julia, Robert und dessen Vater Herbert auf dem Balkon der Villa über dem Fluss. Yoda hatte sie begeistert begrüßt, als sie die Wohnung betrat, sich jedoch geweigert, ihnen ins Freie zu folgen.

Die drei hatten sich heute Zeit für ein ausgiebiges Frühstück genommen. Julia hatte ihre Praxis geschlossen, die Polizeischule hatte Ferien, und Herbert hatte immer Zeit, auch wenn er das als Rentner ganz anders sah.

Julia hatte »eine Kleinigkeit« vorbereitet, nachdem sich Ginger angemeldet hatte, selbst gebackene Brötchen, selbst eingekochte Marmeladen, Hummus und Zucchiniröllchen, sie kannte Gingers Vorlieben. Sie forderte sie auf, ordentlich zuzugreifen, bis zum Abend sei jetzt die einzige Zeit, in der man etwas essen könne.

»Diesen Sommer ist es hier im Rheintal nur schwer auszuhalten. Es soll heute Nacht ein Gewitter geben und danach abkühlen, das wird uns allen guttun. Aber die nächste Hitzewelle kommt bestimmt. Zum Glück fahren wir bald an die Nordsee!«

»Vielleicht kommst du ja mit«, sagte Mayfeld zu seinem Vater.

»Kommt überhaupt nicht in Frage!«, polterte der los. »Was brauche ich Sanddünen, wenn ich Rebhänge habe? Was ist eine Wattwanderung gegen eine Weinwanderung? Was soll ich in einer Bierkneipe trinken?«

Mayfeld sprach von Rheingauer Winzern, die auf Nordseeinseln Wein anbauten, und vom überraschenden Weinangebot in nordfriesischen Fischrestaurants, Julia von der heilsamen Wirkung der Nordseeluft. Aber Herbert Mayfeld war nicht zu überzeugen.

»Ich bleibe dort, wo es den besten Schoppen gibt, also hier. Wenn das mein Leben verkürzt, dann ist es eben so. Die Menschen werden immer dümmer, das Theater, das sie machen, gefällt mir immer weniger. Da ist es nicht schlimm, wenn einer wie ich das Stück ein bisschen früher verlässt.«

Als Julia widersprechen wollte, stand er auf.

»Ich geh mal mit dem Hund, das soll ja gesund sein. Der hat auch nicht so viele Ratschläge. Nichts für ungut!«

Er stand auf und verabschiedete sich.

»Seine schlechte Laune nimmt zu«, meinte Mayfeld, »und seine Herzbeschwerden auch. Der Kardiologe ist sehr besorgt.«

»Herbert erträgt das Klima immer schlechter«, ergänzte Julia. »Ich meine nicht nur die Hitzewellen, auch die Hasswellen. Die einen sind wütend, weil sie ihr Leben ändern sollen, die anderen, weil die einen das nicht kapieren wollen. Kaum ist eine Katastrophe vorbei, rollt die nächste auf uns zu, und die Leute zerfleischen sich, anstatt zusammenzuhalten. Ich fühle mich noch zu jung für Pessimismus und Resignation, aber manchmal kann ich Herbert verstehen.«

»Er war schon immer gut darin, Ausreden dafür zu finden, warum er mehr säuft, als ihm guttut«, schimpfte Mayfeld. Er schien genervt vom Pessimismus seines Vaters zu sein. »Was führt dich zu uns, Ginger, außer Julias großartigem Frühstück und der grotesken Unterhaltung, die wir dir gerade bieten?«

Ginger berichtete von den Entdeckungen in Moritz' Cloud. »Ich könnte alle Strecken abfahren, die Moritz in den letzten Wochen zurückgelegt hat, aber solange ich nicht weiß, wonach ich suchen soll, ist das Zeitverschwendung. Es gibt einen Ort im Wispertal, da war er in den letzten Wochen ein paarmal, den werde ich mir anschauen, und ich werde mit Hannes Graf reden, bei dem war er in diesem Frühjahr zweimal. Das ist der Mann, der den Unfall verursacht hat, bei dem Moritz' Familie getötet wurde.«

»Der ist natürlich schon wieder auf freiem Fuß«, sagte Mayfeld mit grimmiger Miene.

»Er war nie im Gefängnis«, präzisierte Ginger. »Er wurde selbst schwer verletzt, das sah das Gericht offensichtlich als ausreichende Strafe an. Die Richter fanden es schwierig, jemanden für etwas zu bestrafen, an das er sich nicht erinnern kann.«

»Von dem er das behauptet.« Mayfeld machte eine wegwerfende Handbewegung. »Was ist das für ein Ort im Wispertal?«

Ginger zeigte ihrem Freund eine Landkarte auf dem Smartphone.

Mayfeld konnte damit nichts anfangen. »Schickst du mir Bilder, wenn du dort warst?«

Das würde sie machen. Dann kam sie zum Kern ihres Anliegens.

»Moritz hat vor ein paar Wochen in Johannisberg Kfz-Kennzeichen fotografiert. Ich möchte wissen, warum er das getan hat, wer die Halter sind und ob sie etwas gemeinsam haben.«

»Hat ein Bruder deiner Freundin nicht gute Kontakte zur Zulassungsstelle?«

Ginger war nicht klar gewesen, wie gut Mayfeld über die familiären Hintergründe von Yasemin Bescheid wusste.

»Die hat er, aber Yasemin möchte ihm gegenüber nicht in der Schuld stehen. Sonst kann sie seine Aufträge nicht ablehnen. Ich bin froh, dass sie sich zu so einer Haltung durchgerungen hat. Für sie ist es nicht leicht, sich außerhalb der Familie zu stellen.«

»Das ist großartig«, griff Julia in das Gespräch ein. »Gar nicht auszudenken, was passieren könnte, wenn so eine begabte Hackerin für die falsche Seite arbeitet. Da kannst du doch helfen, Robert?«

Früher hatte Julia ihren Mann gebremst. Seit er das Kommissariat für Tötungsdelikte nicht mehr leitete und weniger Gefahren ausgesetzt war, schien sich das geändert zu haben.

»Ich habe heute schon was vor«, sagte Mayfeld. »Ich treffe mich gleich mit deinem Bruder wegen des Weinguts.«

»Hat das nicht Zeit?«, fragte Julia.

»Hat es nicht. Es gibt Probleme mit Pilzbefall im Rothenberg. Du weißt, der Umgang mit Pilzen ist die Schwachstelle beim Bioweinbau, wenn es so feucht ist wie in diesem Jahr. Chemische Mittel sind verboten, und Unmengen Kupfer in den Boden zu kippen ist auch nicht der Weisheit letzter Schluss.«

Ginger erinnerte sich, die Umstellung zum Bioweingut war ein Projekt seines Schwagers, das Mayfeld enthusiastisch begrüßt und unterstützt hatte.

»Ist die Umstellung nicht bald abgeschlossen?«, fragte sie.

»In diesem Jahr. Ab nächstem Jahr sind wir bio. Es wäre wirklich traurig, wenn es an ein paar Schimmelpilzen scheitern würde.«

»Und was ist danach?« Julia ließ nicht locker.

»Anschließend bin ich auf einem Vortrag, den die Rheingauer Heimatforscher im Schloss Johannisberg veranstalten. Es geht um die Geschichte des Schlosses. Auf den Vortrag freue ich mich schon lange. Aber ich habe noch Zugang zu den Polizeicomputern«, räumte Mayfeld ein. »Und die Identität von ein paar Fahrzeughaltern ist schnell festgestellt.«

»Ich habe hier eine Liste der Kennzeichen.« Ginger gab ihm einen handgeschriebenen Zettel. »Yasemin meinte, sie würde so was nicht per Mail oder Messengerdienst verschicken.«

»Messer und die Rhine Devils waren übrigens in den letzten Jahren nicht auffällig. Über einen Einbruch bei Yildiz Motosiklet findet sich nichts in POLAS oder ComVor. Die Anzeige hat es nicht weiter als bis auf das fünfte Polizeirevier gebracht.« Mayfeld hatte sich also bereits informiert. Er betrachtete die Liste. »Ich sage dir Bescheid, wenn ich die Namen habe.«

»Danke! Ich muss jetzt los.«

Sie leerte ihren Cappuccino und verabschiedete sich von den beiden mit Küssen und Umarmungen. Beim Hinausgehen fragte sie nach der Jacke, die sie bei ihrem Besuch in Kiedrich hatte liegen lassen. Auf dem Stuhl im Flur, wo Julia sie hingelegt hatte, war sie nicht mehr. Dann würde sie die beim nächsten Besuch mitnehmen.

※

Ginger fuhr nach Geisenheim. Hannes Graf wohnte am Rande des Städtchens in der Klausstraße. Hier hatte man in den siebziger Jahren drei Hochhäuser gebaut, die weit sichtbar den Blick auf die sanften Hügel des Taunus und auf das Rheintal verschandelten. Es war glücklicherweise bei diesen drei Wohntürmen geblieben.

Im Eingangsbereich pries eine Immobilienfirma eine leer stehende Wohnung mit dem Slogan »Über den Dächern von Geisenheim« an. Ginger nahm den rumpelnden Aufzug in den neunten Stock. Graf war alles andere als erfreut gewesen, als Ginger ihren Besuch angekündigt hatte, aber jetzt ließ er sie in seine Wohnung.

Er wies ihr einen Stuhl in der Essecke des Wohnzimmers zu, setzte sich ihr gegenüber und öffnete eine Flasche Bier, die er mit einem Zug zur Hälfte leerte.

»Was wollen Sie?«, fragte er mit heiserer Stimme und starrte sie misstrauisch an.

Graf war Mitte dreißig. Er war einmal ein schöner Mann gewesen, die großen blauen Augen, die lockigen blonden Haare und die ebenmäßigen Züge legten davon Zeugnis ab. Aber sein Gesicht war aufgedunsen, die Haut hatte einen fahlen Ton, und die Tränensäcke unter den Augen gaben seinem Aussehen etwas von einer Bulldogge. Der schwerfällige Körper steckte in einem Hausanzug, der Schmuck, den er um Hals und Handgelenke trug, wirkte protzig und billig zugleich. Ginger sagte, sie suche nach Moritz Berghaus, der seit einer Woche verschwunden sei.

Von Graf wolle sie wissen, ob er ihn in letzter Zeit gesehen habe.

»Musst du schon mittags trinken?« Ein etwa gleichaltriger Mann kam aus einem anderen Zimmer der Wohnung, hager, mit dunklem Teint und rabenschwarzen Haaren. »Wer ist denn das?«

Er deutete mit seinem beringten Finger auf Ginger, als wolle er sie aufspießen. Graf machte Ginger mit seinem Freund Enrico bekannt.

Enrico schaute aufgebracht zu seinem Freund. »Hat dein Anwalt dir nicht verboten, mit Moritz Berghaus zu reden? Das gilt bestimmt auch für Leute, die er vorschickt.« Er begann, sich in Rage zu reden. »Warum kann dieser Mensch Hannes nicht in Ruhe lassen?«, fragte er Ginger. »Es war ein schrecklicher Unfall, Hannes hat absichtlich nichts Böses getan, und das Gericht hat entschieden, dass er gestraft genug ist mit dem Unglück, das über ihn gekommen ist.«

»Er ist verschwunden«, flüsterte Graf.

»Dann sei doch froh«, versetzte Enrico.

Über Grafs Gesicht huschte ein Lächeln, das er nicht unterdrücken konnte, unentschieden zwischen Triumph und Scham.

Ginger stellte noch einmal klar, dass sie nicht wegen des Unfalls und seiner Folgen gekommen war. Enrico schien sich etwas zu entspannen.

»Hat Moritz Berghaus mit Ihnen Kontakt aufgenommen?«

»Wie kommen Sie darauf?«

»Sie fragten, ob Berghaus Ihren Freund nicht in Ruhe lassen könne. Daraus schließe ich, dass er das in der Vergangenheit nicht getan hat.«

»Bei Ihnen muss man vorsichtig sein, was man sagt«, bellte Enrico sie an.

»Es war ein Unfall«, flüsterte Graf, der offensichtlich ein unabweisbares Bedürfnis empfand, sich zu rechtfertigen. »Ich bin angeblich von der Spur abgekommen und in ein entgegenkommendes Fahrzeug geprallt, in dem Berghaus mit seinen

Eltern saß. Wenn das so war, tut es mir unendlich leid. Aber ich habe an all das keine Erinnerung. Auch nicht daran, dass ich etwas getrunken haben soll, wie immer wieder behauptet wurde.«

Zweieinhalb Promille Blutalkohol legten eine solche Behauptung nahe. Aber deswegen war Ginger nicht gekommen, auch nicht wegen des Kokains, das in Grafs Blut- und Haarproben gefunden worden war.

»Hannes lag ein halbes Jahr im Krankenhaus, er hat sich das Becken, ein Bein und mehrere Rippen gebrochen, er lag mehrere Wochen im Koma und hat eine Amnesie«, assistierte Enrico. »Als er wieder zu sich kam, hat man ihm den Führerschein abgenommen, er hat seine Anstellung als Handelsvertreter verloren, jetzt macht irgendein Ahmed oder Cem den Job. So sieht Rehabilitation in diesem Land aus!«

Was für ein schlimmes Schicksal, wollte Ginger schon entgegnen und darauf hinweisen, dass man seine Unfallgegner nur noch begraben konnte. Doch sie entschied sich für eine professionelle Antwort.

»Ich bin nur daran interessiert, Herrn Berghaus zu finden, da ist jede Unterstützung willkommen.« Selbst von einem vor Selbstmitleid triefenden Idioten, ergänzte sie für sich.

»Ich habe ihn einmal unten auf der Straße getroffen«, berichtete Graf, »das war im Winter.«

»Besitzen Sie ein Auto?«

»Was geht Sie das an?«, krächzte Graf.

»Einen schwarzen Sportwagen?«

»Den hat er damals fotografiert«, knurrte Enrico.

»Den AMG fährt nur Enrico, solange ich den Führerschein nicht zurückhabe«, beteuerte Graf.

»Natürlich. Hatten Sie in den letzten Wochen Kontakt mit Berghaus?«

Graf und sein Freund schüttelten im Gleichtakt den Kopf.

Ginger stand auf. Ganz kommentarlos wollte sie die beiden nicht verlassen.

»Es freut mich, dass Sie auch ohne den Job als Handelsvertreter zurechtkommen, zumindest finanziell.«

»Nur kein Neid«, zischte Enrico, und Graf grinste.

***

Ginger hatte mit Helene Busch vereinbart, ihr spätestens jeden zweiten Tag Bericht über den Stand ihrer Recherchen zu geben. Als sie in ihrem Haus im Johannisberger Mühlental ankam, saßen Helene, Maxi und Fritz auf der Terrasse und aßen zu Mittag.

»Eine kalte Gurkensuppe können Sie doch zu sich nehmen.« Darauf beharrte Helene, als sie ablehnen wollte, und schickte Maxi in die Küche, um Teller und Löffel zu holen. Als diese den Auftrag brav erledigt hatte, musste Ginger zumindest probieren. Die geeiste Suppe schmeckte vorzüglich, und sie lobte sie ausgiebig. Helene war damit zufrieden und hatte danach ein Ohr für sie.

Maxi wirkte abwesend und abgelenkt, als hätte sie sich in ihren Gedanken verlaufen. Ihr Freund warf von der Seite immer wieder besorgte Blicke auf sie. Ginger schilderte ihr Gespräch mit dem Schrebergartenbesitzer in der Gibb.

»Ist Ihnen zwischenzeitlich wieder eingefallen, wie man zu dem Gartenhäuschen kommt? Waren Sie in letzter Zeit dort?«, fragte sie zum Schluss. »Maik Schmitt meint, er habe im Frühjahr auf dem Grundstück eine Person gesehen, deren Beschreibung ganz gut auf Sie passt.«

Das Gesicht des blonden Engels erstarrte für kurze Zeit zu einer Maske. Ob sich Wut oder Panik hinter der Fassade verbarg, war schwer auszumachen. Immerhin schien sie aufgewacht zu sein. »Haben Sie nicht gesagt, der Mann sei andauernd betrunken? Dass ihm die Polizei deswegen nichts geglaubt hat? Wann will er mich denn dort gesehen haben?«, fragte sie und versuchte, überlegen zu lächeln.

»So genau konnte er das nicht sagen.«

Ihr Lächeln wurde breiter.

»Aber im letzten Sommer waren Sie schon dort?«, hakte Ginger nach.

Maxi nickte. »In der Schrebergartenkolonie habe ich Philipp zum letzten Mal gesehen, das habe ich Ihnen doch gleich zu Anfang erzählt«, antwortete sie. »Ich glaube, da habe ich auch diesen Nachbarn kennengelernt. Ein komischer Vogel. Auf der einen Seite ist er pingelig und supergenau, haben Sie sich mal den Garten angesehen? Da stehen alle Blumen in Reih und Glied. Auf der anderen Seite ist er schon mittags sternhagelvoll, das meinte zumindest Philipp, der ihn von früher kannte. Das passt nicht ganz zum ordentlichen Bürgerlein.«

»Findest du?«, warf Fritz spöttisch ein.

»Fahren Sie bitte fort!«, bat Ginger, auch wenn sie diesen Teil der Geschichte schon kannte.

»Wir haben auf dem Nachbargrundstück in der Hütte vom Freund von Philipps Papa übernachtet, am nächsten Tag war Philipp weg. Von einem Streit, einem Tumult oder gar einem Polizeieinsatz, den der Alki beobachtet haben will, habe ich nichts mitbekommen. Ich habe allerdings auch ziemlich fest geschlafen.«

»Und warum waren Sie später noch einmal dort?«

Maxi schien angestrengt nachzudenken. Ob sie in ihren Erinnerungen kramte? Eher suchte sie nach einer glaubhaften Ausrede.

»Ah, jetzt fällt es mir wieder ein. Ich hatte mein Handy verloren, hatte ich das noch nicht erzählt? Moritz hat mir zwar ein neues besorgt, aber ich wollte noch einmal nachschauen, ob ich es in dem Gartenhaus hatte liegen lassen.«

»Wäre es nicht schlauer gewesen, Maik Schmitt oder Bernie Bader zu fragen?«

»Stimmt. Aber von Maik habe ich nichts erwartet. Und haben Sie Bernies Neue kennengelernt? Miss Piggy oder wie die heißt? Auf die hatte ich keinen Bock.«

Das konnte Ginger nachvollziehen, die Abneigung der beiden Frauen beruhte auf Gegenseitigkeit. Dennoch glaubte sie Maxi kein Wort. Sie schob Erinnerungslücken vor, wo und wie es ihr gerade passte, und erinnerte sich nur, wenn es nicht mehr anders ging. Immerhin hatte sie eingeräumt, noch einmal im Mosbachtal gewesen zu sein. Doch die Erklärungen für ihr Verhalten waren an den Haaren herbeigezogen. Leider benötigte sie Maxis Unterstützung bei ihrer Recherche, musste also halbwegs freundlich bleiben.

»Ich war gestern bei Richard Bürger. Er meinte, Moritz habe nach der Betreuungsakte von Ihnen gefragt. War das mit Ihnen abgesprochen?«

Maxi dachte ziemlich lange nach. »Ich kann mich nicht erinnern«, sagte sie schließlich. Sie behauptete, nicht zu wissen, warum sich Moritz für die Betreuungsakte interessieren könnte, warum er sie nicht einfach gefragt hatte, ob sie die Akte besorgen würde. Aus irgendeinem Grund schien sich Maxi wieder zu entspannen. »Ich war heute Morgen bei den Wächters im Weingut«, sagte sie. »Markus' Korrespondenz mit dem Jugendamt ist komplett langweilig. Er meinte, vielleicht habe Bürger noch mehr Unterlagen. Soll ich den Anwalt um eine Kopie bitten?«

»Das ist bestimmt hilfreich.« Eine Kopie des Schriftwechsels hatte sie sich leider nicht gemacht.

»Da fällt mir noch was ein!«, sagte Maxi. Sie kramte in ihrem Rucksack, zog einen Zettel hervor und streckte ihn Ginger hin. »Den hat mir Markus Wächter gestern gegeben. Er meint, Moritz habe nach Adressen gefragt, wo man den Jagdschein machen kann. Im Wispertal soll es eine Jagdschule geben, wo sie dafür Crashkurse veranstalten. Sie nennt sich ›Alte Villa‹.«

Warum wirkte Maxi plötzlich so entspannt? Warum fiel Wächter der Jagdkurs erst so spät ein? Wer wollte sie an der Nase herumführen? Aber die Villa musste sie sich ansehen.

Sie fragte nach Hannes Graf. Maxi hatte nicht mitbekommen, dass sich Moritz mit dem Mann beschäftigt hatte. Über den Prozess hatte er einmal gesprochen, sich darüber echauffiert, dass es keine Gerechtigkeit gebe, berichtete sie, aber danach habe er das Thema ihrer Meinung nach nicht weiter verfolgt. Sie wirkte bei ihren Ausführungen wieder so abwesend wie zu Beginn des Gesprächs.

Helene wusste, dass der Unfall eine Zeit lang das Gesprächsthema im Rheingau gewesen war, dass das Thema in Vergessenheit geriet und den Leuten wieder in Erinnerung gerufen wurde, als der Prozess begann, dass dann jedermann zu wissen meinte, Graf täusche seinen Gedächtnisverlust nur vor, und dass alle Welt über das milde Urteil in erster Instanz empört war, um danach die ganze Angelegenheit wieder zu vergessen.

»Ich glaube nicht, dass Moritz die Sache weiterverfolgt hat, nachdem das Gericht in zweiter Instanz geurteilt hat. Er hat mit mir darüber gesprochen und gemeint, er wolle keine Rache, sondern mit der Sache abschließen.«

Als Helene das Wort »Rache« in den Mund nahm, war Maxi mit einem Schlag wieder hellwach.

***

Ginger fuhr durch den Höllenweg zum Kloster Marienthal, einige Kurven später bog sie auf die Landstraße ein, die durch den Wald nach Pressberg führte. Wald und Fahrtwind milderten die Hitze.

Sie fuhr bedächtig, sie wollte nicht alle Aufmerksamkeit für die Straße benötigen, um besser über den Fall nachdenken zu können. Mayfeld hatte ihr berichtet, dass Moritz Berghaus für das Praktikum kurzfristig die Dienststelle gewechselt hatte. Statt in Rüdesheim arbeitete er in Biebrich. Was hatte es damit auf sich? Wenn er es auf Hannes Graf abgesehen hätte, ergab dieser Wechsel keinen Sinn, der wohnte im Bereich des Polizeireviers Rüdesheim. In Biebrich befanden sich die Gibb und das Mosbachtal mit seinen Schrebergärten, dort war Philipp vor einem Jahr verschwunden, dort war Maxi jüngst aufgetaucht, aus Gründen, die sie geheim halten wollte. Das sprach dafür, dass er herausfinden wollte, was mit Philipp Bader passiert war. Oder ging es ihm bloß darum, in der Nähe seines Wohnortes zu arbeiten?

Gingers Gedanken wanderten weiter. Was hatte Maxi zu verbergen? Warum log sie andauernd? Ginger war davon überzeugt, dass sie eigentlich eine ziemlich geschickte Lügnerin war. Aber um perfekt zu lügen, hatte Maxi zu viel Angst, die Angst verdarb ihr jeden Auftritt. Was ging in ihr vor, wenn sie so abwesend wirkte wie im Gespräch gerade eben? Die junge Frau erinnerte sie an eine in die Enge getriebene Wildkatze. Bei diesen Tieren musste man auf der Hut sein. Wenn sich ihre Erstarrung löste, die Angst in Wut umschlug, wuchsen ihnen Kräfte zu, mit denen niemand rechnete.

Sie erreichte Pressberg, hielt im Dorfzentrum kurz an, um ihre Nachrichten zu checken. Bevor sie im Mühlental gestartet war, hatte sie Yasemin gebeten, Informationen über die Alte Villa im Wispertal zu besorgen und zu überprüfen, ob sie auf einer der Routen lag, die Moritz getrackt hatte. Gerade hatte ihre Freundin per SMS um einen Rückruf gebeten.

»Das scheint ein Volltreffer zu sein«, meinte Yasemin am Telefon. »Die Alte Villa liegt nur wenige Meter von dem Parkplatz entfernt, an dem Moritz in den Wochen vor seinem Verschwinden immer wieder haltgemacht hat. Unter der Telefonnummer, die im Netz angegeben ist, meldet sich niemand. Aber es gibt einen Hinweis auf die Jagdkurse und eine Rüdesheimer Telefonnummer, die zu einem Jagdgeschäft gehört. Dort ist momentan allerdings auch niemand zu erreichen.«

»Ich fahr jetzt zu dieser Villa. Bis heute Abend.«

Sie schickte einen Kuss durchs Telefon, startete ihr Motorrad und fuhr weiter durch den dichter werdenden Wald. Nach einigen Minuten erreichte sie das Wispertal und folgte der kurvenreichen Landstraße entlang des Flüsschens durch das wogende Grün. Von der Straße aus sah man die Alte Villa erst spät, sie lag tief im Wald. Ginger bog auf den Parkplatz ein. Sie sah sich um. Der Parkplatz war leer, ein Plakat wies das dahinterliegende Gebäude als Jagdsitz aus dem 19. Jahrhundert aus, heute sei die »Alte Villa« eine Eventlocation und Jagdschule. Derzeit war sie geschlossen. Sie fand einen Hinweis auf einen Jagdkurs, der in der nächsten Woche beginnen sollte, und eine Telefonnummer, die zu einem Geschäft für Jagdausrüstung in Rüdesheim gehörte, ganz wie Yasemin es im Netz eruiert hatte. Als sie die Nummer anrief, bekam sie die Auskunft, dass sie außerhalb der Öffnungszeiten anrufe und es später noch einmal versuchen solle.

Sie näherte sich dem Anwesen. Das aus groben dunklen Steinen errichtete Haupthaus war fast vollständig von wildem Wein überwuchert, lediglich der Fachwerkturm schien dem Angriff der Natur zu widerstehen und ragte trotzig aus dem grünen Wellenmeer hervor. Sie ging um das Gebäude herum. Es wirkte wie ein Märchenschloss, in dem die Zeit stehen geblieben war, statt von dornigen Rosen war es von wildem Wein umrankt. Die Türen waren mit einer modernen Schließanlage gesichert, und Ginger entdeckte ein paar Überwachungskameras. Ein Prinz auf der Suche nach einer verwunschenen Prinzessin hätte hier keine Chance, wenn er die Kameras nicht ausschalten konnte. Hinter der Villa zog sich ein verwilderter Garten bis zur Wisper. Ein traumhafter Ort für Events aller Art, für Partys, Jagdgesellschaften und bestimmt auch für Kurse zum Erlangen des Jagdscheines.

Ginger setzte ihre Erkundungsfahrt fort. An einem Ausflugslokal kurz hinter der Alten Villa gabelte sich die Straße, und sie folgte dem Weg ins Werkenbachtal. Nach ein paar hundert Metern ging ein befestigter Waldweg von der Landstraße ab. Dem Track zufolge, den Yasemin auf Google Maps markiert hatte, war Moritz am Tag seines Verschwindens hierhergefahren, bevor er sich nach Frankfurt aufmachte, wo sich seine Spur verlor. Sie schaute auf ihr Handy: Sie sollte noch etwa hundert Meter den breiten Weg weiterfahren, dann hatte sie die Stelle erreicht, wo Moritz zweimal haltgemacht hatte.

Der Weg endete auf einer kleinen Lichtung, die als eine Art Wendehammer benutzt wurde, ein paar durch den Regen undeutlich gewordene Reifenspuren, die von einem Lkw oder einem Traktor stammen konnten, legten diese Vermutung nahe. Sie stellte ihr Motorrad ab und schaute sich um. Die Lichtung war umgeben von teils schroffen Erhebungen und kleinen Halden dunklen Gesteins. An der gegenüberliegenden Seite zog sich der Hang bis zur Kuppe eines Bergs, auf dem man Mauerreste einer Burgruine erkennen konnte, seitlich floss ein kleines Wasserrinnsal hinunter zum Werkenbach. Es war ein idyllischer, romantischer Platz, man würde sich freuen, ihn auf einer Wanderung zu entdecken, vielleicht eine Rast auf der Lichtung machen, sich über die Spuren motorisierten Verkehrs ärgern. Aber warum fuhr jemand mehrfach mit dem Motorrad aus dem Rhein-Main-Gebiet hierhin? Berghaus war längere Zeit hiergeblieben, war hin und her gelaufen, zur Burg hochgeklettert. Hatte er eine Vorliebe für *lost places*? Und was hatten Lkws hier verloren?

Ginger setzte sich auf den abgesägten Stumpf eines Baumstammes und versuchte, die Seele dieses Ortes zu spüren. Ein Idyll mit Burgruine und Schieferhalden, das seine Geheimnisse nicht so schnell preisgab.

Sie beschloss, einen Weg zu der Ruine zu suchen. Weiter hinten am Hang fand sie Treppenstufen, die ins Gestein gehauen waren, sogar ein Handlauf war vorhanden. Die Treppe stieg in vielen Windungen in die Höhe, bis sie auf dem Rücken eines Bergsporns endete, der zwei Bachtäler, die zur Wisper führten, voneinander trennte. Ginger erkannte Fundamente, Reste der Burgmauern mit Schießscharten, die Ruine eines Bergfriedes. In der Mitte des Burghofs befand sich ein gemauerter Brunnen, durch ein Gitter gesichert. Sie nahm einen handtellergroßen Schieferstein und ließ ihn durch das Gitter nach unten fallen. Nach drei Sekunden hörte sie den Aufschlag. Sie erinnerte sich an eine Aufgabe im Physikunterricht. Den Rechenweg hatte sie vergessen, irgendetwas mit Erdbeschleunigung und Zeit im

Quadrat, aber bei drei Sekunden waren erstaunliche vierzig oder fünfundvierzig Meter Tiefe herausgekommen.

Die Aussicht hier oben war wunderschön, man hatte einen weiten Blick über den Taunus, aber Ginger machte dieser Ort ratlos. Was könnte Moritz Berghaus hier gesucht haben? Ihr Handy klingelte. Mayfeld hatte die Halter der Autos identifiziert, deren Kfz-Zeichen Moritz Berghaus fotografiert hatte.

»Ich fahre in einer halben Stunde nach Johannisberg. Wo bist du?«

»Noch im Wispertal.« Ginger schaute sich noch einmal um. Sie fand nichts, was sie unbedingt untersuchen musste. »Wir treffen uns vor dem Schloss.«

***

Am späten Nachmittag war sie zurück in der Westendstraße. Der Himmel zog sich zu, es war unerträglich schwül, für den Abend waren Gewitter gemeldet. Richard Bürger, Lukas Fröbe, Tobias Niederau, Claus Müller, Heribert Best, Matthias Lothringer, Sandra Bäumler und Margot Fuchs waren die Namen, die sie von Mayfeld bekommen hatte. Er war in Eile gewesen, hatte nichts über die Personen recherchieren können und wollte den Beginn des Vortrags nicht verpassen. Mit zwei Namen konnte Ginger etwas anfangen, Bürger war Maxis gesetzlicher Betreuer, Lukas Fröbe war Moritz' Vorgesetzter auf der Polizeiwache gewesen, die anderen sagten ihr nichts. Hatte Berghaus seinen Chef oder den Anwalt beschattet? Oder ging es um einen der anderen Teilnehmer? Yasemin sollte überprüfen, ob Moritz zu den genannten Adressen gefahren war, und war ansonsten damit beschäftigt, Moritz' zweite Cloud zu hacken, Ginger und Jo versuchten herauszubekommen, was das Netz über die Personen wusste. Am Abend setzten sie sich in der Küche zusammen und verspeisten die Reste der Bolognese vom Vortag. Als der Tisch vom Essensgeschirr leer geräumt war, holten sie ihre Laptops und begannen, die Arbeitsergebnisse zu diskutieren. Ginger berichtete von ihren Eindrücken an diesem Tag, von der Alten Villa und der Lichtung im Wispertal.

»Hast du dir die Burgruine angesehen?«, fragte Jo.

»Außer einem tiefen Brunnen habe ich dort nichts Erwähnenswertes entdeckt. Die Burg ist ziemlich am Ende.«

Jo nickte. »Es ist die Ruine der Burg Rheinberg, laut Wikipedia von den Mainzer Erzbischöfen im 12. Jahrhundert erbaut, dem Rheingrafen als Lehen übergeben, nach einer Fehde mit dem Rheingrafen von den Mainzern belagert und wieder zerstört, im 14. Jahrhundert wieder aufgebaut.«

»Bringt uns das irgendwie weiter?«, fragte Yasemin.

»Das weiß ich nicht«, räumte Jo etwas kleinlaut ein. »Die Ruine ist in Privatbesitz, soll ich recherchieren, wem sie gehört?«

»Tu das. Wenden wir uns der Gruppe zu, die Moritz' Interesse geweckt hat. Was haben ein Anwalt, ein Polizist, ein Motorradmechaniker, ein Soldat, ein Immobilienmakler, eine Kommunalbeamtin, ein Journalist und eine Fuhrunternehmerin gemeinsam?«, fragte Ginger in die Runde.

»Genau diese Frage wird sich Moritz auch gestellt haben«, meinte Yasemin. »Er hat drei aus der Gruppe aufgesucht, nämlich Niederau, Best und Fuchs.«

»Niederau hat eine Motorradwerkstatt in Stephanshausen, Best ein Maklerbüro in der Wilhelmstraße und Fuchs eine Spedition in Mainz-Kastel«, hatte Ginger in Erfahrung gebracht. »Ich habe überhaupt nichts Spannendes zu den dreien gefunden.«

»Vielleicht treffen sie sich wegen eines gemeinsamen Hobbys, interessieren sich für Wein oder Homöopathie, sind Jäger oder sammeln Briefmarken«, sagte Yasemin. »Und wir vergeuden unsere Zeit, genauso wie es Moritz Berghaus getan hat.«

»Er fährt doch nicht einfach eines Abends nach Johannisberg, um die Autos eines Freundeskreises zu fotografieren«, widersprach Ginger.

»Da hast du vermutlich recht«, räumte Yasemin ein. »Er hat sich damals gezielt zum Weingut begeben, hat die Bilder gemacht und ist eine Weile dortgeblieben, bevor er wieder zurück nach Schierstein gefahren ist. Vielleicht war er eingeladen.«

»Wozu braucht er dann die Kfz-Nummern? Die Namen der Teilnehmer hätte er in diesem Fall viel einfacher herausfinden können«, überlegte Ginger. »Kannst du versuchen, in seinen Browserverlauf zu kommen? Wäre interessant zu wissen, was er alles recherchiert hat.«

»Du meinst, er hat seinen Browserverlauf synchronisiert?«, fragte Yasemin. »Das erleichtert das Arbeiten an verschiedenen Geräten. Wenn er allerdings anonymes Surfen bevorzugt, hast du schlechte Karten ohne das Gerät, das er benutzt hat. Hoffen wir, dass er an diesem Punkt nicht mit Leuten wie uns gerechnet hat«, bemerkte sie in sarkastischem Ton.

»Woher wusste Moritz von dem Treffen?«, fragte Jo. »Ich glaube nicht, dass er eingeladen war. Niederau, Best und Fuchs hat er möglicherweise deswegen aufgesucht, weil sie in der Nähe leben, vielleicht auch, weil sie alle drei Läden beziehungsweise Büros haben, wo man auftauchen kann, ohne seine Absichten sofort offenlegen zu müssen. Ich habe versucht, etwas über die anderen, über Bäumler, Müller und Lothringer, herauszufinden. Bäumler ist Kommunalbeamtin in der Stadtverwaltung von Lorch, Müller ist Bundeswehrmajor, wohnt in Koblenz und ist im Bundesamt für Beschaffung tätig. Matthias Lothringer kommt aus Aarbergen und ist Journalist.«

»Für welche Medien arbeitet er?«, fragte Ginger.

»Hier wird es interessant«, meinte Jo. »Lothringer arbeitet für die ›Neue Freiheit‹ und ›Kompakt‹. Er betreibt einen Blog, der sich ›Freier Hessischer Volksbote‹ nennt. Ich würde sagen, das ist ein Blog für Leute, denen die AfD zu lasch ist, für Reichsbürger, Verschwörungstheoretiker und rechte Identitäre.«

»Das ganze Gesocks«, kommentierte Yasemin.

»Das rechte«, sagte Jo.

»Was willst du damit sagen? Gibt es deiner Meinung nach noch anderes?« Yasemin klang gereizt.

Jo hob begütigend die Hände. »Gesocks gibt es in allen Himmelsrichtungen, aber ich meinte gerade das ganze rechte Gesocks.«

Ginger bat die beiden, sich auf die gemeinsame Arbeit zu konzentrieren. »Ein Rechter in einer Gruppe von acht Leuten, das ist fast schon unterdurchschnittlich«, überlegte sie. »Das beweist nichts.«

»Völlig klar, aber Lothringer ist nicht irgendein rechtsdrehender Spießer«, wendete Jo ein. »Der ist gut vernetzt, macht Interviews mit allen, die einen Namen in der völkischen Szene haben.«

»Er kann doch trotzdem ein paar Hobbys haben«, meinte Ginger. »Nicht jeder muss von seinen Aktivitäten wissen, nicht jeder muss wegen seiner Einstellung den Kontakt zu ihm abbrechen.«

»Sollte man aber«, meinte Yasemin.

»Machen immer weniger Leute«, stellte Jo fest. »Das ist vielleicht auch gut so. Wenn man solche Menschen meidet, treibt man die Spaltung der Gesellschaft weiter voran. Außerdem sind viele Leute total unpolitisch, die interessiert nicht, was andere denken. In manchen Gruppen ist es auch tabu, über Politik zu reden. Ich habe amerikanische Freunde, die machen das schon seit Jahren nicht mehr, anders kann man es dort nicht mehr aushalten, wenn man sich nicht dauernd in die Haare kriegen oder in der eigenen Blase bleiben will.«

»Und so breitet sich das Krebsgeschwür immer weiter aus«, schimpfte Yasemin. »Niemand muss sich rechtfertigen, niemandem ist es peinlich, ein Faschist zu sein.«

»Wir wollen herausfinden, was Moritz Berghaus an der Gruppe spannend fand. Eine Jagdgesellschaft mit einem einzigen Teilnehmer, der der extremen Rechten zuneigt, ist völlig uninteressant«, überlegte Ginger. »Wenn das aber eine politische Gruppe ist, dann könnte die Kombination von ein paar Unternehmern, einem Soldaten, einem Polizisten, einem Anwalt und einem rechten Journalisten Sprengstoff in sich bergen.«

»Aber was willst du tun?«, fragte Jo. »Wenn sie mehr machen, als rechte Sprüche zu klopfen, werden sie es dir kaum auf die Nase binden.«

»Ich werde zu den Leuten fahren, bei denen Moritz war, und fragen, was er von ihnen wollte. Mal sehen, ob sie eine plausible Erklärung haben und wie entspannt oder unentspannt sie auf die Nachfrage reagieren.«

Über der Stadt entlud sich ein Gewitter.

ACHT

»*Ich habe bald nach Markus' Angebot mit der Arbeit in der Hölle begonnen. Ob und wie es weitergehen wird, steht jetzt ja in den Sternen. Ich habe mich gefreut, mit Gerlinde etwas gemeinsam zu unternehmen. Zu Beginn hat sie mir alles gezeigt, die Gasträume, die Terrasse, die Küche, den Weinkeller. Früher hatten die Wächters in der Hölle noch ein paar Gästezimmer, eine kleine Pension im Weingut, aber die haben sie schon vor längerer Zeit aufgegeben, es war viel Aufwand und hat sich kaum gelohnt. Gerlinde würde sich am liebsten ausschließlich ihrer Praxis als Homöopathin und Heilpraktikerin widmen, aber Markus besteht darauf, den Gutsausschank weiterzuführen. Das sei die beste Werbung für das Weingut, meint er, und der Wein müsse schließlich weggetrunken werden. Ist schon merkwürdig, dass Markus im Gutsausschank der Hölle das Sagen hat, und Gerlinde erledigt die Arbeit. Na ja, die beiden haben halt eine sehr traditionelle Arbeitsteilung, das regelt jedes Paar, wie es will. Was ich damit sagen möchte? Vielleicht, dass ich vor allem mit Gerlinde und den Gästen zu tun hatte, weniger mit Markus.*«*

Es war einer jener Tage gewesen, an die sich Maxi in allen Einzelheiten erinnerte. Es war unglaublich schwül gewesen. In der Nacht hatte es geregnet, und schon am frühen Morgen brannte die Sonne erbarmungslos. Das ganze Rheintal schien zu brodeln und zu dampfen, drückende Hitze lag über dem Land.

Sie fand Gerlinde im Vorratsraum neben der Küche, wo sie die Lebensmittel inspizierte.

»Ich bräuchte das alles nicht, ich könnte gut auf den Ausschank verzichten«, schimpfte sie. »Aber Markus ist schon sauer, weil wir später als die anderen aufmachen, er meint, ich hätte das lange genug hinausgezögert. Und wenn Markus es will, dann machen wir es halt. Wie es der Herr befiehlt.« Der Anflug von Rebellion in Gerlindes Stimme entging Maxi nicht.

»Bin ich die Einzige, die hilft?«, fragte sie.

»Morgen kommen drei Ukrainerinnen, dann sind wir zu fünft. Weißt du was? Ich mache das hier fertig und dann eine Pause. Geh du inzwischen zu Markus, er hat noch Papiere für dich. Und dann gehen wir spazieren, schlendern ein bisschen durch den Wald. Das einzig Gute an diesem Wetter ist, dass die Pilze bei der Feuchtigkeit wachsen.«

»Kommen die nicht erst im Herbst?«

»Ich kenne eine Stelle für Pfifferlinge. Die wachsen schon im Sommer, früher als viele andere Pilze. Markus ist übrigens im Büro, du triffst ihn dort an.«

Das Büro befand sich am anderen Ende des Gebäudes. »Anklopfen!« stand an der Tür. Es war keine Bitte, es war ein Befehl. Sie gehorchte.

»Herein!«

Sie trat ein.

»Komm her!«

Sie gehorchte wieder und trat an den Schreibtisch. Markus drückte ihr einen Ordner in die Hand.

»Lies!«, ordnete er an.

Sie tat, wie ihr geheißen wurde. Bei den Papieren handelte es sich um den Schriftwechsel mit dem Jugendamt, den er erwähnt hatte. Was Moritz daran hätte interessieren sollen, erschloss sich Maxi nicht. Sie fand die Briefe komplett langweilig: nichtssagende Berichte über Maxis schulische Leistungen, beschönigende Aussagen über ihre persönliche Entwicklung, adressiert an das Amt in Bad Schwalbach und in Kopie an ihren gesetzlichen Betreuer. Sie erinnerte sich, dass Bürger ihr beim Besuch in seiner Kanzlei eine Kopie der Akten angeboten hatte.

»Meinst du, Richard Bürger hat mehr Unterlagen?«, fragte sie.

»Weiß nicht, vermutlich schon«, brummte Markus. »Jetzt

ab zu Gerlinde, sie soll dir alles zeigen. Morgen geht es endlich los.«

»Zu Befehl!«

Markus blickte sie argwöhnisch an, er konnte es überhaupt nicht leiden, wenn man sich über ihn lustig machte. Dann scheuchte er sie mit einer ungeduldigen Handbewegung aus dem Büro. Was für ein Arsch, dachte sie im Hinausgehen.

Sie ging zurück zur Küche. Dort wartete Gerlinde auf sie, mit festem Schuhwerk, zwei Weidenkörben und zwei Messerchen. Ihre Augen hatten einen feuchten Glanz.

»Das haben wir früher oft gemacht, erinnerst du dich?«

Im ersten Jahr, das sie in der Talmühle verbracht hatte, waren sie öfter in die Pilze gegangen, Maxi hatte schöne Erinnerungen daran. Später hatte sie kein Interesse mehr gehabt; dass die Pubertät daran schuld gewesen sei, war vermutlich Gerlindes Erklärung.

Sie zogen los. »Die Örtlichkeiten kann ich dir nachher zeigen, also die Terrasse, die Gasträume, die Küche und das Weinlager«, meinte Gerlinde, als sie einen Trampelpfad zum Elsterbach hinabstiegen. Unten folgten sie dem Bachlauf. Eine Weile gingen sie schweigend nebeneinanderher, unterquerten die Landstraße und stiegen die Hölle hinauf.

»In die Johannisberger Hölle geht es nicht hinunter, in Johannisberg geht es die Hölle hinauf, das ist lustig, oder?«, sagte Gerlinde. »Hölle heißt nämlich Halde oder Hang«, fuhr sie fort. »Deswegen geht es bei uns die Hölle hoch. Zurück ist es natürlich umgekehrt.«

Ach Gerlinde. Maxi lachte, als hätte sie einen guten Witz gehört.

»Ich war bei Johanna in der Pfalz. Ich soll dich schön grüßen!« Auf eine Lüge mehr oder weniger kam es nicht an, Gerlinde hörte es bestimmt gerne. »Ich glaube, die kommt mit der, sagen wir mal, bestimmenden Art von Markus nicht so gut zurecht wie du.«

»Findest du, dass ich damit gut zurechtkomme, dass es mir

nichts ausmacht? Na danke. Jetzt hier rechts.« Gerlinde deutete auf einen Trampelpfad, der durch das Unterholz führte.

Danke für nichts.

»Er lässt niemanden neben sich gelten, stimmt's?«, stellte Maxi fest.

Sie erreichten eine Lichtung.

»Hier ist es schön moosig«, meinte Gerlinde. »Also feucht und mit Laub bedeckt. Pfifferlinge lieben die Nähe zu Fichten, Buchen und Eichen. Die sind hier alle vorhanden. Jetzt heißt es, sich auf den Boden konzentrieren. Genau gucken!« Sie folgten dem Waldrand rund um die Lichtung. »Weißt du noch, was ich dir damals über das Pilzesammeln beigebracht habe?«, fragte Gerlinde. »Oder hast du es vergessen?«

»Wenn man sich nicht gut auskennt, besser nur Pilze mit Schwamm sammeln«, erinnerte sich Maxi.

»Sehr gut, genau!« Gerlinde war zufrieden. »Die sind so gut wie nie giftig, die Pilze mit Schwamm. Bei Pfifferlingen muss man sich also auskennen, die haben nämlich Lamellen.«

Sie gingen langsam weiter.

»Da!«, rief Maxi. Sie hatte eine Gruppe der goldbraunen Schätze entdeckt.

Gerlinde prüfte einen der Pilze.

»Sehr schön!«, rief sie und begann, die Pilze mit ihrem Kneipchen kurz über dem Boden abzuschneiden. Maxi tat es ihr nach. Sie fanden eine ganze Menge der Pilze, bald waren die beiden Weidekörbe gefüllt. »Das hat sich gelohnt«, stellte Gerlinde zufrieden fest. »Eine tolle Ausbeute!«

Das fand Maxi auch. Es war Zeit, nach den Dingen zu fragen, die sie die ganze Zeit beschäftigten. »Johanna meinte, Markus hätte Fritz ausgebootet. Genau so hat sie es ausgedrückt.« Oder so ungefähr. »Ist da was dran? Was ist das für eine Geschichte mit dem Testament?« Das war nicht gerade subtil gefragt, aber subtile Fragen würde Gerlinde nicht verstehen. Also versuchte sie es gleich auf dem direkten Weg.

Gerlindes Miene verfinsterte sich. »Ich war selbst überrascht, richtig perplex, dass Gerda ihre Ankündigung nicht wahr gemacht hat. Von mir aus hätte sie Fritz ruhig etwas vererben können. Mir hätte das nichts ausgemacht, es wäre mir recht gewesen. Aber Markus meinte, es ist besser, wenn alles bei uns konzentriert ist, in einer Hand. Besser für den Betrieb, für die Familie, für Ben. Er wird schon recht haben. Aber es war Gerdas Entscheidung, wieso beschuldigt Johanna ihren Stiefvater? Gehen wir zurück? Jetzt steigen wir die Hölle hinab.«

Bevor sie die Lichtung verließen, stießen sie noch einmal auf eine Gruppe Pilze, für Maxi sahen sie aus wie Pfifferlinge, allerdings waren sie besonders farbintensiv.

»Die sind ja quietschorange!«

Maxi schnitt einige Pilze ab und zeigte einen davon Gerlinde.

Die musterte ihn genau, von oben und unten, von nah und fern, roch daran.

»Das ist kein Pfifferling, auch wenn er ihm sehr ähnlich sieht. Das ist ein Orangefuchsiger Raukopf, einer der giftigsten Pilze, die es überhaupt gibt, also richtig gefährlich. Den habe ich hier noch nie gefunden. Wirf ihn weg!«

Gerlindes Stimme klang entschlossen und bestimmt, aber Maxi folgte ihrer Aufforderung nicht, sie tat nur so. Es fühlte sich nicht richtig an, etwas wegzuwerfen, was so selten war. Und es fühlte sich aufregend an, etwas so Gefährliches zu besitzen.

»Alles klar!«

Sie gingen zurück zur Talmühle. Die Körbe mit den Pilzen stellten sie in der Küche ab, die orangefarbigen tat Maxi, als Gerlinde nicht richtig hinschaute, in eine Extratüte und legte sie beiseite.

»Ich zeige dir jetzt deinen neuen Arbeitsplatz.«

Gerlinde ging mit ihr durch die Küche, durch das Weinlager und die Gasträume, erklärte und kommentierte alles.

»Bei gutem Wetter, also wenn es nicht regnet, sitzen die Leute gerne draußen.«

Sag bloß, wollte Maxi antworten, aber sie riss sich zusammen. Sie hatte sich vorgenommen, freundlich zu Gerlinde zu sein. Auch wenn sie nervte, gehörte sie bestimmt zu den Guten.

»Ich zeig dir, wo.«

Draußen wurde es immer schwüler, ein Gewitter würde allen guttun, dachte Maxi. Ein Weg führte um das Hauptgebäude des Weinguts herum zu einer Terrasse, die sich unter alten Bäumen bis zum Elsterbach erstreckte.

»Heute Abend oder in der Nacht wird es ein Unwetter geben, aber morgen soll es vorbei sein. Hoffentlich regnet es morgen Nachmittag nicht, es wäre besser, wenn es trocken bleibt. Sonst müssen die Leute drinnen sitzen«, redete Gerlinde vor sich hin.

Sie zeigte ihr die Kisten mit den Polstern, die vor Eröffnung des Lokals verteilt werden mussten. Zurück gingen sie durch die Festhalle, an der Bildergalerie vorbei. Maxi blieb einen Augenblick stehen.

»Schöne Erinnerungen an früher«, plapperte Gerlinde weiter.

Maxi wurde schlecht. Woran soll man sich erinnern, wenn nicht an früher, wollte sie pampig antworten. Aber es war nicht Gerlindes Art, die ihr auf den Wecker ging. Beim letzten Mal, als sie hier gewesen war, war es ihr genauso ergangen. Sie befand sich wieder im Autopilotenmodus. Sie deutete auf die Fotografie einer Motoryacht, sie war ihr schon bei der Begegnung mit Markus aufgefallen.

»Was ist das?«

»Ein Schiff, also ein Boot.« Blöde Antwort auf eine blöde Frage.

Sie versuchte, sich zusammenzureißen und zu konzentrieren, so gut es eben ging. »Das sehe ich, liebe Gerlinde. Aber wem gehört es wohl?«, fragte sie sanft.

»Ja, wem gehört es wohl?« Gerlinde ging näher an die Wand und inspizierte das Foto. »Kann sein, dass es die Yacht von Richard ist.«

»Richard?«

»Richard Bürger. Ich war noch nie drauf auf dem Boot, ich

werde doch so schnell seekrank, dann muss ich speien. Aber ich glaube, dass es seines ist. Das müsstest du doch besser wissen. Du warst schon dort.«

Merkwürdig, dass sie sich daran nicht erinnern konnte, da war sie wahrscheinlich auch im Autopilotenmodus gewesen.

»Weißt du, wo es liegt?«

»Meistens im Hafen. Also, im Schiersteiner Hafen.«

Als sie vor einem Jahr bei Moritz in Schierstein angekommen war, hatte sie den Eindruck gehabt, in einer bekannten Umgebung zu sein. Sie fühlte sich beklommen, wenn sie am Hafen spazieren ging. Hing das mit dem Boot zusammen?

»Ich zeig dir noch die anderen Gasträume, die wir nutzen, wenn es draußen regnet, also bei schlechtem Wetter«, meinte Gerlinde und holte sie für einen Moment aus ihren Gedanken heraus.

Sie zeigte ihr die Winzerstube, die Bauernstube und die Jägerstube, redete ohne Unterlass, aber Maxi achtete nicht darauf. Die Winzerstube war mit Fässern, Flaschen und Trauben aus geschnitztem Holz dekoriert, die Bauernstube mit Eggen, Säcken und Ähren, die Jägerstube mit einer Flinte, einem Hirschkopf mit riesigem Geweih und einem ausgestopften Iltis.

»Ist dir nicht gut, Maxi?«, hörte sie Gerlindes Stimme aus der Ferne.

»Alles bestens.«

Zusammenreißen. Konzentrieren. Den Boden unter den Füßen spüren. Das ging erstaunlich gut, seit sie nichts mehr rauchte. Aber nichts war bestens. Sie verabschiedete sich bis zum nächsten Tag.

***

»Dass Ginger Havemann wegen Recherchen ins Wispertal wollte, das wusste ich, ich bin mir aber nicht sicher, wann ich davon erfahren habe. Es hatte mit der Adresse zu tun, die Markus mir gegeben hat, da gibt es einen Hof, wo man in einer Art

Crashkurs den Jagdschein machen kann. Moritz soll sich dafür interessiert haben. Mehr weiß ich nicht. Was genau ist denn im Wispertal passiert?«

Die Detektivin war mittags bei Helene vorbeigekommen und hatte vom Fortgang der Recherchen berichtet, von ihrem Besuch bei Richard Bürger, von Philipps Vater, von dem Schrebergarten in der Gibb und dem betrunkenen Nachbarn, von einem Amöneburger Motorradhändler und den Devils. Maxi hatte Probleme gehabt, sich auf das Gespräch zu konzentrieren, sie hatte andauernd an ihren Besuch in der Hölle am Morgen gedacht. Sie wäre am liebsten weggerannt oder wollte Ginger Havemann anschnauzen, sie solle sie in Ruhe lassen.

Der betrunkene Schrebergärtner hatte sie gesehen, als sie das Paket aus dem Gartenhaus holte, und hatte es Havemann gesteckt. Im Nachhinein betrachtet, hätte sie der Detektivin gleich sagen können, wo die Hütte lag und dass sie noch einmal dort gewesen war. Warum hatte sie es verschwiegen? Sie wollte mit dem Ort nicht in Verbindung gebracht werden, das war nun gründlich danebengegangen. Sie konnte so ein Verhör, wie es die Detektivin mit ihr veranstaltete, gerade überhaupt nicht gebrauchen, sie musste ihre Gedanken ordnen und sich einen Plan zurechtlegen. Sie redete sich heraus, indem sie auf den Alkoholpegel des Idioten hinwies. Aber die Detektivin war misstrauisch geworden, das spürte Maxi, sie hatte so etwas schon die ganze Zeit befürchtet.

Am liebsten hätte sie alles erzählt. Das wäre möglicherweise besser gewesen, aber da wusste sie noch nicht, was sie heute wusste, ahnte es allenfalls, und deswegen hatte sie nach Ausflüchten gesucht. Erst einmal über Dinge reden, die unproblematisch waren, vielleicht fiel ihr währenddessen noch etwas ein. Also hatte sie über die letzte Nacht mit Philipp geredet, wiederholt, was sie der Detektivin schon zu Beginn ihrer Recherche erzählt hatte, schließlich hatte sie einen plausiblen Grund gefunden, warum sie noch einmal dort gewesen war.

Den schien Ginger Havemann als Erklärung zu akzeptieren.

Sie wechselte das Thema und fragte, ob sie sich Moritz' Interesse für ihre Betreuungsakte erklären konnte. Moritz habe auch Bürger danach gefragt.

Maxi war froh gewesen, dass es nicht mehr um die Nacht im Mosbachtal ging und nicht mehr darum, was sie dort Monate später zu suchen hatte. Über den Besuch von Moritz bei Bürger und sein Interesse für die Betreuungsakte hatte sie sich zwar gewundert, aber es hatte etwas Beruhigendes, darüber zu sprechen. Was immer in der Akte stand, über ihre Zeit in der Hölle, vielleicht auch über die Todesumstände ihrer Mutter, es konnte ihr nicht gefährlich werden. Sie war damals ein Kind gewesen. Sie konnte nur berichten, dass der Schriftwechsel, den Markus Wächter aufbewahrt hatte, ziemlich unergiebig war. Sie schlug vor, die Akte bei Bürger anzufordern, das fand Ginger Havemann eine prima Idee. Zuletzt erinnerte sich Maxi an den Zettel mit der Adresse, die Markus ihr gegeben hatte, und händigte ihn der Detektivin aus. Das schien sie zu interessieren. Sie fragte, ob Moritz ihr gegenüber davon gesprochen habe, dass er den Jagdschein machen wolle. Sie konnte sich nicht daran erinnern, sie fand es merkwürdig, aber ausschließen wollte sie es nicht.

Schließlich kam Ginger Havemann auf den Mann zu sprechen, der Moritz' Eltern auf dem Gewissen hatte. Fritz hatte dazu einiges zu sagen, Maxi hörte gar nicht mehr richtig hin. Sie war in Gedanken in der Hölle, bei dem, was sie dort gesehen und gehört hatte. Sie ahnte, dass ihre Suche nach der Wahrheit bald enden würde, auch wenn sie immer noch rätselte, wohin sie sie führen würde.

Als die Detektivin wieder aufbrach, war Maxi froh. Aber sie war mit sich unzufrieden. Die Wahrheit zu suchen und andere Leute anzulügen, das passte nicht richtig zusammen. Manchmal konnte sie sich tatsächlich nicht erinnern, manchmal tat sie nur so und verheimlichte etwas. Mal belog sie sich selbst,

mal andere. Das war nicht wirklich schön, vor allem, weil sie
es nicht verstand.

***

*»Ich war noch mal in Moritz' Haus, Briefkasten leeren, Blumen
und Küchenkräuter gießen, nach dem Rechten sehen. Ich habe
dort einen Brief für Moritz gefunden, den ich der Detektivin
gegeben habe.«*

Am Abend fuhr Maxi nach Schierstein an den Hafen. Der Millennium Falke ächzte und klapperte, als wolle er sie mit seinem
infernalischen Lärm vor etwas warnen. Noch vor Kurzem hätte
sie das zaudern lassen, vielleicht von ihrem Weg abgebracht.
Aber nun spürte sie eine neue Entschlossenheit. Sie parkte vor
Moritz' Haus, ging hinein und schaute nach dem Rechten,
lüftete alle Zimmer, hörte den Anrufbeantworter ab, goss die
Küchenkräuter. Doch deswegen war sie nicht nach Schierstein
gekommen. Sie ahnte, dass sie hier am Hafen die Antworten auf
viele Fragen finden würde, die sie schon vor langer Zeit hätte
stellen sollen. Unbeantwortet waberten sie wie Nebelschwaden
um sie herum und nahmen ihr die Sicht und den Atem.

Der Abend war warm und schwül. In der Nacht sollte es
gewittern. Sie ging die Hafenstraße entlang, inspizierte alle
Bootsstege. In der Zeit, als sie hier gewohnt hatte, war sie oft
die Promenade am Kai entlanggeschlendert, warum sollte sie
ausgerechnet jetzt etwas entdecken? Motorboote, Segelboote
und Motorsegler waren hier vertäut, auf den Decks saßen Menschen zusammen, die aßen, tranken und schwatzten, manche
nach einer Fahrt auf dem Rhein, andere einfach am Feierabend.
Die Terrassen der Restaurants waren gefüllt. Alle nutzten die
Zeit vor dem angekündigten Unwetter.

Der Wind frischte auf, das Gewitter kam möglicherweise
schneller als gedacht. Sie wollte das Hafenbecken umrunden.
Auf der dem Fluss zugewandten Seite führte ein Weg auf einer

Landzunge bis zur engen Hafeneinfahrt. Auch hier lagen Bootshäuser, Stege, einige kleine Kneipen. Die Beine wurden ihr schwer. Als sie diesen Weg im Winter einmal einschlagen wollte, war sie nach wenigen Minuten wieder umgekehrt. Es konnte sein, dass damals ihr Niedergang begonnen hatte, die Panik, die Schlaflosigkeit, das Elend.

Dieses Mal ging sie den Weg bis zum Ende. Vor dem letzten Steg stand links des Weges ein Holzverschlag mit Terrasse, der sich »Hafenkneipe« nannte. Auch hier war es gerammelt voll, ein Plakat pries Kaffee und Streuselkuchen, Bier vom Fass, Hotdogs und Burger an. Aus dem Innenraum ertönten Geschwätz, Gelächter und Schlagermusik. Schwarze Wolken zogen auf, der Wind wurde stärker. Die Leute feierten bis zum Schluss. Über dem Eingang der Baracke hing ein Blechschild: »Nimm mich mit, Kapitän, auf die Reise«.

Neben dem Schuppen führte ein Trampelpfad zum Bootssteg. Dort lag die Yacht, die sie auf den Fotos gesehen hatte. Von der Terrasse der Hafenkneipe aus hatte man freie Sicht auf das Boot. Natürlich kannte sie es, nun fiel ihr alles wieder ein. Ein erster Blitz durchzuckte den Himmel über Schierstein.

Der Sturm fegte alle Vergnügungssuchenden von den Terrassen und den Bootsdecks. Ein sintflutartiger Regen machte den Aufenthalt im Freien unmöglich. Maxi hastete zurück in die Hafenstraße und brachte sich in Moritz' Haus in Sicherheit. Es regnete den ganzen Abend. Sie leerte den Briefkasten und fand eine dicke Briefsendung von einer Jagdschule aus Rüdesheim. Was wollte Moritz dort? Lag Markus mit seiner Vermutung richtig? Sie steckte den Umschlag in ihren Rucksack. Sie versuchte, es sich im Wohnzimmer gemütlich zu machen. Aber es war ihr gerade nicht nach Gemütlichkeit, sie konnte nicht zur Ruhe kommen.

Die Fotografien, die sie gestern in der Hölle angeschaut hatte, ließen sie nicht mehr los. Sie hatte sie schon oft gesehen, aber gestern hatten sie eine Unruhe ausgelöst, von der sie nicht mehr loskam. Sie erinnerte sich an das beklemmende Gefühl, das sie überfallen hatte, als Moritz sie mit zu sich nach Hause genommen hatte. Sie hatte das auf ihre Angst vor den Devils zurückgeführt, auf ihre Sorge, von ihnen verfolgt zu werden, auf ihren Schreck, als sie erfuhr, dass Moritz ein Bulle geworden war. Aber vielleicht war es der Hafen gewesen, der sie beunruhigte.

Sie musste sich möglichst bald Gewissheit verschaffen. Bis es so weit war, blätterte sie in den Unterlagen aus der Jagdschule. Es war nicht zu fassen, Moritz schien tatsächlich vorzuhaben, den Jagdschein zu machen. Sie steckte den Brief wieder zurück in den Rucksack. Sie hörte ein paar von Moritz' Lieblingsplatten, Songs von Elvis, »Burning Love«, »Jailhouse Rock«, »In the Ghetto«, und von Doris Day, »Qué será, será«. Die Unruhe verschwand nicht.

Weit nach Mitternacht, als das Unwetter vorbei war, machte sich Maxi noch einmal auf. Warmer Dunst stieg aus dem Wasser auf, Dunkelheit und Stille lagen über dem Hafen. Sie hatte das Lockpickingset mit, das ihr in Frankreich gute Dienste geleistet hatte, Spanner, Hook, Schlange, Schneemann. Nach einer Viertelstunde war sie wieder an der Kneipe neben der Hafeneinfahrt. Das Boot dümpelte ruhig im Wasser. Sie schaute sich um, keine Menschenseele störte sie jetzt.

Das Erste, was sie sah, als sie sich dem Steg näherte, war die Schlange, die den Bug zierte. Die Schlange aus ihren Alpträumen. Als sie mit einem beherzten Schritt an Deck sprang, spürte sie den schwankenden Boden unter sich. Auch das kam ihr wohlbekannt vor. Es fiel ihr überraschend leicht, sich an Bord zu orientieren. *Nimm mich mit, Kapitän, auf die Reise.* Sie hielt sich an der Reling fest und ging zum Heck. Dort hing ein Beiboot an den Davits.

Die Tür zur Kajüte war verschlossen. Kein Problem, Hook und Spanner machten ihre Arbeit. Sie schlüpfte ins Innere des Schiffs. Im Salon hing der Geruch von kaltem Zigarrenrauch und billigem Rasierwasser. Mit ihrer Handylampe beleuchtete Maxi die Bilder an den Wänden, schwarz-weiße Fotografien alter Militärschiffe. Im Heck lag die Kapitänskajüte. Maxi bemerkte, dass ihre Hände und Knie zu zittern begannen, als sie die Tür öffnete. In der Kajüte standen ein großes Bett und ein Stativ, auf dem Stativ war eine Videokamera montiert, die Speicherkarte war entfernt. Auf dem Bett lagen eine lange Schlange aus Stoff und zwei Masken, die Maske eines Clowns und die eines Pestarztes.

Maxi taumelte zurück in den Salon, setzte sich. Sie rief sich zur Ordnung: Reiß dich zusammen, konzentriere dich! Sie verließ die Kajüte, setzte sich in die Plicht, versuchte zur Ruhe zu kommen. In der Ferne sah man ein Wetterleuchten.

Plötzlich waren alle Erinnerungen wieder da. Eine Weile konnte sie nicht stoppen, was passierte, wieder war sie ausgeliefert, diesmal dem anschwellenden Strom der Bilder. Aber sie war stärker geworden, und bald war ihr klar, dass sie etwas unternehmen musste, wenn sie weiterleben wollte. Sie war fest entschlossen, sich nicht unterkriegen zu lassen. Die nächste Gewitterfront nahte.

NEUN

Ginger hatte unruhig geschlafen. Am Morgen war sie benommen aufgewacht, ohne sich an einen alkoholischen Exzess zu erinnern. Sie schob Kopfschmerzen und Müdigkeit auf das Gewitter, das die ganze Nacht über der Stadt gewütet hatte. Nach einem doppelten Espresso machte sie sich an die Arbeit.

Das Büro von Heribert Best befand sich in bester Lage in der Wiesbadener Taunusstraße, in der Nachbarschaft von Läden, in denen edle Mode oder ausgefallene Einrichtungsgegenstände verkauft wurden. Im Schaufenster hingen Exposés von Gründerzeitvillen, die zu astronomischen Preisen zu kaufen waren, und von Altbauetagen, die mehr kosteten als andernorts ganze Häuser.

Als Ginger eintrat, kam ihr eine junge Frau entgegen. Der kurze Rock und das eng anliegende T-Shirt betonten, was sie zeigen wollte. Sie schien Gingers finanziellen Status zu taxieren, und als sie sich ein Urteil über die Bonität der Besucherin gebildet hatte, verlangsamte sie ihre Schritte, das beflissene Lächeln wich einer kühlen, abwartenden Miene.

»Wie kann ich Ihnen helfen?«, fragte sie geschäftsmäßig freundlich. »Mein Name ist Meyer, Meyer mit e-y.«

Ginger gab Frau Meyer ihre Visitenkarte und erklärte, sie suche den verschwundenen Moritz Berghaus und glaube, dass er in den letzten Wochen hier gewesen sei. Sie zeigte der jungen Dame ein Foto auf ihrem Handy.

Für einen Augenblick huschte ein Zeichen des Erkennens über ihr Gesicht, dann hatte sich Frau Meyer wieder unter Kontrolle.

»Ich weiß nicht«, sagte sie ausweichend, »vielleicht hatte er mit Herrn Best zu tun. Ich schaue mal, ob der Chef gerade frei ist. Nehmen Sie doch Platz!«

Sie zeigte auf einen Ledersessel und verschwand durch die

Tür, durch die sie gekommen war, in den hinteren Teil des Büros.

Frau Meyer war bald zurück. »Herr Best ist in einer Besprechung, er bittet Sie, zu warten, es dauert höchstens eine Viertelstunde. Darf ich Ihnen einen Kaffee anbieten, einen Espresso, Cappuccino oder einen Latte?«

Ginger bat um einen Espresso ohne Zucker, der stilgerecht mit einem Glas Wasser serviert wurde. Frau Meyer verzog sich hinter einen Schreibtisch und widmete sich ihren Fingernägeln. Ginger wartete eine ganze Weile in dem klimatisierten Büro. Sie sah sich um: dunkles Parkett, hohe weiße Altbauwände und eine minimalistische Möblierung im Bauhausstil zeugten von Geschmack oder einem guten Innenarchitekten.

Nach zwanzig Minuten erschien Heribert Best, Frau Meyer beendete ihre Maniküre und wendete sich dem Aktenstudium zu. Best war Mitte vierzig, schlank, trug einen Dreitagebart, eine teure Uhr und einen italienischen Anzug aus beigefarbenem Leinenstoff.

»Wie kann ich Ihnen helfen?«, fragte er mit einer angenehmen, sonoren Stimme und setzte sich zu ihr. Als ob ihm Frau Meyer nicht ausgerichtet hätte, worum es Ginger ging. Sie erklärte es noch einmal, Best schaute sie prüfend an.

»Sind Sie da nicht ein wenig übereifrig?«, fragte er mit einem amüsierten Lächeln, als sie geendet hatte. »Ich könnte jetzt sagen, dass ich Ihnen nicht zu antworten brauche, dass ich die Privatsphäre meiner Kunden schützen will, dass es hier um Geschäftsgeheimnisse geht, dass Sie nur eine private Ermittlerin sind. Aber ich will ja helfen, bloß weiß ich nicht wie. Um Ihre konkrete Frage zu beantworten: Ja, Herr Berghaus war hier und wollte wissen, ob wir Immobilien schätzen und was das kostet.«

»Und, tun Sie das?«, fragte sie ihr Gegenüber. Tut das nicht jeder Makler, fragte sie sich selbst. Wieso wusste das Moritz Berghaus nicht?

»Wir machen das kostenlos. Natürlich freuen wir uns über

einen Auftrag, wenn der Kunde verkauft, aber die Schätzung ist unverbindlich.«

»Wollte Berghaus sein Haus verkaufen?«, fragte Ginger. Das hätte sie überrascht.

Best hob abwehrend die Hände. »Darüber haben wir gar nicht gesprochen. Es war nur eine allgemeine Anfrage. Manche Kunden wollen das aus bloßem Interesse wissen, andere möchten ihre Immobilie beleihen, nur ein Teil will verkaufen. Wir arbeiten oft pro bono, das ist unser Risiko.« Er lächelte gönnerhaft. »Um Ihre nächste Frage gleich zu beantworten: Nein, ich weiß nicht, wo Herr Berghaus stecken könnte. Er wollte sich die Sache durch den Kopf gehen lassen und sich im Herbst gegebenenfalls wieder melden.«

»Wie kam er auf Sie?«, wollte Ginger wissen.

»Das hätte ich ihn gefragt, wenn er einen Auftrag erteilt hätte. Meistens sind es persönliche Empfehlungen oder Werbung in der Zeitung, bei jüngeren Kunden auch Werbung im Netz. Möchten Sie noch einen Espresso?«

Sie lehnte ab. »Frau Meyer, hat sich Herr Berghaus noch einmal bei uns gemeldet?«, rief Best seiner Mitarbeiterin zu. Sie verneinte das, und Best hob bedauernd seine Schultern.

»Privat kennen Sie sich nicht, und Sie haben Moritz Berghaus zuvor noch nie gesehen?«

»Das hätte ich Ihnen doch als Allererstes gesagt«, antwortete Best in indigniertem Ton. »Frau Meyer, kannten Sie Herrn Berghaus schon vor seinem Besuch in unserem Büro?«, fragte er seine Assistentin.

»Ich kenne ihn auch nach seinem Besuch in unserem Büro nicht.«

Als Nächstes zeigte Ginger ein Bild von Philipp Bader und fragte nach ihm. Best betrachtete das Foto demonstrativ lange, fragte nach dem Zusammenhang zwischen Berghaus und Bader, den Ginger ihm allerdings nicht erklärte. Er rief Frau Meyer, die dazugestöckelt kam, das Bild auf Gingers Handy eine Weile mit gespieltem Interesse betrachtete, um dann mit

Bedauern in der Stimme eine Bekanntschaft mit dem Herrn zu verneinen.

Die Auskünfte, die sie hier erhielt, waren nichtssagend. Sie konnten der Wahrheit entsprechen oder komplett gelogen sein, dieses Mal hatte Ginger keine Intuition. Es war Zeit, sich zu verabschieden.

＊

Die Spedition Fuchs lag im Gewerbegebiet von Mainz-Kastel, zwischen einem Großmarkt und einer Gärtnerei. Im Hof standen drei Lkws, es waren Parkplätze für mindestens fünf weitere Laster vorhanden. Das Büro der Spedition befand sich in einer lang gezogenen Baracke am Rande der Parkplätze.

Ginger trat ein, eine Klingel wie aus einem früheren Jahrhundert kündigte ihr Kommen an. Aus dem Hintergrund kam eine hagere Frau auf sie zu, sie hielt sich aufrecht, aber es schien ihr schwerzufallen. Als sie näher kam, erkannte Ginger eine etwa sechzig Jahre alte Frau mit akkurater silbergrauer Frisur, einem geblümten Kleid und einer Perlenkette, die sich als Margot Fuchs vorstellte. Die Leiterin einer Spedition hatte sich Ginger anders vorgestellt, robuster, kräftiger und bodenständiger, aber der strenge und durchdringende Blick zerstreute jeden Zweifel, dass ihr Gegenüber die notwendige Härte für den Job mitbrachte und in der Lage war, sich durchzusetzen.

»Ich suche Moritz Berghaus, im Auftrag von Angehörigen.« Ginger zeigte ihre Visitenkarte und ein Foto. Sie klärte Fuchs in wenigen Worten über die Hintergründe ihrer Recherche auf.

Mit Gingers Erläuterungen gab sich die Spediteurin nicht zufrieden.

»Warum sucht die Polizei nicht nach ihm?«, wollte sie wissen.

Ginger erklärte, dass die Polizei nach so kurzer Zeit nur suche, wenn es deutliche Hinweise für ein Verbrechen oder einen Unfall gebe.

»Solche Hinweise gibt es in diesem Fall also nicht. Warum suchen Sie dann?«

Maxi sprach von Moritz' Zuverlässigkeit, von Terminen und Abmachungen, an die er sich nicht gehalten habe.

»Menschen ändern sich«, entgegnete Margot Fuchs. »Ich hielt meinen Mann für die Zuverlässigkeit in Person, bis er eines Tages verschwand. Ein halbes Jahr später tauchte er mit einer Brasilianerin wieder auf, die war dunkelbraun wie ein Sarotti-Mohr und hatte einen Riesenhintern. Verstehen Sie, was ich meine?«

»Wir haben Gründe, anzunehmen, dass Moritz Berghaus Hilfe braucht.«

»Und die wären?«

Das Kreuzverhör, in das Margot Fuchs sie nahm, missfiel Ginger. »Das kann ich Ihnen nicht sagen. Ich möchte von Ihnen lediglich wissen, ob Sie ihn kennen, ob Sie wissen, wo er sein könnte, und ob Sie ihn in letzter Zeit getroffen haben.«

Margot Fuchs holte ein Päckchen mit Zigaretten aus der Schreibtischschublade und bot Ginger eine an.

»Danke, ich habe es mir abgewöhnt.«

Margot Fuchs zündete sich eine Zigarette an und inhalierte tief. »Wenn Sie es nicht ertragen, dass ich rauche, müssen Sie gehen. Ich sehe nicht ein, dass ich in meinen eigenen Räumen nicht rauchen darf!«

»Kein Problem!«

»Sie haben keine Ahnung! Das ist sehr wohl ein Problem. Die Gewerbeaufsicht will mir das verbieten! In meinen eigenen Räumen will sie mir das Rauchen verbieten, dabei rauchen alle meine Fahrer! Alles wird in diesem Land reguliert und kontrolliert, das ist kein freies Land mehr!«

»Es gibt wirklich zu viele Regeln hierzulande«, räumte Ginger ein.

Margot Fuchs' Augen blitzten jetzt. »Für uns Deutsche gibt es zu viele Regeln! Wenn Sie aus Afrika kommen oder sonst woher, dann können Sie machen, was Sie wollen, da reguliert

Sie niemand. Aber wir sollten nicht über Politik reden«, sagte sie und nahm noch einen tiefen Zug. »Mein Arzt hat es mir verboten. Er meint, Aufregung schade meinem Blutdruck. So weit kommt es noch, dass mir diese Kopftuchmädchen und Messerstecher die Gesundheit ruinieren!«

Das Gespräch drohte zu entgleisen. »Kennen Sie Moritz Berghaus, oder kennen Sie ihn nicht?«

Fuchs drückte die Zigarette aus. »Ich kenne ihn. Er war vor ein oder zwei Wochen hier und hat sich nach den Preisen für einen Umzug erkundigt.«

»Er wollte umziehen?«

»Das würde sein Interesse für unser Unternehmen erklären.« Sie lächelte ironisch.

»Hat er gesagt, für wann er einen Lkw braucht und wohin er damit will?«

Fuchs bekam einen Hustenanfall. Nachdem sie sich erholt hatte, antwortete sie: »Nein, das hat er nicht getan. Und wenn er es gesagt hätte, wüsste ich nicht, ob ich es Ihnen verrate. Sie können viel behaupten, und eine Visitenkarte, auf der ›Private Ermittlerin‹ steht, kann sich jeder drucken lassen. Die Angehörigen, die Sie angeblich beauftragt haben, könnten bösartige Menschen sein. Aber ich muss mir all das nicht überlegen, ich will auch gar nicht behaupten, dass es so ist, man muss heute schließlich vorsichtig sein mit dem, was man sagt. Das alles ist komplett egal, weil Herr Berghaus mir nichts über seine Pläne verraten hat. Er wollte einfach nur wissen, was ein Lkw pro Tag zur Miete kostet, was er für Fahrer und Packer zahlen muss. War es das?«

»Die Antworten auf diese Fragen hätte er auch auf Ihrer Website finden können.«

»Was wollen Sie damit andeuten? Klar, das hätte er auch so herausfinden können, aber es gibt Menschen, die ziehen das persönliche Gespräch vor. Ist das auch schon nicht mehr erlaubt? Haben Sie damit ein Problem?«

»Keinesfalls.«

»Na, dann ist ja gut. Haben Sie sonst noch Fragen?«

Jede Menge, aber vermutlich würde Margot Fuchs keine einzige einfach nur wahrheitsgemäß beantworten.

»Ja.« Sie zeigte ihr ein Foto von Philipp Bader. »Kennen Sie den?«

Fuchs sah sich die Aufnahme lange an. Dann schüttelte sie den Kopf. »Kenne ich nicht. Wer soll das sein?«

Dieses Mal glaubte ihr Ginger. »Vielen Dank, Sie haben mir sehr geholfen«, sagte sie zum Abschied.

Margot Fuchs schaute sie finster an.

Missmutig ging Ginger nach draußen und stieg auf ihr Motorrad. Der Tag verlief nicht so, wie sie es sich erhofft hatte. Sie bekam Lügen präsentiert, das spürte sie. Aber die dahinter verborgene Wahrheit konnte sie nicht einmal erahnen.

✳✳✳

Sie fuhr in den Rheingau. Die Unwetter der Nacht hatten kaum für Abkühlung gesorgt.

In Winkel verließ sie die Bundesstraße, nahm den Weg über Johannisberg nach Stephanshausen.

Tobias Niederau hatte seine Werkstatt am Ortsrand. »Reparaturen für Fahrzeuge aller Art« stand auf einem Blechschild über dem Garagentor der Werkstatt. Auf ihr Klingeln öffnete sich eine Seitentür des Gebäudes.

Ein junger Mann mit der Gestalt eines Grizzlybären kam heraus und musterte Ginger und ihre Carducci. Beides schien ihm zu gefallen, wobei die Begeisterung für die Maschine eindeutig überwog. Er hatte einen ölverschmierten Blaumann an, das runde, von Sommersprossen übersäte Gesicht war von einem schütteren rotblonden Bart umrahmt, und die kleinen listigen Augen erinnerten Ginger an eine Comicfigur aus ihrer Kindheit, Schweinchen Dick.

»Tobias Niederau. Und wer sind Sie?«, stellte er sich vor.

»Ginger Havemann, Private Ermittlerin. Ich suche im Auftrag von Angehörigen Moritz Berghaus, der seit über einer Woche verschwunden ist. Können Sie mir weiterhelfen?«

»Komm rein«, brummte Schweinchen Dick und zeigte ihr einen Platz, wo sie das Motorrad abstellen sollte. Sie schob es dorthin. »Ich bin der Tobias.«

Er schüttelte ihre Hand und machte eine einladende Geste. Sie betraten eine Art Büro, das mit einem Tresen, ein paar Sesseln vom Sperrmüll und einem Regal möbliert war.

»Ich muss gerade noch ein Telefonat führen, dann bin ich für dich da.« Er kramte in einer Schublade des Tresens. Er hielt wie zum Beweis sein Handy in die Höhe und verschwand durch die Tür, die in die Werkstatt führte.

Ginger schaute sich um. In den Regalen standen Modelle alter Motorräder, von BMW, DKW, NSU, Puch, Zündapp, aber auch Modelle von Matchless, Norton, Royal Enfield und Harley Davidson.

»Ich kann gar nicht genug von den alten Dingern bekommen.« Niederau war wieder zurück im Büro. »Alle aus Metall und Blech, total detailgetreu.«

»Kriegsfahrzeuge«, stellte Ginger fest.

»Das sammeln die Leute wie verrückt. Ich hab sie alle, die Motorräder der Wehrmacht, die der britischen Armee und die Harleys der Amis. Ich bin schließlich die Schweiz.«

»Die Schweiz?«

»Neutral halt.« Er lachte lange und laut über seinen Witz, Ginger rang sich ein Grinsen ab.

Er referierte über die verschiedenen Motorradtypen der Wehrmacht, über die jeweiligen Vor- und Nachteile, verglich die deutschen mit den britischen Maschinen und offenbarte ein profundes Wissen auf diesem sehr speziellen Gebiet. Irgendwann wurde er vom Klingeln seines Handys unterbrochen.

»Tut mir leid, ich muss mal ran!«

»Muss dir nicht leidtun.«

»Ja, liegt hinten im großen Werkzeugkasten. Ja. Genau da

kommt es hin. Wie besprochen. Ich bin gerade im Kundengespräch, tschüss!« Er beendete das Gespräch. »Wo war ich stehen geblieben?«

Ginger hörte ein Geräusch aus der Werkstatt. »Ist da jemand?«

Niederau blickte sie erstaunt an und hielt sich den Zeigefinger vor den Mund. »Psst!« Er ging zur Tür, öffnete sie einen Spalt und lugte hinein.

»Die Luft ist rein«, sagte er mit verschwörerischer Miene, als er sie wieder schloss.

»Du hast über die Motorräder im Zweiten Weltkrieg erzählt. Das ist wahnsinnig interessant, vielleicht können wir darüber ein anderes Mal weiterreden. Heute bin ich aus einem bestimmten Grund hier. Ich suche Moritz Berghaus.«

»Stimmt, das sagtest du schon. Wie kommst du darauf, dass ich dir bei deiner Suche weiterhelfen kann?«, fragte Schweinchen Dick.

»Berghaus war vor ein paar Wochen hier.«

»Und woher weißt du das?«

»Steht in seinem Kalender. Den hat er zu Hause liegen lassen, als er verschwand.«

Niederau sah sie prüfend an. Dieser Blick war ihr schon bei Best und Fuchs aufgefallen. War sie zu misstrauisch und interpretierte zu viel in das Mienenspiel anderer hinein?

Niederau grinste. »Er war tatsächlich hier. Er hat eine Harley, ein tolles Teil, ich sollte die Inspektion machen.«

»Verstehe.«

»Hab ich gerne gemacht. So eine weiße Harley ist eher selten. Dein Moped ist aber auch ganz schön geil.« Er lächelte anzüglich.

»Danke.« Immer nur lächeln und immer vergnügt sein. »Ist Berghaus schon länger dein Kunde?«

Schweinchen Dick schüttelte den Kopf. »War das erste Mal da. Warum fragst du?«

»Nur so. Er ist also kein Bekannter von dir.«

»Jetzt schon. Dein Moped ist auf Basis von einer Harley gebaut, richtig?«

»Richtig, eine Carducci Adventure.« Warum nicht ein wenig fachsimpeln, um die Beziehung zu festigen, dachte Ginger.

»Klingt italienisch.«

»Ist aber amerikanisch, der Ingenieur heißt Jim Carducci und hat seinen Laden in Kalifornien.«

Ginger nannte einige Details über ihr Motorrad, Niederau hörte aufmerksam zu, stellte fachkundige Fragen.

»Und wie bist du an das ausgefallene Teil gekommen?«

»Hat mich ein Freund draufgebracht, der ist mit so einer Maschine durch die Staaten gefahren.«

Die Erinnerung an Daniel versetzte ihr einen Stich ins Herz. Früher hätte es sich angefühlt, als zerreiße es sie. Bei jeder Erinnerung an ihn, bei jeder Erwähnung seines Namens überfielen sie die Bilder des Unfalls, bei dem er verblutet war. Aber das war lange her. Eine ewig lange Weltreise und eine noch längere Psychoanalyse lagen zwischen heute und damals.

»Hallo«, rief Niederau ihr zu. »Ist was?«

»Alles bestens.«

Sie musste sich besser konzentrieren, durfte nicht mit den Gedanken abschweifen und sich nicht ausfragen lassen. Sie war diejenige, die die Fragen stellte.

»Ist jetzt vielleicht schwierig zu beantworten, wenn du ihn noch nicht lange kennst, aber ist dir bei Berghaus irgendetwas aufgefallen? Über was habt ihr gesprochen?«

Niederau überlegte einen Moment. »Er hat mich gefragt, wo man hier in der Gegend den Jagdschein machen kann, ich habe ihm die ›Alte Villa‹ genannt, aber den Tipp hatte er schon.«

»Woher wusste er, dass du Jäger bist?«

»Muss man nicht sein, um so was zu wissen, die ›Alte Villa‹ ist hier in der Nähe. Aber ich bin tatsächlich Jäger. Keine Ahnung, woher er das wusste.« Er überlegte einen Moment. »Vielleicht hat er mich doch schon mal gesehen. Jetzt, wo du fragst, fällt es mir wieder ein. Ich meine, dass der um ein paar

Ecken mit Markus von der Johannisberger Hölle verwandt ist. Markus ist ein Jagdkamerad, ich bin manchmal im Mühlental. Markus hat ihn wahrscheinlich zu mir geschickt, und der Tipp mit der ›Alten Villa‹ stammt bestimmt auch von ihm.«

Schon wieder klingelte Niederaus Handy. »Alles klar, dann weiß ich Bescheid «, beschied er den Anrufer. »Heute ist wirklich der Teufel los«, sagte er zu Ginger. »Ich muss noch zu einem Kunden, sein Bike ist liegen geblieben.«

Sie verabschiedeten sich. Als sie nach draußen ging, fiel ihr Blick auf ein Kinoplakat, das in der Ecke hing. »So war der deutsche Landser – die verheizte Generation«.

Schon ein merkwürdiger Typ, dachte sie, als sie auf ihr Motorrad stieg.

***

»Ich suche ein Geschenk für meinen Mann«, sagte die Dame vor ihr, wobei sie den letzten Vokal lange dehnte und fast singend intonierte. Die »Hubertuskammer« befand sich direkt an der Rüdesheimer Rheinfront, einen Steinwurf von Amsel- und Drosselgasse entfernt. »Alles, was das Jägerherz begehrt«, konnte man hier kaufen, zumindest versprach das der Schriftzug über dem Schaufenster.

»Mein Mann ist Jäger. Neuerdings will er auf die Blattjagd gehen, wissen Sie da Bescheid? Was braucht er denn dafür, Herr …?«

Der Ladenbesitzer, ein älterer Herr mit gezwirbeltem silbergrauem Schnurrbart, hieß passenderweise Förster und lächelte nachsichtig. »Die Beratung wird einen Moment dauern«, rief er Ginger zu, um sich dann seiner Kundin zu widmen.

»Aber selbstverständlich kenne ich mich mit der Blattjagd aus, gnädige Frau. Bei der Blattjagd locken die Jäger die Böcke an, indem sie den Ruf der Ricken imitieren. Sie findet während der Brunftzeit der Rehe statt. Die beginnt jetzt bald und reicht bis in den August. Ihr Mann braucht neben Gewehr und

Fernrohr dafür Tarnkleidung, Mückenschutz, Handschuhe und einen Blatter.«

»Die Jäger legen falsche Fährten? Sie führen das Rehmännchen in die Irre, indem sie es glauben lassen, ein Rehweibchen rufe nach ihm?«

»Es heißt Bock und Ricke.«

»Egal. Ist das nicht gemein?«

»Ich würde es waidmännische List nennen.«

»Aha. Und was genau ist jetzt ein Blatter?«

Auf diese Frage schien Herr Förster nur gewartet zu haben. »Nun, es gibt Rehblatter und Universalblatter, Mundblatter und Handblatter. Bei allen Blattern werden die Töne von zwei Lamellen oder Membranen erzeugt, beim Handblatter wird der Luftstrom mit einem Blasebalg, beim Mundblatter mit dem Mund erzeugt. Beim Rehblatter werden die verschiedenen Töne der Rehe erzeugt, also der Rickenfiep, der Sprengfiep, der Kitzfiep und das Eifersuchtsgeschrei. Bei Universalblattern können Sie auch andere Töne imitieren, zum Beispiel das Vogelangstgeschrei und die Hasenklage.«

»Die Hasenklage?«

»Die verwendet man bei der Fuchsjagd. Man imitiert den Ruf eines verletzten Hasen, um den Fuchs anzulocken.«

»Man jagt den Jäger, indem man ihm eine Falle stellt?«

»Genau so ist es.«

»Also ich weiß nicht, was ich von dem Hobby meines Mannes halten soll, Tiere in der Brunftzeit zu schießen …«

»Kein Jäger schießt den Bock von der Ricke!«, beteuerte Herr Förster.

»Das wäre ja noch schöner!«, rief die Dame.

Das Lächeln des Ladenbesitzers wurde angestrengter. Er holte eine Art Pfeife aus der Schublade. »Darf ich Ihnen diesen Universalblatter empfehlen? Er besteht aus dem Edelholz Wenge, hat zwei Lamellen und platinvernetzte Silikonringe und wird in einer Filztasche geliefert. Ich habe einen zu Demonstrationszwecken in Gebrauch. Darf ich Ihnen etwas vorblatten?«

Er nahm ein zweites Exemplar zur Hand, erklärte die Blas-technik mit eingerollten Lippen, erwähnte die Wichtigkeit eines trockenen Luftstroms und blies in den Blatter. Die Fieptöne waren unterschiedlich hoch und lang gezogen, Ginger hätte sie für Vogelgeschrei gehalten, die Hasenklage erinnerte entfernt an Babyschreie.

»Und, wäre das was für Ihren Mann?«, fragte Herr Förster nach der Vorführung.

Die Frau lächelte fasziniert und ein wenig angeekelt, suchte einen Moment nach Worten.

»Packen Sie es ein!«, sagte sie schließlich.

Herr Förster schaffte es in der folgenden Viertelstunde, seiner Kundin noch eine Jacke in Tarnmuster, einen Mücken-schleier und Handschuhe zu verkaufen. Das alles sei für die Blattjagd unentbehrlich, helle Hände, eine unifarbene Jacke und einen nach Mücken schlagenden Jäger würden Rehböcke trotz Brunftzeit ohne Weiteres erkennen und meiden.

»Was darf es für Sie sein?«, wandte sich Herr Förster an Gin-ger, nachdem er die Dame zur Tür geleitet hatte. Seine Augen funkelten, er hatte Blut geleckt. Ginger tat es leid, dass sie nur eine Auskunft haben wollte.

Gesehen hatte Herr Förster Moritz Berghaus noch nie, aber angerufen habe er vor ein paar Tagen tatsächlich. »Wir führen in der Alten Villa im Wispertal einen Intensiv-Vorbereitungs-kurs zur Erlangung des Jagdscheins durch, mit Schießübungen, theoretischem und praktischem Unterricht. Am Ende steht die Jagdprüfung. Das Ganze dauert drei Wochen. Ich habe Herrn Berghaus darauf hingewiesen, dass es unabdingbar ist, unsere Unterlagen vorab durchzuarbeiten, und dass er dafür nicht mehr viel Zeit habe. Er meinte, ich solle ihm alles zuschicken. Das tue ich normalerweise ohne Anzahlung nicht, aber weil wir so knapp mit der Zeit waren, habe ich eine Ausnahme gemacht.«

Ginger fragte, wie Herr Förster Werbung mache.

»Ich habe eine Website für meinen Laden. Alleine mit der Laufkundschaft kann man in Rüdesheim kein Jagdgeschäft betreiben. Neunzig Prozent der Verkäufe werden online abgewickelt, vor Ort bin ich bloß noch aus nostalgischen Gründen. Mein Sohn managt das Online-Geschäft und wird den Laden später schließen. Was war noch mal Ihre Frage?«

»Wie Sie Werbung für die Kurse machen.«

»Im Internet, über die Website. Die betreibt, wie gesagt, mein Sohn. Herr Berghaus kam allerdings ganz traditionell auf Empfehlung eines Kunden, von Markus Wächter.«

»Woher wissen Sie das?«

Herr Förster hielt das offensichtlich für eine ziemlich merkwürdige Frage, entsprechend irritiert schaute er Ginger an.

»Er hat es so gesagt.«

Das Telefonat habe vor zwei oder drei Tagen stattgefunden, und er habe noch am selben Tag die Unterlagen an seine Adresse in Wiesbaden abgeschickt. Ginger fragte, ob er sich bei dem Datum sicher sei, und Förster bestand darauf. Führte Berghaus bloß eine Komödie auf? Warum tat er das? Sie fragte nach Markus Wächter. Der sei seit Jahren bei ihm Kunde, antwortete Förster, kaufe gelegentlich Jagdausrüstung oder Munition bei ihm. Und auch Tobias Niederau kenne er, das sei ein Jagdkamerad von Markus Förster.

»Bestimmt klärt sich alles auf, alles ist nur ein Missverständnis«, meinte Förster hoffnungsfroh. »Am Samstag wissen wir mehr, da beginnt der Kurs.«

»Rufen Sie mich an, wenn Herr Berghaus erscheint?«

»Ich glaube, da werde ich ihn vorher fragen. Aber ich kann ihm auf jeden Fall Ihre Karte geben.«

***

Auf dem Weg nach Wiesbaden fuhr Ginger in Johannisberg vorbei. Helene Busch war alleine zu Hause. Sie bat sie herein und führte sie auf die Terrasse.

»Wollen Sie eine Tasse Tee? Die richtige Zeit wäre jetzt. Wie wäre es mit einem Stück Apfelkuchen? Dafür ist immer die richtige Zeit.« Sie deutete auf den Kuchen, der auf dem Terrassentisch stand und ein verführerisches Aroma von Zimt und Karamell verströmte. Es war ein Angebot, das man nicht ablehnen konnte. Es gelang Ginger lediglich, die alte Dame davon abzuhalten, Sahne zu schlagen. Sie war so freigiebig, und Ginger hatte so wenig zurückzugeben.

»Ein Darjeeling First Flush, kalt aufgegossen«, erläuterte Helene, als sie Tee eingoss.

»Schmeckt super.« Das war ein banausenhaftes Kompliment, aber Helene schien es zu freuen.

Ginger fragte nach Maxi. Die war schon seit den Mittagsstunden im Gutsausschank der Wächters. Helene hatte sie am Morgen kurz gesehen, sie habe etwas von einem Brief gesagt, den sie in Moritz' Briefkasten gefunden habe.

»Sie wollte Sie anrufen.«

Auf Gingers Telefonliste war kein Anruf von Maxi vermerkt.

»Sie hat bestimmt viel zu tun. Gehen Sie einfach rüber und fragen Sie, was es mit dem Brief auf sich hat.«

Das würde Ginger als Nächstes tun.

Dann kam die alte Dame zur Sache. »Haben Sie eigentlich irgendetwas gefunden in den fünf Tagen, seitdem Sie für mich arbeiten? Sehe ich Gespenster und bezahle Sie dafür, dass Sie einer fixen Idee von mir hinterherrennen? Sollen wir die Suche abblasen? So wie ich die Angelegenheit mittlerweile sehe, gibt es nur zwei Möglichkeiten, wie sie ausgehen kann: Moritz taucht entweder wieder auf, dann ist alles gut, oder er taucht nicht mehr auf, dann ist es ein Fall für die Polizei.«

»Sie haben recht. Wenn er in Schwierigkeiten steckt, dann dauern diese Schwierigkeiten schon ziemlich lange an. Von Tag zu Tag wird die Wahrscheinlichkeit höher, dass ich bloß die Vorarbeit für die Polizei mache.«

Helenes Gesicht wurde grau. Ginger sollte ihr Mut machen. Sie erzählte, was sie von Herrn Förster erfahren hatte.

»Vielleicht taucht Moritz in wenigen Tagen bei diesem Jagdkurs auf.«

»Bis zu diesem Zeitpunkt bleiben Sie am Ball«, entschied Helene. »Wenn er dort nicht erscheint, wird die Polizei hoffentlich aktiv. Oder was meinen Sie? Woran arbeiten Sie eigentlich gerade?«

Ginger berichtete von den Fotos, die sie in Moritz' Cloud gefunden hatte. »Er hat ein paar Leute im Visier gehabt, von denen ich nicht weiß, was sie Gemeinsames haben. Ich weiß auch nicht, ob sie was mit seinem Verschwinden zu tun haben. Er hat ihre Autos auf dem Parkplatz des Gutsausschanks fotografiert.« Ginger nannte die Namen, bloß der Name von Richard Bürger sagte Helene etwas.

»Wann hat er diese Fotos gemacht?«, wollte sie wissen.

Ginger schaute in ihrem Handy nach und nannte das Datum.

»Das ist ein Montag gewesen«, stellte Helene nach einem Blick in ihren Kalender fest. »Montags trifft sich ein Freundeskreis von Markus, ich glaube, einmal im Monat. Da hat der Gutsausschank geschlossen. Moritz hat mich danach gefragt, er hatte von Gerlinde davon gehört.« Helene wirkte plötzlich bekümmert. »Wieso habe ich vergessen, das zu erwähnen? Das Gedächtnis wird nicht besser, Alter ist nichts für Feiglinge.«

»Es muss nichts bedeuten«, sagte Ginger.

»Doch! Es bedeutet, dass ich vergesslich werde«, widersprach Helene.

Ginger fragte, ob sie irgendetwas über diesen Freundeskreis wisse.

»Nein«, antwortete Helene finster. »Ich bin auch nicht traurig darüber. Es geht mich nichts an, aber dass Gerlinde Markus geheiratet hat, das ist ein großes Unglück. Und ein Teil dieses Unglücks kommt von dessen Freunden. Seit der Hochzeit bestimmen sie den Ton im Gutsausschank, nicht jetzt im Sommer, wo alle in die Heckenwirtschaften strömen, aber in ruhigeren Zeiten. Ich bin deswegen nicht mehr zu Gerlinde gegangen. Das war wahrscheinlich falsch, sie hätte ja gerade in der neuen Situation Freunde gebraucht. Aber diese Leute gehen mir derart gegen den Strich, dass ich mir noch nicht einmal ihre Namen gemerkt habe.«

»Was haben Sie gegen sie?«

Helene schüttelte den Kopf. »Ich bin nicht so tolerant, wie ich gerne wäre. Das sind Menschen, die völlig andere Werte haben als ich. Früher haben wir solche Leute Reaktionäre genannt und sie bekämpft, aber damit treibt man die gesellschaftliche Spaltung nur voran. Wenn man so denkt, ist man womöglich nicht besser als die, die man zu bekämpfen vorgibt. Was meinen Sie?«

Ginger war anderer Meinung, ging auf die Frage aber nicht ein. »Gehören Markus' Freunde zu einer politischen Gruppe?«

Das hielt Helene nicht für besonders wahrscheinlich. Ginger stellte noch ein paar weitere Fragen, kam aber nicht weiter. Moritz hatte nur dieses eine Mal nach dem Freundeskreis gefragt, zu keinem der Namen fiel Helene etwas ein. Irgendwann war die alte Dame gekränkt, dass Ginger ihre Fragen mehrfach wiederholte. Sie sei zwar vergesslich, meinte sie, aber so vergesslich nun auch wieder nicht.

Nachdem sie ihr Stück Apfelkuchen aufgegessen hatte, ging Ginger zum Gutsausschank der Wächters. Auf der Terrasse war lebhafter Betrieb. Maxi und drei weitere Frauen brachten Wein, Wasser, Spundekäs, Hausmacher Wurst und weitere rustikale Leckereien zu den Tischen. Die Menschen waren ausgelassen und fröhlich, freuten sich, dass das Unwetter vorbei war und das nächste auf sich warten ließ. Es war schon wieder unerträglich schwül.

Ginger nahm an einem freien Tisch Platz und winkte Maxi. Die erledigte einige Bestellungen und kam anschließend zu ihr.

»Ich bin gerade ziemlich beschäftigt, wollen Sie eine Bestellung aufgeben?« Maxi zückte ihren Block.

Ginger fragte nach dem Brief, von dem ihr Helene berichtet hatte.

»Richtig, ich wollte Sie deswegen anrufen. Ich war in Moritz'

Haus und habe im Briefkasten Post von einer Jagdschule aus Rüdesheim gefunden. Er hat sich zu einem Jagdkurs angemeldet, der jetzt am Wochenende beginnt. Vielleicht ist das ja wichtig.«

»Was halten Sie davon?«

»Keine Ahnung. Ich kann Ihnen den Brief holen. Es wundert mich, dass er nie darüber gesprochen hat.« Maxi wirkte angespannt.

»Aber das ist doch eine gute Nachricht, alles wäre nur ein Missverständnis gewesen, wenn er am Wochenende wiederauftaucht.«

»Ich hole Ihnen den Brief.«

Maxi stand auf, ging ins Haus und kam nach wenigen Minuten mit einem dicken Kuvert in der Hand zurück. Herr Förster bedankte sich im Anschreiben für die Buchung des Jagdkurses, verwies auf die beigefügten Unterlagen, die bis zum Beginn des Kurses durchzuarbeiten wären, und bat um die Überweisung von zweitausendneunhundertneunzig Euro, die Übernachtungskosten seien direkt vor Ort zu begleichen.

»Sie sind gar nicht erleichtert«, stellte Ginger fest.

»Das bin ich erst, wenn ich ihn mit meinen eigenen Augen gesehen habe. Warum sollte er aus einem Jagdkurs ein Geheimnis machen? Und warum macht er den alleine? Fritz hat mir verraten, dass er so etwas schon lange machen will. Moritz weiß das, warum hat er ihn nicht gefragt? Das macht alles keinen Sinn.«

Ginger spürte eine Unruhe bei Maxi, die weit über das hinausging, was man mit den gerade geäußerten Zweifeln erklären konnte. Es war eine existenzielle Spannung, bei der alles auf dem Spiel zu stehen schien, genauer konnte Ginger nicht in Worte fassen, was sie bei der jungen Frau wahrnahm.

»Alles okay bei Ihnen?«

»Ja«, sagte Maxi abwesend. »Alles wird gut.«

Ginger verließ die Terrasse und ging zu ihrem Motorrad. Maxi hatte gar nicht nach den Ergebnissen der heutigen Recherchen gefragt. Das konnte mit dem Trubel zu tun haben, der auf der Terrasse herrschte.

Als Ginger losfuhr, bog ein Wagen vom Höllenweg auf den Parkplatz des Gutsausschanks ein. Am Steuer saß Richard Bürger. Alles wird gut, hörte sie Maxis Stimme, als sie Gas gab. Sie hatte erhebliche Zweifel.

∗∗∗

In der Westendstraße warteten die Mitbewohner schon auf sie. Jo hatte einen sommerlichen Salat vorbereitet, Yasemin wollte sofort mit der Besprechung der Arbeitsergebnisse beginnen, Jo wollte eine Pause, Ginger keinen Streit. Sie einigten sich auf eine halbe Stunde ohne Diskussionen, ausschließlich Essen und Trinken gewidmet. Früher war Schweigen nicht notwendig gewesen, um Harmonie herzustellen. Ginger lobte das saftige Hähnchenfleisch –»paradiesisch!« –, Yasemin die würzige Mayonnaise – »hätte nicht gedacht, dass man aus Tofu so was Leckeres machen kann« –, Jo dozierte über den trockenen Gewürztraminer, den er in der Pfalz aufgetrieben hatte – »früher wurden die alle im klassischen Elsässer Stil ausgebaut, mit viel Restsüße, heute trauen sich die Winzer, auch trockene Weine aus der Rebsorte zu machen, bei denen das Rosenaroma hervortritt.«

Danach berichtete Ginger: »Ich hatte bei Best, Fuchs und Niederau den Eindruck, dass die vorbereitet waren. Alles wirkte stimmig und widerspruchsfrei.«

»Das gibt es auch, wenn Leute die Wahrheit sagen«, meinte Jo.

»Aber es gibt mehr Zögern, mehr Überraschung«, widersprach Ginger. »Und außerdem mag ich nicht glauben, dass Moritz eine Gruppe ihm bis zu diesem Zeitpunkt unbekannter Personen observiert und fotografiert und sie in den folgenden Tagen aus den Gründen aufsucht, die mir genannt wurden.«

»Zufall war es nicht«, überlegte Yasemin. »Er hat sie observiert, aus Gründen, die wir noch nicht kennen. Er ist zu denen aus der Gruppe gegangen, die ein Geschäft haben, die man problemlos und ohne auffällig zu werden, als Kunde kontaktieren kann. Dem Makler erzählt er was von einem Hausverkauf, dem Fuhrunternehmer von einem Umzug, und in die Werkstatt bringt er sein Motorrad zur Inspektion. So hättest du es auch angestellt.«

»Und warum hat er das gemacht?«, fragte Jo.

»Aus den gleichen Gründen, aus denen Ginger hingefahren ist. Er wollte sich von den Leuten ein Bild machen und hoffte auf einen unerwarteten Hinweis, ein kleines, verräterisches Detail«, antwortete Yasemin. »Er stochert im Nebel und hofft, auf etwas zu stoßen, er wirft einen Stein ins Wasser und schaut, wie weit sich die Wellen ausbreiten.«

»Vielleicht rennen wir einem Hirngespinst hinterher, so wie Moritz einem Hirngespinst hinterhergerannt ist«, meinte Ginger. »Aber wie wahrscheinlich ist das? Moritz stürzt sich in Recherchen, will Termine mit seinem Mentor und Kontakt zum LKA, und dann bucht er einen Jagdkurs und verschwindet?«

»Das wissen wir in ein paar Tagen«, sagte Jo. »Vielleicht will er in der ›Alten Villa‹ etwas recherchieren. Aber warum spricht er nicht mit jemandem, dem er vertraut? Warum redet er nicht mit Mayfeld?«

»Wenn er den Kurs nicht gebucht hat, wer hat es dann getan und warum?«, fragte Ginger.

»Es könnte ein Ablenkungsmanöver sein«, vermutete Yasemin.

Dieser Gedanke war Ginger auch schon gekommen. Aber als ihn Yasemin aussprach, beunruhigte er sie. Nicht das Ablenkungsmanöver bereitete ihr Sorgen, sondern das Ausmaß an Überlegung, Koordination und Organisation, das dafür notwendig gewesen wäre. Sie dachte an den Einbruch in Moritz' Haus, der fast keine Spuren hinterlassen hatte.

Sie durfte den Überblick nicht verlieren. »Wir haben nur wenige belastbare Hinweise, dass Moritz Berghaus gegen seinen Willen verschwunden ist«, fasste sie die Lage zusammen. »Wir haben keine Vorstellung, wo er stecken könnte, es gibt bloß die vage Hoffnung, dass er sich eine Auszeit nimmt, um am Wochenende bei einem Jagdkurs in der Nähe wiederaufzutauchen. Wir haben jede Menge unbewiesene Theorien, was er in den letzten Monaten neben seiner Arbeit unternommen haben könnte. Eine dieser Theorien kreist um das Verschwinden von Philipp Bader, einem ehemaligen Mitglied der Devils, der mutmaßlich in Drogengeschäfte verwickelt gewesen ist.«

»Kann man da überhaupt aussteigen?«, warf Yasemin ein. »Ist das nicht so ein ›Bis dass der Tod euch scheidet‹-Ding? Berghaus könnte bei seiner Suche nach Bader ein paar Leuten zu nahe gekommen sein, deswegen musste er verschwinden.«

»Ein anderer Verdacht richtet sich gegen seine Freundin Maxi«, sagte Ginger. »Das ist allerdings bloß so ein Gefühl. Es ist atemberaubend, wie schnell sie sich einem anderen Mann zugewandt hat, so als ob sie nur darauf gewartet hätte.«

»Sie ist halt kein Kind von Traurigkeit«, feixte Yasemin.

»Außerdem lügt sie. Sie ist an der Stelle, wo Philipp verschwunden ist, später gesehen worden und konnte oder wollte nicht erklären, was sie dort zu suchen hatte. Geht es um Drogengeschäfte?«

»Und dann gibt es noch den Freundeskreis, den Berghaus beschattet hat«, fuhr Jo fort. »Ich habe mich noch mal mit den Personen und ihrem Umfeld beschäftigt. Beginnen wir mit Rechtsanwalt Bürger. Der ist bei der Wahl seiner Mandanten nicht wählerisch. Er vertritt zum Beispiel die Devils. Das stand so zumindest in einem älteren Artikel im Kurier.«

»Das muss nichts heißen«, warf Yasemin ein.

»Und er verteidigt Rechtsradikale.«

»Es gibt einen Anwalt, der hat linksradikale Terroristen verteidigt und wurde später Innenminister«, bemerkte Ginger.

»Das kannst du nicht vergleichen«, protestierte Yasemin.

»Erst mal schon«, widersprach Jo. »Jemanden zu verteidigen heißt nicht, sich mit seinen Taten oder Haltungen zu identifizieren. Aber er trifft diese Leute auch privat. Lothringer ist ein rechter Propagandist, und Niederau soll Kontakte zur identitären Szene und zu Reichsbürgern haben.«

»Steht das auch in der Zeitung?«, stichelte Yasemin.

»Es gibt eine Website der Antifa, die nennt sich ›Nazimonitor‹. Die sind oft besser informiert als der Staatsschutz oder der Verfassungsschutz. Auf dieser Website taucht Niederau auf, bei einer Sonnenwendfeier mit germanischen Runen und militärischen Ritualen. Das ist kein gerichtsfester Beweis, aber für uns sollte es als Hinweis reichen. Auf demselben Fest wurden auch Lothringer und Wotan Fuchs, der Sohn von Margot Fuchs, gesehen. Vielleicht hat er Mama zu dem Treffen begleitet.«

»Oder umgekehrt.«

»Gibt es zu Fröbe etwas? Ich glaube, dass Moritz ihm misstraut und deswegen mit seinen Recherchen begonnen hat.«

»In den rechtsradikalen Chatgruppen der hessischen Polizei ist er nicht aufgetaucht. Aber das muss nichts heißen, die Identität von etlichen Mitgliedern ist bislang nicht geklärt.«

»Du meinst, das könnte ein rechtsradikaler Zirkel sein?«, fragte Ginger.

Jo nickte. »Von denen gibt es in der letzten Zeit immer mehr. Es ist leider nicht so, dass eine Gesellschaft, die nach rechts rückt, den rechten Rand wieder einsammelt. Dieser Rand fühlt sich bestärkt und rückt noch weiter nach rechts, weil er spürt, dass er auf einem Weg ist, auf dem ihm die Gesellschaft langsam folgt. Diese Gruppe hätte eine brisante Zusammensetzung, mit einem Polizisten und einem Offizier des Beschaffungsamtes der Bundeswehr als Mitgliedern. Ich werde mich im Netz weiter umschauen. Aber erst einmal sind das alles nur Vermutungen.«

»Über diese Leute wäre Moritz mehr oder weniger zufällig gestolpert?«

»Könnte sein. Er hätte auf der Suche nach Philipp Bader überall genau hingeschaut und wäre zufällig auf diese Gruppe aufmerksam geworden.«

Könnte, hätte, wäre. Davon hatte Ginger genug.

»Hast du die zweite Cloud geknackt?«, fragte sie Yasemin. Die schaute sie mitleidig an. »Das hätte ich dir doch als Erstes erzählt. Aber ich bin dran, gleich mache ich weiter damit. Leg du dich schon einmal hin.«

ZEHN

»Die Anschuldigungen, die die Polizei gegen mich erhebt, sind völlig haltlos. Vor allem aber hat Fritz mit alldem nichts zu tun. Ich habe nichts damit zu tun und Fritz noch viel weniger. Weniger als nichts geht nicht? Seien Sie nicht so spitzfindig! Sind Sie mein Anwalt oder der Staatsanwalt? Selbst wenn ich getan hätte, was man mir unterstellt, wäre es mir nie in den Sinn gekommen, Fritz mit hineinzuziehen.«

Sie blieben an diesem Morgen lange im Bett. Fritz hatte keine Termine an der Uni, und er flüchtete nicht mehr vor ihr. In den ersten Tagen, die sie zusammen waren, war der Sex zwar gut gewesen, aber hastig. Maxi hatte den Eindruck, dass Fritz Gewissensbisse plagten, weil er die Nachfolge von Moritz angetreten hatte, sobald sich eine Gelegenheit bot.

Bis vor Kurzem wäre es ihr recht so gewesen, sportlich, schnell und sachlich. Aber jetzt wollte sie den Moment auskosten, ihn am liebsten festhalten, sie spürte die Vorfreude, genoss den Augenblick und wurde melancholisch, wenn er vorüber war. Es war anders mit Fritz.

Vielleicht hatte sie so einen Mann noch nicht gehabt, vielleicht war sie offener für Gefühle und Nähe geworden. Angesichts dessen, was vor ihr lag, hätte sie angespannt sein sollen wie ein Bogen, kurz bevor die Sehne losgelassen wird und der Pfeil davonschnellt. Doch sie war so entspannt, als ob die entscheidenden Dinge bereits geschehen wären. Sie hatte einmal gelesen, dass Depressive in den Tagen vor dem Selbstmord heiter und gelassen wirkten, weil der innere Kampf zu Ende und die Entscheidung gefallen war. Daran erinnerte sie ihre Gemütslage, obwohl sie keineswegs vorhatte, sich das Leben zu nehmen, ganz im Gegenteil.

Sie wollte keine Geheimnisse mehr vor Fritz haben. In ein

paar Angelegenheiten blieb ihr zwar gar nichts anderes übrig, als zu schweigen, schließlich wollte sie weder Diskussionen führen und sich rechtfertigen noch ihn gefährden. Aber dort, wo es möglich war, wünschte sie sich, reinen Tisch zu machen. Also informierte sie Fritz über die zwei Pakete, die Philipp und sie aus Südfrankreich mit nach Deutschland gebracht hatten, von denen eines in Helenes Keller lag. Sie erzählte von Philipps Idee, die letzte Kurierfahrt auf eigene Rechnung zu machen, und von dem Stress, den er daraufhin mit den Devils bekommen hatte. Sie berichtete von ihrer Fahrt ins Mosbachtal, wo sie das Paket, das die Devils nicht gefunden hatten, an sich genommen habe. Sie fragte ihn, ob sie es verkaufen solle, für den Gegenwert des Pakets könnte man viele Drohnen anschaffen …

»Ich bin froh, dass du damit herausrückst, ich habe die ganze Zeit gespürt, dass du mir etwas verschweigst. Ich an deiner Stelle würde den Scheiß nicht verkaufen, ich würde ihn wegschmeißen«, war seine Antwort.

»Hunderttausend Euro einfach wegwerfen?« Maxi war fassungslos.

»Menschen ruinieren sich damit.«

»Die wollen das doch nicht anders.«

»Und deswegen muss man mitmachen?«

»Du studierst Weinbau. Man kann sich die Gesundheit auch mit Alkohol ruinieren!« Das war ein gemeiner und unfairer Vorwurf, den Maxi sofort bedauerte.

»Ja, aber es ist mit Alkohol nicht zwangsläufig so. Mach, was du willst, ich werde dich auch lieben, wenn du den Scheiß vertickst, aber von dem Geld will ich nichts haben. Vor allem will ich nicht, dass du dich in Gefahr bringst. Wenn diese Motorradgang Wind davon bekommt, dann machen die dich fertig, und wenn du der Polizei in die Hände fällst, dann wanderst du ins Gefängnis. Ich brauche nicht dein Geld, ich brauche dich.«

Maxi war gerührt. »Also wegwerfen …«

An den Gedanken musste sie sich erst gewöhnen. Aber es war nicht völlig ausgeschlossen, dass sie das tun würde. Es war verrückt, es widersprach ihrem bisherigen Verhalten, aber es fühlte sich gut an.

Doch es gab eine noch viel größere Sache, die sie seit ihrem Ausflug an den Schiersteiner Hafen beschäftigte. Eine Sache, in der sie Klarheit bekommen, die sie zu Ende bringen musste, auch wenn sie noch nicht wusste, wie sie es anstellen sollte und was es für Konsequenzen für sie und für Fritz haben würde. Darüber konnte sie unmöglich mit ihm reden.

»Was machen wir eigentlich, wenn Moritz am Samstag bei diesem Jagdkurs auftaucht?«, fragte Fritz.

»Mit Moritz oder mit dem Koks?«

»Mit Moritz. Das Koks sollst du ja wegwerfen.«

»Ich denke, um Moritz kümmert sich die Detektivin.«

»Wir müssen mit ihm reden.«

»Ihr Jungs habt das doch schon unter euch geklärt.«

»Und du warst ziemlich sauer, weil du nicht gefragt wurdest. Und jetzt frage ich dich, und du …«

Sie brachte ihn mit einem langen Kuss zum Schweigen.

»Ich rede mit ihm. Und ich versenke das Koks im Rhein«, sagte sie eine Weile später.

***

»Die Detektivin hat mich im Gutsausschank besucht. Moritz hatte von einer Jagdschule im Wispertal einen Brief zugeschickt bekommen. Den wollte ich ihr zeigen.«

An diesem Tag meinte es das Wetter gut mit dem Gutsausschank in der Johannisberger Hölle. Es war heiß, es sollte nicht regnen, die Menschen würden zahlreich erscheinen und sehr, sehr durstig sein. Alina, Milena und Zlata waren schon da, als Maxi eintraf. Gemeinsam räumten sie die Polster auf die Stühle und öffneten die Sonnenschirme.

Die ersten Gäste erschienen am frühen Nachmittag, und eine Stunde nach Öffnung des Ausschanks war die Terrasse voll besetzt. Die Leute aßen und tranken, als ob eine lange und schwere Zeit des Hungers und der Entbehrungen zu Ende gegangen sei und man nicht sicher sein konnte, ob es am darauffolgenden Tag noch etwas geben werde.

Die Speisekarte der Hölle war rustikal: Handkäs, Spundekäs, Schlachtplatte und Co., außerdem Schnitzelvariationen und für die Vegetarier Nudeln mit Pfifferlingen. Die Besucher schlugen sich die Mägen voll und tranken einen Schoppen nach dem anderen. Die ersten gingen schon wieder, als die Gäste für den Abend noch gar nicht gekommen waren.

Für Maxi war es eine ziemliche Rennerei, und obwohl die Menschen großzügig Trinkgeld gaben, war sie unzufrieden, ertappte sich dabei, dass sie überschlug, wie viele Tage dieser Plackerei notwendig wären, um das Geld hereinzuholen, dass sie im Rhein versenken würde, wenn sie dem Vorschlag von Fritz folgte. Es war leichter mit der Moral, wenn man sie sich leisten konnte, stellte sie bitter fest.

Sie war überrascht, als Ginger Havemann im Gutsausschank auftauchte. Helene hatte ihr von dem Brief erzählt. Das war okay, aber gerade passte es ihr nicht, dass die Detektivin hier auftauchte. Sie gab ihr den Brief zu lesen, Havemann schien es für möglich zu halten, dass Moritz bald in der Jagdschule auftauchen könnte, und wunderte sich, dass sie über diese Möglichkeit nicht erleichtert war. Sie glaubte nicht daran. Außerdem beschäftigten sie gerade ganz andere Dinge. Darüber mit Havemann zu sprechen ergab keinen Sinn. Sie war froh, als die Detektivin das Lokal wieder verließ.

***

»Am selben Tag kam auch Rechtsanwalt Bürger in den Gutsausschank. Er wollte seinen Freund Markus besuchen und hat mir freundlicherweise eine Kopie der Jugendamtsakte über-

lassen. Moritz hatte die einsehen wollen, und die Detektivin meinte, es sei vielleicht interessant zu wissen, was darin stehe.«

Maxi erinnerte sich, dass Bürger kurz nach Ginger Havemann auftauchte. Ob die Detektivin ihn gesehen hatte? Ob sie ihre Pläne ändern sollte? Sie entschied, dass das nicht notwendig war. Genau genommen hatte sie zu diesem Zeitpunkt noch gar keinen richtigen Plan. Sie erinnerte sich immer wieder an den Morgen mit Fritz, an dessen Sorge, ihr könne etwas zustoßen, und wie gerührt sie angesichts dieser Sorge war. Aber Wärme und Geborgenheit waren nicht genug, sie musste Klarheit in dieser Sache bekommen und sie zu Ende bringen.

Sie musterte Bürger, der sich nach einem freien Tisch auf der Terrasse umsah. Schon wieder war der kleine Mann gekleidet wie im Winter oder als müsse er gleich auf eine Beerdigung. Ob er damit den Menschen Seriosität vorspielen wollte? Er winkte ihr zu. Für ihn würde sie sich Zeit nehmen.

Bürger bestellte eine Schlachtplatte und einen halbtrockenen Riesling. Als sie ihm Essen und Trinken brachte, bat er sie, sich einen Moment zu ihm zu setzen. Das tat sie. Der süße Duft seines Parfüms war ihr unangenehm, sie hatte ihn schon in der Kanzlei nicht gemocht.

»Ich dachte, wenn ich Markus besuche, kann ich Ihnen eine Kopie der Akte gleich mitbringen.« Er holte einen Ordner aus seiner Tasche und legte ihn vor sich auf den Tisch. »Sie sagten am Telefon, dass Sie sich mit mir unterhalten wollen. Das können wir gerne tun. Vielleicht möchten Sie erst einmal die Akte lesen, und wir machen danach einen Termin aus?«

»Ich glaube nicht, dass das, worüber ich mit Ihnen sprechen will, in der Akte steht.«

Bürgers Augen funkelten. »Jetzt bin ich aber gespannt.«

Sie schwieg eine Weile, bevor sie fortfuhr.

»›Nimm mich mit, Kapitän, auf die Reise‹, klingelt da was bei Ihnen?«

»Sollte es?«

»Ich glaube schon.«

Bürger spielte den Nachdenklichen. Dann tat er so, als ob ihm etwas eingefallen sei. »Es gibt am Schiersteiner Hafen eine Kneipe, die hat diese Liedzeile als Motto.«

»Kennen Sie den Schlager?«

»Den hat, glaube ich, Hans Albers gesungen.«

»Das wissen Sie ganz genau. Haben Sie ein Boot?«

»Das wissen Sie wiederum ganz genau.«

»Stimmt. Nehmen Sie mich noch einmal mit auf die Reise?«

Am Nachbartisch fragte ein Gast ungehalten, wann sein Jägerschnitzel endlich komme.

»Sofort!«

Sie stand auf und ging zurück in die Küche.

Später tauschten sie Telefonnummern. Irgendwann kam Markus auf die Terrasse, setzte sich zu seinem Freund Bürger. Sie warfen immer wieder Blicke zu ihr herüber, es kam Maxi so vor, als sprächen sie über sie. Später zogen sich die beiden ins Innere des Gebäudes zurück. In den nächsten Stunden hatte Maxi nicht die Zeit, sich über Bürger Gedanken zu machen, es kamen immer mehr Gäste.

✳✳✳

»Ich bin erst später am Tag dazu gekommen, die Akte zu lesen, an diesem Abend war einfach zu viel los im Gutsausschank.«

Als das Geschäft nachließ, setzte sich Maxi in eine Ecke und las die Akte.

Als Erstes stieß sie auf einen Bericht der Polizei. Die Feuerwehr, hieß es darin, habe die zwölfjährige Maxi Hofmann verwirrt und lachend vor der brennenden Wohnung aufgefunden. Sie ist tot, sie ist tot, habe das Mädchen immer wieder gerufen und dabei in die Hände geklatscht. Sie wollte sich nicht vom Brandort entfernen; als man sie wegtrug, habe sie sich mit Kratzen und Beißen gewehrt, bevor sie das Bewusstsein verlor.

Es folgte ein Krankenhausbrief, in dem eine Rauchvergiftung und schwere Verbrennungen diagnostiziert wurden. In einem neurologisch-psychiatrischen Bericht wurde festgestellt, dass die Länge der Bewusstseinseintrübung nicht mit objektivierbaren Befunden im Gehirn korrelierte, und die Diagnose einer posttraumatischen Belastungsstörung gestellt.

Danach kamen die Briefe, die Markus an das Amt geschrieben hatte und die sie schon kannte. Sie waren beschönigend und nichtssagend, so schrieb man, wenn man seine Ruhe von der Behörde haben wollte. Daneben fanden sich Berichte von Bürger mit ähnlichem Inhalt. Als ob sich die beiden abgesprochen hätten.

Im Prinzip stand nichts Neues in der Akte, wenn man von dem Tanz, den sie vor der brennenden Wohnung aufgeführt hatte und an den sie sich nicht erinnern konnte, einmal absah. Dennoch war sie aufgewühlt. Sie glaubte jedoch nicht, dass es mit der Akte in Zusammenhang stand.

***

»Am Ende des Abends kam der Besuch, der alle unsere Theorien über Moritz' Verschwinden über den Haufen warf. Ich hätte nie gedacht, dass ich Philipp Bader noch einmal sehen würde. Und dann erschien er wie aus dem Nichts. Ich weiß nicht, wie er mich gefunden hat, ich habe vergessen, was er mir dazu gesagt hat. Er wollte an frühere Zeiten anknüpfen, so kann man das ausdrücken. Warum sagen Sie mir denn nichts über das Schicksal von Ginger Havemann? Ich habe leider versäumt, sie damals gleich anzurufen. Am Lauf der Dinge hätte das aber bestimmt nichts geändert.«

Der Abend neigte sich dem Ende zu. Fritz war vorbeigekommen und setzte sich an den Rand der Terrasse. Später wollte er mit ihr nach Hause gehen. Maxi blieb fast das Herz stehen, als sie Philipp erblickte.

Der hatte sie sofort entdeckt und kam direkt auf sie zu.

»Wir müssen reden!«

»Allerdings! Ich dachte, du bist tot.«

»Das wäre dir wahrscheinlich lieber. Ich hätte ja auch fast ins Gras gebissen.«

Sie setzten sich an einen der freien Tische. Maxi bedeutete den Kolleginnen, dass sie eine Pause brauche. Als Fritz sich zu ihnen gesellen wollte, sagte Philipp in barschem Ton, dass er alleine mit ihr reden wolle, und Maxi bat den widerstrebenden Freund, ihnen ein wenig Zeit zu geben.

»Wie hast du mich gefunden?«, fragte sie, als sie ungestört waren.

»Da staunst du, was?« Er erzählte ihr, dass er nach dem Zusammenstoß mit den Devils eine Weile untergetaucht war und sich erst im Winter wieder nach Wiesbaden getraut habe. Da sei das Paket schon weg gewesen.

»Mein Kumpel Maik hat mir gesteckt, dass du dort aufgetaucht bist und ein paar Monate später ein Bulle, der nach mir und nach dir gefragt hat. Maik meinte, der Bulle und du, ihr hättet was miteinander, so wie er sich aufgeführt hat. Ich habe gedacht, dass du irgendwo im Rheingau untergetaucht bist, auf Schierstein bin ich nicht gekommen, du hast dich ziemlich gut versteckt. Aber dann ist diese Detektivin bei Maik aufgetaucht und hat nach dem Bullen gefragt. Sie hat seinen Namen gesagt, und der steht mit Adresse im Telefonbuch. Einen Tag später bist du im Haus von diesem Berghaus aufgetaucht. Ich brauchte dir bloß noch hinterherzufahren.«

Sie fragte ihn, ob er wisse, was mit Moritz los sei, wo er sich befinde, aber Philipp behauptete, keine Ahnung zu haben. Maxi glaubte ihm das.

»Und was willst du?«

»Frag nicht so blöd! Das Paket ist weg. Es war ziemlich gut versteckt. Die Devils haben es nicht gefunden, die sind immer noch auf der Suche. Die einzige Person, die das Versteck kennt, bist du.«

Maxi versuchte, sich zu rechtfertigen. Sie erzählte ihm alles, woran sie sich erinnerte, und war dabei so ehrlich, wie sie konnte. Sie sagte, dass sie komplett zugekifft gewesen sei, dass sie, bevor sie weggedämmert sei, mitbekommen habe, wie die Devils ihn in die Mangel genommen hätten, dass sie Angst gehabt habe, er würde das Versteck des zweiten Pakets verraten und seine Peiniger würden dann auch sie entdecken, und dass er verschwunden war, als sie wieder aufgewacht sei.

»Ich hätte nicht gedacht, dass sie dich haben laufen lassen. Am nächsten Morgen habe ich befürchtet, dass sie noch in der Nähe sind. Ich war an dem Tag viel zu konfus, um das Paket mitzunehmen.«

»Du hast das Paket.«

»Wie hast du die Sache überhaupt überlebt?« Maxi versuchte, das Thema zu wechseln.

»Das war wirklich merkwürdig«, antwortete er. »Die Typen wurden plötzlich panisch und meinten, dass die Bullen kämen. Sie haben gesagt, ich solle verschwinden, und ich hab geschaut, dass ich die Flatter mache. Ich dachte, ich lasse erst einmal Gras über die Sache wachsen, bevor ich in der Sache wieder aktiv werde. Doch dann warst du schneller. Du hast das Paket.«

»Wieso bist du dir da so sicher?«

»Halt mich nicht für blöd!«

Sie schwieg. Sie wollte wissen, was er mit dem Paket vorhabe. Der letzte Versuch, es zu verkaufen, sei für sie beide um ein Haar tödlich geendet.

Er versuchte, eine überlegene Miene aufzusetzen. »Lass mich mal machen, Mäxchen«, meinte er mit breitem Lächeln. »Ich habe bei Thorsten über einen Mittelsmann vorgefühlt. Wenn ich den Devils das Paket zurückgebe, dann ist der Krieg zu Ende. Ich habe nachgefragt, ob es für die Rückgabe vielleicht eine kleine Anerkennung geben könnte, und sie haben ausrichten lassen, da ließe sich bestimmt was machen. Ich kann dir was davon abgeben.«

Sie sah ihn lange an. Glaubte er an das, was er da faselte? Seine Selbstüberschätzung war lebensgefährlich.

»Bist du sicher, dass das eine gute Idee ist?«

Ungefähr das hatte sie auch gefragt, als er zum ersten Mal seinen Plan erwähnte, das Geschäft an den Devils vorbei zu machen.

»Meine beste Idee seit Langem!«, antwortete er ohne den geringsten Selbstzweifel. So ähnlich hatte das damals auch geklungen. »Ich halte dich komplett raus«, versprach er. »Das kann ich natürlich nicht, wenn du dein eigenes Ding machen willst.«

Die Drohung war nicht zu überhören. Welche Wahl blieb ihr? Die moralisch einwandfreie Variante war zu gefährlich, Philipp würde ihr niemals glauben, wenn sie ihm sagte, dass sie das Koks schon in den Rhein geworfen habe oder das als Nächstes tun werde. Er würde in diesem Fall keinen Moment zögern, sie bei den Devils zu verpfeifen. Die selbstsüchtige Variante hatte sich auch erledigt. Es blieb nur noch: Gehe nicht über Los. Ziehe nicht einhunderttausend Euro ein.

»Ich will kein eigenes Ding machen. Ich habe mit Drogen nichts mehr am Hut, ich will kein Geld, ich will bloß meine Ruhe«, versicherte sie.

Er nickte, als ob er das verstehen könne. »Ich halt dich da raus, Mäxchen.«

Sie rief Alina zu, dass sie für eine Viertelstunde weg sei. Philipp war nicht davon abzubringen, sie nach Hause zu begleiten, Fritz kam missmutig mit. Sie gingen den Trampelpfad am Elsterbach entlang. In Helenes Haus ließ sie ihn nicht hinein. Das Paket lag noch im Keller. Nach wenigen Minuten war sie zurück am Bach und drückte es ihm in die Hand.

»Werde glücklich damit!«

Mit etwas Glück wäre sie nicht nur das Paket los, sondern bald auch Philipp und die Rhine Devils. Maxi ging zurück in die Hölle und meldete sich für den nächsten Tag krank.

ELF

Ginger schlief trotz Müdigkeit schlecht ein, es war heiß und schwül. Irgendwann schlüpfte Yasemin zu ihr unter das Laken und kuschelte sich an sie. Doch ihre zärtlichen Berührungen brachten Ginger weder Lust noch Ruhe. Sie trieb zwischen Schlaf, Traumfetzen, Tagesresten und Wachsein durch die Nacht. Sie spürte Yasemins warme Hände auf ihrer Brust, die Erinnerungen an das Jagdgeschäft in Rüdesheim gingen ihr durch den Kopf, die Empörung der Kundin über die List der Jäger, die die Brunftzeit ausnutzten, um Böcke anzulocken. Kein Jäger schießt die Ricke vom Bock, hörte sie Herrn Förster sagen.

Sie träumte davon, eine Fuchsmeute mit dem Motorrad zu jagen, ein völlig aussichtsloses Unterfangen. Sie wusste das und konnte dennoch nicht davon lassen. Waren Füchse nicht Einzelgänger? Egal. Immer, wenn sie den Füchsen nahe gekommen war, blieb sie im schweren Waldboden stecken. Irgendetwas stimmte mit dem Motorrad nicht, es war doch eine Geländemaschine und für solches Terrain gebaut! Sie erinnerte sich an die Werkstatt und den Grizzlybären, der ein Motorrad flottmachen musste. Im Traum bekam sie ihres mit viel Mühe wieder zum Laufen, doch die Füchse waren verschwunden, und aus dem Wald hörte sie Babygeschrei.

Ginger war verwirrt, als sie am Morgen aufwachte. Sie dachte an das Jagdgeschäft in Rüdesheim und erinnerte sich an die Hasenklage aus dem Blatter, die wie Babygeschrei geklungen hatte. Sie wusste mit alldem nichts anzufangen. Falls ihr Unterbewusstes ihr einen Hinweis geben wollte, dann verstand sie ihn nicht.

Nach einer langen kalten Dusche war sie etwas wacher und traf sich mit Yasemin und Jo am Frühstückstisch. Jos frisch gebackene Brötchen waren wie immer köstlich, mehrere Tassen Espresso weckten ihre Lebensgeister. Yasemin war sichtlich gut gelaunt, Jo blickte unzufrieden in den Morgen. Ginger überlegte, dass sie sich in den nächsten Tagen mehr um ihn kümmern sollte, um die Verhältnisse in der WG wieder ins Gleichgewicht zu bringen. Offene Beziehungen waren anstrengend, dachte sie nicht zum ersten Mal.

Die drei machten sich wieder an die Arbeit. Ginger ging die Bilder noch einmal durch, die sie im Laufe der letzten Tage gemacht hatte. Betrachtete die Aufnahmen von Moritz' Haus, von den literarischen Ansichtskarten, vom Gehäuse des NAS, aus dem die Festplatte entfernt worden war, die Fotos aus seinem Familienalbum, die Stammbäume der Familien Hofmann und Berghaus, die wenigen Aufnahmen, die sie von Gerlindes Fotobüchern gemacht hatte.

Sie musterte die Fotografien, als ob sie sie zum ersten Mal sehen würde. Doch außer den Hinweisen, dass in Moritz' Haus eingebrochen worden war, erkannte sie nichts von Belang. Mit den Fotos, die sie von den Häusern gemacht hatte, in denen die befragten Zeugen wohnten oder arbeiteten, Gerlinde und Markus Wächter, Bianca Bader, Richard Bürger, Bernie Bader, Maik Schmitt, Cem Yildiz, Thorsten Messer, Heribert Best, Margot Fuchs, Tobias Niederau und Karl Förster, ging es ihr nicht anders, auch nicht mit den Bildern von der Waldlichtung, auf der Moritz Berghaus öfters gewesen war. Nirgends fand sie einen Hinweis auf den Verschwundenen oder eine Anregung für eine Idee, was mit ihm passiert sein könnte.

Waren es zu wenige Bilder, zu viele oder einfach nicht die richtigen? Lenkten die Bilder ab, lockten sie auf eine falsche Fährte, verließ sie sich zu sehr auf sie, vernachlässigte sie ihre Intuition oder die Erinnerungen, die sie nicht fotografiert und festgehalten hatte?

Mittlerweile war viel Zeit vergangen, und sie hatte immer noch jede Menge Fragen und kaum Antworten.

Warum log Maxi? Belog sie nur andere oder auch sich selbst? Waren Fritz und Helene Busch tatsächlich die freundlichen Leute, als die sie ihr erschienen? War Gerlinde Wächter schon immer so verhuscht gewesen? War Markus Wächter einfach nur ein bärbeißiger Typ, oder steckte mehr hinter seiner abweisenden und ruppigen Art? Warum war Moritz Berghaus so besessen von der Familiengeschichte? War das überhaupt von Bedeutung? Warum hatte sie sich bei Richard Bürger so unwohl und bei Bernie Bader so wohl gefühlt? Warum war Maik Schmitt so abweisend gewesen? Wovor hatte Yildiz Angst, und woher nahm Messer seine Sicherheit? Wieso waren Best, Fuchs und Niederau so wenig überrascht von ihrem Auftauchen gewesen? Was hatte es mit der Gruppe auf sich, die sich montags in der Johannisberger Hölle traf? Warum ging ihr das Rüdesheimer Jagdgeschäft nicht aus dem Kopf?

Sie griff nach ihrem Notebook und vertiefte sich in die Bilder, die sie in Moritz' Cloud gefunden hatten. Vielleicht waren dort Hinweise zu finden, die sie bislang übersehen hatte. Moritz ging bei seinen Recherchen ähnlich vor wie sie selbst, er fotografierte alles, was ihm vor das Handy lief. Das hatte Vorteile, die Bilder waren eine Gedächtnisstütze, nichts ging verloren. Doch daraus resultierten auch Probleme bei der Auswertung. Die Sichtung der Bilder kostete unendlich viel Zeit, und je mehr sich Ginger in die Details seiner Recherchen vertiefte, desto schwerer fiel es ihr, sie in einen Gesamtzusammenhang einzuordnen. Je mehr Dinge und Menschen sie von Nahem sah, desto weniger erkannte sie, worum es ging.

Vielleicht war es gar nicht so wichtig, was sie vor Augen hatte, vielleicht war entscheidend, was fehlte, was Moritz nicht aufgenommen hatte, etwa weil er es während des Polizeidienstes erlebt hatte, wo er nicht einfach fotografieren durfte. Eigentlich müsste es bei einem Kontrollfreak wie ihm auch schriftliche Aufzeichnungen von den Tagen bei der Polizei geben, überlegte Ginger, aber die hatte Yasemin noch nicht gefunden.

Sie scrollte durch die Bilddateien. Sie betrachtete die Aufnahmen von Moritz und Maxi, erst glücklich, dann aufgesetzt fröhlich, dann immer verzweifelter im Ausdruck. Es war die Geschichte einer Entfremdung. Sie schaute sich die Bilder aus

Gerlindes Album an, Moritz hatte wesentlich mehr kopiert, als sie das konnte. Einige Fotografien erkannte sie wieder, andere waren ihr neu, vielleicht aus dem Album, das Gerlinde verlegt hatte. Sie zeigten Bilder von Feiern im Gutsausschank, oft waren es Fastnachtsfeiern, wie man an den Masken und Kostümen erkennen konnte. Ein paar Gruppenaufnahmen waren ihr völlig unbekannt. Sie zoomte sich hinein. Manche Gesichter erkannte sie. Wächter, Bürger, Fröbe, Best, Fuchs, Niederau, Messer und ein paar weitere Personen, vermutlich der Freundeskreis, der Moritz später beschäftigte, feierten zusammen. Es folgten Fotografien, die Gingers Aufnahmen ähnelten, von Häusern, Läden und Werkstätten, von der Lichtung, auf die es ihn ein paarmal gezogen hatte. Sogar die Lkw-Spuren hatte er fotografiert, damals waren sie frisch gewesen. Und er hatte eine vergitterte Öffnung in einem Felsen fotografiert, die hatte Ginger übersehen. Sie sah nach den Metadaten der Aufnahme: Sie stammte vom Rand der Lichtung. War das eine Spur oder belanglos?

Sie schüttelte sich. Nach einer Nacht mit wenig Schlaf war das Schlimmste, was man tun konnte, stundenlang auf einen Bildschirm zu starren. Dennoch sollte sie ihre Nachrichten checken. Mayfeld hatte eine Mail geschickt, er bat um einen Anruf. Als sie seine Nummer wählte, meldete er sich nicht, sie würde es später wieder versuchen. Sie las eine SMS von Fritz Busch: Philipp Bader war gestern im Gutsausschank in Johannisberg.

Sie versuchte, den Absender zu erreichen, ohne Erfolg, bitte sprich mir eine Nachricht auf die Mailbox; wenn ich Zeit habe, rufe ich zurück, versicherte die Stimme auf dem AB fröhlich. Bei Maxi ging es ihr nicht anders. Sie schickte allen dreien Nachrichten auf ihre Handys. Jetzt mussten die nur noch eingeschaltet sein und die Empfänger hineinschauen.

Die Tür wurde aufgerissen.

»We are the champions!« Yasemin und Jo kamen lachend und Arm in Arm in Gingers Zimmer.

»Ich habe den Zugang zu den beiden anderen Clouds geknackt«, berichtete Yasemin strahlend.

»Es hat deshalb so lange gedauert, weil die Passwörter nicht aus der Reihe der humoristischen Gedichte stammen«, erläuterte Jo. »Für die eine heißt das Passwort: ›Lösch_die_Lupinen!_Es_kommen_härtere_Tage‹. Das ist aus einem Gedicht von Ingeborg Bachmann, und das Passwort für die dritte Cloud lautet: ›Es_gibt_nichts_Gutes_außer:_Man_tut_es‹, ein Kurzgedicht von Erich Kästner.«

Ginger berichtete den beiden von der SMS, die sie gerade gelesen hatte.

»Krass«, sagte Yasemin. »Was heißt das jetzt für die Suche nach Berghaus?«

»Wir sollten uns auf die Fakten konzentrieren, statt andauernd neue Theorien zu entwickeln«, meinte Jo.

»In der zweiten Cloud habe ich einen weiteren Bewegungsverlauf gefunden. Ich habe ihn dir visuell aufbereitet.« Auf Yasemins Tablett war eine Karte des Rheingaus zu sehen, die aufgezeichneten Bewegungsverläufe liefen immer wieder in Stephanshausen zusammen, bei Niederaus Werkstatt.

»Die Aufzeichnungen beginnen an dem Tag, an dem er die Kfz-Schilder fotografiert hat, und zwar genau an dem Ort, wo er sie fotografiert hat, auf dem Parkplatz des Gutsausschanks ›Zur Johannisberger Hölle‹. So oft, wie das beobachtete Objekt in Niederaus Werkstatt haltmacht, kann es sich eigentlich nur um dessen Motorrad handeln. Warum Moritz sich entschlossen hat, gerade Niederau zu observieren, weiß ich noch nicht, es gibt in dieser Cloud aber eine Tondatei, vielleicht gibt die Aufschluss. Allerdings ist sie in einem ungewöhnlichen Format abgespeichert, deswegen kann ich sie dir nicht einfach vorspielen. Ich hoffe, dass ich das Problem bis heute Abend gelöst habe.«

»Vielen Dank, Yasemin, das ist großartig.«

»Ich habe den Track mit Moritz' eigenem Bewegungsprofil verglichen«, ergänzte Jo. »Beide enden am selben Tag an verschiedenen Punkten. Beide waren davor zur selben Zeit an einer bestimmten Stelle eingeloggt, auf der Lichtung unterhalb der Burgruine im Wispertal.«

»Die beiden haben sich da getroffen?«, fragte Ginger.

»So sieht es aus«, bestätigte Jo. »Danach fährt Niederau zurück zu seiner Werkstatt und Berghaus nach Frankfurt an den Bahnhof. Zumindest bewegen sich ihre Handys und Tracker so. Und es gibt noch etwas Interessantes: Eine Woche zuvor war Niederau schon einmal in der Nähe der Burgruine, und Moritz Berghaus hat sich gleichzeitig auf dem Parkplatz an der Alten Villa aufgehalten.«

»Wie lange?«

»Fast eine Stunde.«

Ginger überlegte, was es dort Interessantes geben könnte. Vor zwei Tagen hatte sie nichts entdeckt. »So lange braucht er doch nicht, um sich die Telefonnummer eines Jagdgeschäftes in Rüdesheim aufzuschreiben. Wie weit sind ›Alte Villa‹ und Burgruine voneinander entfernt?«

»Die Ruine liegt vom Parkplatz der Villa aus gesehen auf jeden Fall innerhalb der Reichweite einer Drohne, wenn du das meinst«, antwortete Jo.

»Genau das meinte ich. Was gibt es sonst noch? Was ist in der dritten Cloud? Haben wir Hinweise, was Moritz im Netz recherchiert hat?«

»Es gibt kein Browserkonto«, meinte Yasemin. »Für seinen Surfverlauf bräuchten wir also das Endgerät, das wir nicht haben. Aber in der dritten Cloud hat er Artikel aus dem Netz gespeichert oder verlinkt.«

»Er hat keine Hinweise auf Kurse für den Jagdschein gespeichert«, sagte Jo. »In den letzten Tagen hat er sich für die Bundeswehr in Koblenz und für den Schieferbergbau im Wispertal interessiert.«

»Ist das früher eine Bergbauregion gewesen?«

Die Frage hätte sie nicht stellen dürfen. Jo wusste seit einer Stunde fast alles über den Bergbau im Taunus, zumindest das, was man schnell im Netz fand.

»Betrieben wurde er seit der frühen Neuzeit, vielleicht auch schon seit dem Mittelalter. Das Schiefergestein des Kauber Zugs hat eine besonders hohe Qualität, weswegen viele Kirchendächer mit Wisperschiefer gedeckt wurden, unter anderem das Dach des Mainzer Doms. Auch der Schiefer für das Dach der Wiesbadener Kolonnaden stammt aus dem Wispertal. In guten Zeiten wurden dort fast zehntausend Tonnen Schiefer pro Monat abgebaut. In den fünfziger und sechziger Jahren des letzten Jahrhunderts wurden die Stollen einer nach dem anderen geschlossen, der letzte in den Achtzigern.«

»Wunderbar.« Am ehesten war Jo mit einem Lob zu stoppen. »Was heißt, er hat sich dafür interessiert?«

»Er hat Karten und Verzeichnisse der alten Schieferstollen gespeichert, er hat auf YouTube Videos von Leuten heruntergeladen, die im Wispertal unentdeckte Stollen aufspüren und versuchen, sie zu begehen.«

Das Bild mit der vergitterten Felsöffnung fiel Ginger ein. »Ich habe mich im Tal nicht gründlich genug umgeschaut«, stellte sie verärgert fest. »Er hat einen Stolleneingang fotografiert. Ich fahre da noch einmal hin.«

»Soll ich mitkommen?«, fragte Yasemin.

»Oder ich?«, bot Jo an.

Auf ihrem Handy erschien eine Nachricht von Mayfeld. Er sei jetzt zu Hause.

»Gibt es noch verschlüsselte Dateien?«, wollte Ginger wissen.

»Noch zwei Ordner in der dritten Cloud.«

»Die Passwörter ausprobieren, das kann offensichtlich auch Jo?«

»Klar!« Yasemin strahlte.

»Dann kannst du dich um die Tonaufnahme kümmern«, entschied Ginger. »Ich fahre zu Robert, der soll mich begleiten.«

***

Es war bereits nach Mittag, als Ginger auf ihre Carducci stieg, um zu Mayfeld zu fahren. Der Himmel konnte sich nicht entscheiden, ob er aufreißen und die Sonne strahlen lassen oder mit schweren Wolken alles verdüstern sollte. Ein friedlicher, sonniger Abend schien möglich, aber auch ein schweres Unwetter.

Julia war im Gutsausschank in Kiedrich, Mayfeld hatte an diesem Tag keine Lust auf das Straußwirtschaftliche Quartett. Er war alleine zu Hause, wobei Yoda dem bestimmt widersprochen hätte.

Sie setzten sich auf den Balkon über dem Rhein. Ginger stellte ihren Rucksack ab und legte Helm und Halstuch darauf. Mayfeld tischte die Leckereien auf, die Julia für ihren Mann in den Kühlschrank gestellt hatte, damit der Arme in ihrer Abwesenheit nicht verhungerte. Den Oktopussalat hätte Ginger am liebsten komplett aufgegessen.

»Eva Bischoff ist zurück aus dem Urlaub«, begann Mayfeld den beruflichen Teil des Gesprächs. »Ich habe ihr von deinem Fall erzählt, sie will dich unbedingt sprechen. Ab morgen ist sie wieder im Dienst.«

Er schickte ihr eine Telefonnummer aufs Handy. »Das hat auch mit dem zu tun, was ich über ein Mitglied dieses Freundeskreises herausgefunden habe. Tobias Niederau ist dem Staatsschutz als Rechtsextremist bekannt. Er war früher Soldat und irgendwann für die Truppe nicht mehr tragbar, obwohl die in dieser Hinsicht nicht überempfindlich ist. Dass sich Fröbe mit so einem privat trifft, ist ziemlich bedenklich. Was hat sich bei dir Neues ergeben?«

Sie berichtete Mayfeld über die Recherchen der letzten Tage und über das Wiederauftauchen von Philipp Bader.

Mayfeld schüttelte den Kopf. »Das ist ja ein Ding. Für mich sieht alles danach aus, dass Moritz Berghaus das Praktikum auf dem Biebricher Revier dazu nutzen wollte, Licht in das Verschwinden von Philipp Bader zu bringen«, meinte er. »Ob der nicht gefunden werden wollte?«

»Warum taucht er dann jetzt wieder auf? Warum bleibt Moritz verschwunden? Hat das mit Bader zu tun? Ist der dafür sogar verantwortlich?«

»Berghaus ist vielleicht auf etwas ganz anderes gestoßen.«

»Es könnte mit den Rhine Devils und deren Drogenhandel zu tun haben«, sagte Ginger.

»Wahrscheinlicher ist, dass er seinem Chef misstraut hat und auf diese ominöse Gruppe in der Johannisberger Hölle gestoßen ist«, überlegte Mayfeld. »Ich habe übrigens Eva Bischoff die Namen der Gruppenmitglieder genannt. Sie wurde sehr hellhörig.«

»Bei wem?«

»Selbstverständlich bei Niederau, aber sie sprach auch von Unregelmäßigkeiten im Koblenzer Beschaffungsamt, die den Kollegen aus Rheinland-Pfalz große Sorgen bereiten.«

»Also bei Major Claus Müller. Das ist der Einzige, zu dem ich in der ganzen Untersuchung noch überhaupt nichts gefunden habe.«

»Eva hat sich mit Namen bedeckt gehalten. Aber ich glaube, dass sie dich deswegen sprechen will. Was hast du heute noch vor?«

Ginger wollte Maxi einen Besuch abstatten und noch einmal ins Wispertal fahren.

»Moritz hat dort den Eingang in einen Felsen fotografiert. Er muss ziemlich versteckt liegen, denn ich habe ihn beim ersten Mal nicht gefunden. Vielleicht hat er für die Observation dieses Ortes die Drohnen von Fritz gebraucht. Er hat sich für die Schieferstollen im Wispertal interessiert. Ich will mir das Tal noch einmal anschauen. Vielleicht können du und Yoda mitkommen?«

Mayfeld hielt das für eine gute Idee. Er stand auf und ging zum Sideboard im Wohnzimmer.

»Apropos Yoda. Julia hat ihm deine Klamotten entwenden können.« Er griff nach einer Stofftüte und gab sie Ginger.

Yoda bellte entrüstet, das Telefon klingelte.

Mayfeld hob ab, hörte eine Weile zu und wurde plötzlich blass.

»Hallo! ... Herbert? ... Ach du Scheiße!« Er legte auf. »Das war mein Vater. Er hat mir erst ausführlich erklärt, dass er sich nicht wohlfühle, und als ich ihm raten wollte, die 110 anzurufen, tat es einen Schlag am anderen Ende der Verbindung.« Er wählte die Notrufnummer, schilderte den Sachverhalt und nannte die Adresse des Vaters. »Ich muss da jetzt hin«, rief er zu Ginger. »Ich bin schneller da als der Notarzt, und außerdem habe ich einen Schlüssel zur Wohnung. Schick mir die Koordinaten des Stollens! Wenn es geht, komme ich nach. Yoda, komm!«

Er stürmte hinaus, Yoda hinterher. Was hatte der Hund da im Maul gehabt?

Ginger ging auf den Balkon, packte die Reste des kleinen Festmahls zusammen und stellte sie zurück in den Kühlschrank. Als sie nach ihrem Rucksack und dem Motorradhelm griff, bemerkte sie, was fehlte. Yoda hatte sich das Halstuch geschnappt.

＊＊＊

Zwanzig Minuten später stellte Ginger ihr Motorrad vor dem Haus an der Johannisberger Hölle ab. Helene Busch ließ sie herein. Sie wusste nichts Näheres über Philipps Auftauchen am Abend zuvor.

»Maxi war heute gar nicht in der Hölle, sie hat sich in ihr Zimmer unter dem Dach zurückgezogen. Es geht ihr nicht gut, aber so schlimm wird es nicht sein. Ich ruf sie mal.«

Nachdem ein Anruf auf dem Handy nichts nutzte, ging die alte Dame in die Diele und rief laut und bestimmt nach ihrem Dauergast. Erst als sie ankündigte, die Treppe hochzukommen, bewegte sich im oberen Stockwerk etwas.

»Das sollst du doch nicht«, schimpfte Maxi, als sie nach unten kam.

»Sie sind das«, sagte sie ohne Begeisterung, als sie Ginger auf der Terrasse sah. Sie setzte sich zu ihr. Maxi wirkte angespannt, so als ob sie bei etwas gestört worden wäre. Helene meinte, sie wolle nach dem Kirschkuchen im Ofen schauen, und zog sich in die Küche zurück.

»Komme ich ungelegen?«, fragte Ginger.

»Nein, nein.« Maxi war wirklich keine gute Lügnerin.

»Ich bin auch gleich wieder weg. Fritz hat mir eine SMS geschrieben, ich dachte, das sei mit Ihnen abgesprochen.«

»Was hat er geschrieben?«

»Dass Philipp Bader aufgetaucht ist.«

»Das ist richtig, deswegen wollte ich Sie noch anrufen, er hat mich gestern im Gutsausschank besucht.«

»Das ist für meine Arbeit eine ziemlich wichtige Information.« Ginger konnte den vorwurfsvollen Ton in ihrer Stimme nicht ganz unterdrücken.

»Deswegen hat Fritz Sie ja auch informiert«, antwortete Maxi pampig.

»Was wollte Philipp?«

Maxi schwieg.

»Wenn Sie in Schwierigkeiten sind, kann ich Ihnen nur helfen, wenn ich weiß, worum es geht.«

Maxi schwieg weiter, innerlich schien sie einen Kampf mit sich selbst auszutragen.

»Gilt für Privatdetektive eigentlich eine Schweigepflicht?«

»Nein, aber es gibt auch keine Pflicht, etwas bei der Polizei anzuzeigen, wenn es um Vergangenes geht. Nur bei geplanten schwerwiegenden Straftaten gibt es diese Pflicht. Haben Sie so etwas vor?«

Beunruhigt stellte Ginger fest, dass Maxi darauf keine Antwort gab. Es schien, dass sie mit ihren Gedanken ganz woanders war. Dann ging ein Ruck durch ihren Körper, ihre Haltung straffte sich, sie nahm wieder Augenkontakt auf.

»Tut mir leid, mir geht es heute nicht so gut, es ist eine Art Migräne. Nein, natürlich habe ich keine schwerwiegende Straftat vor. Ich hatte noch etwas von Philipp, das er zurückhaben wollte.«

»Bader hat früher mit Drogen gehandelt, hat es damit zu tun?«

Sie nickte. »Ich habe es ihm gegeben, damit Ruhe ist.«

»Waren Sie deswegen die ganze Zeit so …«

»… komisch? Verschlossen? Zickig?«

»Wenn Sie es so nennen wollen.«

»Ich weiß auch nicht, was ich mir dabei gedacht habe. Fritz hat es mir ausgeredet. Ich bin froh, dass ich den Dreck los bin. Ich will reinen Tisch machen.«

»Und haben Sie das jetzt gemacht?«

Wieder schwieg Maxi eine Weile, bevor sie antwortete. »Ich habe ihm das Zeug gegeben. Was er damit macht, will ich gar nicht wissen.«

Ginger hatte den Eindruck, dass Maxi ihr die Wahrheit sagte, sie glaubte aber nicht, dass es sich um die ganze Wahrheit handelte. An diesem Punkt war es besser, nicht weiter nachzufragen. Es gab zwar keine Pflicht, etwas zur Anzeige zu bringen, aber bei einer Befragung sollte man auch nicht lügen. Das musste sie nicht, wenn sie Dinge nicht so genau wusste.

»Hat er über Moritz gesprochen?«

»Nein.«

»Hat Moritz in der Vergangenheit über Philipp gesprochen?«

»Nur das, was ich Ihnen schon gesagt habe, ehrlich. Ich denke, dass Moritz ihn gesucht, aber nicht gefunden hat. Andernfalls hätte er mir das erzählt, oder Philipp hätte mir gestern was gesagt.«

»Wenn Philipp Bader was mit Moritz' Verschwinden zu tun hat, würde er es Ihnen kaum auf die Nase binden.«

»Er hat davon gesprochen, dass Moritz seinen Kumpel Maik nach ihm gefragt hat und dass Sie seinen Kumpel nach Moritz gefragt haben, deswegen ist Philipp auf meine Adresse in Schierstein gekommen.«

Ihre Ermittlungen hatten Wellen geschlagen und eine Reaktion ausgelöst, das war durchaus so geplant gewesen. Moritz brachte sie diese Reaktion allerdings nicht näher.

»Sehen Sie Philipp wieder?«

»Ich hoffe nicht!«

»Wissen Sie, wie man ihn erreichen kann?«

»Wir haben keine Telefonnummern ausgetauscht.«

»Ich würde ihn gerne sprechen. Vielleicht kann er uns einen Hinweis auf Moritz geben. Haben Sie ihn nach Berghaus überhaupt gefragt?«

»Ja doch. Er meinte, er habe keine Ahnung, wo Moritz steckt.«

»Trotzdem, überlegen Sie, wie und wo ich ihn treffen kann.«

»Ich sag es Ihnen, wenn mir etwas einfällt. Was haben Sie jetzt vor?«

»Sagt Ihnen die Burg Rheinblick etwas?«

»Wo soll die sein?«

»Im Wispertal. Da war Moritz ein paarmal. Hat er mit Ihnen über Schieferbergbau gesprochen?«

»Über was bitte?«

»Schieferbergbau. Den gab es bis Mitte des letzten Jahrhunderts im Wispertal. Deswegen findet man dort auch noch viele alte Stollen.«

Maxi überlegte eine Weile. »Kann sein, dass er sich mal ein Video auf YouTube angeschaut hat, irgend so eine Lost-Place-Geschichte, aber geredet haben wir darüber nicht.«

»Er hat sich Pläne von alten Schieferstollen im Netz angesehen.«

»Sie sind ganz gut im Hacken, was? Nein, da klingelt bei mir nichts. Was ist denn mit diesen Stollen?«

»Das weiß ich nicht, aber sie haben ihn interessiert.«

»Vielleicht ist dort ja ein Schatz versteckt?« Sie kicherte wie ein kleines Mädchen.

»Ja, vielleicht ist dort irgendetwas versteckt. Haben Sie über Politik geredet?«

»Interessiert mich nicht.«

»Das war nicht die Frage.«

Maxi erklärte, sie hätten nicht über Politik geredet, weil sie daran kein Interesse habe, Moritz habe ab und zu online Zeitung gelesen oder Nachrichten im Fernsehen geschaut, aber er habe, soweit sie wisse, keine dezidierten Meinungen zu politischen Themen. Bloß die ganz Rechten könne er nicht leiden, aber das sei ja wohl normal?

Schön, dass das noch ein paar Leute so sahen.

Auch mit den Namen aus dem Freundeskreis von Markus Wächter konnte sie, mit Ausnahme des Namens von Richard Bürger, nichts anfangen. Von irgendwelchen extremen Gruppen sei niemals die Rede gewesen.

Maxis Neugierde schien aber geweckt. »Steckt der Anwalt in irgendeiner krummen Sache?«

Ginger wich aus. »Spekulieren bringt nichts. Das sind alles bloß Leute, mit denen Moritz in letzter Zeit zu tun hatte.«

Maxi schien mit dieser Erklärung nicht zufrieden zu sein. Sie schüttelte den Kopf. »Schieferstollen, krass. Aber wozu hat er die Drohnen gebraucht? Mit denen kommt man höchstens bis zum Stolleneingang und keinen Meter weiter.«

»Ich weiß es nicht, aber vielleicht ging es genau darum«, antwortete Ginger.

Helene kam auf die Terrasse und fragte, ob Ginger noch auf ein Stück Kirschkuchen bleiben wolle. Sie verabschiedete sich.

ZWÖLF

Die Hitze hatte nachgelassen, die Schatten wurden länger. Ginger fuhr zurück zum Johannisberger Schloss und nahm die Straße nach Stephanshausen und Pressberg, danach ging es durch das Pressberger Tal und das Pfaffental zur Wisperstraße. Sie passierte die Teiche einer Forellenzucht und die »Alte Villa«, an der Kammerburg bog sie ins Werkenbachtal ab und nahm kurze Zeit später den Weg zur Lichtung. Als sie sie erreicht hatte, stellte sie ihr Motorrad am Waldrand ab und ging zu dem Baumstumpf, auf dem sie vor zwei Tagen gesessen hatte. Von dort schickte sie Mayfeld ihre GPS-Daten.

Die Reifenspuren waren verschwunden, die Regenfälle der letzten Tage hatten den Boden aufgeweicht. Sie setzte sich und ließ ihren Blick rundum wandern. Vor zwei Tagen hatte sie sich nicht genug Zeit genommen. Was hatte sie damals übersehen? Sie saß in der Mitte eines kleinen Kessels, zu dem sich das enge Tal hier weitete. An einer Seite war die Wiese von einer steilen Felswand und Gebüsch, auf den anderen Seiten von kleineren Erhebungen und Wald begrenzt. Rechts schlängelte sich ein Wasserlauf Richtung Werkenbach. Sie holte ihr Smartphone heraus, steckte es aber gleich wieder ein. Die Wege und Trampelpfade, an denen sie sich hier orientieren musste, waren auf der Handykarte nicht eingezeichnet.

Sie ging den Waldrand entlang, folgte dem Bach eine Weile. Überall lag Schieferbruch zwischen Grasbüscheln, Laub und Moos. Die geografischen Daten, die Moritz' Handy mit dem Bild der Felsöffnung gespeichert hatte, waren zu ungenau, um den Eingang präzise zu orten. Hier irgendwo in der Gegend allerdings musste er liegen. Als sie schon aufgeben wollte, entdeckte sie unter einer Felsnase eine von altem Laub fast vollständig verschüttete Öffnung im Gestein. Sie war mit einem im Felsen verankerten Stahlgitter verschlossen. Es war nicht der

Eingang aus der Fotosammlung. Ginger leuchtete mit ihrer Taschenlampe ins Innere, konnte außer bemoostem Geröll nichts entdecken. Sie fand noch zwei weitere Eingänge, die in Höhlen oder Stollen führten, sie waren jedoch allesamt zu klein, um Eintritt in die Unterwelt zu gewähren.

Mittlerweile war über eine Stunde vergangen. Ginger ging zurück zum Ausgangspunkt. Auf der Lichtung herrschte völlige Stille, nirgends bemerkte sie auch nur die geringste Regung. Sie entdeckte einen Trampelpfad, der vom Baumstumpf zur Felswand führte, den hatte sie zuvor übersehen. Nun folgte sie ihm. Am Rande des Waldes entdeckte sie eine Wildkamera und machte einen Umweg, um nicht in deren Aufnahmebereich hineinzulaufen. Der Trampelpfad führte durch ein Gewirr aus Büschen, niedrig gewachsenen Bäumen und bemoosten Felsbrocken hindurch und wurde erstaunlich breit.

Erst im letzten Moment sah sie die Öffnung im Felsen vor sich, eine halbhohe, rostige Gittertür versperrte den Zutritt. Sie erkannte den Eingang, den Moritz fotografiert hatte. Ginger entdeckte eine zweite Wildkamera und war irritiert. Normalerweise waren diese Kameras weiträumig verteilt und nicht konzentriert an einem Fleck. Warum war sie auf den Stolleneingang gerichtet? Sie schnitt mit ihrem Fahrtenmesser einen großen Ast ab und warf ihn so vor die Kamera, dass Blätter und Zweige vor der Linse hingen. Am besten beeilte sie sich jetzt.

Die Tür war nicht verschlossen und ließ sich unter Knarren und Quietschen öffnen. Das Tageslicht fiel von der Eingangstür auf grob behauene Wände. Der Schacht war so hoch, dass Ginger gerade stehen konnte. Er war immer wieder mit Streben und Stützen befestigt und führte ins Innere des Berges. Die Luft war kühl, es roch nach Moos und Pilzen. Sie ging vorsichtig voran, nach ein paar Metern machte der Schacht eine Biegung, danach herrschte absolute Dunkelheit. Ginger holte ihre Taschenlampe aus der Seitentasche des Rucksacks und schaltete sie ein. Eine fette Spinne versuchte erschrocken, zurück ins Dunkel zu kommen. Der Boden war mit zerbrochenen Schieferplatten bedeckt, die Wände des Schachtes überraschend gerade.

Sie gelangte in einen Raum, von dem drei Gänge ausgingen. Der Raum war höher als die ausgeschachteten Tunnel, an einem der Ausgänge war eine Gittertür befestigt, die offen stand. Sie ließ den Lichtstrahl ihrer Lampe über die Wände gleiten und entdeckte eine Familie von Fledermäusen. Auf dem Boden lag Staub, im Staub sah man Schuhabdrücke. Hier war vor nicht allzu langer Zeit jemand gewesen. Sie leuchtete in die Ecken des Raumes und fand überall Fußspuren. In einer Ecke lag eine Zigarettenkippe. Hier hatte in letzter Zeit sogar reger Verkehr geherrscht.

Sie ging in den ersten Schacht auf der linken Seite des Raums, stolperte über einen Holzstiel, der einmal zu einem Spaten oder Pickel gehört hatte. Der Stiel rollte holpernd zur Seite, der ganze Stollen hallte, als ob zwei Jodoka mit ihren Kampfstäben gegeneinanderschlugen. Sie erinnerte sich an den Jōdō-Kurs, den sie bei Yasemin gemacht hatte. Dann hörte man wieder nur das Knirschen des Schieferbruchs unter Gingers Schuhsohlen. Von dem Schacht gingen einige kleine Kammern ab, in denen Schieferplatten lagerten und alte, verrottende oder rostige Werkzeuge. Am brauchbarsten erschien Ginger ein altes Stemmeisen, das sie mitnahm. Nach einer Weile endete dieser Teil des Stollens, und Ginger ging zurück in die Kammer.

Von dort nahm sie den zweiten Gang, er war der breiteste von den dreien und etwas höher als die beiden anderen. Am Eingang entdeckte sie eine weitere Fledermausfamilie. In den dunklen Wänden gab es helle Einschlüsse, vermutlich Quarzitadern. Jo hatte erzählt, dass man in ihnen in seltenen Fällen Goldeinsprengsel, das Berggold, finden konnte. Doch deswegen trieb sich im Taunus heute niemand mehr unter der Erde herum.

Am Ende des Gangs kam sie an eine massive Gittertür, die mit einem stabilen Schloss gesichert war. Dahinter hing in einigem Abstand ein dicker Filzvorhang. Warum wählte man so eine Konstruktion? Vielleicht wollte man ungebetenen Besuchern nicht nur den Zutritt, sondern auch den Blick in den dahinterliegenden Raum verwehren, aber dennoch eine gewisse Luft- und Feuchtigkeitszirkulation gewährleisten.

Sie sah sich um. In einer Ecke entdeckte sie ein schwach blinkendes Lämpchen, das zu einer Überwachungskamera gehörte. Das war gar nicht gut. Hier wollte jemand nicht gestört werden oder zumindest wissen, wann und von wem er gestört wurde. Sollte sie sich zurückziehen?

Wenn die Wildkameras wirklich nur Wildkameras waren, ging von ihnen keine unmittelbare Gefahr aus, sie konnte später die Speicherkarten herausnehmen. Bei der Überwachungskamera hier im Stollen lag die Sache anders. Dieses Modell speicherte die Daten nicht im Gerät. Sie schaute auf ihr Handy, es hatte hier keinen Empfang. Eine Leitung, die von der Kamera wegführte, konnte sie nicht erkennen, aber das musste nichts heißen. Entweder war die Leitung geschickt verlegt, oder ein anderes Mobilfunknetz funktionierte hier. Sie fragte sich, wie lange es dauerte, bis es hier ungemütlich wurde, falls sie gerade irgendwo einen Alarm ausgelöst hatte. Bestimmt hatte sie noch etwas Zeit.

Sie versuchte, den Vorhang zur Seite zu schieben, er war zu weit vom Gitter entfernt, das Stemmeisen war zu kurz. Jetzt aufzugeben kam nicht in Frage. Sie erinnerte sich an den Holzstiel in Gang Nummer eins, ging zurück zur Kammer, in den ersten Gang hinein, fand den Holzstiel und lief zurück in Gang Nummer zwei. Damit erreichte sie den Vorhang, schaffte es, einen Spalt zwischen Vorhang und Schachtmauer zu öffnen.

Die Taschenlampe warf einen schmalen Lichtkegel in den dahinterliegenden Raum. Im Hintergrund erkannte Ginger große Kisten aus dunklem Aluminium, eventuell von dunkelgrüner Farbe. Auf einer erkannte sie eine Ziffernfolge und die Aufschrift »BUND«. In dem Raum lagerten Transportkisten der Bundeswehr, bestimmt nicht in deren Auftrag. Ginger spürte, dass sie hier wegsollte, möglichst schnell.

Als sie zurück in Richtung Grubenkammer hastete, hörte sie das Quietschen der Eingangstür. Ginger stockte der Atem. Wer hatte es geschafft, so schnell hier aufzutauchen? Sie schaltete die Taschenlampe aus und wich in den dritten Gang zurück. Der Gang weitete sich nach wenigen Metern zu einer Höhle. Sie versteckte sich hinter einem Felsvorsprung, wo sie sich ihres Rucksacks entledigte.

In der Kammer erschien eine massige Gestalt. Der Grizzly aus Stephanshausen. Niederau leuchtete die Kammer mit seiner Stablampe aus, lenkte den Lichtkegel in die Gänge und ließ ihn über den Boden wandern. Die Schieferplatten boten ein unruhiges Bild, Ginger hoffte, dass der Bär die Fußspuren nicht lesen konnte. Sie hoffte auch, dass Niederau zunächst die beiden anderen Gänge überprüfen würde, ehe er in die Höhle kam, in der sie sich versteckte. Vielleicht würde er die Waffenkammer etwas gründlicher kontrollieren und ihr Gelegenheit geben zu fliehen. Wenn er umsichtig war, verschaffte er sich allerdings erst einen Überblick über das gesamte Terrain.

Sie brauchte einen Plan, und zwar schnell. Sie umklammerte das Stemmeisen, so als ob es schon Teil des Plans wäre. Ihre Gedanken rasten. Während der letzten Jahre hatte sie bei Yasemin mehrere Kurse in Kampfsportarten absolviert, aber dass die bei einem so massigen Typen wie Niederau effektiv waren, bezweifelte sie. Der Grundgedanke war, als Verteidiger dem Angreifer durch Überraschung die Initiative zu entreißen. Ein weiterer Grundsatz war, durch die Verteidigung den Gegner nicht zu schädigen.

Das war wahrscheinlich nicht verkehrt, wenn sie bedachte, dass sie sich hier unbefugt aufhielt und über die Absichten von Niederau bloß Vermutungen anstellen konnte. Bundeswehrkisten konnte man bestimmt gebraucht bei eBay kaufen, und es konnte alles Mögliche in ihnen lagern. Andererseits sagte ihr die Intuition, dass abzuwarten, was der Gegner vorhabe, und mit ihm ins Gespräch zu kommen bei einem Grizzly eine recht riskante Strategie war.

Sie hörte, wie Niederau eine Waffe entsicherte. Das schaffte zumindest Klarheit über seine Absichten. Er ging erst in den ersten, dann in den zweiten Gang hinein, leider hielt er sich immer nur kurz dort auf, zu kurz für einen Fluchtversuch.

Nun näherte er sich dem dritten Gang. Sie musste jetzt die Initiative ergreifen. Ginger sprang heraus und leuchtete Niederau ins Gesicht. Er zögerte nur den Bruchteil einer Sekunde, bevor er die Waffe hochriss und in ihre Richtung feuerte. Die Kugel pfiff an ihrem Kopf vorbei und schlug in der hinter ihr liegenden Höhle in eine Wand ein, was einen Höllenlärm verursachte.

Ginger sprang auf Niederau zu und schlug ihm mit dem Stemmeisen die Waffe aus der Hand. Er brüllte wie ein wütendes Raubtier. Ehe sie ihn erneut attackieren konnte, versetze er ihrem Brustkorb mit seiner linken Faust einen heftigen Schlag und haute sie damit von den Beinen. Sie landete mit dem Oberkörper in dem Gang, der zur Höhle führte, glücklicherweise hielt sie Stemmeisen und Taschenlampe noch in ihren Händen. Sie japste nach Luft, wollte sich hochrappeln, aber der Grizzly war schon über ihr, trat mit seinem linken Fuß auf ihren Knöchel, rammte sein rechtes Knie in ihren Brustkorb, entwand ihr das Stemmeisen, warf es in die Höhle und quetschte seine verletzte Pranke auf ihr Gesicht. Ihr ganzer Körper brannte vor Schmerz und innerem Aufruhr, der Kopf drohte zu bersten, sie bekam keine Luft. Das Dreckvieh stieß ein triumphierendes Grunzen aus. Das machte sie rasend vor Wut.

Sie biss zu, so fest sie konnte, ihr Mund füllte sich mit warmem, metallisch schmeckendem Blut. Niederau schrie auf und fuhr zurück. So konnte sie sich mit letzter Kraft unter ihm herauswinden und in die Höhle krabbeln. Sie schaute zurück, leuchtete ihrem Feind ins Gesicht, es war vor Wut und Schmerz verzerrt, er glotzte auf seine blutende Hand, erst jetzt schien das Monster die Verletzung zu realisieren. Sie rutschte den Gang weiter zurück, bekam das Stemmeisen zu greifen und brachte sich hinter dem Felsvorsprung vorübergehend in Sicherheit.

Sobald sie etwas zu Kräften gekommen war, würde sie wieder angreifen, auf keinen Fall wollte sie dem Gegner die Initiative überlassen. Aber jeder Atemzug schmerzte, bei jedem Schritt tat ihr Knöchel weh. In diesem Zustand war ein Angriff aussichtslos.

Ein Licht blitzte in der Kammer auf, jetzt würde es nicht mehr lange dauern, bis er seine Waffe gefunden hatte. Sie schaltete die Taschenlampe an, um sich an ihrem Rückzugsort zu orientieren. Der kurze Gang endete in einer Höhle, die ein paar Meter hoch war. Am Grund der Höhle sah sie eine grünlich schimmernde Wasserfläche. Sie warf einen Stein ins Wasser, der versank und lange Wellen schlug. Es war also eher ein See als eine Pfütze. Vielleicht war die Höhle deswegen mit einem Gitter gesichert. In zwei Meter Höhe erkannte sie eine weitere Öffnung in der Felswand. Wenn sie dorthin käme …

Der Lichtstrahl draußen in der Kammer näherte sich dem Höhleneingang, Ginger griff nach dem Stemmeisen und zog das Fahrtenmesser aus dem Etui. Die Taschenlampe steckte sie weg, sie war kein Vorteil, wenn der Feind eine Schusswaffe hatte und bereit war, sie zu benutzen. Ginger würde sich teuer verkaufen.

Sie hörte das Quietschen ungeölter Scharniere, die Gittertür wurde gegen die Halterung geschlagen, sie hörte etwas, was wie das Schnappen eines Vorhängeschlosses klang.

»Jetzt kannst du hier drinnen verfaulen«, rief Niederau und entfernte sich.

Nach ein, zwei Minuten humpelte sie nach vorne zum Gitter, es war tatsächlich mit einem Vorhängeschloss verschlossen. Glücklicherweise waren die Gitterstäbe weit voneinander entfernt, sie konnte ihre Hände hindurchzwängen und hatte also eine Chance. Sie humpelte zurück, holte Werkzeug aus dem Rucksack. Dann ging sie wieder nach vorne, klemmte die Taschenlampe zwischen die Zähne und begann, das Schloss zu bearbeiten.

Aus dem Eingangsschacht näherte sich der Lichtkegel der

Stablampe. Der Grizzly kam zurück, sie rannte wieder nach hinten.

»Komm mit erhobenen Händen raus, dann passiert dir nichts«, brüllte Niederau.

»Warum sollte ich dir das glauben?«, schrie sie zurück.

»Weil du keine andere Wahl hast!«

»Ist das so?«

»Wenn ich dich holen muss, dann wird es sehr, sehr schmerzhaft!«

»Für wen? Für dich?«

»Du kommst hier nicht mehr raus.«

Sie antwortete nicht.

»Du hältst dich wohl für sehr schlau.«

Warum redete er so viel? Er hatte eine Waffe. Traute er sich nicht, hereinzukommen? War seine Verletzung schwerer, als sie dachte?

»Aber so schlau, wie du denkst, bist du nicht. Du bist in die Falle gelaufen. Genau wie dieser Jungbulle. Ich mache jetzt die Gittertür wieder auf.«

Sie hörte ein metallenes Geräusch, dann ein Quietschen.

»Komm mit erhobenen Händen heraus!«

Sie lugte um die Ecke, zog den Kopf aber gleich wieder zurück, Niederau befand sich in einiger Entfernung vor dem Gitter und hatte die Waffe in ihre Richtung gerichtet. Wenn sie tat, wozu er sie aufgefordert hatte, würde er sie niederschießen und sich noch nicht einmal an das Versprechen halten, dass sie nicht leiden musste.

»Ginger?«

Das war Mayfelds Stimme.

»Bleib weg!«, schrie sie, so laut sie konnte.

»Ginger?«

Die Stimme wurde lauter. Niederau drehte sich um, jetzt hatte er ihr den Rücken zugekehrt und die Waffe auf den Eingangsstollen gerichtet. Ihr Freund war gerade dabei, als Nächster in die Falle zu laufen.

Die Entscheidung war in Bruchteilen einer Sekunde gefallen. Sie umfasste das Stemmeisen und rannte, so schnell sie konnte, auf Niederau zu. Im letzten Moment hörte er sie, drehte sich um, wehrte den Hieb ab und schlug ihr den Knauf seiner Pistole gegen die Schläfe. Sie fiel zu Boden, er lachte höhnisch und richtete die Waffe auf sie.

Das Letzte, was sie wahrnahm, war ein schwarzer Schatten, der pfeilschnell auf sie zuflog, der Knall des Schusses, der sich aus der Pistole löste, und ein intensiver Schmerz. Dann verlor sie das Bewusstsein.

∗

»Ich bestreite ja gar nicht, dass ich auf dem Boot war, das hat sich spontan so ergeben. Richard Bürger hatte vorgeschlagen, dass wir mit seiner Yacht eine kleine Spritztour auf dem Rhein unternehmen, und ich wollte die Gelegenheit beim Schopf packen, wer wusste schon, ob er sich ein paar Wochen später noch an das Angebot erinnerte. Fritz war an der Uni und hatte sich danach mit einem Kumpel verabredet, das passte auch. Also habe ich Bürger angerufen, und er hatte Zeit. Wir verabredeten uns an einem Anleger in Rüdesheim, ich freute mich auf eine entspannte Tour. Ich konnte wirklich nicht ahnen, wie sich der Abend entwickeln würde.«

Sie hatte kaum geschlafen, und es war nicht nur die Hitze gewesen, die sie davon abhielt. Sie war hundemüde, hatte aber Angst vor dem Einschlafen, wie früher. Fritz wollte sie in den Arm nehmen, aber eng umschlungen einzuschlafen, wie sie das zuletzt so gern gemacht hatte, ging an diesem Abend gar nicht.

Etwas war in Bewegung geraten, alle Bilder und Erinnerungen waren wieder da, das Lied, die Masken, der Ekel vor bestimmten Gerüchen, die Angst vor schwankendem Boden, die Scham, der Schmerz, das Bedürfnis, sich stundenlang zu schrubben, bis sich die Haut vom Körper löste.

Es war noch nichts vorbei, die Zeit heilte keine Wunden. Aber etwas war anders als früher, sie war stärker, wütend und entschlossen. Wenn sie nicht verrückt werden wollte, musste sie die Sache beenden, das Drehbuch umschreiben. Sie musste einen kühlen Kopf bewahren. Rache genoss man am besten kalt. Den Rest der Nacht schmiedete sie einen Plan.

Es wurde wieder einer der Tage, dessen Ereignisse sich in ihr Gedächtnis einbrannten, als wäre eine Videokamera mitgelaufen. Als Fritz gegangen war, rief sie Bürger an. *Nimm mich mit, Kapitän, auf die Reise.* Er war sofort Feuer und Flamme, und sie verabredeten sich für den Nachmittag. Dann stieg sie in den Keller hinunter. Im hintersten Raum, wo gestern noch das Paket gelegen hatte, mit dem Philipp nun sein Glück suchte, lag die Kiste mit der Luger und den Patronen. *Si vis pacem, para bellum.*

Sie nahm die Waffe mit in das Zimmer unter dem Dach. Um sich zu beruhigen, ging sie alles noch einmal durch, wie ein Ritual. Überprüfen, dass keine Patrone im Lauf war, das Magazin entnehmen, den Lauf nach hinten drücken und halten, den Verriegelungshebel nach unten drehen, die Verriegelungsplatte entnehmen, den Lauf nach vorne abziehen, den Bolzen am Verschluss herausdrücken, den Verschluss nach hinten wegziehen, dann den Verschluss wieder in den Lauf einführen, den Bolzen hineinstecken, das Griffstück auf den Lauf aufschieben, den Lauf nach hinten schieben und halten, die Verriegelungsplatte einsetzen, den Verriegelungshebel nach hinten drehen, das Magazin wieder einsetzen.

Sie kannte die Pistole besser als sich selbst. Die Luger lag gut in der Hand. Entsichern, sichern, entsichern, sichern, entsichern, sichern. Entsichern, zielen und abdrücken. Sie war vorbereitet, für alle Fälle.

Mittags kam die Detektivin vorbei, das passte ihr gar nicht. Sie erzählte ihr von dem Paket, um irgendetwas zu erzählen. Interessant war die Information, dass Bürger in eine Schweinerei verwickelt war, die etwas mit Politik und Schieferstollen und ein paar Freunden von Markus zu tun hatte. Zum Glück ging die Detektivin bald wieder.

Nachmittags schlich sie sich aus dem Haus, es musste niemand mitbekommen, dass sie weg war, für alle Fälle. Sie nahm eines der alten Fahrräder aus der Garage und fuhr nach Rüdesheim, am Klärwerk vorbei bis zur Hafenspitze.

Sie war etwas früher an der vereinbarten Stelle. Am letzten Liegeplatz wollte Bürger sie abholen. Sie überlegte, warum er einen derart abgelegenen Treffpunkt vereinbart hatte, aber es war ihr egal.

Qué será, será.

Nach wenigen Minuten sah sie die Motoryacht mit dem Seeungeheuer am Bug. Bürger winkte ihr gut gelaunt zu, machte am Steg fest. Er schaute sich erst um, bevor er sie bat, an Bord zu kommen, so als ob es ihm wichtig wäre, dass niemand sie beobachtete. Das war auch in ihrem Interesse. Das Fahrrad solle sie ruhig mit aufs Boot packen, meinte er, dann müsse man nicht an denselben Ort zurückkehren. Auch das passte ihr gut.

Die »Leviathan« legte ab. Bürger trug einen marineblauen Blazer über dem himmelblauen Hemd und eine alberne weiße Kapitänsmütze. Er hatte eine kleine lederne Tasche umgehängt, auf deren Front eine Seeschlange eingraviert war. Sie hatte sich ihre knappsten Shorts angezogen und ein Matrosenhemdchen übergestreift. Ihren Rucksack hatte sie über der Schulter hängen. Zusammen ergaben sie ein ziemlich schräges Paar, der kleine dicke Spießer und das krasse süße Mädchen. Sie setzte sich so, dass er nicht übersehen konnte, wie sie von Zeit zu Zeit ein Bein über das andere schlug und sich mit den Händen durchs Haar fuhr.

Sie machten wie verabredet eine kleine touristische Rundreise. Sie fuhren am Mäuseturm vorbei durch das Binger Loch. Bürger stand hinter dem Steuerrad und prahlte mit seinen Fahrkünsten, meinte, es sei gar nicht so leicht, die Stromschnellen zu durchqueren. Maxi fand es bizarr, dass er sie mit so etwas beeindrucken wollte. Sie fuhren an Inseln und Burgruinen vorbei bis nach Kaub, zu allem hatte Bürger etwas zu sagen. Bei Kaub umrundeten sie eine Insel mit Burg, der Anwalt wusste, dass sie Pfalzgrafenstein hieß, und erzählte etwas von einem General Blücher, der hier während des Krieges gegen Napoleon mit dem preußischen Heer über den Rhein gesetzt habe. Noch ein Mann, der ihr die Welt erklären wollte, dachte sie genervt. Vielleicht meinte er, als kleines dummes Mädchen erwarte sie das von ihm und er verhalte sich so am unauffälligsten. Vielleicht war es für ihn selbstverständlich, das große Wort zu führen. Vielleicht konnte er nichts anders. Egal. Sie ließ ihn gewähren.

Zurück ging es langsamer, wegen der Strömung, wie der Kapitän überflüssigerweise erklärte. Sie näherten sich einer weiteren Insel. Wieder wusste Bürger etwas, was er mitteilen musste.

»Ich nenne das Lorcher Werth gerne die Toteninsel. Weißt du, warum?«

Natürlich wusste sie das nicht. »Erklär es mir!«

»Im Mittelalter gab es hier eine Pestgrube. Nach dem Ersten Weltkrieg sollte auf der Insel ein Ehrenmal für unsere Gefallenen errichtet werden, mit einem riesigen Sarkophag.«

»Interessant.« Sie wechselte die Position ihrer Beine und strich sich durchs Haar.

»Es wurde leider nichts daraus. Sollen wir mal ankern und ein kleines Picknick machen?«

»Auf der Toteninsel? Super Idee!«

»Die Insel darf man nicht betreten, aber davor ankern können wir schon. Ich weiß dafür eine gute Stelle, ganz romantisch in einer kleinen Bucht.«

Er verlangsamte die Fahrt und steuerte auf die Insel zu. Kurz hinter der flussaufwärts gelegenen Spitze tat sich im letzten Moment, bevor man sie passierte, eine kleine Bucht auf. Da hinein fuhr die »Leviathan«. Bürger schaltete den Motor aus und ließ den Anker fallen. Dann kam er auf sie zu. Sie nahm sein grässliches Parfüm wahr. Seit sie es das erste Mal gerochen hatte, war ihr Vanille zuwider. Er leckte sich die Lippen.

»Gehen wir nach unten?«

»Warum?«

»Einen Drink mixen?«

»Super!« Sie griff nach ihrem Rucksack.

»Den kannst du ruhig hier oben lassen«, meinte Bürger.

Ohne ihren Rucksack ging sie nirgendwohin.

»Da sind meine Schminksachen drin.«

Sie versuchte, so dumm und eitel zu lächeln, dass er ihr abnahm, dass Schminksachen für sie wichtig waren.

Es klappte, er grinste zufrieden und selbstgefällig.

Sie gingen in die Kajüte unter Deck. Alles kam ihr bekannt vor, nicht nur von dem spontanen Besuch vor zwei Tagen. Im Salon fläzte sie sich in die Sitzecke und zog den Rucksack neben sich. Es war gut, einen Tisch zwischen sich und Bürger zu haben. Während er an der Bar hantierte, schaltete sie den Voice Recorder ihres Ersatzhandys an. Seit sie vor einem Jahr ohne Handy so aufgeschmissen gewesen war, hatte sie zwei davon. Das andere legte sie auf den Tisch vor sich, ebenfalls mit eingeschaltetem Voice Recorder.

»Wie heißt dein Parfüm? Es riecht so lecker nach Vanille.«

Er drehte sich um, schien geschmeichelt. »Sin.«

Die Sünde, wie originell und passend.

»Magst du eine Cola Vanilla?«

»Die ist doch für kleine Mädchen.«

»Eben.« Sein Grinsen wurde immer penetranter. »Vielleicht mit Jackie?«

»Lieber eine Bloody Mary.«

»Auch gut.« Er holte Eiswürfel und ein paar Flaschen aus dem Kühler und füllte ein Glas.

»Aber bitte ohne GHB.«

»Ohne was?«

»Ohne K.-o.-Tropfen.«

Er drehte sich um und schob ihr das Glas mit dem blutroten Drink hin.

»Du sprichst in Rätseln.«

»Falsch. Ich habe das Rätsel gelöst.«

Auf Bürgers Grinsen fiel ein Schatten. Er griff nach dem Smartphone, das vor ihm auf dem Tisch lag, wischte auf dem Display herum und drückte ein paar Knöpfe. »Den Voice Recorder und das Handy machen wir mal aus. Netter Versuch. Jetzt bin ich gespannt, was du mir zu sagen hast.«

Sie tat einen Moment so, als ob sie sich ertappt fühlte. »Wird eh alles in meinem Kopf abgespeichert«, sagte sie mit gespieltem Trotz.

»Ich höre.«

»Ich erinnere mich an alles. Als ich in der Hölle lebte, da warst du so nett und hast dich um mich gekümmert, so hat es die liebe Gerlinde ausgedrückt. Erst im Jägerstübchen und als Gerlinde öfter zu Hause blieb, auf dem Boot hier. Markus war meistens dabei. Ihr habt mir, passend zu deinem bescheuerten Parfüm, Cola mit Vanillegeschmack gegeben, die habe ich damals gerne getrunken, und habt Scheiß-K.-o.-Tropfen reingemacht. Dann habt ihr mich gefickt, ich weiß nicht, wie oft. An die meisten Male kann ich mich nicht erinnern, aber manchmal hat das Zeug nicht so gut gewirkt, vielleicht habe ich weniger davon getrunken oder was weiß ich warum. Deshalb sind ein paar Erinnerungen hängen geblieben, zum Beispiel an dieses spießige Lied, ›Nimm mich mit, Kapitän, auf die Reise‹, und an die verfluchten Masken, die ihr getragen habt, Clown und Pestarzt.«

Bürgers Kopf lief rot an, und Maxi wünschte sich, ihn treffe gleich der Schlag. Das hätte viele Probleme gelöst.

»Du hattest schon immer eine blühende Phantasie«, sagte er mit heiserer Stimme. »Wer soll dir diese Räuberpistole glauben? Eine drogenabhängige Herumtreiberin beschuldigt einen angesehenen Anwalt und den Besitzer eines renommierten Weingutes der Vergewaltigung. Die Leute glauben fast jeden Mist, aber das werden sie nicht schlucken. Willst du Geld?«

»Nein, aber wie viel wäre es dir denn wert, wenn ich den Mund halte?«

»Keinen Cent.«

»Von dir würde ich auch keinen Cent nehmen. Ich mach dich fertig, wir werden ja sehen, was die Leute glauben und was nicht.«

Bürgers Handy klingelte. Er schaute wütend auf das Display und nahm den Anruf entgegen.

»Ich hoffe, es ist wichtig«, knurrte er ins Telefon. Dann hörte er eine Weile zu, sein Blick wurde immer finsterer. »Sie ist wo? … Also doch. Dieses verdammte Weibsstück! … Sie hat das Lager entdeckt? … Dann darf sie da nicht mehr raus, hast du verstanden? Wie besprochen … Erledige das!«

Maxi lief es heiß und kalt den Rücken hinunter. Das klang nicht gut. Für sie war das Telefonat vielleicht die letzte Gelegenheit, die Luger unbemerkt zu entsichern. Das tat sie, für alle Fälle.

Bürger wendete sich ihr wieder zu, versuchte vergeblich, Gelassenheit zu mimen. Seine Stimme wurde noch leiser.

»Wo waren wir stehen geblieben? Richtig, du willst mich fertigmachen. Ich glaube, das wirst du nicht tun.« Sie konnte zusehen, wie die joviale Fassade seines Gesichtes zerbröckelte und dahinter eine Fratze aus Boshaftigkeit und Hass erschien. »So ein dummes kleines Flittchen kommt mir nicht in die Quere«, zischte er.

Maxi war in einer Art Trance; alles, was sie jetzt sagte, fiel ihr ganz ohne Anstrengung zu.

»Was hast du vor?«, fragte sie. Ein wenig Angst vorzugaukeln war bestimmt nicht verkehrt. Es schadete nichts, wenn er sich sicher und überlegen fühlte, nicht mit ihrer Kaltblütigkeit rechnete. »Ich habe eine Detektivin engagiert, die ist dir auf die Schliche gekommen.«

Bürger lachte auf. »Gott, ist das armselig. Von der erwartest du Hilfe?«

»Sie wird euch auffliegen lassen.«

»Sie ist gerade selbst aufgeflogen.« Der feiste Kerl grinste hämisch.

Das hatte Maxi befürchtet. Aber es änderte nichts an ihrem Plan.

»Was bunkert ihr in dem Schieferstollen? Drogen? Waffen?«

»Du hast keine Ahnung, stimmt's?«

Jetzt musste sie ein wenig improvisieren. »Deine Gruppe ist bekannt. Du machst alles nur noch schlimmer, wenn du der Detektivin etwas antust.«

»Oh, die Kleine denkt ausnahmsweise mal nicht nur an sich?«, höhnte Bürger. »Du kannst sicher sein, dass ich dich hier lebendig nicht mehr rauslassen werde.« Er griff in sein Herrentäschchen und holte eine Pistole heraus.

»Willst du mich erschießen?«

»Lässt du mir eine andere Wahl?«

»Mit einer Toten zu ficken ist wahrscheinlich nicht so geil.«

Bürger lächelte heimtückisch, er ähnelte jetzt dem Seeungeheuer auf seiner albernen Tasche. »Das habe ich mir auch überlegt.« Er zog die Bloody Mary zu sich. »Deswegen habe ich mir etwas für dich ausgedacht.« Er legte die Pistole vor sich auf den Tisch, holte aus seiner Ledertasche ein braunes Fläschchen und begann, eine Flüssigkeit in den Drink zu tropfen. »Du kannst dir schon denken, was das ist. Das wirst du gleich trinken.«

»Warum sollte ich das tun?«

»Weil es dann ein sanfter Tod wird.«

Was für ein Arsch. Es wurde schwer, einen kühlen Kopf zu bewahren.

»Und wenn ich es nicht trinke?«

»Dann wird es hart und schmutzig.«

Sie ließ etwas Zeit verstreichen, bevor sie antwortete. »Okay, ich mach es, wie du willst. Vielleicht überlegst du es dir beim Ficken ja anders und lässt mich leben. Aber eine Bedingung habe ich.«

»Du bist nicht in der Lage, Bedingungen zu stellen«, sagte er hart.

»Hör sie dir doch erst mal an.« Sie versuchte, flehentlich

zu klingen. »Man schlägt jemandem doch nicht den letzten Wunsch ab. Ich will wissen, ob meine Vermutungen mit den K-o.-Tropfen stimmen, ob du es zusammen mit Markus mit mir getrieben hast. Ich will wissen, ob es deine oder Markus' Idee war und wie du Markus dazu gebracht hast, dir zu helfen. Und was es mit dieser Gruppe auf sich hat.«

Bürger schaute sie wütend an, starrte dann auf das Handy. Er schlug mit dem Pistolenknauf auf das Telefon, bis das Display splitterte. Die Waffe war vermutlich noch gesichert. Dann warf er das malträtierte Teil in einen Blender und goss Soda darauf.

»Man weiß ja heutzutage nicht mehr, was diese Dinger noch in ausgeschaltetem Zustand alles machen. Bist du verwanzt?«

»Nö.«

»Ich muss dich filzen.«

»Nur über meine Leiche.«

Bürger lachte. »Der war jetzt gut.« Er überlegte einen Moment. »Ich will mal nicht so sein«, sagte er dann gönnerhaft. »Du willst Details wissen, was wir alles mit dir gemacht haben, Markus und ich?«

Er leckte sich die Lippen und begann, Einzelheiten zu erzählen. Maxi wollte das nicht hören, musste es nun aber eine Weile ertragen.

»War das deine oder Markus' Idee?«, unterbrach sie ihn nach einer Weile.

»Meine natürlich«, sagte Bürger selbstgefällig.

»Wie hast du Markus dazu gebracht mitzumachen?«

»Er ist auch kein Kostverächter, frag mal Johanna. Das heißt, dafür ist es jetzt ja zu spät.« Er lachte leise. »Es gab einen Testamentsentwurf von Tante Gerda, der Markus gar nicht gefallen hat. Da konnte ich helfen.«

»Er hat sich mit deiner Hilfe das Weingut unter den Nagel gerissen?«

»Es kam zu Verzögerungen bei der Ausfertigung des Dokuments, und zwischenzeitlich hat die Alte das Zeitliche gesegnet.« Er schob Maxi die Bloody Mary hin. »Es ist genug. Trink jetzt.«

»Noch eine Frage, bitte.« Sie fuhr sich mit der Zungenspitze über die Lippen. Er glotzte ungläubig. Sie durfte nicht übertreiben.

»Schieß los!«

Gleich, wenn du mich so nett darum bittest. »Was ist das für eine Gruppe, hinter der die Detektivin her ist?«

»Her war.«

»Bitte!« Sie schob ihre Hand langsam in den Rucksack, der neben ihr lag und Bürgers Blick durch die Tischplatte entzogen war, umfasste den Knauf der Pistole.

»Das ist nichts für eine wie dich. Du verstehst das nicht. Wir werden dieses Land erneuern und von Dreck wie dir befreien. Wir haben alles vorbereitet. Unser Tag ist nicht mehr weit.«

»Ich glaube, der Dreck bist du!«

Bürgers Gesicht verzerrte sich vor Hass und Wut. Er sprang auf, griff nach der Pistole und wollte sie entsichern.

Entsichern, zielen, schießen, Maxi war schneller. Sie schoss mitten in das dunkle Herz des Monsters. Sein himmelblaues Hemd färbte sich rot. Einen Moment stand er noch da und glotzte sie ungläubig an. Sie richtete sich auf und gab ihm einen Stoß mit dem Pistolenlauf. Das Scheusal fiel nach hinten um.

Alles, was dann kam, geschah fast automatisch. Sie wischte alle Stellen, die sie angefasst hatte, mit einem Geschirrtuch ab. Sie füllte eine Wasserflasche mit Benzin aus einem der Ersatzkanister und verstopfte die Öffnung mit dem Geschirrtuch. Sie ging an Deck, löste das Beiboot aus seiner Halterung, vertäute es an der Reling und ließ es zu Wasser. Sie warf das Fahrrad hinein. Sie kippte den Rest des Kanisters und den Inhalt des zweiten Benzinkanisters in den Salon des Bootes, in die Kajüte, die Plicht und auf das Deck. Sie packte ihren Rucksack und den Molotowcocktail, löste die Leine und sprang in das Beiboot. Sie startete den Motor und fuhr ein paar Meter weg vom Mutterschiff.

Alles war getan, fast alles. Das Dämmerlicht wurde schwächer. Die Motoryacht dümpelte am Ufer der Toteninsel, der Drache war kaum noch zu erkennen. Bald würde die Dunkelheit alles verschlucken.

Die Lumpen loderten auf. Licht zerriss die Düsternis, ein Komet mit einem orangeroten Feuerschweif flog auf das Schiff zu, zerschellte an Deck. Es dauerte einige Sekunden, dann brannte es lichterloh. Die Flammen erleuchteten den Strand, bevor Rauch alles verhüllte.

Das war das Ende des Monsters. Sie fuhr davon.

»Richard Bürger hat versucht, mich zu vergewaltigen. Sie werden verstehen, dass ich über seinen Tod nicht besonders traurig bin. Aber ich habe ihn nicht ermordet. Ich konnte mich befreien und davonlaufen. Ich habe die Tür zum Salon seines Bootes von außen verrammelt und damit Zeit gewonnen, in der ich das Beiboot zu Wasser lassen und davonfahren konnte. Bevor ich floh, habe ich ihm noch gedroht, dass ich ihn fertigmachen werde. Das hat er dann selbst erledigt. Wahrscheinlich hatte er Angst, dass ich damit Ernst mache, und hat deswegen das Boot angesteckt und sich erschossen.

Sie meinen, ich solle aufhören zu lügen? Warum denn das?«

Epilog

Es war ein lauer Sommerabend, an dem sie sich in der Villa über dem Fluss trafen – Ginger, Yasemin, Jo, Robert und Julia. Eine leichte Brise wehte durch das Tal und trug das Tuckern der Lastkähne bis auf den Balkon, Grillen zirpten, Vogelgezwitscher verabschiedete den Tag.

Die Mayfelds waren von ihrem Nordseeurlaub, der kürzer als geplant ausgefallen war, zurück. Julia hatte sich in der Küche ins Zeug gelegt und Jo einen Nachtisch mitgebracht.

»Angebratenes Lachssashimi mit Gewürzbutter und knusprigem Sellerie« hatte sie ihre Kreation genannt, und Mayfeld hatte einen feinherben Riesling aus dem Rauenthaler Rothenberg beigesteuert.

»Wusstet ihr, dass es im 19. Jahrhundert mal einen Streik der Rheinschiffer gab, mit dem sie durchsetzen wollten, dass nicht jeden Tag Lachs auf den Tisch kam?«, fragte Jo.

»Bestimmt war das, weil Julia damals noch nicht gekocht hat«, antwortete Ginger.

»Schön, dass du wieder lachen kannst«, sagte Julia.

Ginger war vor einer Woche aus dem Krankenhaus entlassen worden. Yasemin und Jo hatten nächtelang an ihrem Bett Wache gehalten, bis sich ihr Zustand stabilisiert hatte.

»Und du bist bestimmt wieder ganz fit?«, fragte Julia besorgt.

»Absolut, es ist nichts zurückgeblieben. Das habe ich ihm zu verdanken.« Sie deutete auf Yoda, der hinter der Balkontür im Schatten lag und sein Rudel aufmerksam beobachtete. »Das war Rettung in letzter Sekunde.«

»Yoda war vor mir in der Stollenkammer«, berichtete Mayfeld. »Er witterte die Gefahr. Er hat Niederau angesprungen und umgeworfen, der hat im Fallen noch geschossen, aber nur den Oberschenkel von Ginger getroffen.«

»Was heißt ›nur‹?«, fragte Yasemin empört.

»Robert konnte das Bein abbinden und so die Blutung stillen«, erklärte Ginger. »Wäre die Kugel in den Kopf gegangen, wäre das mit dem Abbinden nicht so einfach gewesen.«

»Zum Scherzen ist dir jedenfalls schon wieder zumute«, kommentierte Julia.

»Du hast acht Tage im Koma gelegen, tu nicht so, als ob nichts gewesen wäre«, schimpfte Yasemin.

»Ihr hättet euren Urlaub nicht verschieben müssen«, meinte Ginger, doch die Mayfelds winkten ab.

»Wir mussten nach Herbert schauen«, sagte Mayfeld. »Schon deswegen haben wir unseren Urlaub abgekürzt. Mein Vater hat fünf Stents gesetzt bekommen und wurde gestern zur Reha an die Nordsee geschickt. Wir besuchen ihn bald. Und natürlich wollten wir wissen, wie es dir ergangen ist.«

»Durch den Sturz habe ich eine Gehirnerschütterung davongetragen, und als der Blutverlust dazukam, hat mein Gehirn in eine Art Heilschlafmodus umgeschaltet.«

»Die beste Reha, die man sich vorstellen kann«, warf Yasemin sarkastisch ein. »Außer für Freunde und Angehörige.«

»Hauptsache, sie hat überlebt«, versuchte Jo die Freundin zu begütigen.

Ginger wollte das Thema wechseln. »Das Sashimi ist überwältigend«, meinte sie. »Durch das Anbraten wird der Geschmack des Fischs intensiviert. Meinst du, ich darf ihm etwas geben?« Sie deutete auf Yoda.

»Eigentlich nicht …«, meinte Julia.

»… aber Lachs und Rohmilchkäse sind seine Lieblingsspeisen«, ergänzte Mayfeld.

Ohne eine Entscheidung von Herrchen oder Frauchen abzuwarten, hatte Yoda seinen Platz verlassen und stand erwartungsvoll vor Ginger. Nach dem ersten Happen nahm er gerne noch einen zweiten.

»Der Rest ist für mich, es ist einfach zu köstlich«, beschied ihn Ginger anschließend.

»Yoda hat Niederau ganz schön zugerichtet, während ich Ginger notfallmäßig versorgt habe«, setzte Mayfeld seinen Bericht fort. »Er hätte nicht versuchen sollen, noch mal an die Waffe zu kommen. Yoda hat das sehr effektiv verhindert. Wenn ich richtig informiert bin, konnte seine Hand von den Chirurgen nicht wiederhergestellt werden.«

»Braver Hund«, lobte Yasemin.

Mayfeld nickte zustimmend. »Einem Hund kann man keinen Exzess bei der Nothilfe vorwerfen. Ich habe Eva Bischoff angerufen, sie hat ihren Dienstbeginn einen Tag vorgezogen und kam hinaus ins Wispertal. Wir haben uns noch an dem Abend den Stollen genau angesehen und ein ausgedehntes Waffenlager gefunden, mit Waffen aus Beständen der Bundeswehr, die im Laufe der letzten Jahre verschwunden sind. Für Eva war es wie Ostern und Weihnachten zusammen, einen solchen Schlag gegen den militanten Rechtsextremismus konnte die hessische Polizei schon lange nicht mehr führen.«

»Wurde die Gruppe ausgehoben?«, fragte Ginger.

»Die Ermittlungen laufen noch, aber die wesentlichen Personen wurden festgesetzt, sonst dürfte ich euch das alles nicht erzählen. Sie nennen sich AFH, Aktion Freier Hessen, haben Waffen gehortet und Feindeslisten angelegt. Die Kollegen haben Moritz Berghaus' Leiche gefunden, abgelegt in einem Schieferstollen ein paar Kilometer weiter.«

»Das war zu befürchten«, meinte Ginger. »Gibt es einen Verdacht?«

»Es läuft wohl auf Niederau hinaus, aber –«

»… Details zu Ermittlungsergebnissen darfst du nicht weitergeben, schon klar«, ergänzte Ginger Mayfelds Satz.

»Bestimmt hat euch Moritz' Tagebuch geholfen, das ich als Letztes in seiner Cloud gefunden habe«, meinte Yasemin. »Er hat das Vorgehen bei seinen Recherchen akribisch geschildert. Ich habe es gelesen und kopiert, bevor ich es der Frau vom LKA übergeben habe, die Geheimhaltung kannst du dir also sparen.«

Yasemin berichtete. Es war so gewesen, wie sie vermutet hatten. Moritz Berghaus hatte ursprünglich nach Philipp Bader gesucht, weil er dachte, dass dessen Verschwinden mit Maxi Hofmanns seelischen Problemen zu tun habe. Er hoffte, ihr zu helfen, indem er Licht in das Dunkel ihrer Erinnerungen brachte. Er entwickelte gegen seinen Chef den Verdacht, die Rhine Devils zu schützen, wofür er aber keine Beweise fand. Er hatte tatsächlich versucht, einen GPS-Tracker an Messers Motorrad anzubringen, war damit aber aufgeflogen. Als sich Messer über ihn beschwerte, bekam Berghaus mit, dass Bürger dessen Anwalt war, und erinnerte sich an die alten Fotos in Gerlindes Fotoalbum. Gerlinde erzählte ihm von einem Freundeskreis, der sich regelmäßig im Gutsausschank traf. Zu diesem Zeitpunkt änderte Berghaus seine Pläne, die Zusammensetzung der Gruppe machte ihn misstrauisch, und er fokussierte seine Recherchen auf diese Gruppe. Ob er ahnte, was Bürger seiner Freundin angetan hatte, ging aus seinen Aufzeichnungen nicht eindeutig hervor, einige Anmerkungen, dass er sich Vorwürfe mache, sie in ihrer Johannisberger Zeit nicht beschützt zu haben, wiesen allerdings in diese Richtung. Auf jeden Fall hatte er eine Witterung aufgenommen und ließ nicht mehr locker. Er belauschte ein Treffen der Gruppe mittels Richtmikrofon und schöpfte Verdacht.

Mayfeld schüttelte betrübt den Kopf. »Spätestens da hätte er seine privaten Ermittlungen aufgeben und alles staatlichen Stellen übergeben müssen.«

»Es gibt in der Cloud von Moritz Berghaus eine Tondatei, die den Lauschangriff dokumentiert«, warf Yasemin ein. »Die habe ich an dem Tag, als Ginger im Wispertal mit Niederau zusammenstieß, konvertieren können. Die Tonqualität ist nicht so toll, man kann eigentlich nur erahnen, dass die Personen, die da zusammensitzen, Übles im Schilde führen.«

»Beweiskraft hat das nicht«, stimmte Jo zu. »Und Berghaus hätte erklären müssen, wie er als Polizeibeamter dazu kam, die Gruppe zu belauschen.«

»Für seine Karriere wäre das nicht förderlich gewesen«, musste Mayfeld zugeben. »Wahrscheinlich hat er deswegen gezögert, mit mir darüber zu sprechen.«

»Er setzte bei der Observation der Gruppe eine Drohne und einen GPS-Tracker ein, mit dem er Niederaus Fahrten verfolgte«, fuhr Yasemin fort.

»Leider ist das mit der Drohne aufgeflogen«, gab Mayfeld etwas von den jüngsten Ermittlungsergebnissen preis. »Vermutlich wurde ihm eine Falle gestellt. Genauso übrigens wie dir, Ginger. An deinem Motorrad wurde ein GPS-Tracker gefunden.«

»Ich weiß«, antwortete sie missmutig. »Ich habe den Gegner unterschätzt. Es war klar, dass ich mich mit den Recherchen bei der Gruppe bemerkbar mache, dieses Risiko musste ich eingehen. Die haben allerdings schneller und cleverer reagiert, als ich es ihnen zugetraut habe. Ich hatte die ganze Zeit den Verdacht, belogen zu werden, aber mittlerweile frage ich mich, ob die auch nur einmal die Wahrheit gesagt haben.«

»Möglicherweise nicht«, gab Yasemin ihr recht. »Für die Jugendamtsakte zum Beispiel hat sich Berghaus nie interessiert, in seinen Aufzeichnungen findet sich dazu kein einziges Wort. Das war eine falsche Fährte, die Wächter und Bürger gelegt haben. Wahrscheinlich hat Moritz mit ihnen auch nie über seine Streitereien mit Maxi gesprochen.«

»Bei meinem Besuch in Stephanshausen muss es Niederau geschafft haben, den Tracker an der Carducci anzubringen«, fuhr Ginger fort. »Als ich erneut ins Wispertal fuhr, bekam er das frühzeitig mit, witterte die Gefahr, aber erkannte auch die Chance, mich loszuwerden. Er muss gleich losgefahren sein und war deswegen so früh am Stollen.«

»Die Abschieds-SMS, die Fahrt nach Frankfurt, der Anruf in der Alten Villa, die Buchung des Kurses, das waren alles Ablenkungsmanöver«, bestätigte Mayfeld. »Sie waren schlau, aber nicht schlau genug.«

»Was ist aus Philipp Bader geworden?«, fragte Julia.

»Er liegt im Krankenhaus«, berichtete Mayfeld. »Maik Schmitt hat ihn bewusstlos im Mosbachtal gefunden. Die Ärzte haben diverse Knochenbrüche und ein Schädel-Hirn-Trauma festgestellt. Sie hoffen, dass er ohne bleibende Schäden durchkommen wird. Er kann sich allerdings nicht daran erinnern, wie er auf das Gartengrundstück gekommen ist. Er behauptet, dass er an das ganze letzte Jahr keine Erinnerungen habe.«

»Das ist das Beste, was ihm passieren kann«, stellte Yasemin lakonisch fest. »Weiß jemand, wie es Maxi Hofmann geht?«, fragte sie in die Runde.

»Ich war gerade vorhin bei ihr«, antwortete Ginger. »Sie ist wieder in Johannisberg, darf den Rheingau-Taunus-Kreis bis zum Abschluss der Ermittlungen nicht verlassen. Ihr Anwalt ist zuversichtlich, dass er sie aus der Sache unbeschadet herausholt.«

»Wenn Dr. Reichenbach das sagt, dann wird es so kommen«, meinte Mayfeld. »Er ist der beste Strafverteidiger, den ich kenne.«

»Hast du ihn ihr empfohlen?«, fragte Ginger.

»Ich hatte ihn darum gebeten«, antwortete Julia anstelle ihres Mannes.

Ginger fuhr fort. »Maxi war erstaunlich offen zu mir, das erste Mal, seit wir uns kennen. Sie hat in ihren Vernehmungen zunächst versucht, mit einer hanebüchenen Lügengeschichte jede Verwicklung in Bürgers Tod zu bestreiten, dann wollte sie allen weismachen, dass er sich selbst umgebracht hat. Die Spurenlage in dem völlig ausgebrannten Wrack ist wohl recht schwierig, aber als man Schmauchspuren an ihren Händen feststellte, geriet sie in Erklärungsnot. Deswegen hat sie eingeräumt, Bürger erschossen zu haben, in Notwehr, sagt sie, er habe sie mit einer Pistole bedroht und versucht zu vergewaltigen. Es sei zu einem Gerangel gekommen, dabei habe sich ein Schuss gelöst, sie sei in Panik geraten und abgehauen. Ich weiß nicht, ob diese Version der Wahrheit entspricht, sie kommt ihr auf jeden Fall näher als alles andere, was sie in den letzten Wochen erzählt hat.«

»Wenn Bürger an dem Schuss gestorben ist und nicht erst an den Brandverletzungen, könnte die Verteidigungsstrategie aufgehen«, überlegte Mayfeld. »Hast du in Johannisberg etwas über den Zustand von Markus Wächter erfahren?«

»Er liegt mit multiplem Organversagen auf der Intensivstation«, antwortete Ginger. »Ich habe mit seiner Frau gesprochen, die versteht sich mit Maxi mittlerweile sehr gut. Markus Wächters Zustand hat sich vor einer Woche rapide verschlechtert, da war er schon in Untersuchungshaft. Niemand hat eine Erklärung für seine Erkrankung. Gerlinde Wächter scheint nicht sonderlich betrübt über diese Entwicklung, sie freut sich vor allem, dass ihre Tochter Johanna in den Rheingau zurückkommt, um das Weingut zu übernehmen. Sie ist sehr empört über die Art und Weise, wie sie von der Polizei befragt wurde, so als ob ihr jemand unterstellen wolle, für die Erkrankung ihres Mannes verantwortlich zu sein. Dr. Reichenbach hat ihr über Maxi ausrichten lassen, solange ihr niemand etwas vorwerfe, solle sie sich besser nicht verteidigen.«

»Ich hole mal das Dessert aus dem Kühlschrank«, schlug Jo vor. »Weinbergpfirsichkompott unter einer Joghurt-Sahne-Haube.«

Wissenswertes

Orangefuchsiger Raukopf

Der Orangefuchsige Raukopf (Cortinarius orellanus) ist einer der giftigsten Pilze Mitteleuropas, vergleichbar nur mit dem Knollenblätterpilz. Er wächst von Juli bis Oktober in warmen und trockenen Misch- und Laubwäldern und breitet sich wegen der Klimaerwärmung auch in Deutschland aus. Junge und besonders giftige Rauköpfe können mit jungen Pfifferlingen verwechselt werden. Das Gift des Raukopfs, das Orellanin, ist besonders heimtückisch, da es erst drei bis vierzehn Tage nach der Einnahme wirkt, wenn sich Betroffene oft nicht mehr an ein Pilzgericht erinnern, zumal der Geschmack des Pilzes recht mild und unauffällig sein soll. Das Orellanin zerstört vor allem die Nieren, der Tod tritt nach frühestens zwei Wochen, manchmal erst nach vielen Monaten des Siechtums ein.

Wiesbaden und Kaiser Wilhelm II.

Nach dem Deutschen Krieg zwischen Preußen und Österreich wurde das Herzogtum Nassau, das in dieser Auseinandersetzung auf der Verliererseite gestanden hatte, und mit ihm die Residenzstadt Wiesbaden von Preußen annektiert. Wiesbaden wurde zur Kur- und Kongressstadt ausgebaut. Fast jeden Sommer kam Kaiser Wilhelm II. zur Sommerfrische nach Wiesbaden und mit ihm viele Adlige und reiche Bürger. In dieser Zeit entstanden im »Nizza des Nordens« viele repräsentative Bauten, wie das Kurhaus, das Theater und der Bahnhof. Zahlreiche Bauten im Stil von Historismus, Klassizismus und Jugendstil zeugen vom damaligen wirtschaftlichen und kulturellen Aufschwung, die Maifestspiele wurden in der Wilhelminischen Epoche gegründet. Damals war Wiesbaden die Stadt mit den meisten Millionären Deutschlands. Ganze Stadtviertel wie das Dichterviertel, das Rheingauviertel und das Feldherrenviertel, das heute Westend heißt, entstanden in dieser Zeit, die Einwohnerzahl stieg erstmals auf über hunderttausend Einwohner. Aus Dankbarkeit ließ der Magistrat der Stadt ein Goldenes Buch anfertigen, Wilhelm II. trug sich 1902 als Erster darin ein.

Im 19. Jahrhundert waren in der Wiesbadener Innenstadt drei Bahnhöfe gebaut worden, die die steigenden Fahrgastzahlen der aufstrebenden Weltkurstadt um die Jahrhundertwende nicht mehr bewältigen konnten. Zwischen 1904 und 1906 wurde ein neuer Bahnhof im Stil des Neobarocks gebaut. Danach konnte auch der anreisende Kaiser jeden Sommer standesgemäß empfangen werden, er verlieh den am Bau Beteiligten zahlreiche Orden. Das Areal der ehemaligen Bahnhöfe wurde nicht mehr bebaut, 1932 wurde es in eine ausgedehnte Grünfläche, die Reisinger- und Herbert-Anlage, benannt nach ihren Stiftern, umgewandelt.

Das Kurhaus wurde zwischen 1905 und 1907 unter Leitung von Friedrich von Thiersch für sechs Millionen Goldmark erbaut. Kaiser Wilhelm II. nannte es in der für ihn typischen Bescheidenheit »das schönste Kurhaus der Welt«. Das zweiflügelige Gebäude besteht aus zwei großen Festsälen und mehreren kleineren Räumen, es beherbergt eine Gastronomie und die Wiesbadener Spielbank. An seiner Ostseite liegt der Wiesbadener Kurpark, an der Westseite vor dem Portikus eine große Rasenfläche, genannt Bowling Green. Sie wird umrahmt von den nördlichen und südlichen Kolonnaden, in denen das Wiesbadener Staatstheater untergebracht ist.

Schiersteiner Hafen

Ursprünglich gehörte Schierstein zum »Königssondergau« und wurde im 11. Jahrhundert von Heinrich II. an das Michaelskloster in Bamberg verschenkt. Dieses verkaufte es später an verschiedene Adelsfamilien, schließlich wurde es von den Grafen von Nassau erworben. Schierstein wurde im Laufe der

Jahrhunderte oft von durchziehenden Truppen »besucht«, was zu einer unsteten Entwicklung von Wirtschaft und Bevölkerung führte. Es nennt sich, ähnlich wie das benachbarte Walluf, »Tor zum Rheingau«.

Der Hafen wurde 1858 angelegt, entwickelte sich wegen der fehlenden Eisenbahnanbindung jedoch nur schleppend und dient heute ausschließlich dem Wassersport.

Fasanerie
Um 1750 ließ Herzog Karl von Nassau-Usingen im Nordwesten von Wiesbaden das Jagdschloss Fasanerie und eine Fasanenzucht errichten. Sein Nachfolger baute auf der Platte sein eigenes Schloss, die Gebäude in Klarenthal wurden der Forstverwaltung überlassen. 1955 eröffnete die Stadt auf dem Areal einen Tier- und Pflanzenpark, der seit 1995 von einem Förderverein unterstützt wird. Hier finden sich über fünfzig Tierarten, die die lokalen klimatischen Bedingungen gewohnt sind, darunter Braunbären, Wölfe und Luchse.

Polizeiakademie im Kohlheck
So hieß die Ausbildungsstätte der hessischen Polizei in Wiesbaden-Dotzheim, nahe der Siedlung Kohlheck, lange Jahre, so wird sie auch heute umgangssprachlich noch genannt. Bis 2009 hieß sie Hessische Polizeischule, seit 2022 ist sie Teil der Hessischen Hochschule für öffentliches Management und Sicherheit.

Die Gibb
So nennt sich der Ortsteil von Wiesbaden-Biebrich »jenseits der Bahngleise«. Er wird durchzogen vom Mosbach, der weiter südlich durch den Schlosspark in den Rhein fließt. Nördlich der Gibb schließen sich die Bleichwiesen, bekannt durch die

Gibber Kerb und das Mosbachtal, an. Im Mosbachtal befinden sich Lokale, landwirtschaftliche Betriebe und Kleingärten.

Kiedrich

Die kleinste selbstständige Ortschaft im Rheingau wird auch das gotische Weindorf genannt. Sie wird erstmals in einer Urkunde aus dem 10. Jahrhundert erwähnt. Für die Entwicklung des Ortes maßgeblich war der Bau der Burg Scharfenstein im 12. Jahrhundert durch den Mainzer Erzbischof. In dessen Gefolge siedelten sich zahlreiche Adlige in dem Ort an.

Ein weiterer Meilenstein war die Schenkung einer Reliquie des heiligen Valentinus durch das Kloster Eberbach an die Kiedricher Kirche. Der heilige Valentinus ist nicht nur der Schutzpatron der Liebenden, sondern auch der der Fallsüchtigen. Für die Zisterzienser des Klosters waren die Wallfahrten der Kranken zur Reliquie eine empfindliche Störung ihrer Kontemplation und ihres Wunsches, in Ruhe gelassen zu werden. Für die Kiedricher Bürger bedeuteten die Wallfahrten einen enormen wirtschaftlichen Aufschwung. Im 14. Jahrhundert begannen sie mit dem Bau der neuen Kirche St. Dionysius und Valentinus und der benachbarten Michaelskapelle, eines Beinhauses. Die Kirche wurde Anfang des 16. Jahrhunderts fertiggestellt. Da sie von vielen hinfälligen Kranken besucht wurde, stattete man sie entgegen der damaligen Gewohnheit mit Sitzgelegenheiten für die gemeinen Gottesdienstbesucher aus. Das reich verzierte Laiengestühl kann man noch heute bewundern.

Eine Kiedricher Besonderheit ist die im Mainzer Choraldialekt gesungene lateinische heilige Messe. Sie wird gesungen von den Kiedricher Chorbuben, einem der ältesten Knabenchöre Deutschlands. Ursprünglich sangen Geistliche, ab dem 17. Jahrhundert waren es dann Männer und Knaben aus der Gemeinde. Die Kiedricher hielten an dieser Tradition auch fest, als die katholische Kirche Ende des 18. Jahrhunderts diese unterband.

Eine weitere Besonderheit ist die Kiedricher Orgel, eine der ältesten bespielbaren Orgeln Deutschlands. Sie wurde um 1500 erbaut und bis 1800 gespielt. Glücklicherweise fehlte den Kiedrichern damals das Geld, sich eine neue Orgel anzuschaffen. So fand Baronet John Sutton, ein wohlhabender Engländer und Bewunderer der Gotik, Mitte des 19. Jahrhunderts eine Orgel vor, die er in aufwendiger Restaurationsarbeit in ihren Urzustand zurückversetzen lassen konnte, heute ist sie eine der wenigen noch bespielbaren gotischen Orgeln in historischer Stimmung.

Der Kreuzweg im Pfarrhof stammt aus den siebziger Jahren des 19. Jahrhunderts.

Inselrhein

Er liegt zwischen Flusskilometer 499 und 527. Wie der Name schon sagt, gibt es in diesem Flussabschnitt besonders viele Inseln, die hier oft Auen genannt werden. Die Rheinauen bilden eine Kette von Naturschutzgebieten, der hier anzutreffende Auenwald gehört zu den artenreichsten seiner Art in Europa, in dem eine Vielzahl seltener Vögel anzutreffen ist, die hier dauerhaft leben oder auf der Durchreise Rast machen.

Rheingauer Riviera

Der Treidelpfad, auch Leinpfad genannt, ist ein ehemaliger Arbeitsweg, auf dem vor der Motorisierung der Schifffahrt Lastkähne durch Pferde- oder Menschenkraft an einer Leine flussaufwärts geschleppt (getreidelt) wurden. Er verläuft mit Unterbrechungen von Walluf bis Rüdesheim und wird heute als Spazier- und Radweg genutzt. Zwischen Walluf und Eltville entstanden oberhalb des Treidelpfads Ende des 19. und Anfang des 20. Jahrhunderts zahlreiche luxuriöse Villen mit opulenten Gartenanlagen, die »Rheingauer Riviera«.

Johannisberg

»Wenn ich (…) Berge versetzen könnte, der Johannisberg wäre just derjenige Berg, den ich mir überall nachkommen ließe«, schrieb Heinrich Heine. Der knapp dreitausend Einwohner zählende Ortsteil von Geisenheim wird geprägt durch das Schloss Johannisberg und seine Weine. Das ehemalige Benediktinerkloster wurde Anfang des 18. Jahrhunderts von der Fürstabtei Fulda gekauft und zum heutigen Schloss umgebaut. 1802 wurde es von Napoleon säkularisiert, nach dem Wiener Kongress schenkte es Kaiser Franz I. von Österreich seinem Kanzler, dem Fürsten von Metternich. 1775 wurde hier die Spätlese »erfunden«, als sich der Bote des Fürstabtes aus Fulda zwei Wochen verspätete, um den Mönchen die Erlaubnis zur Weinlese zu erteilen. Die Mönche konnten nur noch die (edel) faulen Trauben ernten, die zu ihrer Verblüffung einen besonders hochwertigen Wein ergaben. Schloss Johannisberg ist heute ein bekanntes Weingut.

Neben dem Schloss findet sich in Johannisberg noch das Kloster Johannisberg, eine Neugründung der Benediktinerinnen aus dem Jahr 1956, das nach einigen Jahren wieder aufgelöst wurde und heute als Hotel und Tagungshaus dient.

Von Kloster Johannisberg zum Kloster Marienthal führt das Johannisberger Mühlental entlang des Elsterbachs, wo zahlreiche alte Wassermühlen und einige Weingüter liegen. Das Weingut Talmühle mit dem Gutsausschank »Zur Johannisberger Hölle«, das in dem Roman eine wichtige Rolle spielt, ist der Phantasie des Autors entsprungen.

Bekannte Weinlagen sind Schloss Johannisberg, Johannisberger Klaus und Hölle.

Johannisberger Hölle

Der Begriff »Hölle« leitet sich vom mittelhochdeutschen »Halde« ab und bezeichnet einen steilen Hang. Die Johannisberger Hölle wird um 1180 als »helda in monte sancti Johannis« erstmals erwähnt. Es ist der steile und steinige Berg, der, im Nordwesten von Schloss Johannisberg, nach Südwesten ausgerichtet in das Elsterbachtal hinabführt und über eine große geologische Vielfalt verfügt. Dabei herrschen Lehm- und Lössböden vor, aber auch Mischböden mit Kies und Steinen. Am Abend zieht kalte Luft aus dem nahe gelegenen Wald durch das Tal über die Weinberge hinweg und trägt so zum lebendigen Charakter des Weins bei.

Osteinscher Park
Der Rüdesheimer Niederwald gehörte zur Burg Ehrenfels, die im Besitz des Mainzer Domkapitels war. An der Stelle des Jagdschlosses Niederwald stand früher ein Wirtschaftshof. Nach der Zerstörung der Burg durch französische Truppen im Pfälzer Erbfolgekrieg wurde der Niederwald verkauft und kam in den Besitz der Grafen von Ostein, die dort ein Jagd-schloss errichten ließen. Einer der Grafen von Ostein erschloss den Niederwald als Jagdwald und ließ Holzbauten, wie ein Bauernhaus, eine Eremitage und einen Holzmeiler, errichten, später auch einen Rundtempel, eine künstliche Ruine, einen Rittersaal und eine Räuberhöhle. Es waren Inszenierungen im Geiste der Romantik, die vor allem den Gästen des Grafen gewidmet waren und später auch der Öffentlichkeit zugute-kamen.

Die Steillagen
Steillagen nennt man Weinberge mit einem Gefälle von dreißig Prozent oder mehr. Im Rheingau sind das circa dreihundert-fünfzig Hektar, etwas mehr als zehn Prozent der Rebfläche. Steillagen im Rheingau liegen in Martinsthal, Rauenthal, Rü-desheim, Assmannshausen und Lorch. In Steillagen ist eine Bewirtschaftung mit radgetriebenen Traktoren meist nicht möglich, der Aufwand mit Seilzügen und Handarbeit ist be-

trächtlich, die Bodenerosion erheblich und die Bewässerung schwierig. Aus diesen Gründen wurden in der Vergangenheit im Rheingau Steillagen, vor allem zwischen Rüdesheim und Lorch, aufgegeben, was nicht nur den Verlust ganz charakteristischer Weine nach sich zog, sondern auch eine Verbuschung der Kulturlandschaft. Fördermittel der EU und des Lands Hessen sollen dieser bedauerlichen Entwicklung Einhalt gebieten. Die Installation von Bewässerungssystemen und der Einsatz von Drohnen sind Technologien, deren sich die Winzer bei der Rekultivierung solcher Flächen zunehmend bedienen.

Das Wispertal

Die Wisper ist ein circa dreißig Kilometer langer Fluss durch den Taunus. Seine Quelle liegt nahe der Ortschaft Wisper bei Heidenrod, bei Lorch fließt er in den Rhein. Das Tal ist bis auf die Mündung sehr eng und gewunden, aufgrund der geografischen Besonderheiten gibt es hier kaum größere Siedlungen, das Landschaftsbild wird von ausgedehnten Wäldern bestimmt, ein Drittel der Fläche ist heute Naturschutzgebiet. Im Mittelalter war das Wispertal die nördliche Grenzregion des Rheingaus, weswegen hier zahlreiche Burgen zur Sicherung des Erzbistums Mainz errichtet wurden.

Burg Rheinberg

Die Burg wurde um 1160 im Auftrag des Mainzer Erzbischofs errichtet und kurz danach den Rheingrafen als Lehen übertragen. Sie diente dem Schutz der Mainzer Landesgrenzen. Hundert Jahre später entzweiten sich die Bischöfe von Mainz und die Rheingrafen, die Burg wurde von den Mainzern belagert und zerstört. Nach ihrem Wiederaufbau wurde sie um 1400 kurpfälzisches Lehen, hatte verschiedene adlige Besitzer, verlor ihre strategische Bedeutung und verfiel, ohne noch einmal im Mittelpunkt kriegerischer Auseinandersetzungen zu stehen.

Schieferbergbau im Taunus

Vermutlich wurde im Taunus schon zu Zeiten der Römer Bergbau betrieben, urkundlich erwähnt ist er ab dem Ende des 15. Jahrhunderts. Neben Gold und Silber wurde nach Blei und Eisenerz gegraben, im Wispertal vor allem Schiefer abgebaut. In der Blütezeit arbeiteten dort Hunderte Bergleute, mit dem Schiefer aus dem Wispertal wurde unter anderem das Dach des Mainzer Doms gedeckt. Nach einer letzten Blüte im 19. Jahrhundert wurden im Laufe des 20. Jahrhunderts alle Stollen geschlossen. Die verlassenen Stollen aufzuspüren und zu begehen ist eine spannende und nicht ganz ungefährliche Outdooraktivität.

Burg Pfalzgrafenstein bei Kaub

Auf der Insel Falkenau gegenüber von Kaub steht die Burg Pfalzgrafenstein. Die Burg, die auch die Pfalz bei Kaub genannt wird, wurde im 14. Jahrhundert von Ludwig dem Bayern errichtet, um die Zollzahlungen an der Zahlstelle in Kaub abzusichern, nachdem er vom Papst mit einem Kirchenbann belegt worden war. Sie diente nie Wohnzwecken, sondern wurde ausschließlich militärisch genutzt. Sie gehört zu den wenigen vollständig erhaltenen Burgen im Rheintal.

Am 1. Januar 1814 setzte die Schlesische Armee unter Generalmarschall Blücher hier über den Rhein und marschierte gegen die Armee Napoleons.

Lorcher Werth

Zwei bei Niedrigwasser zusammenhängende Inseln vor Lorch. Werth ist das mittelhochdeutsche Wort für Insel. Hier sollte in den 1920er Jahren ein »Reichsehrenmal« für die Gefallenen des Ersten Weltkriegs entstehen. Es war ein Stadion für hunderttausend Menschen geplant. Während der Weltwirtschaftskrise wurde das Toteninselprojekt aufgegeben. Heute ist das Lorcher Werth Naturschutzgebiet.

Rezepte

Moritz' Rezepte

Roggenbrot aus Vollkorn und Schrot

Wie man Sauerteig-Anstellgut herstellt oder wo man es bezieht, wie man es füttert und lagert, lässt sich im Blog von Lutz Geißler (www.ploetzblog.de) nachlesen, von dem auch das Grundrezept dieses Brotes stammt:
130 g grobes Roggenschrot, 210 ml Wasser, 11 g Salz, 375 g Roggenvollkornmehl, 42 g Roggenanstellgut, 80 g Altbrot oder Semmelbrösel, 300 ml Weißbier, 4 g Schabzigerklee, 20 g Brotgewürz (Anis, Kümmel, Koriander)

Am Vorabend den Sauerteig herstellen: 130 g Roggenkörner in der Getreidemühle grob mahlen, 210 ml Wasser (50 Grad warm) mit 4 g Salz, dem Roggenschrot, 80 g Mehl und dem Anstellgut mischen, abdecken und bei Zimmertemperatur 12 Stunden reifen lassen.

Am nächsten Morgen die Semmelbrösel mit 7 g Salz rösten und mit 180 ml kochendem Bier aufbrühen, mischen und 10 Minuten abkühlen lassen.

Das 35 Grad warme restliche Bier, Schabzigerklee, Brotgewürz und das Brühstück mischen, das restliche Mehl und den Sauerteig dazugeben und mischen, bis ein homogener Teig entstanden ist.

Abdecken und 30 Minuten bei Zimmertemperatur reifen lassen.

Den Teig auf eine bemehlte Arbeitsfläche stürzen und rund wirken (eine Seite fassen und zur Mitte falten, das von allen Seiten mehrfach wiederholen), den Teigling mit dem Schuss (der gefalteten Seite) nach unten auf die Arbeitsfläche legen, mit einem Teigspatel rund formen und mit Schuss nach unten in einen Gärkorb legen.

Abdecken und 75 Minuten ruhen lassen.

In der Zwischenzeit den Backofen mit einem Back- oder Pizzastein auf 250 Grad Ober- und Unterhitze vorheizen, nach Ende der Ruhezeit den Teig auf den Backstein stürzen, sodass der Schuss nach oben zu liegen kommt, und in den Ofen schieben.

Mit circa 250 ml Wasser bedampfen (das Wasser in eine Wanne am Boden des Ofens geben), Temperatur auf 210 Grad reduzieren und das Brot 1 Stunde ausbacken, nach 20 Minuten den Dampf ablassen.

Wenn man statt des Biers Wasser als Flüssigkeit nimmt und Schabzigerklee und Brotgewürz wie im Originalrezept weglässt, hat man ein sehr saftiges Allroundbrot, mit Bier und Gewürzen ist es ein idealer Begleiter für Deftiges.

Zanderfilets auf Hummerkraut
Rezept für 2 Personen: ein paar kleine Kartoffeln, 50 g Butter, 50 g Semmelbrösel, 1 kleine Zwiebel, Ingwer, 2 Knoblauchzehen, Zucker, Öl, ein fingerkuppengroßes Stück Hummerbutter, 1 kleine Dose Sauerkraut, 2 Wacholderbeeren, 2 Lorbeerblätter, 100 g süße Sahne, Hummercreme, 2 Zanderfilets, Salz

Die Kartoffeln knapp gar kochen, in Eiswasser abschrecken und schälen, das geht mit der Hand, die Kartoffeln flutschen durch die Finger, warm stellen. Später Butter aufschäumen und Semmelbrösel anrösten, die Kartoffeln darin wälzen.
Die Zwiebel mit Ingwer und Knoblauch in etwas Zucker und Öl karamellisieren lassen, Hummerbutter dazugeben, dann das Kraut mit Gewürzen hinzufügen, mit Sahne auffüllen und 30 Minuten köcheln lassen, evtl. mit Hummercreme nachwürzen.
Die Zanderfilets auf der Hautseite mehrfach einschneiden, auf der Fleischseite salzen, in heißem Pflanzenöl auf der Hautseite 4–5 Minuten kross anbraten, dann die Hitze herunterschalten,

Filets wenden, etwas Butter hinzufügen und 2 Minuten ziehen lassen.

Helenes Rezepte

Apfel-Wein-Torte

Für den Teig: 250 g Weizenmehl, 1 ½ TL Backpulver, 75–125 g Zucker, 1 Pck. Vanillezucker, 1 Ei, 1 EL Wasser, 125 g Butter, 2 EL Semmelbrösel
Für den Belag: 1 kg Boskop, Zimt
Für den Pudding: 2 Pck. Vanillepuddingpulver, 2 EL Zucker, 750 ml Riesling oder Apfelwein, 1 Pck. Vanillezucker
Zu guter Letzt: 500 ml Sahne, 2 Pck. Sahnesteif, Kakaopulver

Am Vortag die Zutaten für den Teig (außer Semmelbrösel) verkneten, den Teig eine Stunde im Kühlschrank ruhen lassen, danach in eine Springform drücken, 4 Zentimeter Rand stellen, Boden mit Bröseln bestreuen.
Äpfel schälen, raspeln, zusammen mit Zimt in einem Topf erhitzen, auf den Kuchenboden geben.
Pudding zubereiten und noch heiß über die Äpfel gießen.
Bei 180 Grad Ober-/Unterhitze 1 Stunde backen, danach bei geöffneter Tür 1 Stunde im Ofen ruhen lassen, dann erkalten lassen und über Nacht im Kühlschrank auskühlen lassen.
Am nächsten Tag Sahne mit Sahnesteif schlagen, auf den Kuchen streichen, Kakaopulver darüberstreuen.

Gestürzte Apfeltorte

Für den »Boden«: 30 g Butter, 90 g Zucker, 850 g Boskop, 50 g Mandeln oder Nüsse, evtl. 50 g Rosinen
Für den »Teig«: 80 g Butter, 160 g Zucker, 2 Eier, Zitronen-

zesten, 1 Prise Salz, 100 g Maisstärke, 80 g Weizenmehl, 3 TL Backpulver

Boden der Springform mit Backpapier auslegen, zerlassene Butter hineingießen, Zucker darüberstreuen, geschälte 2 Zentimeter dicke Apfelringe darauflegen, grob geriebene Mandeln oder Nüsse und Rosinen dazwischen verteilen.
Teig anrühren und über die Äpfel geben.
Bei 190 Grad Ober-/Unterhitze 1 Stunde backen, nach 20 Minuten die Form mit einem zweiten Blech abdecken, nach dem Backen 10 Minuten auskühlen lassen, Springform öffnen und Ring abnehmen.
Eine Kuchenplatte auf den Kuchen legen und den Kuchen stürzen, sodass die Äpfel nun auf der Oberseite liegen, dann den Springformboden und das Backpapier entfernen.

Maxis Rezepte

Wildschweinschnitzel in Nusspanade an karamellisiertem Rosenkohl
Für 2 Personen: 300 g Wildschweinrücken, 70 g Mehl, 1 gr. Ei, 70 g Semmelbrösel, 70 g Haselnüsse, Butterschmalz, 2 Handvoll Rosenkohl, Butter, Olivenöl, Honig, Puderzucker, Salz, Pfeffer, Muskatnuss, Orangen- oder Zitronenzesten

Aus dem Fleisch kleine Schnitzelchen schneiden, platt drücken, salzen, erst mit Mehl, dann mit Ei, dann mit einer Mischung aus Bröseln und gehackten Nüssen panieren, goldbraun in Butterschmalz ausbraten.
Vom Rosenkohl die äußeren Blätter entfernen, den Strunk kreuzweise einschneiden, 4 Minuten in Salzwasser mit Natron blanchieren, halbieren, Butter und Olivenöl mit Honig und

Puderzucker erwärmen, Rosenkohl im Karamell schwenken, mit Salz, Pfeffer, Muskatnuss und evtl. Zitronen- oder Orangenzesten würzen.

Hähnchen mit Clementinen und Anis (nach Yotam Ottolenghi)

Für 2 Personen: 2 Hähnchenkeulen, jeweils in Ober- und Unterkeule geteilt, 2 Hähnchenflügel, 5 cl Ouzo oder Pernod, 2 EL Olivenöl, 2 EL frisch gepresster Orangensaft, 1 ½ EL Zitronensaft, 1 EL (körniger) Senf, 1 ½ EL brauner Zucker, 1 TL Salz, ½ TL Pfeffer, 1 Fenchelknolle, 2 Bioclementinen, ½ EL Thymianblätter, 1 TL Fenchelsamen, gehackte Petersilie, Salz, Pfeffer

Wer es besonders zart mag, legt die Hähnchenteile zu Beginn für einige Stunden in eine Salzlake aus 50 g Salz und 1 Liter Wasser, dann in der Marinade nur noch die Hälfte des Salzes verwenden.

Pernod, Olivenöl, Orangen- und Zitronensaft, Senf, Zucker, Salz und Pfeffer verrühren.

Fenchel in mundgerechte Stücke schneiden, Fenchelgrün beiseitelegen, Clementinen ungeschält in 0,5 Zentimeter dicke Scheiben schneiden oder filetieren, zusammen mit dem Fleisch, Thymian, Fenchelsamen und der Marinade in eine Schüssel oder einen Beutel geben und einige Stunden oder über Nacht ziehen lassen.

Die ungeschälten Clementinen verleihen dem Gericht eine Bitternote; wer das nicht mag, sollte die Clementinen schälen und filetieren.

Gemüse auf ein Blech, darauf die Hähnchenteile legen, im Backofen bei 220 Grad Ober-/Unterhitze 50–55 Minuten backen. Bei Umluft 20 Grad weniger, die Haut bräunt gleichmäßiger, dann aber eine Schale Wasser auf den Ofenboden stellen oder die Klimafunktion des Ofens wählen, um ein Austrocknen des Fleisches zu vermeiden.

Zum Schluss mit Petersilie und Fenchelgrün bestreuen, mit
Reis oder Bulgur servieren.

Jos Rezepte

Shakshuka

Für 4 Personen: 2 EL Olivenöl, 2 EL Harissa, 2 TL Tomatenmark, 2 rote Paprikaschoten, 4 Knoblauchzehen, evtl. 1 TL
gehackter Ingwer, evtl. Chiliflocken, 1 TL Kreuzkümmel, ½ TL
Zimt, ½ TL Koriander, ½ TL Kurkuma, 2 Dosen Tomaten à
400 g, 8 Eier, 1 Dose gekochte Kichererbsen

Alles bis auf Tomaten, Eier und Kichererbsen in einer großen
Pfanne 8 Minuten anschwitzen, Tomaten und Kichererbsen
dazugeben, weitere 6 Minuten köcheln lassen, 8 Mulden in die
Soße drücken, Eier hineingleiten lassen, Eiweiß und Soße mit
Gabel vorsichtig verquirlen, Eier weitere 10 Minuten, evtl. mit
geschlossenem Deckel, stocken lassen.
Mit griechischem Joghurt und Fladenbrot servieren.

Gazpacho

Für 4 Personen: 2 Dosen Tomaten, 2 EL Tomatenmark, 100 ml
Olivenöl, 4 Knoblauchzehen, 1 Baguette, 250 ml Gemüsebrühe,
Salz, Pfeffer, Zucker, Balsamicoessig, Butter, 1 gelbe Paprika,
1 rote Paprika, 1 Gurke, 2 Fleischtomaten, 4 Eier

Für die Suppe Tomaten, Tomatenmark, Olivenöl, Knoblauch,
½ gewürfeltes Baguette und Gemüsebrühe mischen und mit
dem Stabmixer pürieren, mit Salz, Pfeffer, Zucker, rotem Balsamicoessig würzen, kalt stellen.
Für das Topping restliches Baguette würfeln und in Butter

rösten, Paprika, Gurke und Fleischtomaten würfeln, Eier 10 Minuten kochen und würfeln.

Kalte Suppe und Topping getrennt servieren.

Vegane (vegetarische) Bolognese

Für 4 Personen: 2 Dosen Tomaten, 3 EL Tomatenmark, 2 Zwiebeln, 4 Knoblauchzehen, 4 Karotten, 1 Stange Lauch, 4 Stängel Staudensellerie, 300 g Sonnenblumenhack, 1 Flasche Rotwein, Olivenöl, Salz, Pfeffer, Thymian

Das Gemüse in kleine Würfel schneiden, das Sonnenblumenhack mit Wein oder Brühe benetzen.

In einem Bräter zunächst Zwiebel und Knoblauch in Olivenöl anschwitzen, dann Sonnenblumenhack und Gemüsewürfel dazugeben, etwas Tomatenmark hinzufügen und braten, bis sich Röststoffe am Boden der Pfanne bilden, mit etwas Rotwein ablöschen, den Vorgang wiederholen, bis das Tomatenmark aufgebraucht ist, dann Dosentomaten und restlichen Wein in den Bräter geben und alles 2 Stunden bei milder Hitze köcheln.

Mit Linguine oder Tagliatelle (und geriebenem Parmesan) servieren.

Weinbergpfirsichkompott unter einer Joghurt-Sahne-Haube

Für 4 Personen: 1 kg Weinbergpfirsiche, 2 EL Zucker, 100 ml Doppelkorn, 2 Pkt. Tortenguss, 2 Becher Sahne, 1 Pkt. Sahnesteif, 300 g griechischer Joghurt, 150 g brauner Zucker

Die Pfirsiche blanchieren, grob häuten und entkernen, in Stücke schneiden und mit Zucker und Korn aufkochen, den entstehenden Saft mit Tortenguss andicken und über die Früchte geben, Sahne mit Sahnesteif schlagen, mit Joghurt mischen und die Masse über die Früchte geben, mit dem braunen Zucker bestreuen und über Nacht im Kühlschrank kalt stellen.

Julias Rezepte

Räucherfischcreme
Für 4 Personen: 2 geräucherte Forellenfilets, 1 Bund Dill, 2 Bio-zitronen, 1 EL geriebener Meerrettich, Kapern, Olivenöl, Salz, Pfeffer, 1 Becher Schmand

Die Forellenfilets klein hacken, die Dillnadeln von den Stängeln zupfen, die Schale der Zitronen abreiben, die Zitronen auspressen.
Fisch, Schmand, Dill, Zitronenschale und Meerrettich mischen und mit dem Stabmixer pürieren, Kapern dazugeben und kurz mixen, sodass die Kapern stückig bleiben, erst jetzt entscheiden, ob und mit wie viel Olivenöl, Zitronensaft, Salz und Pfeffer abgeschmeckt werden soll.

Saltimbocca aus Hähnchenkeulen mit Erbsen-Minz-Püree
Für 2 Personen: 2 Hähnchenkeulen, 4 Scheiben Parma- oder Serranoschinken, 8 Salbeiblätter, Olivenöl, Butter, Weißwein, Honig, 300 g TK-Erbsen, 3–6 Blatt Minze, 4 EL süße Sahne, Butter, 1 ½ EL Salz, Pfeffer, Zucker

Hähnchenkeulen entbeinen. Dafür legt man sie auf die Haut-seite und schneidet mit einem scharfen Messer den Knochen entlang, umfährt das große Gelenk und trennt die Knochen vom Fleisch (auf YouTube gibt es jede Menge Videos dazu). Auf die ausgebeinten Keulen legt man je 2 Scheiben Schinken und 4 Salbeiblätter, klappt die Keulen zusammen (die Hautseite ist jetzt außen), fixiert das Paket mit Zahnstochern oder Küchengarn, brät sie in Olivenöl und Butter goldbraun und lässt sie im 120 Grad heißen Backofen nachziehen, bis sie eine Kerntemperatur von 85 Grad erreicht haben, was in circa 15 Minuten der Fall sein sollte. Bei 70 Grad können sie längere Zeit warm gehalten werden.

Den Bratensatz mit Wein und Honig loskochen und über die Saltimboccas träufeln.

Die Erbsen 4 Minuten in Salzwasser blanchieren, mit Minze, Sahne und Butter pürieren, erwärmen und mit Salz, Pfeffer und Zucker abschmecken.

Zucchiniröllchen

Für 4 Personen: 2 mittlere Zucchini, Salz, 1 Biozitrone, 4 Knoblauchzehen, Pfeffer, Olivenöl, 200 bis 250 g gekochte Garnelen, ½ Bund Minze

Zucchini mit der Brotschneidemaschine längs in 2 bis 3 mm dünne Scheiben schneiden, salzen und für einige Stunden ruhen lassen, bis sie Flüssigkeit gezogen haben und weich und biegsam geworden sind.

Von der Zitrone die Schale abreiben, die Zitrone auspressen, den Knoblauch fein hacken, alles mit Pfeffer und Olivenöl zu einer Marinade mischen und die Garnelen darin einlegen.

Die Zucchinischeiben dicht mit Minzblättern belegen, jeweils eine Garnele quer auf den unteren Rand der Scheiben legen, die Zucchinischeiben aufrollen und mit einem Zahnstocher fixieren.

Die verbleibende Marinade mit einem Teil der Zucchiniflüssigkeit mischen, evtl. etwas Olivenöl dazugeben, mit Salz, Pfeffer, Zucker abschmecken und die Vinaigrette über die Röllchen träufeln.

Oktopussalat

Für 4 Personen: 1 Oktopus, 2 Zwiebeln, 4 Lorbeerblätter,
8 Knoblauchzehen, 6 Stangen Sellerie, 2 Biozitronen, 200 ml
Weißwein, 100 g getrocknete Tomaten, 1 rote, 1 gelbe Paprika,
1 kleiner Bund Frühlingszwiebeln, 4 EL Kapern, Petersilie,
Olivenöl, Salz, Pfeffer

Den Körper des Oktopus von den Fangarmen trennen, das
knorpelige Mundstück mit den Fingern herausdrücken. Den
frischen Kraken mit dem Fleischklopfer bearbeiten, bei zuvor
gefrorenem Oktopus ist das nicht notwendig. In Salzwasser
mit den Zwiebeln, Lorbeerblättern, 4 Knoblauchzehen, 2 Stängeln Sellerie, dem Abrieb einer Zitrone und mit dem Wein für
90 Minuten köcheln.
Die Fangarme einzeln abschneiden und die Haut abstreifen.
Danach die Arme ebenso wie das Mittelteil in mundgerechte
Stücke scheiden.
Den restlichen Sellerie 3 Minuten blanchieren und in kleine
Stücke schneiden, die getrockneten Tomaten mit heißem Wasser überbrühen und klein schneiden, die Paprika in Würfel,
die Frühlingszwiebel in Scheiben schneiden, die Kapern dazugeben.
Aus dem Saft der Zitronen, dem restlichen Zitronenabrieb,
den vier klein gehackten Knoblauchzehen, der gehackten
Petersilie, Olivenöl, Salz und Pfeffer eine Vinaigrette herstellen. Das Gemüse, den Oktopus und die Vinaigrette mischen
und mindestens zwei Stunden, besser länger, im Kühlschrank
durchziehen lassen.

Angebratenes Lachssashimi mit Kräuterbutter und knusprigem Sellerie (nach Alexander Herrmann)

Für vier Personen: 400 g Knollensellerie, Salz, 2 EL Olivenöl,
2 Frühlingszwiebeln, 600 g Lachs aus dem Mittelstück (Sushi-
Qualität), 40 g Butter, 4 Prisen Chiliflocken, 1 TL 5-Gewürze-

Pulver, 2 TL Sojasoße, Abrieb von ½ Biolimette, einige Spritzer Sesamöl, 2 TL schwarzer Sesam

Sellerie in kleine Würfel schneiden, mit Salz würzen und in der Hälfte des Olivenöls 4–5 Minuten goldbraun braten.
Frühlingszwiebel in feine Ringe schneiden, mit Salz bestreuen, beiseitestellen.
Lachs in 2 Zentimeter breite Stücke schneiden, mit Salz würzen.
Rest des Olivenöls erhitzen, Lachsstücke eng nebeneinander hineinlegen und bei starker Hitze 1 Minute anbraten und aus der Pfanne nehmen.
In derselben Pfanne Butter aufschäumen und leise köcheln lassen, bis sie sich hellbraun färbt, Chiliflocken und 5-Gewürze-Pulver unterrühren, Pfanne vom Herd ziehen, mit Sojasoße, Limettenabrieb und Sesamöl abschmecken.
Lachsstücke mit Gewürzbutter beträufeln, mit Sellerie, Frühlingszwiebeln und Sesam bestreuen, sofort servieren.

Gerlindes Rezept

Pilzstrudel
Für eine Person: 1/3 Schalotte, 250 g gemischte Pilze, ¼ Biozitrone, ¼ Bund Thymian, 10 g Mandelstifte, 12 g getrocknete Tomaten in Öl, 25 g Appenzeller, 1 Blatt Strudelteig, 12 g Butter

Gehackte Schalotte und Pilze in Öl braten, bis alle Flüssigkeit verdampft ist.
Mit Salz, Pfeffer, Zitronenzesten und Thymian würzen und auskühlen lassen.
Mandelstifte rösten, Tomate hacken, Käse reiben und unter die Pilzmasse mischen.
Strudelteig mit zerlassener Butter bestreichen, Pilzmasse am

unteren Rand der Teigplatte verteilen, Seite einklappen und Teigplatte aufrollen.

Bei 200 Grad Ober- und Unterhitze für 20 Minuten backen. Dazu eine mit Kräutern aromatisierte Béchamelsoße und einen Salat der Saison servieren.

Möglicherweise überdecken die starken Aromen von getrockneten Tomaten, Appenzeller und Kräuter-Béchamel den Pilzgeschmack. Das kann gewollt sein.

Danke

Ich möchte Urs Mergard für seine Beratung in kriminalistischen Fragen danken, Harald Simon für seine Hinweise zur IT-Sicherheit. Falls dennoch Fehler im Buch auftauchen, liegen sie ganz allein in meiner Verantwortung.

Ich danke dem Emons Verlag für die unkomplizierte und vertrauensvolle Zusammenarbeit und meiner Lektorin Marion Heister für vielfältige Anregungen und die konstruktive Rückmeldung.

Vor allem danke ich meiner Frau Ingrid. Sie freut sich mit mir, wenn es mit dem Schreiben vorangeht, sie muntert mich auf, wenn der Schreibfluss einmal stockt. Vor allem ist sie eine gleichermaßen wohlwollende wie kritische Leserin, ohne deren Rückmeldungen und Anregungen es dieses Buch so nicht geben würde.

Roland Stark
Eltville, im Frühjahr 2024

Roland Stark
TOD BEI KILOMETER 512
Broschur, 240 Seiten
ISBN 978-3-89705-490-5

»Ein Krimi mit Spannung, voller interessanter Figuren, mit viel Lokalkolorit und gelungenen Beschreibungen.« Wiesbadener Kurier

»Viel Spannung mit hohem Unterhaltungswert.« Rheingau Echo

Roland Stark
TOD IM KLOSTERGARTEN
Broschur, 336 Seiten
ISBN 978-3-89705-605-3

»Roland Stark blickt in die Seelen der Menschen. Er beschreibt gekonnt und geschmeidig ihre Abgründe und ihre Liebenswürdigkeiten in seinen Kriminalromanen.« Rheingau Echo

»Empfehlenswert für Krimi- und Rheingauliebhaber gleichermaßen.« Radio RheinWelle

www.emons-verlag.de

Roland Stark
TOD IN ZWEI TONARTEN
Broschur, 304 Seiten
ISBN 978-3-89705-727-2

*»Es fasziniert, wie Stark ›die Psychologie, die hinter den Verbre-
chen steht‹, beleuchtet. Dabei hilft ihm, dass er sich in der Psyche
des Menschen auskennt.«* Wiesbadener Kurier

»Ein spannender Psychokrimi.« Rheingau Echo

www.emons-verlag.de

Roland Stark
FRAU HOLLE IST TOT
Broschur, 336 Seiten
ISBN 978-3-95451-015-3

*»Der neue Krimi von Roland Stark bleibt spannend bis zum Schluss.
Für Leser aus dem Rheingau ist ein besonderes Vergnügen, die
Handlung in der vertrauten Umgebung zu erleben.«* Rheingau Echo

www.emons-verlag.de

Roland Stark
DER WILDE DUFT DES TODES
Broschur, 288 Seiten
ISBN 978-3-95451-398-7

»Roland Stark verschmilzt konträre Genres zum dichten, bis zuletzt spannenden Plot. Er verwebt Krimi, Kochbuch, Lebensgeschichte der Patientin und historischen Roman mit Aspekten wie Weinbau, Straußwirtschaften und Gästeführungen.« Wiesbadener Kurier

www.emons-verlag.de

Roland Stark
TOD AM HÖLLENBERG
Broschur, 336 Seiten
ISBN 978-3-7408-0213-4

Im Assmannshäuser Höllenberg wird eine Leiche gefunden, die
dort vor acht Jahren vergraben wurde. Als dann noch ein wichtiger
Zeuge verschwindet, ahnt Kommissar Mayfeld, dass er vor dem
härtesten Fall seiner Karriere steht. Bei seinen Ermittlungen stößt
er in ein Nest aus Götzendienern und Gotteskriegern – und auf
eine Verschwörung, mit der niemand gerechnet hat.

www.emons-verlag.de

Roland Stark
TOD IM NIEDERWALD
Broschur, 352 Seiten
ISBN 978-3-7408-0966-9

Zwischen Burgen und Weinbergen havariert ein Schiff am Binger Loch, von der Besatzung fehlt jede Spur. Kommissar Robert Mayfeld und Privatdetektivin Ginger Havemann übernehmen den mysteriösen Fall. Als sich weitere Vermisstenfälle in der Gegend häufen, überschlagen sich die Ereignisse im sonst so beschaulichen Rheingau – und ein altes Verbrechen erscheint plötzlich in einem ganz anderen Licht.

www.emons-verlag.de